글
누
림
한
국
소
설
전
집

동백꽃

김유정 단편선

책임편집·해설－서준섭

문학평론가. 강원대학교 국어교육과 교수.
저서로는 『한국모더니즘문학연구』, 『감각의 뒤편』, 『한국근대문학과 사회』, 『문학극장』, 『생성과 차이』 등이 있음.
2005년 시와시학상(평론) 수상.

일러스트－장순복

1965년 서울 출생.
다수의 단체전과 개인전(북내면 이야기, 들녘에서 만나다)을 열었으며, 2007년 김준태 詩人과 통일시화전을 열었다.
지금은 작품 활동에 전념하고 있다.

글누림한국소설전집 9

동백꽃 김유정 단편선

초판 1쇄 발행 2007년 12월 3일
초판 3쇄 발행 2015년 6월 2일

지 은 이 김유정
펴 낸 이 최종숙
펴 낸 곳 글누림출판사

진   행 이태곤
편   집 권분옥 이소희 문선희 오정대 박지인
디 자 인 이홍주 안혜진
마 케 팅 박태훈 안현진
관   리 구본준

주   소 서울시 서초구 동광로46길 6-6(반포4동 577-25) 문창빌딩 2층(137-807)
전   화 02-3409-2055(대표), 2058(영업), 2060(편집)
팩   스 02-3409-2059
전자메일 nurim3888@hanmail.net
홈페이지 http://www.geulnurim.co.kr
등록번호 제303-2005-000038호(2005. 10. 5)

값 9,900원
ISBN 978-89-91990-76-0-04810
ISBN 978-89-91990-67-8(세트)

글누림한국소설전집

9

동백꽃

김유정 단편선

韓國現代小說

'글누림한국소설전집'을 새롭게 간행하며

　디지털 환경에 익숙해진 문학 독자들을 위해 '글누림한국소설전집'을 새롭게 간행한다.

　세계의 유수한 고전적 저작들의 목록 절반 이상이 소설이라는 것은 놀라운 일도 이상한 일도 아니다. 잘 짜인 한 편의 이야기인 소설은 사회가 지향하는 꿈과 소망을 고스란히 담고 있다. 소설을 언어로 직조한 시대의 세밀한 풍경화라고 하는 말은 그래서 가능하다. 소설이 그 짧은 역사에도 불구하고 인류 문화의 벗으로 자리 잡을 수 있었던 것도 이러한 특성과 무관하지 않다.

　시대의 격랑 속에 한치 앞도 전망할 수 없는 오늘날의 개인은 소설 속에 담긴 과거의 시공간과 만나면서 인간의 보편성을 확인하고 자신의 개별성을 확장하는 정서적 체험을 하게 된다. 소설과의 만남은 단지 즐거운 독서 체험에 그치는 것이 아니라, 가치의 기준과 삶의 저변을 확장하는 문화의 실천인 것이다.

　오늘날의 문학 환경은 과거에 비해 많이 변화되었다. 신세대를 위한 '글누림한국소설전집'은 시대의 디지털적 진화(?)를 고려하여 기획되었다. 무엇보다도 새로운 문화적 감수성으로 무장한 독자들에게 문자로 읽는 텍스트에 그치지 않고, 텍스트가 생산된 시대를 짐작하고 음미하며 즐길 수 있도록 배려한 것이 이 전집의 특징이다. 그 배려는 문학이 우리 삶에 기여하는 정서적·교육적 효과를 깊게 고려한 것이고, 동시에 역사가 주는 교훈과 달리 우리의 삶을 되비추는 거울과도 같은 성찰의 효과를 전제한 것이다.

'글누림한국소설전집'이 지향하는 기획 의도는 다음과 같다.

첫째, 이 기획은 문학교육 전문가들과 대학에서 문학을 강의하는 전공 교수들의 조언을 받아 이루어졌으며, 근대 초기로부터 한국전쟁 이전의 소설 중에서 특히 문학적 검증이 끝난, 이른바 정전(cannon)에 해당하는 작품들을 중심으로 구성되었다. 정전이란 한 시대의 표준적 규범을 뜻하는 말로, 문학 정전이란 현대문학사에서 누구나 인정하는 성과와 질을 담보한 불후의 명작들을 의미한다. 이 전집을 통해서 근대 초기 이후 지금까지 삶의 이면을 관류하는 문학의 근원적 가치와 이념을 확인할 수 있을 것이다.

둘째, 이 전집은 디지털 환경에 익숙한 젊은 독자들의 취향을 고려한 편의성을 최대한 제고하고자 하였다. 이를 위해서 어려운 낱말에는 상세한 단어풀이를 붙여 이해를 돕고자 했고, 동시에 작품 속에 등장하는 인물들의 갈등과 내면세계를 삽화로 제시하는 한편 작품과 관계되는 당대의 풍속, 생활, 풍물 등의 사진을 본문과 함께 배치하여 다양한 볼거리를 제공하고자 했다. 아울러 작가의 산실이 된 생가와 집필 장소, 유품 등을 사진으로 수록하여 작가의 삶과 작품에 대한 총체적인 이해를 돕고자 했다.

셋째, 이 기획은 교양과목을 수강하는 대학생과 시험을 앞둔 수험생, 풍요로운 삶을 소망하는 일반 독자들에게 작가와 작품, 작품의 배경이 된 당대 현실에 대한 이해를 돕는 교양서로 기능하도록 배려하였다. 수록 작품들은 본래의 의미를 최대한 존중하면서 다양한 이본들을 발표 원문과 일일이 대조하면서 현대식으로 표기하였고, 박사과정 재학 이상의 국문학 전공자의 교정 및 교열 작업을 거쳐 모범적인 판본을 만들었다.

현재 우리 소설의 역사는 1백 년을 넘어서 새로운 전통을 쌓아가고 있다. 우리 소설들에는 우리의 선조들이 고심했던 역사와 풍속, 삶의 내밀한 관심과 즐거움이 한데 녹아 있다. 독자들은 소설과의 만남을 통해 우리의 문화가 이룩해온 정체성을 확인하고 상상하는 즐거움을 만끽할 수 있을 것이다.

'글누림한국소설전집'이 디지털 시대를 살아가는 21세기의 젊은 독자들에게 새로운 독서 체험을 제공해 주고 동시에 삶의 풍부한 자양분 역할을 하기를 희망한다.

글누림한국소설전집 간행위원회

목차

총각과
맹꽁이

잎잎이 비를 바라나 오늘도 그렇다. 풀잎은 먼지가 보얗게 나풀거린다. *말뚱한 하늘에는 불더미 같은 해가 눈을 크게 떴다.

땅은 달아서 뜨거운 김을 턱밑에다 *품긴다. 호미를 옮겨 찍을 적마다 무더운 숨을 헉헉 *도른다. 가물에 조잎은 *앤생이다. 가끔 엎드려 김매는 코며 눈퉁이를 찌른다.

호미는 퉁겨지며 쨍 소리를 때때로 낸다. 곳곳이 박힌 돌이다. *예사 밭터면 한번 찍어 넘길 걸 서너 번 안 하면 흙이 일지 않는다. 콧등에서 턱에서 땀은 물 흐르듯 떨어지며 호미자루를 적시고 또 흙에 스민다.

그들은 묵묵하였다. 조밭고랑에 쭉 늘어박혀서 머리를 숙이고 기어갈 뿐이다. 마치 땅을 파는 두더지처럼 — 입을 벌리면 땀 한 방울이 더 흐를 것을 염려함이다.

그러자 어디서 말을 붙인다.

"어이 뜨거, 돌을 좀 밟았다가 혼났네."

"이놈의 것도 밭이라고 *도지를 받아 처먹나."

"이제는 죽어도 너와는 품앗이 안 한다."

고 한 친구가 열을 내더니,

"씨값으로 *골치기나 하자구 도루 줘버려라."

"이나마 없으면 먹을 게 있어야지."

덕만이는 불안스러웠다. 호미를 놓고 옷깃으로 턱을 훑는다. 그리고 그편으로 물끄러미 고개를 돌린다.

가혹한 도지다. 입쌀 석 섬, 보리·콩·두포의 소출은 근근 댓 섬. 노나 먹기도 못 된다. 본디 밭이 아니다. 고목 느티나무 그늘에 가리어 여름날 오고 가는 농군이 쉬던 정자터이다. 그것을 지주가 무리로 갈

말뚱하다
말뚱하다. 산뜻하게 맑다.

품긴다
풍긴다.

도른다
도르다. 먹은 것을 삭이지 못하고 도로 입 밖으로 내어보내다. '토(吐)하다'의 유의어.

앤생이
변변치 못한 물건.

호미

도지
도조를 물고 빌려 쓰는 논밭이나 집터.

골치기
골칫거리. 여기서는 도지를 제하자는 의미.

아 도지를 놓아 먹는다. 콩을 심으면 잎 나기가 고작이요 대부분이 열지를 않는 것이었다. 친구들은 일상 덕만이가 사람이 병신스러워, 하고 이 밭을 침뱉어 비난하였다. 그러나 덕만이는 오히려 안 되는 콩을 탓할 뿐 올해는 조로 바꾸어 심은 것이었다.

"좀 쉐서들 하세!"

한 고랑을 마치자 덕만이는 일어서 고목께로 온다. 뒤묻어 땀바가지들이 *웅게중게 모여든다. 돌 위에 한참 앉아 쉬더니 겨우 생기가 좀 돌았다. *곰방대들을 꺼내 문다. 혹은 대를 들고 담배 한 대 달라고 돌아치며 수선을 부린다.

구한말 때 곰방대를 문 부부의 모습.

"*북새가 드네. 올 농사 또 헛하나 보다."

여러 눈이 일제히 말하는 시선을 더듬는다. 바람에 아름거리는 저편 *버덩의 파란 볏잎을 이윽히 바라보았다. 염려스러이—

젊은 상투는 무척 시장하였다. 따로 떨어져 쭈그리고 앉았다. 고개를 푹 기울이고는 불평이 요만이 아니다.

"제미붙을, 배고파 일 못 하겠네—"

"허기져 죽겠는걸, 허리가 착 *까부러지는구나—."

옆에서 받는다.

"이 땀을 흘리고 *제누리 없이 일할 수 있나? *진흥회 아니라 제 할아비가 온대두—"

하고 또 뇌더니 아무도 대답이 없으매,

"개×두 없는 놈에게 *호포는 올려두 곁두리만 안 먹으면 산담 그래."

어조를 높여 일동에게 맞장을 청한다.

"너는 그래두 괜찮아, 덕만이가 다 호포를 낼라구."

뚝건달 뭉태는 콧살을 찡긋이 비웃으며 바라본다. 네나내나 촌뜨기들이 떠들어 뭘 하리. 그보다—

"여보게들 오늘 참 *들병이 온 것을 아나?"

이 말에 나이찬 총각들은 귀가 번쩍 띄었다. 기쁜 소식이다. 그 입을 뻔히 쳐다보며 뒷말을 기다린다. 반갑기도 하려니와 한편으로는 의아하였다. 한참 바쁜 *농시방극에 뭘 바라고 오느냐고 다 같은 질문이다.

그것은 들은 체 만 체 뭉태는 나무에 비스듬히 자빠져서 하늘로 눈만 껌벅인다. 그리고 홀로 침이 말라 칭찬이다.

"말갛고 살집 좋더라. 내려 씹어두 비린내두 없을걸— 제일 그 볼기짝 두두룩한 것이……."

"나이는?"

"스물둘, 한창 폈더라—"

"놈팽이 있나?"

*예제서 슬근슬근 죄어들며 묻는다.

"없어, 남편을 잃고서 홧김에 들병으로 돌아다니는 판이라데—"

"그럼 많이 *돌아먹었구먼?"

"뭘 나이를 봐야지 숫배기더라."

"애 좋구나. 한잔 먹어 보자."

이쪽저쪽서 수군거린다. 풍년이나 만난 듯이 야단들이다. 한구석에 앉았던 덕만이가 일어서 오더니 뭉태를 꾹 찍어 간다. 느티나무 뒤로 와서

"성님, 정말 남편 없수?"

"그럼 정말이지—"

"나 좀 장가들여 주. 한턱 내리다."

뭉태의 눈치를 훑는다. 의형이라 못 할 말 없겠지만 그래두 어쩐지 얼굴이 후끈하였다.

"염려 말게. 그러나 돈이 좀 들걸—"

개울 건너서 덕만 어머니가 온다. 점심 광주리를 이고 더워서 허덕인다. 농군들은 일어서 소리치며 법석이다. 호미자루를 뽑아 호미등에다 *길군악을 치는 놈도 있다.

"점심, 점심이다. 먹어야 산다!"

저녁이 들자 바람은 산들거린다. 뭉태는 제 집 바깥뜰에 보릿짚을 깔고 앉아서 동무 오기를 고대하였다. 덕만이가 제일 먼저 부리나케 내달았다. 뭉태 옆에 와 궁둥이를 내려놓으며 좀 머뭇거리더니,

"아까 말이 실토유. 꼭 장가 좀 들여 주게유."

"글쎄 나만 믿어. 설사 자네게 거짓말하겠나."

"성님만 믿우. 꼭 해주게유."

하고 다지고

"내 내 닭 팔거든 *호미씨세 날 단단히 *레하리다."

하고 또 한번 굳게 다진다.

낮에 귀띔해 왔던 젊은 축들이 하나 둘 모인다. 약속대로 고스란히 여섯이 되었다. 모두들 일어서서 한덩어리가 되어 수군거린다. 큰일이

길군악
조선시대 12가사 중 하나. 행군악(行軍樂).

호미씨세 날
호미씻이. 김매기를 마친 뒤 음력 7월경 하루를 정해 즐겁게 노는 일.

레
답례.

나 치러 가는 듯 이러자 저러자 의견이 분분하여 끝이 없다. 어떻게 해야 돈이 덜 들까가 문제다. 우리가 막걸리 석 되만 사가지고 가자, 그래 계집더러 부으라고, 나중에 얼마간 주면 그만이다, 고 하니까 한편에선 그러지 말고 그 집으로 가서 술을 *대구 퍼먹자 그리고 시치미 딱 떼고 나오면 하고 우기는 친구도 있다. 그러나 뭉태는 말하였다. 계집을 우리집으로 부르자. 소주 세 병만 가져오래서 *잔풀이로 시키는 것이 제일 점잖다고.

술값은 각추렴으로 할까 혹은 몇 사람이 술을 맡고 그 나머지는 안주를 할까를 토의할 제 덕만이는 선뜻 대답하였다. 오늘 밤 술값은 내혼자 전부 물겠다고 그리고 닭도 한 마리 내겠으니 아무쪼록 힘써 잘해달라고 뭉태에게 다시 당부하였다.

뭉태는 계집을 데리러 거리로 나갔다. 덕만이는 조금도 지체없이 오라 경계하였다. 그리고 제 집을 향하여 개울 언덕으로 올라섰다.

산기슭에 내를 앞두고 놓였다. 방 한 칸, 부엌 한 칸, 단 두 칸을 돌로 쌓아 올려 이엉으로 덮은 집이었다. 식구는 모자뿐. 아들이 일을 나가면 어머니도 따라 일찍 나갔다. 동리로 돌아다니며 일자리를 찾았다. 그리고 왼종일 *방아품을 팔아 밥을 얻어다가 아들을 먹여 재우는 것이 그들의 살림이었다. 딸은 *선채를 받고 놓았다. 아들 장가들일 예정이던 것이 빚구멍 갚기에 시나브로 녹여 버리고,

"그까짓 며느리쯤은 시시하다유."

하고 남들에게는 겉을 꺼리지만─

"언제나 돈이 있어 며느리를 좀 보나!"

돌아서 자탄을 마지않는 터이다. 반드시 장가는 들어야 한다.

덕만이는 언덕 밑에다 신을 벗었다. 그리고 큰 몸집을 사리어 *삽붓

대구
자꾸.

잔풀이
잔무리. 낱잔으로 셈하는 일.

방아품
남의 방아를 찧어 주고 삯을 받는 품.

선채
성례 전에 신랑 집에서 신부 집으로 보내는 채단(采緞). 즉, 청색·홍색 등의 치마 저고리감.

삽붓삽붓
사뿐사뿐.

삽붓 집엘 들어섰다. 방문이 벌꺽 나가떨어지고 집 안이 휑하다. 어머니는 자는 모양. 닭의 장문을 조심해 열었다. 손을 집어넣어 손에 닿는 대로 *허구리께를 슬슬 긁어 주었다. 팔아서 *등걸잠뱅이 해입는다는 닭이었다. 한 손이 재바르게 목대기를 훔켜잡자 다른 손이 날갯죽지를 훔키려 할 제 그만 빗났다. 한 놈이 풍기니까 뭇 놈이 푸드득 하며 대고 골골거린다.

별안간,

"획— 획— 이 망할년의 ×으로 난 놈의 괭이!"

하고 줴박는 듯이 방에서 튀어나는 기색이더니,

"다 쫓았어유. 염려 말구 주무시게유—"

하니까

"닭장 문 좀 꼭 얽어라."

소리뿐으로 다시 조용하다.

그는 무거운 숨을 돌랐다. 닭을 옆에 감추고 나는 듯 튀어 나왔다. 그리고 뭉태 집으로 내달리며 그의 머리에 공상이 한두 가지가 아니었다. 뭉태가 예쁘달 때엔 어지간히 출중난 계집일 게다. 이런 걸 데리고 술장사를 한다면 그밖에 더 큰 수는 없다.

허구리께
허구리의 가까운 부분. '허구리'란 갈비뼈 아래 잘록한 허리 좌우 부분을 말함.

등걸잠뱅이
등거리와 잠방이를 아울러 이르는 말.

낙자 없이
틀림없이.

뒤 해만 잘 하면 소 한 마리쯤은 *낙자 없이 떨어진다. 그리고 아들도 곧 낳아야 할 텐데 이게 무엇보다 큰 걱정이었다.

뭉태는 얼간하였다. 들병이를 혼자 껴안고 물리도록 시달린다. 두터운 입술을 *이그리며

이그리다
물건이나 얼굴을 일그러뜨리다.

"요것아 소리 좀 해라 아리랑 아리랑."

고갯짓으로 계집의 엉덩이를 두드린다.

좁은 *봉당이 꽉 찼다. 상 하나 희미한 등잔을 복판에 두고 취한 얼굴이 청승궂게 죄어 앉았다. 다 같이 눈들은 계집에서 떠나지 않는다. 공석에서 벼룩은 들끓으며 등어리 정강이를 대구 뜯어 간다. 그러나 긁는 것은 사내의 체통이 아니다. 꾹 참고 제 차지로 계집 오기만 눈이 빨개 손꼽는다.

봉당(封堂)
안방과 건넌방 사이의 마루를 놓을 자리에 마루를 놓지 아니하고 흙바닥을 그대로 둔 곳.

"술 좀 천천히 붓게유."

"그거 다 없어지면 뭘루 놀래는 게지유?"

"그럼 일루 밤새유? 없으면 *가친 자지유—"

계집은 곁눈을 주며 생긋 웃어 보인다. 덩달아 *맹입이 맥없이 그리고 슬그머니 *뻥긴다.

가친
'같이'의 강원도 방언.

맹입
맨입. 아무것도 먹지 아니한 입.

뻥긴다
뻥긋하다. 가볍게 웃어 보이는 모양.

서양담배의 광고

마코
일제 시대에 유행한 담배 상표.

양권연
서양 담배.

핀퉁이
핀잔.

얼굴 까만 친구가 얼마 벼르다가 *마코 한 개를 피워 올린다. 그리고 우격으로 끌어당겨 남 보란 듯이 입을 맞춘다. 계집은 예사로 담배를 받아 피고는 생글거린다. 좌중은 밸이 상했다. *양권연 바람이 시다는 둥 이왕이면 속곳밑 들고 인심 쓰라는 둥 별별 *핀퉁이가 다 들어온다.

"돌려라 돌려 혼자만 주무르는 게야?"

목이 마르듯 사방에서 소리를 지르며 눈을 *지릅뜬다. 이 서슬에 계집은 일어서서 어디로 갈지를 몰라 술병을 들고 갈팡거린다.

덕만이는 따로 떨어져 봉당 끝에 구부리고 앉았다. 애꿎은 담배통만 돌에다 대구 두드린다. 암만 기다려도 뭉태는 저만 놀 뿐 인사를 아니 붙인다. 술은 제가 내련만 계집도 시시한지 눈 거들떠보지 않는다. 그래 입때 말 한마디 못 건네고 홀로 끙끙 앓는다.

봉당 아래 하얀 귀여운 신이 납죽 놓였다. 덕만이는 유심히 보았다. 돌아앉아서 남이 혹시 보지나 않나 살핀다. 그리고 퍼드러진 시커먼 흙발에다 그 신을 꿰고는 눈을 지그시 감아 보았다. 계집의 신이다. 다시 벗어 제 발에 꿰고는 *짝없이 기뻐한다.

약물같이 개운한 밤이다. 버들 사이로 달빛은 해맑다. 목이 터지라고 맹꽁이는 노래를 부른다. 암숫놈이 의좋게 주고받은 사랑의 노래이었다.

이 소리를 들으매 불현듯 울화가 터졌다. 여지껏 누르고 눌러 오던 총각의 *쿠더분한 울분이 모조리 폭발하였다. 에이 *하치 못한 인생! 하고 저 몸을 책하고 난 뒤 계집의 앞으로 달려들어 무릎을 꿇었다. 두 손을 공손히 무릎 위에 얹었다. 그 행동이 너무나 쑥스럽고 남다르므로 벗들은 눈이 컸다.

"뵈기는 아까부터 봤으나 인사는 처음 여쭙니다."
하고 죽어 가는 음성으로 억지로 *봉을 뗐다. 그로는 참으로 큰 용기다.

"저는 강원두 춘천군 신남면 증리 아랫말에 사는 김덕만입니다. 울

지릅뜨다
부릅뜨다.

짝없이
더할 바 없이.

쿠더분하다
냄새가 몹시 구리고 터분하다.

하치 못한
하찮은.

봉을 떼다
말문을 열다.

총각과 맹꽁이 **17**

아버지가 성이 광산 김갑니다."

두 손을 자꾸 비비더니

"어머니허구 단 두 식굽니다. 하치 못한 사람을 찾아 주셔서 너무 고맙습니다. 저는 서른넷인데두 총각입니다."

"?"

계집은 영문을 몰라 어안이 벙벙하다가,

"고만이올시다."

하며 이마를 기울여 절하는 것을 볼 때 참았던 고개가 절로 돌았다. 그리고 터지려는 웃음을 깨물다 재채기가 터져 버렸다.

"일테면 인사로군? 뭘 고만이야, 더 허지—"

여기저기서 키키거린다. 그런 인사는 좀 됐다 하자구 핀잔이 들어온다.

모처럼 한 인사가 실패다. 그는 그 자리에서 일어나지도 못하고 얼굴이 벌개서 고개를 숙인 채 부처가 되었다.

봉당

부라질
몸을 좌우로 흔드는 짓

새벽녘이다. 달이 지니 바깥은 검은 장막이 내렸다.

세 친구는 봉당에 고라졌다. 술에 취한 게 아니라 어찌 지껄였던지 흥에 취하였다. 뭉태 덕만이 까만 얼굴 세 사람이 마주보며 앉았다. 제가끔 기회를 엿보나 맘대로 안 되며 속만 탈 뿐이다.

뭉태는 계집의 어깨를 잔뜩 움켜잡고 *부라질을 한다.

실상은 안 취했건만 독단 주정이요 발광이다. 새매같이 쏘다가 계집 귀에다 눈치빠르게 수군거리곤 그 허구리를 꾹 찌르고

"어이 술채. 소피 좀 보고 옴세."

벌떡 일어서 비틀거리며 싸리문 밖으로 나간다. 좀 있더니 계집이 마저 오줌 좀 누고 오겠노라고 나가 버린다.

덕만이는 실죽허니 눈만 둥굴린다. 일이 내내 마음에 어그러지고 말았다. 그다지 믿었던 뭉태도 저 놀 구멍만 찾을 뿐으로 심심하다. 그리고 오줌은 만드는지 여태들 안 들어온다. 수상한 일이다. 그는 벌떡 일어서 문 밖으로 나왔다.

발밑이 캄캄하다. 더듬어 가며 잿간 낟가리 나뭇더미 틈바귀를 샅샅이 내려 뒤졌다. 다시 발길을 돌리어 근방의 밭고랑을 뒤지기 시작하였다. 눈에서 불이 난다.

차차 동이 튼다. 젖빛 맑은 하늘이 품을 벌린다. 고운 봉우리 험상궂은 봉우리 이쪽저쪽서 하나 둘 툭툭 불거진다. 손뼉 같은 콩잎은 이슬을 머금고 우거졌다. 스칠 새 없이 다리에 척척 엉기며 물을 뿜는다. 한동안 *해갈을 하고서 밭 한복판 고랑에 콩잎에 가린 옷자락을 보았다. 다짜고짜로 달려들었다. 그러나

"이게 무슨 짓이지유? 아까 뭐라구 *마뤘지유?"
하고는 저로도 창피스러워 뒤 칸 거리에서 다리가 멈칫하였다. 의형이라고 믿었던 게 불찰이다. 뭉태는 조금도 거침없었다. 고개도 안 돌리며

"저리 가. 왜 사람이 눈치를 못 채리고 저 *뻔새야."
화를 천둥같이 내지른다. 도리어 몰리니 기가 안 막힐 수 없다. 말문이 막혀 먹먹하다.

"그래 철석같이 장가들여 주마 할 제는 언제유?"
하고 지지 않게 목청을 돋았다.

해갈
허둥지둥 헤맴.

마뤘지유
말하다. 약속하다.

뻔새
어떤 동작이나 버릇의 됨됨이.

(7행 삭제)

"술값 내슈 가게유—"

손을 벌릴 때

"나하고 안 살면 술값 못 내겠시유."

하고는 *끝대로 배를 튀겼다. 눈은 눈물이 어리어 야속한 듯이 계집을 쏘았다.

끝대로
끝내.

계집은 술 먹고 술값 안 내는 경우가 뭐냐고 중언부언 떠든다. 나중에는 내가 술 팔러 왔지 당신의 아내가 되러 온 것이 아니라고 좋이 타

이르기까지 되었다. 뭉태는 시끄러웠다. 술값은 내가 주마고 계집의 팔을 이끌어 콩포기를 헤집고 길로 나가 버린다.

시위도 좀 해봤으나 최후의 계획도 글렀다. 덕만이는 아주 낙담하고 콩밭 복판에 멍하니 서서 그들의 뒷모양만 배웅한다. 계집이 길로 나서자 눈이 빠지게 기다리던 깜둥이 총각이 또 달려든다.

(4행 삭제)

이것을 보니 가슴은 더욱 쓰라렸다. 동무가 빤히 지키고 섰는데도 끌고 들어가는 그런 행세는 또 없을 게다. 눈물은 급기야 꺼칠한 웃수염을 거쳐 발등으로 *줄대 굴렀다.

이집 저집서 일꾼 나오는 것이 멀리 보인다. 연장을 들고 밭으로 논으로 제각기 흩어진다. 아주 활짝 밝았다.

덕만이는 금시로 콩밭을 튀어 나왔다. 잿간 옆으로 달려들며 큰 돌멩이를 집어들었다. 마는 눈을 얼마 감고 있는 동안 단념하였는지 골창으로 던져 버렸다. 주먹으로 눈물을 비비고는

"살재두 나는 인전 안 살 터이유—"

하고 잿간을 향하여 소리를 질렀다.

그리고 제 집으로 설렁설렁 언덕을 내려간다.

그러나 맹꽁이는 여전히 소리를 끌어 올린다. 골창에서 가장 비웃는 듯이 음충맞게 '맹—' 던지면 '꽁—' 하고 간드러지게 받아넘긴다.

『원본김유정전집』, 한림대 출판부, 1987.

줄대
끊이지 않고 연이어.

소낙비

음산한 검은 구름이 하늘에 뭉게뭉게 모여드는 것이 금시라도 비 한 줄기 할 듯하면서도 여전히 짓궂은 햇발은 겹겹 산속에 묻힌 외진 마을을 통째로 *자실 듯이 달구고 있었다. 이따금 생각나는 듯 *산매들린 바람은 논밭간의 나무들을 뒤흔들며 미쳐 날뛰었다.

뫼 밖으로 농군들을 멀리 품앗이로 내보낸 안말의 공기는 쓸쓸하였다. 다만 *맷맷한 미루나무숲에서 거칠어 가는 농촌을 읊는 듯 매미의 애끊는 노래—

매—음! 매—음!

춘호는 자기 집—올봄에 오 원을 주고 사서 든 *묵삭은 오막살이집—방 문턱에 걸터앉아서 바른 주먹으로 턱을 고이고는 봉당에서 저녁으로 때울 감자를 씻고 있는 아내를 묵묵히 노려보고 있었다. 그는 *사날 밤이나 눈을 안 붙이고 성화를 하는 바람에 농사에 *고리삭은 그의 얼굴은 더욱 해쓱하였다.

아내에게 다시 한번 졸라 보았다. 그러나 위협하는 어조로

"이봐 그래 어떻게 돈 이 원만 안 해줄 터여?"

아내는 역시 대답이 없었다. 갓 잡아 온 새댁 모양으로 씻는 감자나 씻을 뿐 잠자코 있었다.

자실
잡수실.

산매(山魅)들다
요사스러운 산 귀신에 사로 잡히다.

맷맷하다
거침새 없이 혹은 매근하게 곧고 길다.

묵삭다
묵어서 삭다. 오래되어 썩은 것처럼 되다.

사날
사나흘.

고리삭다
젊은이가 마치 늙은이처럼 성질이 삭고 맥이 없다.

되나 안 되나 좌우간 이렇다 말이 없으니 춘호는 울화가 퍼져서 죽을 지경이었다. 그는 타곳에서 떠들어 온 몸이라 자기를 믿고 장리를 주는 사람도 없고 또는 그 *잘량한 집을 팔려 해도 단 이삼 원의 작자도 내닫지 않으므로 앞뒤가 꼭 막혔다. 마는 그래도 아내는 나이 젊고 얼굴 똑똑하겠다, 돈 이 원쯤이야 어떻게라도 될 수 있겠기에 묻는 것인데 들은 체도 안 하니 썩 괘씸한 듯싶었다.

그는 배를 튀기며 다시 한번

"돈 좀 안 해줄 터여?"

하고 소리를 빽 질렀다.

그러나 대꾸는 역시 없었다. 춘호는 노기충천하여 불현듯 문지방을 떠다밀며 벌떡 일어섰다. 눈을 홉뜨고 벽에 기댄 지게 막대를 손에 잡자 아내의 옆으로 바람같이 달려들었다.

"이년아 기집 좋다는 게 뭐여? 남편의 근심도 덜어 주어야지 끼고 자자는 기집이여?"

지게 막대는 아내의 연한 허리를 모질게 후렸다. 까부러지는 비명은 *모지락스리 찌그러진 울타리 틈을 빠져 나간다. *잽처 지게 막대는 앉은 채 *고꾸라진 아내의 발 뒤축을 얼러 볼기를 내리갈겼다.

"이년아, 내가 언제부터 너에게 조르는 게여?"

범같이 호통을 치고 남편이 지게 막대를 공중으로 다시 올리며 *모즈름을 쓸 때 아내는

"에그머니!"

하고 외마디를 질렀다. 연하여 몸을 뒤치자 거반 엎어질 듯이 싸리문 밖으로 내달렸다. 얼굴에 눈물이 흐른 채 *황그리는 걸음으로 문 앞의 언덕을 내리어 개울을 건너고 맞은쪽에 뚫린 콩밭길로 들어섰다.

잘량하다
'알량하다'의 강원도 방언.

모지락스리
모지락스레. 억세고 모질게.

잽처
재차.

고꾸라지다
고꾸라지다.

모즈름
모질음. 고통을 이기려고 모질게 쓰는 힘.

황그리다
다급하게 허둥그리다.

"너 네가 날 피하면 어딜 갈 테여?"

발길을 막는 듯한 의미 있는 호령에 달아나던 아내는 다리가 멈칫하였다. 그는 고개를 돌리어 싸리문 안에 아직도 지게 막대를 들고 섰는 남편을 바라보았다. 어른에게 죄진 어린애같이 입만 *종깃종깃하다가 남편이 뛰어나올까 겁이 나서 겨우 입을 열었다.

"쇠돌 엄마 집에 좀 다녀올게유!"

쭈볏쭈볏 변명을 하고는 가던 길을 다시 *힁하게 내걸었다. 아내라고 요새 이 돈 이 원이 급시로 필요함을 모르는 바도 아니었다. 마는 그의 자격으로나 노동으로나 돈 이 원이란 감히 *땅뗌도 못 해볼 형편이었다. *버리래야 하잘것없는 것—아침에 일어나기가 무섭게 남에게 뒤질까 *영산이 올라 산으로 빼는 것이다. 조고만 종댕이를 허리에 달고 거한 산중에 드문드문 박혀 있는 도라지 더덕을 찾아가는 것이었다. 깊은 산속으로 우중충한 돌 틈바귀로 잔약한 몸으로 맨발에 짚신 짝을 끌며 강파른 산등을 타고 돌려면 젖 먹던 힘까지 녹아내리는 듯 진땀은 머리로 발끝까지 쭉 흘러내린다.

아랫도리를 단 외겹으로 두른 낡은 치맛자락은 다리로 허리로 척척 엉기어 걸음을 방해하였다. 땀에 불은 종아리는 거친 숲에 긁혀메어 그 쓰라림이 말이 아니다.

더덕

도라지

게다가 무더운 흙내는 숨이 탁탁 막히도록 가슴을 질른다. 그러나 삶에 발버둥치는 순진한 그의 머리는 아무 불평도 일지 않았다.

가뭄에 콩 나기로 어쩌다 도라지순이라도 어지러운 숲속에 하나

종깃종깃
쫑긋쫑긋.

힁하게
횡허케. 어물거리거나 지체하지 않고 곧장 빠르게.

땅뗌
땅띰. 무거운 물건을 들어 지면(地面)에서 뜨게 하는 일.

버리
벌이. 돈벌이.

영산오르다
'신나게'의 속어.

둘 뾰죽이 뻗어 오른 것을 보면 그는 그래도 기쁨에 넘치는 미소를 띠었다.

때로는 바위도 기어올랐다. 정히 못 기어오를 그런 험한 곳이면 칡 덩굴에 매여달리기도 하는 것이었다. 땟국에 전 무명 적삼은 벗어서 허리춤에다 꾹 찌르고는 호랑이숲이라 이름난 강원도 산골에 매여달려 기를 쓰고 *허비적거린다.

골바람은 지날 적마다 알몸을 두른 치맛자락을 공중으로 날린 다. 그제마다 검붉은 볼기짝을 사양 없이 내보이는 칡덩굴의 그 를 본다면 배를 움켜쥐어도 다 못 볼 것이다. 마는 다행히 그윽한 산골이라 그 꼴을 비웃는 놈은 뻐꾸기뿐이었다.

이리하여 *해동갑으로 *헤갈을 하고 나면 캐어 모은 도라지 더덕을 *얼러 사발 가웃 혹은 두어 사발 남짓하게 되는 것이다. 그러면 동리로 내려와 주막거리에 가서 그걸 내주고 보리쌀과 사발바꿈을 하였다. 그 러나 요즘엔 그나마도 철이 겨웠다고 소출이 없다. 그 대신 남의 보리 방아를 왼종일 찧어 주고 보리밥 그릇이나 얻어다가는 집으로 돌아와 농토를 못 얻어 뻔뻔히 노는 남편과 같이 나누는 것이 그날 하루하루 의 생활이었다.

그러고 보니 돈 이 원커녕 당장 목을 딴대도 피도 나올지가 의문이 었다.

만약 돈 이 원을 돌린다면 아는 집에서 보리라도 뀌어 파는 수밖에 는 다른 도리가 없다. 그리고 온 동리의 아낙네들이 치맛바람에 팔자 고쳤다고 쑥덕거리며 은근히 시새우는 쇠돌 엄마가 아니고는 노는 버 리를 가진 사람이 없다. 그런데 도둑이 제 발 저리다고 그는 자기 꼴 주제에 *제불에 눌려서 호사로운 쇠돌 엄마에게는 죽어도 가고 싶지

허비적거리다
자꾸 날카로운 끝으로
긁어서 파며 헤치다.

해동갑
해가 질 때까지의 때.

헤갈하다
허둥지둥 헤매다.

얼러
어우르다. 합하여.

제불에
내버려 두어도 저 혼자
저절로. 제물에.

않았다. 쇠돌 엄마도 처음에야 자기와 같이 천한 농부의 계집이 련만 어쩌다 하늘이 도와 동리의 부자 양반 이주사와 은근히 배가 맞은 뒤로는 얼굴도 모양 내고 옷치장도 하고 밥 걱정도 안 하고 하여 아주 금방석에 뒹구는 팔자가 되었다. 그리고 쇠돌 아버지도 이게 웬 땡이냔 듯이 아내를 내어논 채 눈을 슬적 감아 버리고 이주사에게서 나는 옷이나 입고 주는 쌀이나 먹고 연년이 신통치 못한 자기 농사에는 한 손을 떼고는 *히짜를 뽑는 것이 아닌가!

사실 말인즉 춘호 처가 쇠돌 엄마에게 죽어도 아니 가려는 그 속 까닭은 정작 여기 있었다.

바로 지난 늦은 봄 달이 뚫어지게 밝은 어느 밤이었다. 춘호가 보름 *계추를 보러 산모퉁이로 나간 것이 이슥하여도 돌아오지 않으므로 집에서 기다리던 아내가 인젠 자고 오려나, 생각하고는 막 드러누워 잠이 들려니까 웬 난데없는 황소 같은 놈이 튀어들었다. 허둥지둥 춘호 처를 마구 깔다가 놀라서 "으악" 소리를 치는 바람에 그냥 달아난 일이 있었다. 어수룩한 시골 일이라 별반 *풍설도 아니 나고 쓱싹 되었으나 며칠이 지난 뒤에야 그것이 동리의 부자 이주사의 소행임을 비로소 눈치채었다.

그런 까닭으로 해서 춘호 처는 쇠돌 엄마와 직접 관계는 없단대도 그를 대하면 공연스레 얼굴이 뜨뜻하여지고 무슨 죄나 진 듯이 어색하였다.

그리고 더욱이 쇠돌 엄마가

"새댁, 나는 속곳이 세 개구, 버선이 네 벌이구 행."

하며 아주 좋다고 핸들대는 꼴을 보면 혹시 자기에게 함정을 두고서

계원들의 모임을 그린 김홍도의 기로세연계도

계추
계취(契聚). 보름마다 모이는 계원들의 모임.

풍설(風說)
풍문(風聞).

옥생각
옹졸한 생각.

깝살리다
헛되이 놓치다.

헐(歇)하다
가볍다.

허발
헛걸음.

볼질른다
볼지르다. 뺨친다. 능가
한다.

감사납다
억세고 사납다.

살풍경
살풍경(殺風景). 보잘것
없거나 쓸쓸한 풍경.

제누리
곁두리. 사이참. 샛밥.
끼니 이외에 이따금 먹
는 밥.

비양거리는 거나 아닌가, 하는 *옥생각으로 무안해서 고개를 못 들었다. 한편으로는 자기도 좀만 잘했더면 지금쯤은 쇠돌 엄마처럼 호강을 할 수 있었을 그런 갸륵한 기회를 *깝살려 버린 자기 행동에 대한 후회와 애탄으로 말미암아 마음을 괴롭히는 그 쓰라림도 적지 않았다.

그러나 아무러한 욕을 보더라도 나날이 심해 가는 남편의 무지한 매보다는 그래도 좀 *헐할 게다.

오늘은 한맘 먹고 쇠돌 엄마를 찾아가려는 것이었다.

춘호 처는 이번 걸음이 *허발이나 안 칠까 일념으로 심화를 하며 수양버들이 쭉 늘어 박힌 논두렁길로 들어섰다. 그는 시골 아낙네로는 용모가 매우 반반하였다. 좀 야윈 듯한 몸매는 호리호리한 것이 소위 동리의 문자로 외입깨나 하염직한 얼굴이었으되 추려한 의복이며 퀴퀴한 냄새는 거지를 *볼질른다. 그는 왼손 바른손으로 겨끔내기로 치맛귀를 여며 가며 속살이 삐질까 조심조심이 걸었다.

*감사나운 구름송이가 하늘 신폭을 휘덮고는 차츰차츰 지면으로 처져 내리더니 그예 산봉우리에 엉기어 *살풍경이 되고 만다. 먼 데서 개 짖는 소리가 앞뒷산을 한적하게 울린다. 빗방울은 하나 둘 떨어지기 시작하더니 차차 굵어지며 무더기로 퍼부어 내린다.

춘호 처는 길가에 늘어진 밤나무 밑으로 뛰어들어가 비를 거니며 쇠돌 엄마 집을 멀리 바라보았다. 북쪽 산기슭에 높직한 울타리로 뺑 돌려 두르고 앉았는 오묵하고 맵시 있는 집이 그 집이었다. 그런데 싸리문이 꼭 닫힌 걸 보면 아마 쇠돌 엄마가 농군 청에 저녁 *제누리를 나르러 가서 아직 돌아오지를 않은 모양이었다.

그는 쇠돌 엄마 오기를 지켜보며 우두커니 서서 기다리고 있었다.

나뭇잎에서 빗방울은 뚝, 뚝, 떨어지며 그의 뺨을 흘러 젖가슴으로 스
며든다. 바람은 지날 적마다 냉기와 함께 굵은 빗발을 몸에 들이친다.

비에 쪼로록 젖은 치마가 몸에 찰싹 휘감기어 허리로 궁둥이
로 다리로 살의 윤곽이 그대로 비쳐 올랐다.

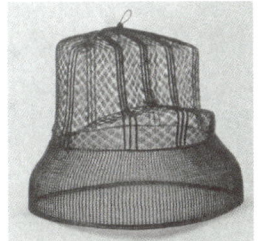

탕건

무던히 기다렸으나 쇠돌 엄마는 오지 않았다. 하도 진력이 나
서 하품을 하여 가며 정신없이 서 있노라니 왼편 언덕에서 사람
오는 발자취 소리가 들린다. 그는 고개를 돌려 보았다. 그러나
날쌔게 나무 틈으로 몸을 숨겼다.

동이배를 가진 이주사가 지우산을 받쳐 쓰고는 쇠돌
네 집을 향하여 엉덩이를 껍죽어리며 내려가는 길이
었다. 비록 키는 작달막하나 숱 좋은 수염이든지 온

동리를 털어야 단 하나뿐인 탕건이든지, 썩 풍채 좋은 오십 전후의 양반이다. 그는 싸리문 앞으로 가더니 자기 집처럼 거침없이 문을 떠다밀고는 속으로 버젓이 들어가 버린다.

이것을 보니 춘호 처는 다시금 속이 편치 않았다. 자기는 개돼지같이 무시로 매만 맞고 돌아치는 천덕구니다. 안팎으로 *겹구염을 받으며 간들대는 쇠돌 엄마와 사람 된 치수가 두드러지게 다름을 그는 알 수 있었다. 쇠돌 엄마의 호강을 너무나 부럽게 우러러보는 반동으로 자기도 잘만 했더라면 하는 턱없는 희망과 후회가 전보다 몇 갑절 쓰린 맛으로 그의 가슴을 찍어뜯었다. 쇠돌네 집을 하염없이 건너다보다가 어느덧 저도 모르게 긴 한숨이 굴러내린다.

언덕에서 쏠려 내리는 *사태물이 발등까지 개흙으로 덮으며 소리쳐 흐른다. 빗물에 푹 젖은 몸뚱어리는 점점 떨리기 시작한다.

그는 가볍게 몸서리를 쳤다. 그리고 당황한 시선으로 사방을 경계하여 보았다. 아무도 보이지는 않았다. 다시 시선을 돌리어 그 집을 쏘아보며 속으로 궁리하여 보았다. 안에는 확실히 이주 사뿐일 게다. 고대까지 걸렸던 싸리문이라든지 또는 울타리에 넌 빨래를 여태 안 걷어들이는 것을 보면 어떤 맹세를 두고라도 분명히 이주사 외의 다른 사람은 하나도 없을 것이다.

그는 마음놓고 비를 맞아 가며 그 집으로 달려들었다. 봉당으로 선뜻 뛰어오르며

"쇠돌 엄마 기슈?"

하고 *인기를 내보았다.

물론 당자의 대답은 없었다. 그 대신 그 음성이 나자 안방에서 이주사가 번개같이 머리를 내밀었다. 자기 딴은 꿈밖이란 듯 눈을 두리번

겹구염
겹귀염. 양쪽에서 귀여움을 받음.

사태물
높은 언덕이나 산비탈이 허물어지면서 흘러내리는 흙탕물.

싸리문

인기
인기척.

두리번하더니 옷 위로 볼가진 춘호 처의 젖가슴 아랫배 넓적다리로 발
등까지 슬쩍 *음충히 훑어보고는 거나한 낯으로 빙그레한다. 그리고
자기도 봉당으로 주춤주춤 나오며

음충하다
음흉스럽다.

　"쇠돌 어멈 말인가? 왜 지금 막 나갔지. 곧 온댔으니 안방에 좀 들어
가 기다렸으면……."
하고 매우 일이 딱한 듯이 *어름어름한다.

어름어름한다
말이나 행동이 우물쭈
물하다.

　"이 비에 어딜 갔세유?"

"지금 요 밖에 좀 나갔지, 그러나 곧 올걸……."

"있는 줄 알고 왔는디……."

춘호 처는 이렇게 혼자말로 낙심하며 섭섭한 낯으로 머뭇머뭇하다가 그냥 돌아갈 듯이 봉당 아래로 내려섰다. 이주사를 쳐다보며 물 차는 제비같이 *산드러지게

"그럼 요담에 오겠세유, 안녕히 계십시유."

하고 작별의 인사를 올린다.

"지금 곧 온댔는데 좀 기다리지……."

"담에 또 오지유."

"아닐세 좀 기다리게. 여보게 여보게 이봐!"

춘호 처가 간다는 바람에 이주사는 체면도 모르고 기가 올랐다. 허둥거리며 재간껏 만류하였으나 암만해도 안 된 듯싶다. 춘호 처가 여기엘 찾아온 것도 큰 기적이려니와 뇌성벽력에 구석진 곳이겠다 이렇게 솔깃한 기회는 두번 다시 못 볼 것이다. 그는 눈이 뒤집히어 입에 물었던 장죽을 쑥 뽑아 방 안으로 치뜨리고는 계집의 허리를 뒤로 다짜고짜 끌어안아서 봉당 위로 끌어올렸다.

계집은 몹시 놀라며

"왜 이러서유, 이거 노세유."

하고 몸을 뿌리치려고 앙탈을 한다.

"아니 잠깐만."

이주사는 그래도 놓지 않으며 *허겁스러운 눈짓으로 계집을 달랜다. 흘러내리려는 고이춤을 왼손으로 연송 치우치며 바른팔로는 계집을 잔뜩 움켜잡고는 엄두를 못 내어 짤짤매다가 간신히 방 안으로 끙끙 몰아넣었다. 안으로 문고리는 재빠르게 채이었다.

밖에서는 모진 빗방울이 배춧잎에 부닥치는 소리, 바람에 나무 떠는 소리가 요란하다. 가끔 양철통을 내려 굴리는 듯 거푸진 천둥 소리가 *방고래를 울리며 날은 점점 침침하였다.

얼마쯤 지난 뒤였다. 이만하면 길이 들었으려니, 안심하고 이주사는 날숨을 후— 하고 돌른다. 실없이 고마운 비 때문에 발악도 못 치고 앙살도 못 피우고 무릎 앞에 고분고분 늘어져 있는 계집을 대견히 바라보며 빙긋이 얼러 보았다. 계집은 온몸에 진땀이 쭉 흐르는 것이 꽤 더운 모양이다. 벽에 걸린 쇠돌 엄마의 적삼을 꺼내어 계집의 몸을 말쑥하게 *훌닦기 시작한다. 발끝서부터 얼굴까지—

"너, 열아홉이라지?"

하고 이주사는 취한 얼굴로 얼간히 물어 보았다.

"니에—"

하고 *메떨어진 대답. 계집은 이주사 손에 눌리어 일어나도 못 하고 죽은 듯이 가만히 누워 있다.

이주사는 계집의 몸뚱이를 다 씻기고 나서 한숨을 내뿜으며 담배 한 대를 턱 피워 물었다.

"그래, 요새도 서방에게 *주리경을 치느냐?"

하고 묻다가 아무 대답도 없으매

"원 그래서야 어떻게 산단 말이냐 하루 이틀이 아니고, 사람의 일이란 알 수 있는 거냐? 그러다 혹시 맞아 죽으면 *정장 하나 해볼 곳 없는 거야. 허니, 네 명이 아까우면 덮어놓고 *민적을 가르는 게 낫겠지."

하고 계집의 신변을 위하여 염려를 마지않다가 번뜻 한 가지 궁금한 것이 있었다.

방고래
방의 구들장 밑으로 나 있는, 불길과 연기가 나가는 길.

훌닦다
대강 훔치어 닦다.

메떨어지다
모양, 말, 행동 등이 어울리지 않고 촌스럽다.

주리경
원래 주리를 트는 모진 형벌을 말함. 여기서는 모진 매를 맞거나 꾸지람 당하는 일을 뜻함.

정장
소장(訴狀)을 관청에 내는 일. 억울함을 호소함.

민적을 가르다
민적은 오늘날의 호적(戸籍). 즉, 이혼을 뜻함.

"너 참, 아이 낳다 죽었다더구나?"

"니에—"

"어디 난 듯이나 싶으냐?"

계집은 얼굴이 홍당무가 되어지며 아무 말 못하고 고개를 외면하였다.

이주사도 그까짓 것 더 묻지 않았다. 그런데 웬 녀석의 냄새인지 무생채 썩는 듯한 시크무레한 악취가 *물시로 코청을 찌르니 눈살을 째푸리지 않을 수 없다. 처음에야 그런 줄은 *소통 몰랐더니 알고 보니까 비위가 좋이 역하였다. 그는 빨고 있던 담배통으로

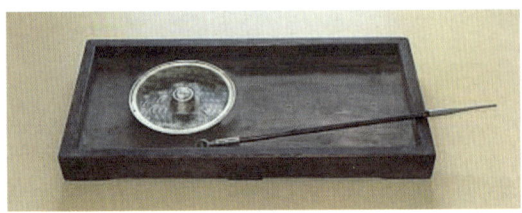

담배통과 곰방대

계집의 배꼽께를 똑똑히 가리키며

"애, 이 살의 때꼽 좀 봐라. 그래 물이 흔한데 이것 좀 못 씻는단 말이냐?"

하고 모처럼의 기분을 상한 것이 *앵하단 듯이 꺼림한 기색으로 혀를 채였다. 하지만 계집이 참다참다 이내 무안에 못 이기어 일어나 치마를 입으려 하니 그는 역정을 벌컥 내었다. 옷을 뺏어서 구석으로 동댕이를 치고는 다시 그 자리에 끌어 앉혔다. 그리고 자기 딸이나 책하듯이 아주 대범하게 꾸짖었다.

"왜 그리 계집이 *달망대니? 좀 *든직지가 못하구……."

춘호 처가 그 집을 나선 것은 들어간 지 약 한 시간 만이었다. 비가 여전히 쭉쭉 내린다. 그는 진땀을 있는 대로 흠뻑 쏟고 나왔다. 그러나 의외로 아니 천행으로 오늘 일은 성공이었다. 그는 몸을 솟치며 생긋하였다. 그런 모욕과 수치는 난생 처음 당하는 봉변으로 지랄 중에

물시로
무시(無時)로. 시도 때도 없이.

소통
도통. 도무지.

앵하다
못마땅하고 짜증나다.

달망대다
침착하지 못하고 가볍게 자꾸 까불다.

든직하다
듬직하다.

도 몹쓸 지랄이었으나 성공은 성공이었다. 복을 받으려면 반드시 고생이 따르는 법이니 이까짓 거야 골백 번 당한대도 남편에게 매나 안 맞고 의좋게 살 수만 있다면 그는 사양치 않을 것이다. 이주사를 하늘같이 은인같이 여겼다. 남편에게 부쳐 먹을 농토를 줄 테니 자기의 첩이 되라는 그 말도 죄송하였으나 더욱이 돈 이 원을 줄 게니 내일 이맘때 쇠돌네 집으로 넌지시 만나자는 그 말은 무엇보다도 고마웠고 벅찬 짐이나 푼 듯 마음이 홀가분하였다. 다만 *애키는 것은 자기의 행실이 만약 남편에게 발각되는 나절에는 *대매에 맞아 죽을 것이다. 그는 일변 기뻐하며 일변 애를 태우며 자기 집을 향하여 세차게 쏟아지는 빗속을 *가븐가븐 내리달렸다.

춘호는 아직도 분이 못 풀리어 뿌루퉁하니 홀로 앉았다. 그는 자기의 고향인 인제를 등진 지 벌써 삼 년이 되었다. 해를 이어 흉작에 농작물은 말 못 되고 따라 빚쟁이들의 위협과 악다구니는 날로 심하였다. 마침내 하릴없이 집, 세간살이를 그대로 내버리고 알몸으로 밤도주를 하였던 것이다. 살기 좋은 곳을 찾는다고 나 어린 아내의 손목을 이끌고 이 산 저 산을 넘어 표랑하였다. 그러나 우정 찾아든 곳이 고작이 마을이나 *살속은 역시 일반이다. 어느 산골엘 가 호미를 잡아 보아도 정은 조그만치도 안 붙었고 거기에는 오직 쌀쌀한 불안과 굶주림이 품을 벌려 그를 맞을 뿐이었다. 터무니없다 하여 농토를 안 준다. *일구녕이 없으매 품을 못 판다. 밥이 없다. 결국에 그는 피폐하여 가는 농민 사이를 감도는 엉뚱한 투기심에 몸이 달떴다. 요사이 며칠 동안을 두고 요 너머 뒷산 속에서 밤마다 큰 노름판이 벌어지는 기미를 알았다. 그는 자기도 한몫 보려고 *끼룩어렸으나 좀체로 밑천을 만들 수가 없었다.

애키다
마음이 켕기다.
꺼림칙하다.

대매
단매. 단 한 번때리는 매.

가븐가븐
가분가분. 말이나 행동이
가벼운 모양.

살속
세상 살아가는 형편.

일구녕
일구멍. 일자리.

끼룩어리다
끼룩거리다. 내다보려
고 목을 길게 앞으로
빼다.

이 원! 수나 좋아서 이 이 원이 조화만 잘 한다면 *금시 발복이 못 된다고 누가 단언할 수 있으랴! 삼사십 원 따서 동리의 빚이나 대충 가리고 옷 한 벌 지어 입고는 진저리나는 이 산골을 떠나려는 것이 그의 배포였다. 서울로 올라가 아내는 *안잠을 재우고 자기는 노동을 하고 둘이서 다구지게 벌면 안락한 생활을 할 수가 있을 텐데 이런 산구석에서 굶어죽을 맛이야 없었다. 그래서 젊은 아내에게 돈 좀 해오라니까 요리 매낀 조리 매낀 매만 피하고 거들어 주지 않으니 그 소행이 여간 괘씸한 것이 아니다.

아내가 물에 빠진 생쥐 꼴을 하고 집으로 달려들자 미처 입도 벌리기 전에 남편은 이를 악물고 주먹뺨을 냅다 붙였다.

"너 이년, 매만 살살 피하고 어디 가 자빠졌다 왔니?"

볼치 한 대를 얻어맞고 아내는 오기가 질리어 벙벙하였다. 그래도 직성이 못 풀리어 남편이 다시 매를 손에 잡으려 하니 아내는 질겁을 하여 살려 달라고 두 손으로 빌며 *개신개신 입을 열었다.

"낼 되유— 낼, 돈, 낼 되유—"

하며 돈이 변통됨을 삼가 아뢰는 그의 음성은 절반이 울음이었다.

남편이 반신반의하여 눈을 찌긋하다가

"낼?"

하고 목청을 돋웠다.

"네, 낼 된다유—"

"꼭 되여?"

"네, 낼 된다유—"

남편은 시골 물정에 능통하니만치 난데없는 돈 이 원이 어디서 어떻게 되는 것까지는 추궁해 물으려 하지 않았다. 그는 적이 안심한 얼굴로 방문턱에 걸터앉으며 담뱃대에 불을 그었다. 그제야 아내도 비로소 마음을 놓고 감자를 삶으러 부엌으로 들어가려 하니 남편이 곁으로 걸어오며 측은한 듯이 말리었다.

"병나, 방에 들어가 어여 옷이나 말리여. 감자는 내 삶을게—"

먹물같이 짙은 밤이 내리었다. 비는 더욱 소리를 치며 앙상한 그들의 방벽을 앞뒤로 울린다. 천장에서 비는 새지 않으나 집 진 지가 오래되어 고래가 물러앉다시피 된 방이라 도배를 못한 방바닥에는 물이 스며들어 귀축축하다. 거기다 거적 두 잎만 덩그렇게 깔아 놓은 것이 그들의 침소였다. 석웃불은 없어 캄캄한 바로 지옥이다. 벼룩은 사방에서 마냥 스멀거린다.

그러나 *등걸잠에 *익달한 그들은 천연스럽게 나란히 누워 주리차게 퍼붓는 밤비 소리를 귀담아듣고 있었다. 가난으로 인하여 부부간의 애틋한 정을 모르고 나날이 매질로 불평과 원한 중에서 복대기던 그들도 이 밤에는 불시로 화목하였다. 단지 남의 품에 든 돈 이 원을 꿈꾸어 보고도—

등걸잠
옷을 입은 채 아무것도 덮지 아니하고 아무 데나 쓰러져 자는 잠.

익달하다
익숙하다.

"서울 언제 갈라유."

남편의 왼팔을 베고 누웠던 아내가 남편을 향하여 응석 비슷이 물어 보았다. 그는 남편에게 서울의 화려한 거리며 후한 인심에 대하여 여러 번 들은 바 있어 일상 안타까운 마음으로 몽상은 하여 보았으나 실지 구경은

전차가 다니던 서울 풍경

못하였다. 얼른 이 고생을 벗어나 살기 좋은 서울로 가고 싶은 생각이 간절하였다.

"곧 가게 되겠지, 빚만 좀 없어도 가뜬하련만."

얼핀
얼른.

질꾼
길꾼. 노름 따위에 길이
익어 곧잘 하는 사람.

겁겁하다
성미가 급하여 참을성
이 없다.

둠 구석
두메산골 구석.

뇌자라먹다
'뇌자라다'의 속어. 아
무 구속 없이 자유롭게
자라다.

꼬라리
고라리. 아주 어리석
은 시골 사람.

감잡히다
약점을 잡히다.

얼뜨다
다부지지 못하여 어수
룩하고 얼빠진 데가
있다.

"빚은 낭종 갚더라도 *얼핀 갑세다유—"

"염려 없어. 이 달 안으로 꼭 가게 될 거니까."

남편은 썩 쾌히 승낙하였다. 딴은 그는 동리에서 일컬어 주는 *질꾼
으로 투전장의 갑오쯤은 시루에서 콩나물 뽑듯 하는 능수였다. 내일
밤 이 원을 가지고 벼락같이 노름판에 달려가서 있는 돈이란 깡그리
모집어 올 생각을 하니 그는 은근히 기뻤다. 그리고 교묘한 자기의 손
재간을 홀로 뽐내었다.

"이번이 서울 처음이지?"

하며 그는 서울 바닥 좀 한번 쐬었다고 큰 체를 하며 팔로 아내의 머리
를 흔들어 물어 보았다. 성미가 워낙 *겁겁한지라 지금부터 서울 갈 준
비를 착착 하고 싶었다. 그가 제일 걱정되는 것은 *둠 구석에서 *뇌자
라먹은 아내를 데리고 가면 서울 사람에게 놀림도 받을 게고 거리끼는
일이 많을 듯싶었다. 그래서 서울 가면 꼭 지켜야 할 필수조건을 아내
에게 일일이 설명치 않을 수도 없었다.

첫째 사투리에 대한 주의부터 시작되었다. 농민이 서울 사람에게
*꼬라리라는 별명으로 *감잡히는 그 이유는 무엇보다도 사투리에 있
을지니 사투리는 쓰지 말지며 "합세"를 "하십니까"로 "하게유"를 "하
오"로 고치되 말끝을 들지 말지라. 또 거리에서 어릿어릿하는 것은 내
가 시골뜨기요 하는 *얼뜬 짓이니 갈 길은 재게 가고 볼 눈을 또릿또릿
이 볼지라—하는 것들이었다. 아내는 그 끔찍한 설교를 귀담아들으며
모깃소리로 네, 네 하였다. 남편은 뒤 시간 가량을 샐 틈 없이 꼼꼼하
게 주의를 다져 놓고는 서울의 풍습이며 생활방침 등을 자기의 의견대
로 그럴싸하게 이야기하여 오다가 말끝이 어느덧 화장술에까지 이르
게 되었다. 시골 여자가 서울에 가서 안잠을 잘 자주면 몇 해 후에는

집까지 얻어 갖는 수가 있는데 거기에는 얼굴이 어여뻐야 한다는 소문을 일찍 들은 바가 있어 하는 소리였다.

"그래서 날마다 기름도 바르고 분도 바르고 버선도 신고 해서 쥔 마음에 썩 들어야……."

한참 신바람이 올라 주워섬기다가 옆에서 새근새근, 소리가 들리므로 고개를 돌려 보니 아내는 이미 *고라져 잠이 깊었다.

고라지다
곯아 떨어지다.

"이런 망할 거, 남 말하는데 자빠져 잔담—"

남편은 혼자 중얼거리며 바른팔을 들어 이마 위로 흐트러진 아내의 머리칼을 뒤로 씨담어 넘긴다. 세상에 귀한 것은 자기의 아내! 이 아내가 만약 없었던들 자기는 홀로 어떻게 살 수 있었으려는가! 명색이 남편이며 이날까지 옷 한 벌 변변히 못 해 입히고 고생만 *짓시킨 그 죄가 너무나 큰 듯 가슴이 뻐근하였다. 그는 왈살스러운 팔로다 아내의 허리를 꼭 껴안아 가지고 앞으로 *바특이 끌어당겼다.

짓시키다
심하게 시키다.

바특이
바싹.

밤새도록 줄기차게 내리던 빗소리가 아침에 이르러서야 겨우 그치고 점심때에는 생기로운 볕까지 들었다. 쿨렁쿨렁 논물 나는 소리는 요란히 들린다. 시내에서 고기 잡는 아이들의 고함이며 농부들의 *히히낙낙한 *미나리도 기운차게 들린다.

히히낙낙하다
희희낙락(喜喜樂樂)
하다.

미나리
메나리. 농부들이 논일
하며 부르는 농요.

비는 춘호의 근심도 씻어 간 듯 오늘은 그에게도 즐거운 빛이 보였다.

"저녁 제누리 때 되었을걸, 얼른 빗고 가봐—"

그는 갈증이 나서 아내를 대고 재촉하였다.

"아직 멀었어유—"

"먼 게 뭐냐, 늦었어—"

"뭘!"

아내는 남편의 말대로 벌써부터 머리를 빗고 앉았으나 온체 달포나 아니 가리어 엉크른 머리라 시간이 꽤 걸렸다. 그는 호랑이 같은 남편과 오래간만에 정다운 정을 바꾸어 보니 근래에 볼 수 없는 희색이 얼굴에 떠돌았다. 어느 때에는 *맥적게 생글생글 웃어도 보았다.

아내가 꼼지락거리는 것이 보기에 퍽으나 갑갑하였다. 남편은 아내 손에서 *얼레빗을 쑥 뽑아 들고는 시원스레 쭉쭉 내려 빗긴다. 다 빗긴 뒤 옆에 놓은 밥사발의 물을 손바닥에 연신 칠해 가며 머리에다 번지르하게 발라 놓았다. 그래 놓고 위서부터 머리칼을 재워 가며 맵시 있게 쪽을 딱 찔러 주더니 오늘 아침에 한사코 공을 들여 삼아 놓았던 집석이를 아내의 발에 신기고 주먹으로 자근자근 *골을 내주었다.

"인제 가봐!"

하다가

"바루 곧 와, 응?"

하고 남편은 그 이 원을 고이 받고자 손색 없도록 실패 없도록 아내를 모양 내어 보냈다.

『원본김유정전집』, 한림대 출판부, 1987.

맥적다
멋쩍다.

얼레빗
빗살이 굵고 성긴 큰 빗.

골을 내다
제대로 되지 못한 물건의 모양을 바로잡다.

노다지

그믐 칠야 캄캄한 밤이었다. 하늘에 별은 깨알같이 총총 박혔다. 그
덕으로 솔숲 속은 간신히 희미하였다. 험한 산중에도 우중충하고 구석
배기 외딴 곳이다. 버석, 만 하여도 가슴이 덜렁한다. 호랑이, 산골 호
생원!

만귀(萬鬼)는 잠잠(潛
潛)하다
깊은 밤 온갖 것이 다
자는 듯이 고요하다.

바랑
배낭(背囊).

*만귀는 잠잠하다. 가을은 이미 늦었다고 냉기는 모질다. 이슬을 품
은 가랑잎은 바스락바스락 날아들며 얼굴을 축인다.

꽁보는 *바랑을 모로 베고 풀 위에 꼬부리고 누웠다가 잠깐 깜빡하
였다. 다시 눈이 띄었을 적에는 몸서리가 몹시 나온다. 형은 맞은편에
그저 웅크리고 앉았는 모양이다.

"성님, 인저 시작해 볼라우?"

"아즉 멀었네, 좀 *칩드라도 참참이 해야지—"

어둠 속에서 그 음성만 우렁차게 그러나 가만히 들릴 뿐이다. 연모를 고치는지 마치 쇠 부딪는 소리와 아울러 부스럭거린다. 꽁보는 다시 옹송그리고 새우잠으로 눈을 감았다. 야기에 옷은 젖어 후줄근하다. 아랫도리가 척 나간 듯이 감촉을 잃고 *대구 쑤실 따름이다. 그대로 버뜩 일어나 하품을 하고는 으드들 떨었다.

어디서인지 자박자박 사라지는 발자국 소리가 들린다. 꽁보는 정신이 번쩍 나서 눈을 둥글린다.

"누가 오는 게 아뉴?"

"바람이겠지, 즈들이 설마 알라구!"

*신청부같은 그 대답에 적이 맘이 놓인다. 곁에 형만 있으면야 몇 놈쯤 오기로서니 그리 쪼일 게 없다. 적삼의 깃을 여미며 휘돌아보았다.

*감때사나운 큰 바위가 반득이는 하늘을 찌를 듯이, *삐쭤 솟았다. 그 양 어깨로 *자즈레한 바위는 뭉글뭉글한 놈이 검은 구름 같다. 그러면 이번에는 꿈인지 호랑인지 영문 모를 그런 험상궂은 대구리가 공중에 불끈 나타나 두리번거린다. 사방은 모다 이따위 산에 돌렸다. 바람은 뻗칠 내려구르며 습기와 함께 낙엽을 풍긴다. 을씨년스레 샘물은 *노냥 쫄랑쫄랑. 금시라도 시커먼 산중턱에서 호랑이불이 보일 듯싶다. 꼼짝 못할 함정에 든 듯이 소름이 쭉 돋는다.

꽁보는 너무 서먹서먹하고 허전하여 어깨를 으쓱 올린다. 몹쓸놈의 산골도 다 많어이. 산골마다 모조리 요지경이람. 이러고 보니 몹시 무서운 기억이 눈앞으로 번쩍 지난다.

바로 작년 이맘때이다. 그날도 오늘과 같이 밤을 도와 *잠채를 하러

칩드라도
춥더라도.

대구
무리하게 자꾸.

신청부같다
근심 걱정이 너무 많아서 사소한 일을 돌아볼 여유가 없다.

감때사납다
사람이나 사물이 억세고 사납다.

삐쭤
삐죽이. 내민 물건의 끝이 날카롭게.

자즈레하다
자질구레하다.

노냥
노상. 늘상.

잠채
광물을 몰래 채굴하거나 채취함.

노다지 **43**

갔던 것이다. *회양 근방에도 가장 험하다는 마치 이렇게 *휘하고 낯선 산골을 기어올랐다. 꽁보에 더펄이 그리고 또 다른 동무 셋과. 초저녁부터 내리는 보슬비가 웬일인지 그칠 줄을 모른다. 붕, 하고 난데없이 이는 바람에 안기어 비는 낙엽과 함께 몸에 부딪고 또 부딪고 하였다. 모두들 입 벌릴 기력조차 잃고 대구 부들부들 떨었다. 방금 넘어올 듯이 덩치 커다란 바위는 머리를 불쑥 내대고 길을 막고 막고 한다. 그놈을 끼고 캄캄한 절벽을 돌고 나니 땀이 등줄기로 쫙 내려 흘렀다. 게다가 언제 호랑이가 내닫는지 알 수 없으매 가슴은 펄쩍 두근거린다.

그러나 하기는, 이제 말이지 용케도 해먹긴 하였다. 아무렇든지 다섯 놈이 서른 길이나 넘는 암굴에 들어가서 한 시간도 채 못 되자 감(광석)을 두 포대나 실히 따 올렸다. 마는 문제는 *논으맥이에 있었다. 어떻게 이놈을 *논흐면 서로 억울치 않을까. 꽁보는 *금점에 남다른 이력이 있느니만치 제가 선뜻 맡았다. 부피를 대중하여 다섯 목에다 차례대로 *매지매지 골고루 논았던 것이다. 헌데 이런 우스꽝스러운 놈이 또 있을까.

"이게 일터면 노눈 건가!"

어두운 구석에서 어떤 놈이 이렇게 쥐어박는 소리를 하는 것이다. 제딴은 *욱기를 보이느라고 가래침을 배앝는다.

"그럼?"

꽁보는 하 어이없어서 그쪽을 뻔히 바라보았다. 이건 우리가 늘 하는 격식인데 이제 와서 새삼스럽게 *계정을 부릴 것이 아니다.

"아니, 요게 내 거야?"

"그럼, 누군 *감벼락을 맞았단 말인가?"

"아니, 이 구덩이를 먼저 낸 것이 누군데 그래?"

회양(淮陽)
강원도 지명.

휘하다
쓸쓸하고 적막하다.

논으맥이
노느매기. 물건을 여러 몫으로 갈라서 나눔.

논흐면
나누면.

금점
금광(金鑛).

매지매지
물건을 공평하게 나누는 모양.

욱기
욱하는 성미.

계정
불평을 품고 떠드는 말과 행동.

감벼락
뜻밖에 만난 재난.

"누구고 새고 알 게 뭐 있나, 금 있으니 땄고 땄으니 논았지!"

"알 게 없다? 내가 없어도 느가 왔니? 이 새끼야?"

"이런 *숭맥 보래, 꿀돼지 제 욕심 채기로 너만 먹자는 거야?"

바로 이 말에 자식이 욱하고 들이덤볐다. 무지한 두 손으로 꽁보의 멱살을 잔뜩 움켜쥐고 흔들고 지랄을 한다. 꽁보가 체수가 작고 처들고 *좀팽이라 쳐들고 한창 얕본 모양이다.

비를 맞아 가며 숨이 콕 막히도록 시달리니 꽁보도 화가 안 날 수 없다. 저도 모르게 어느덧 감석을 손에 잡자 놈의 골통을 *퍼뜨렸다. 하니까 이놈이 꼭 황소같이 식, 하더니 꽁보를 *피언한 돌 위에다 집어때렸다. 그리고 깔고 앉더니 대뜸 *벽채를 들어 곁갈빗대를 힉, 하도록 아주 몹시 *조겼다. 죽질 않기만 다행이지만 지금도 이게 가끔 도지어 몸을 못 쓰는 것이다. 담에는 왼편 어깨를 된통 맞았다. 정신이 다 아찔하였다. 험하고 깊은 산속이라 그대로 죽여 버릴 작정이 분명하다. 세 번째에는 또다시 가슴을 겨누고 내려올 제 인제는 꼬박 죽었구나, 하였다. 참으로 지긋지긋하고 아슬아슬한 순간이었다. 그때 천행이랄까 대문짝처럼 크고 억센 더펄이가 비호같이 날아들었다. *잡은참 그놈의 허리를 뒤로 두 손에 꿰어 들더니 산비탈로 내던져 버렸다. 그놈은 그때 살았는지 죽었는지 이내 모른다. 꽁보는 곧바로 감석과 한꺼번에 더펄이 등에 업히어 마을로 내려왔던 것이다.

현재 꽁보가 갖고 다니는 그 목숨은 더펄이 손에서 명줄을 받은 그때

70년대 광산촌 모습

숭맥
쑥맥.

좀팽이
성격이 좀스런 사람.

퍼뜨리다
깨뜨리다.

피언하다
편평(扁平)하다.

벽채
광산에서 광석을 긁어 모으거나 파내는 데 쓰는 연장. 호미와 비슷하나 훨씬 크다.

조기다
사정없이 마구 때리다.

잡은참
자분참. 지체없이.

형우제공(兄友弟恭)
형은 아우를 사랑하고 동생은 형을 공경한다는 뜻. 형제간 서로 우애 깊게 지냄.

형없다
영락없다.

경상(景狀)
좋지 못한 몰골이나 상태.

거냉(去冷)
약간 데워 찬 기운만 없앰.

평풍
병풍(屏風).

의 끄트머리다. 더펄이를 형이라 불렀고 *형우제공을 깍듯이 하는 것도 까닭 없는 일은 아니었다.

이 산골도 그 녀석의 산골과 똑 *헐없는 흉측스러운 낯짝을 가졌다. 한번 휘돌아 보니 몸서리치던 그 *경상이 다시 생각나지 않을 수 없다. 꽁보는 담배만 빡빡 피우며 시름없이 앉았다.

"몸 좀 녹여서 인저 시적시적 해볼까?"

더펄이도 추운지 떨리는 몸을 툭툭 털며 일어선다. 시작하도록 연모는 차비가 다 된 모양. 저편으로 가서 훔척훔척하더니 바랑에서 막걸리 병과 돼지 다리를 꺼내 들고 이리로 온다.

"그래도 줌 *거냉은 해야 할걸!"

하고 그는 병마개를 이로 뽑더니

"에이 그냥 먹세, 언제 데워 먹겠나?"

"데웁시다."

"글쎄 그것두 좋구, 근데 불을 났다가 들키면 어쩌나?"

"저 바위 틈에다 가리고 핍시다."

아우는 일어서서 가랑잎을 긁어 모았다.

형은 더듬어 가며 소나무 삭정이를 뚝뚝 꺾어서 한아름 안았다. *평풍과 같이 바위와 바위 사이에 틈이 벌었다. 그 속으로 들어가 그들은 불을 놓았다.

"커―그어 맛 좋아이."

형은 한잔을 쭉 켜고 거나하였다. 칼로 돼지고기를 저며 들고 쩍쩍 씹는다.

"아까 술집 계집 봤나?"

"왜 그루?"

"어떻든가?"

"……"

"아주 *똑 땄데, 고거 참!"

하고 그는 눈을 불빛에 끔벅거리며 싱글싱글 웃는다. 일 년이면 열두 달 *줄청 돌아만 다니는 신세였다. 오늘은 서로 내일은 동으로 조선 천지의 금점판 치고 아니 찝쩍거린 데가 없었다. 언제나 나도 그런 계집 하나 만나 살림을 좀 해보누, 하면 무거운 한숨이 절로 안 날 수 없다.

"거, 계집 있는 게 한결 낫겠더군!"

하고 저도 *열적을 만큼 *시풍스러운 소리를 하니까,

"글쎄요—"

하고 꽁보는 그 얼굴을 빤히 쳐다보았다. 이날까지 같이 다녀야 그런 법 없더니만 왜 별안간 계집 생각이 날까. 별일이로군! 하긴 저도 요즘 으로 버썩 그런 생각이 *무릎무릎 안 나는 것도 아니지만, 가을이 늦어 서 그런지 두 홀아비 마주 앉기만 하면 나는 건 그 생각뿐.

"성님 장가들라우?"

"어디 웬 계집이 있나?"

"글쎄?"

하고 꽁보는 그 말을 *재치다가 *얼뜻 이런 생각을 하였다. 제 누이를 주면 어떨까. 지금 그 누이가 충주 근방 어느 농군에게 출가하여 자식 을 둘씩이나 낳았다. 마는 매우 반반한 얼굴을 가졌다. 이걸 준다면 형 은 무척 반기겠고 또한 목숨을 구해 준 그 은혜에 대하여 *손씨세도 되 리라.

"성님, 내 누이를 주라우?"

"누이?"

똑따다
사리에 밝고 분명하다.
똑똑하다.

줄청
줄창. 줄곧.

열적다
좀 겸연쩍고 부끄럽다.

시풍스럽다
허풍스럽다.

무룩무룩
무럭무럭.

재치다
재우치다. 빨리 몰아치 거나 재촉하다.

얼뜻
언뜻.

손씨세
손씻이.

"썩 이뿌우, 성님이 보면 아마 담박 반하리다."

더펄이는 *담말을 기다리며 다만 벙벙하였다. 불빛에 이글이글하고 검붉은 그 얼굴에는 만족한 미소가 떠올랐다. 그 누이에 대하여 칭찬은 전일부터 많이 들었다. 그럴 적마다 속중으로는 슬며시 생각이 달랐으나 차마 이렇다 토설치는 못했던 터이었다.

"어떻수?"

"글쎄, 그런데 살림하는 사람을 그리 되겠나?"

하여 뒷심은 두면서도 어정쩡하게 물어 보았다. 그리고 *들껍쩍하고 술을 따라서 아우에게 권하다가 반이나 엎질렀다.

"그야, 돌려빼면 그만이지 누가 뭐랠 터유."

꽁보는 자신이 있는 듯이 이렇게 선언하였다.

더펄이는 아주 좋았다. 팔짱을 딱 지르고는 눈을 감았다. 나두 인젠 계집 하나 안아 보는구나! 아마 그 누이란 썩 이쁠 것이다. 오동통하고, 아양스럽고, 이런 계집에 틀림없으리라. 그럴 필요도 없건마는 그는 뻘떡 일어서서 주춤주춤하다가 다시 펄썩 앉는다.

"은제 갈려나?"

"가만 있수, 이거 해가지구 낼 갑시다."

오늘 일만 잘 되면 낼로 곧 떠나도 좋다. 충청도라야 강원도 *역경을 지나 칠팔십 리 걸으면 고만이다. 낼 *해껏 걸으면 모레 아침에는 누이 집을 들러서 다른 금점으로 가리라 예정하였다. 그런데 이놈의 금을 언제나 좀 잡아 볼는지 아득한 일이었다.

"빌어먹을 거, 은제쯤 재수가 좀 터보나!"

꽁보는 뜯고 있던 돼지 뼉다구를 내던지며 이렇게 한탄하였다.

"염려 말게, 어떻게 되겠지. 오늘은 꼭 노다지가 터질 터니 두고 보

담말
다음 말.

들껍쩍하다
방정맞고 거량스럽게 몸을 상하로 흔들어 대다.

역경(域境)
지역 경계.

해껏
해 질 때까지.

려나?"

"작히 좋겠수, 그렇거든 고만 들어앉읍시다."

"이를 말인가, 이게 참 할 노릇을 하나, 이제 말이지."

그들은 몇 번이나 이렇게 *짜위했는지 그 수를 모른다. 네가 노다지를 만나든 내가 만나든 둘이 똑같이 나눠 가지고 집을 사고 계집을 얻고 술도 먹고 편히 살자고 그러나 여지껏 한 번이라고 그렇게 돼본 적이 없으니 매양 헛소리가 되고 말았다.

"닭 울 때도 되었네, 인제 슬슬 가보려나?"

더펄이는 선뜻 일어서서 바랑을 짊어메다가 꽁보를 바라보았다. 몸이 또 도지는지 불 앞에서 오르르 떨고 있는 것이 퍽으나 측은하였다.

"여보게 내 혼자 해가주 올게, 불이나 쬐고 거기 있을려나?"

"뭘, 갑시다."

꽁보는 꼬물꼬물 일어서며 바랑을 메었다. 그들은 발로다 불을 비벼 끄고는 거기를 떠났다.

산에, 골을 엇비슷이 돌아 오르는 샛길이 놓였다. 좌우로는 솔, 잣, 밤, 단풍, 이런 나무들이 울창하게 꽉 들어박혔다. 그 밑으로는 *재갈, 아니면 불퉁바위는 *예제 없이 마냥 뒹굴었다. 한갓 시커먼 그 암흑 속을 그들은 더듬고 기어오른다. 풀숲의 이슬로 말미암아 고의는 축축이 젖었다. 다리를 옮겨 놓을 적마다 철떡철떡 살에 붙으며 찬 기운이 쭉 끼친다. 그리고 모진 바람은 뻔찔 불어내린다. 붕 하고 능글차게 낙엽이 불어내리다는 뺑 하고 *되알지게 기를 복쓴다.

꽁보는 더펄이 뒤를 따라 오르며 달달 떨었다. 이게 지랄인지 난장인지. 세상에 *짜장 못 해먹을 건 금점 빼고 다시없으리라. 금이 다 무언지, 요 짓을 꼭 해야 한담. 게다 *건뜻하면 서로 두들겨 죽이는 것이

짜위
짬자미. 남모르게 자기들끼리만 짜고 하는 약속이나 수작.

재갈
자갈.

예제 없이
여기저기 할 것 없이.

되알지다
매우 힘차고 야무지다.

짜장
과연 정말로.

건뜻하면
걸핏하면.

일. 참말이지 금쟁이치고 하나 순한 놈 못 봤다. 몸이 결릴 적마다 지겹던 과거를 또 연상하며 그는 다시금 몸에 소름이 돋았다. 그러자 맞은편 산 수퐁에서 큰 불이 얼른하였다. 호랑이! 이렇게 놀라고 더펄이 허리에 가 덥석 달리며

"저게 뭐유?"

하고 다르르 떨었다.

"뭐?"

"저거, 아니 지금은 없어졌네."

"그게, 눈이 어려서 헷거지 뭐야."

더펄이는 *씸씸이 대답하고 천연스레 올라간다. *다기진 그 태도에 좀 안심이 되는 듯싶으나 그래도 썩 편치는 못하였다. 왜 이리 오늘은 대구 겁만 드는지 까닭을 모르겠다. 몸은 *배시근하고 열로 인하여 입이 바짝바짝 탄다. 이것이 웬만하면 그럴 리 없으련마는

"자네 안 되겠네, 내 등에 업히게!"

하고 더펄이가 등을 내대일 제, 그는 잠자코 바랑 위로 넙죽 업혔다.

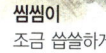

씸씸이
조금 씁쓸하게.

다기지다
다구진. 다구지다. 다부지다.

배시근하다
몹시 지쳐서 살이 뻐개지는 듯하고 거북살스럽다.

노다지 51

실팍하다
사람이나 물건 따위가
보기에 매우 실하다.

그래도 끽소리 없이 덜렁덜렁 올라가는 더펄이를 굽어보며 *실팍한
그 몸이 여간 부러운 것이 아니었다.

불볕 내리는 복중처럼 씨근거리며 이마에 땀이 쫙 흘렀을 그때에야
비로소 더펄이는 산마루턱까지 이르렀다. 꽁보를 내려놓고 땀을 씻으
며 후, 하고 숨을 돌린다. 인젠 얼마 안 남았겠지. 조금 내려가면 요 아
래 있을 것이다.

화수분
재물이 계속 나오는 보
물단지. 그 안에 온갖
물건을 담아 두면 끝없
이 새끼를 쳐 그 내용
물이 줄어들지 않는다
는 설화상의 단지.

물은
물론.

사리다
조심하다.

가달이지다
가랑이지다. 원 몸의
아래쪽이 두 가닥 이상
으로 갈라지다.

가루지
가로지. 종이나 피륙
따위의 가로로 넓은 조
각. 여기서는 '가로'를
뜻함.

길벅지
길이.

군버력
광물이 섞이지 않은
잡돌.

광술
관솔. 송진이 많이 엉긴,
소나무 가지나 옹이.
불이 잘 붙으므로 예전
에는 여기에 불을 붙여
등불 대신 사용했음.

그들이 이 마을에 들른 것은 바로 오늘 점심때이다. 지나서 그냥 가
려 하다가 뜻하지 않은 주막 주인 말에 귀가 번쩍 띄었던 것이다. 저
산 너머 금점이 있는데 금이 푹푹 쏟아지는 *화수분이라고. 요즘에는
화약 허가를 내가지고 완전히 일을 하고자 하여 부득이 잠시 휴광중이
고, 머지않아 다시 시작할 게다. 그리고 금 도적을 맞을까 하여 밤낮
구별 없이 감시하는 중이라 하는 것이다.

그러나 이 밤중에 누가 자지 않고 설마, 하고 더펄이는 덜렁덜렁 내
려간다. 꽁보는 그 꽁무니를 쿡쿡 찔렀다. 그래도 사람의 일이니 *물은
모른다. 좌우 곁으로 살펴보며 살금살금 *사리어 내려온다.

그들은 오 분쯤 내리었다. 딴은 커다란 구덩이 하나가 딱 내달았다.

산중턱에 짚더미 같은 바위가 놓였고 고 옆으로 또 하나가 놓여 *가
달이졌다. 그 가운데다 삐듬한 돌장벽을 끼고 구멍을 뚫은 것이다. *가
루지는 한 발 좀 못 되고 *길벅지는 약 서 발 가량. 성냥을 그어 대보니
깊이는 네 길이 넘겼다. 함부로 쪼아 먹은 구뎅이라 꺼칠한 놈이 *군
버력도 똑똑히 못 치웠다. 잠채를 염려하여 그랬으리라. 사다리는 모
조리 떼가고 밍숭밍숭한 돌벽이 있을 뿐이다.

그들은 다시 한번 사방을 둘레둘레 돌아보았다. 지척을 분간키 어려
우나 필경 사람은 없을 것이다. 마음을 놓고 바랑에서 *광술을 꺼내어

불을 대렸다. 더펄이가 먼저 장벽에 엎디어 뒤로 기어 내린다. 꽁보는 불을 들고 조심성 있게 *참참이 내려온다. 한 길쯤 남았을 때 고만 발이 찍, 하고 더펄이는 떨어졌다. 꿍, 하고 무던히 골탕은 먹었으나 그대로 쓱싹 일어섰다. 동이 트기 전에 얼른 금을 따야 될 것이다.

"여보게 아우, 나는 어딜 따랴나?"

"글쎄유…… 가만히 기슈."

아우는 불을 들이대고 *줄맥을 한번 쭉 훑었다.

금점 일에는 난다 긴다 하는 *아달맹이 금쟁이였다. 썩 보더니 복판에는 동이 먹어 들어가고 양편 가생이로 차차 줄이 생하는 것을 알았다.

"성님은 저편 구석을 따우."

아우는 이렇게 지시하고 저는 이쪽 구석으로 왔다. 그러나 차마 그 틈바귀로 들어갈 생각이 안 난다. 한 길이나 실히 되도록 쌓아 올린 *동발이 금방 넘어올 듯이 위험하였다. 밑에는 좀 잘은 돌로 쌓으나 그 위에는 제법 굵직굵직한 놈들이 얹혔다. 이것이 무너지면 깩소리도 못하고 치어 죽는다.

꽁보는 한참 생각했으되 별 수 없다. 낮을 쩨푸려 가며 바랑에서 망치와 *타래증을 꺼내 들었다. 그런데 어떻게 파먹은 놈이게 옴푹이 들어간 것이 일커녕 몸 하나 놓을 데가 없다. 마지못하여 두 다리를 동발께로 쭉 뻗고 몸을 그 홈패기에 착 엎디어 망치질을 하기 시작하였다.

돌에 뚫린 *석혈 구뎅이라 공기는 더욱 퀭하였다. 정 때리는 소리만 양쪽 벽에 무겁게 부딪친다.

팡! 팡!

이렇게 몹시 귀를 울린다.

거반 한 시간이 넘었다. 그들은 *버력 같은 만감 이외에 아무것도

참참(站站)이
조금씩 있다가 드문드문.

줄맥
금맥.

아달맹이
안성맞춤.

동발
동발이. 광산에서 구덩이나 갱도(坑道)가 무너지지 않도록 받치는 기둥.

타래증
돌을 쪼거나 다듬을 때 쓰는 쇠 연장.

석혈
석혈(石穴). 석광(石鑛).

버력 같은 만감
잡돌에 가까운 광석.

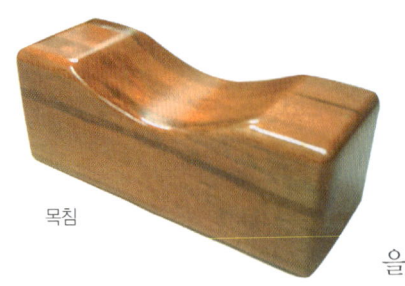

목침

얻지 못했다. 다시 오 분이 지난다. 십 분이 지난다. 딱 그때다.

꽁보는 땀을 철철 흘리며 좁다란 그 틈에서 감 하나를 손에 따 들었다. 헐없이 적은 목침 같은 그런 돌팍을. 엎드린 그채 불빛에 비치어 가만히 뒤져 보았다. 번들번들한 놈이 그 광채가 되우 혼란스럽다. 혹시 연철이나 아닐까. 그는 돌 위에 눕혀 놓고 망치로 두드리어 깨보았다. 좀체 하여서는 쪽이 잘 안 나갈 만치 *쭌둑쭌둑한 금돌! 그는 다시 집어 들고 눈앞으로 바싹 가져오며 실눈을 떴다. 얼마를 뚫어지게 노려보았다. 무작정으로 가슴은 뚝딱거리고 마냥 *들렌다. 이 돌에 박힌 금만으로도, 모름 몰라도 하치 열 량 중은 넘겠지. 천 원! 천 원!

"그 먼가, 뭐야?"

더펄이는 이렇게 허둥지둥 달겨들었다.

"노다지!"

하고 풀 죽은 대답.

"으ー으, 노다지?"

하기 무섭게 더펄이는 *우뻑지뻑 그 돌을 받아 들고 눈에 들이댄다. 척척 휠 만치 들어박힌 금. 우리도 이젠 팔자를 고치누나! 그는 껍쩍껍쩍 응덩춤이 절로 난다.

"이리 나오게, 내 땀세."

그는 아우의 몸을 번쩍 들어 내놓고 제가 대신 들어간다. 역시 동발께로 다리를 쭉 뻗고는 그 틈바귀에 덥쩍 엎디었다. 몸이 워낙 커서 좀 *둥개이나 아무렇게도 아우보다 힘이 낫겠지. 그 좁은 틈에 *타래증을 꽂아 박고 식, 식, 하고 망치로 때린다.

쭌둑쭌둑하다
매우 끈기 있고 찔깃찔깃하다.

들렌다
들레다. 설레다.

우뻑지뻑
거침없이 기세 좋게 나아가는 모양.

둥개이다
'둥개다'의 사동형. 일을 감당하지 못하고 쩔쩔매게 되다.

타래증
타래정. 돌을 쪼거나 다듬는 데 쓰는 쇠로 된 연장.

꽁보는 그 앞에 서서 시무룩허니 흥이 지었다. 금점 일로 할지면 제가 선생이요 형은 제 지휘를 받아 왔던 것이다. 뭘 안다고 *푸뚱이가 어줍대는가, 돌쪽 하나 변변히 못 떼낼 것이…… 그는 형의 태도가 심상치 않음을 얼핏 알았다. 금을 보더니 완연히 변한다.

"저 *고깽이 좀 집어 주게."

형은 고개도 아니 들고 소리를 빽 지른다.

아우는 잠자코 대꾸도 아니한다. 사람을 너무 얕보는 그 꼴이 썩 아니꼬웠다.

"아 이 사람아, 고깽이 좀 얼른 집어 줘, 왜 저리 정신없이 섰나."

그리고 눈을 딱 부릅뜨고 쳐다본다. 아우는 암말 않고 저편 구석에 놓인 고깽이를 집어다 주었다. 그리고 우두커니 다시 섰다. 형이 *무람없이 굴면 굴수록 그것은 반드시 시위에 가까웠다. 힘이 좀 있다고 주제넘게 *꺼떡이는 그 *화상이야 눈허리가 시면 시었지 그냥은 못 볼 것이다.

"또 땄네, 내 기운이 어떤가?"

형은 이렇게 *주적거리며 곡괭이를 연상 내려 찍는다. 마치 죽통에 덤벼드는 도야지 모양이다. 억척스럽게도 손뼘만한 감을 두 쪽이나 따냈다. 인제는 악이 아니면 세상없어도 더는 못 딸 것이다.

엑! 엑! 엑!

그래도 억센 주먹에 굳은 놈이 다 벌컥벌컥 나간다.

제 힘을 되우 자랑하는 형을 이윽히 바라보니 또한 그 속이 보인다. 필연코 이 노다지를 혼자 먹으려고 하는 것이다. 허면 내가 있는 것을 몹시 꺼리겠지 하고 속을 태운다.

"이것 봐, 자네 같은 건 골백 와야 소용 없네."

하고 또 뽐낼 제 가슴이 선뜩하였다. 앞서는 형의 손에 목숨을 구해 받았으나 이번에는 같은 산골에서 그 주먹에 명을 도로 끊을지도 모른다. 그는 형의 주먹을 가만히 내려보다가 가엾이도 앙상한 제 주먹에 대조하여 보지 않을 수 없다. 그러나 다만 속이 바르르 떨릴 뿐이다.

그러자 꽁보는 기겁을 하여 놀라며 뒤로 물러섰다. 어이쿠 하고 불시의 비명과 아울러 와르르, 하였다. 쌓아 올린 동발이 어찌하다 중턱이 헐리었다. 모진 돌들은 더펄이의 장딴지며 넓적다리 응뎅이까지 그대로 엎눌렀다. 살은 물론 으스러졌으리라. 그는 엎드린 채 꼼짝못하고 아픔에 못 이기어 끙끙거린다. 허나 죽질 않기만 요행이다. 바로 그 위의 공중에는 징그럽게 커다란 돌이 내려 구르자 그 밑을 받친 불과 조그만 쪼각돌에 걸리어 미처 못 굴러 내리고 간댕거리는 길이었다. 이 돌만 내려 치면 그 밑의 그는 목숨은 고사하고 *윽살이 될 것이다.

윽살
몹시 짓눌려 짜부라지다.

"여보게, 내 몸 좀 빼주게."

형은 몸은 못 쓰고 죽어 가는 목소리로 애원한다. 그리고 또

"아우, 나 죽네, 응?"

하고 거듭 애를 끊으며 빌붙는다. 고개만 겨우 들었을 따름 그 외에는 손조차 자유를 잃은 모양 같다.

아우는 무너지려는 동발을 쳐다보며 얼른 그 머리맡으로 다가선다. 발 앞에 놓인 노다지 세 쪽을 날쌔게 손에 잡자 도로 얼른 물러섰다. 그리고 눈물이 흐른 형의 얼굴은 돌아도 안 보고 고 발로 허둥지둥 장벽을 기어오른다.

"이놈아!"

너머 기어올라 벼락같이 악을 쓰는 호통이 들리었다. 또 연하여 우지끈 뚝딱, 하는 무서운 폭성이 들리었다. 그것은 거의 거의 동시의 일

이었다. 그러고는 좀 와스스 하다가 잠잠하였다.

　그때는 벌써 두 길이나 너머 아우는 기어올랐다. *굿문까지 다 나왔을 제 그는 머리만 내밀어 사방을 *두릿거리다 그림자같이 사라진다.

　더펄이의 형체는 보이지 않는다. 침침한 어둠 속에 단지 굵은 돌멩이만이 짝 흩어졌다. 이쪽 *마구리의 타다 남은 화롯불은 바야흐로 질듯질듯 껌벅거린다. 그리고 된바람이 애, 하고는 굿문께서 모래를 좌륵, 좌륵, 들여뿜는다.

『원본김유정전집』, 한림대 출판부, 1987.

굿문
드나드는 구덩이의 입구.

두릿거리다
눈을 크게 뜨고 휘둘러 보다.

마구리
막장의 뚫고 나가는 쪽의 문.

금 따는
콩밭

땅속 저 밑은 늘 음침하다.

고달픈 *간드렛불. 맥없이 푸르끼하다. 밤과 달라서 낮엔 되우 흐릿하였다.

겉으로 황토 장벽으로 앞뒤 좌우가 콕 막힌 좁직한 구뎅이. 흡사히 무덤 속같이 *귀중중하다. 싸늘한 침묵. *쿠더브레한 흙내와 징그러운 냉기만이 그 속에 자욱하다.

고깽이는 뻗질 흙을 이르집는다. *암팡스러이 내려쪼며

퍽 퍽 퍽—

이렇게 *메떨어진 소리뿐. 그러나 간간 우수수 하고 벽이 헐린다.

영식이는 일손을 놓고 소맷자락을 끌어당기어 얼굴의 땀을 훑는다. 이놈의 줄이 언제나 잡힐는지 기가 찼다. 흙 한 줌을 집어 코밑에 바짝 들여대고 손가락으로 샅샅이 뒤져 본다. 완연히 버력은 좀 변한 듯싶다. 그러나 *불통버력이 아주 다 풀린 것도 아니었다. *말똥버력이라야 금이 나온다는데 왜 이리 안 나오는지.

고깽이를 다시 집어 든다. 땅에 무릎을 꿇고 궁뎅이를 번쩍 든 채 식식거린다. 고깽이는 무작정 내려 찍는다.

바닥에서 물이 스미어 무르팍이 흔건히 젖었다. *굿엎은 *천판에서 흙방울은 내리며 목덜미로 굴러든다. 어떤 때에는 윗벽의 한쪽이 떨어지며 등을 탕 때리고 부서진다.

그러나 그는 눈도 하나 깜짝하지 않는다. 금을 캔다고 콩밭 하나를 다 잡쳤다. 약이 올라서 죽을 둥 살 둥, 눈이 뒤집힌 이 판이다. 손바닥에 침을 탁 뱉고 고깽이자루를 한번 고쳐 잡더니 쉴 줄 모른다.

등 뒤에서는 흙 긁는 소리가 드윽드윽 난다. 아직도 버력을 다 못 친 모양. 이 자식이 일을 하나 *시졸 하나. 남은 속이 바직 타는데 웬 뱃심

간드렛불
카바이트 등불.

귀중중하다
더럽고 지저분하다.

쿠더브레하다
냄새가 몹시 구리고 터분하다. 쿠더분하다.

암팡스러이
보기에 당차고 강단이 있게. 암팡스레.

메떨어지다
모양이나 말소리가 어울리지 않고 촌스럽다.

불통버력
쓸모없는 잡돌.

말똥버력
양파 모양으로 벗겨져 부서지기 쉬운 잡돌.

굿엎다
구뎅이가 무너지지 않도록 벽과 천장에 기둥을 세워놓다.

천판
천장.

시조를 하다
시조를 읊듯 언행이 느려터지다.

이 이리도 좋아.

영식이는 살기 띤 시선으로 고개를 돌렸다. 암말 없이 수재를 노려본다. 그제야 꾸물꾸물 *바지게에 흙을 담고 등에 메고 사다리를 올라간다.

굿이 풀리는지 벽이 *우찔하였다. 흙이 부서져 내린다. 전날이라면 이곳에서 아내 한 번 못 보고 생죽음이나 안 할까 털끝까지 쭈뼛할 게다. 그러나 인젠 그렇게 되고도 싶다. 수재란 놈하고 흙더미에 묻히어 *한껍에 죽는다면 그게 오히려 날 게다.

이렇게까지 몹시 몹시 미웠다.

이놈 *풍찌는 바람에 애꿎은 콩밭 하나만 결단을 냈다. 뿐만 아니라 모두가 낭패다. 세 벌 논도 못 맸다. 논둑의 풀은 성큼 자란 채 어지러이 널려 있다. 이 *지수를 알고 지주는 대로하였다. 내년부터는 농사질 생각 말라고 발을 굴렀다. 땅은 암만을 파도 지수가 없다. 이만 해도 다섯 길은 훨씬 넘었으리라. 좀더 *지펴야 옳을지 혹은 *북으로 밀어야 옳을지 우두커니 망설거린다. 금점 일에는 *푸뚬이다. *입대껏 수재의 지휘를 받아 일을 하여 왔고 앞으로도 역시 그러해야 금을 딸 것이다. 그러나 그런 칙칙한 짓은 안 한다.

"이리 와 이것 좀 파게."

그는 *어쓴 위풍을 보이며 이렇게 분부하였다. 그리고 저는 일어나 손을 털며 뒤로 물러선다.

수재는 군말 없이 고분하였다. 시키는 대로 땅에 무릎을 꿇고 벽채로 군버력을 긁어 낸 다음 다시 파기 시작한다.

영식이는 치다 나머지 버력을 짊어진다. 커단 *걸때를 뒤툭어리며 사다리로 기어오른다. 굿문을 나와 버력 더미에 흙을 마악 내치려 할 제

바지게
발체를 얹은 지게.

우찔하다
물체가 율동적으로 크게 한 번 움직이다. 우쭐하다.

한껍에
한꺼번에.

풍찌다
허풍치다.

지수
기미. 낌새.

지피다
깊게 하다.

북으로 밀어야
북은 베틀에 깔린 기구의 하나. 여기서는 '구덩이의 폭을 넓혀야 할지'라는 뜻.

푸뚬
푸뚱이. 풋내기.

입대껏
이제껏.

어쓰다
보기에 억세고 모진 듯하다. 엇서다.

걸때
커다란 몸집.

"왜 또 파. 이것들이 미쳤나 그래―"

산에서 내려오는 마름과 맞닥뜨렸다. 정신이 떠름하여 그대로 벙벙히 섰다. 오늘은 또 무슨 포악을 들으려는가.

"말라니깐 왜 또 파는 게야."

하고 영식이의 바지게 뒤를 지팡이로 꽉 찌르더니

"갈아 먹으라는 밭이지, 흙 쓰고 들어가라는 거야, 이 미친 것들아. 콩밭에서 웬 금이 나온다구 이 지랄들이야그래."

하고 목에 핏대를 올린다. 밭을 버리면 간수 잘못한 자기 탓이다. 날마다 와서 그 북새를 피우고 금하여도 담날 보면 또 여전히 파는 것이다.

"오늘로 이 구뎅이를 도로 묻어 놔야지, 낼로 당장 징역 갈 줄 알게."

너무 감정에 격하여 말도 잘 안 나오고 떠듬떠듬거린다. 주먹은 곧 날아들 듯이 허구리께서 불불 떤다.

"오늘만 좀 해보고 그만두겠서유."

영식이는 낯이 붉어지며 가까스로 한마디 하였다. 그리고 무턱대고 빌었다.

마름은 들은 척도 안 하고 가버린다.

그 뒷모양을 영식이는 멀거니 배웅하였다. 그러나 콩밭 낯짝을 들여다보니 무던히 애통 터진다. 멀쩡한 밭에 구멍이 사면 풍 풍 뚫렸다.

예제 없이 버력은 무더기무더기 쌓였다. 마치 사태 만난 공동묘지와도 같이 *귀살쩍고 되우 을씨년스럽다. 그다지 잘 되었던 콩포기는 거반 버력 더미에 다아 깔려 버리고 군데군데 어쩌다 남은 놈들만이 고개를 나풀거린다. 그 꼴을 보는 것은 자식 죽는 걸 보는 게 낫지 차마 못할 경상이었다.

귀살쩍다
정신이 어지러울 정도로 뒤숭숭하다.

농토는 모조리 떨어질 것이다. 그러나 대관절 올 밭도지 벼 두 섬 반은 뭘로 해내야 좋을지. 게다 밭을 망쳤으니 자칫하면 징역을 갈는지도 모른다.

영식이가 구뎅이 안으로 들어왔을 때 동무는 땅에 주저앉아 쉬고 있었다. 태연 무심히 담배만 뻑뻑 피우는 것이다.

"언제나 줄을 잡는 거야."

"인제 차차 나오겠지."

"인제 나온다"

하고 코웃음을 치고 *엇먹더니 조금 지나매

"이 새끼."

흙덩이를 집어 들고 골통을 내려 친다.

엇먹다
사리에 맞지 않은 말과 행동으로 엇나가며 비꼬다.

수재는 어쿠 하고 그대로 폭 엎으린다. 그러다 뻘떡 일어선다. 눈에 띄는 대로 고깽이를 잡자 대뜸 달겨들었다. 그러나 강약이 부동. *왁살스러운 팔뚝에 퉁겨져 벽에 가서 쿵 하고 떨어졌다. 그 순간에 제가 빼앗긴 고깽이가 *정백이를 겨누고 날아드는 걸 보았다. 고개를 홱 돌린다. 고깽이는 흙벽을 퍽 찍고 다시 나간다.

수재 이름만 들어도 영식이는 이가 갈렸다. 분명히 홀딱 속은 것이다.

영식이는 본디 금점에 이력이 없었다. 그리고 흥미도 없었다. 다만 밭고랑에 웅크리고 앉아서 땀을 흘려 가며 꾸벅꾸벅 일만 하였다. 올엔 콩도 뜻밖에 잘 열리고 맘이 좀 놓였다.

하루는 홀로 김을 매고 있노라니까

"여보게 덥지 않은가, 좀 쉬었다 하게."

고개를 들어 보니 수재다. 농사는 안 짓고 금점으로만 돌아다니더니 무슨 바람에 또 왔는지 싱글벙글한다. 좋은 수나 걸렸나 하고

"돈 좀 많이 벌었나. 나 좀 *좨주게."

"벌구말구. 맘껏 먹고 맘껏 쓰고 했네."

술에 거나한 얼굴로 *신껏 주적거린다. 그리고 밭머리에 쭈그리고 앉아 한참 객설을 부리더니

"자네, 돈벌이 좀 안 하려나. 이 밭에 금이 묻혔네, 금이……"

"뭐"

하니까, 바로 이 산 넘어 큰 골에 광산이 있다, 광부를 삼백여 명이나 부리는 노다지판인데 매일 소출되는 금이 칠십 냥을 넘는다. 돈으로 치면 칠천 원. 그 줄맥이 큰 산허리를 뚫고 이 콩밭으로 뻗어 나왔다는 것이다. 둘이서 파면 불과 열흘 안에 줄을 잡을 게고 적어

왁살스럽다
밉살스럽고 보기에 모질고 우락부락하게 보이다. 우악(愚惡)살스럽다.

정백이
정수리.

좨주다
꾸어주다. 빌려주다.

신껏
신명이 나서.

일제 때 금광의 하나인 구봉광산

도 하루 서 돈씩은 따리라. 우선 삼십 원만 해두 얼마냐. 소를 산대두 반 필이 아니냐 고.

그러나 영식이는 귀담아듣지 않았다. 금점이란 칼 물고 뜀뛰기다. 잘 되면 이어니와 못 되면 신세만 조판다. 이렇게 전일부터 들은 소리가 있어서이다.

그 담날도 와서 *꾀송거리다 갔다.

셋째번에는 집으로 찾아왔는데 막걸리 한 병을 손에 떡 들고 *영을 피운다. 몸이 달아서 또 온 것이었다. 봉당에 걸터앉아서 저녁상을 물끄러미 바라보더니 *조당수는 몸을 훑인다는 둥 일꾼은 든든히 먹어야 한다는 둥 남들은 논을 사느니 밭을 사느니 떠드는데 요렇게 지내다 그만둘 테냐는 둥 *일쩌웁게 *지절거린다.

"아주머니, 이것 좀 먹게 해주시게유."

그리고 비로소 영식이 아내에게 술병을 내놓는다. 그들은 밥상을 끼고 앉아서 즐거웁게 술을 마셨다. 몇 잔이 들어가고 보니 영식이의 생각도 적이 돌아섰다. 딴은 일년 고생하고 끽 콩 몇 섬 얻어먹느니보다는 금을 캐는 것이 슬기로운 짓이다. 하루에 잘만 캔다면 한 해 줄곧 공들인 그 수확보다 훨씬 이익이다. 올봄 보낼 제 비료 값 품삯 빚 해빚진 칠 원 까닭에 나날이 졸리는 이 판이다. 이렇게 지지하게 살고 말바에는 차라리 *가루지나 세루지나 사내자식이 한번 해볼 것이다.

"낼부터 우리 파보세. 돈만 있으면이야, 그까진 콩은."

수재가 *안달스리 *재우쳐 보채일 제 선뜻 응낙하였다.

"그래 보세, 빌어먹을 거 안 됨 고만이지."

그러나 꽁무니에서 죽을 마시고 있던 아내가 허구리를 쿡쿡 찔렀게 망정이지 그렇지 않았더면 좀 주저할 뻔도 하였다.

꾀송거리다
계속해서 꾀다.

영을 피우다
기운을 내거나 기를 피다.

조당수
좁쌀로 묽게 쑨 당수. '당수'란 우리나라 전래 음식의 하나. 쌀, 좁쌀, 보리, 녹두 따위의 곡식을 물에 불려서 간 가루나 마른 메밀가루에 술을 조금 넣고 물을 부어 미음같이 쑨다.

일쩌웁다
귀찮다.

지절거리다
낮은 음성으로 자꾸 지껄이다.

가루지나 세루지나
이렇게 되거나 저렇게 되거나.

안달스리
안달스럽게.

재우치다
빨리 몰아치거나 재촉하다.

아내는 아내대로의 셈이 빨랐다.

시체는 금점이 판을 잡았다. *스뿔르게 농사만 짓고 있다간 결국 비렁뱅이밖에는 더 못 된다. 얼마 안 있으면 산이고 논이고 밭이고 할 것 없이 다 금쟁이 손에 구멍이 뚫리고 뒤집히고 뒤죽박죽이 될 것이다. 그때는 뭘 파먹고 사나. 자, 보아라. 머슴들은 짜위나 한 듯이 일하다 말고 *훅닥하면 금점으로들 내빼지 않는가. 일꾼이 없어서 올엔 농사를 질 수 없느니 마느니 하고 동리에서는 떠들썩 하다. 그리고 번동 포농 이조차 호미를 내여던지고 강변으로 개울로 사금을 캐러 달아난다. 그러다 며칠 뒤에는 *다비신에다 *옥당목을 떨치고 히짜를 뽑는 것이 아닌가.

아내는 콩밭에서 금이 날 줄은 아주 꿈밖이었다. 놀라고도 또 기뻤다. 올에는 *노냥 침만 삼키던 그놈 코다리(명태)를 *짜증 먹어 보겠구나만 하여도 속이 메질 듯이 짜릿하였다. 뒷집 양근댁은 금점 덕택에 남편이 사다 준 고무신을 신고 나릿나릿 걷는 것이 무척 부러웠다. 저도 얼른 금이나 펑펑 쏟아지면 흰 고무신도 신고 얼굴에 분도 바르고 하리라.

스뿔르게
섣부르게.

훅닥하면
걸핏하면.

다비신
다비(たび)신. '다비', 즉 '일본식 버선'을 신은 신발.

옥당목
품질이 낮은 옥양목.

노냥
노상. 늘.

짜증
짜장. 과연 정말로.

"그렇게 해보지 뭐. 저 냥반 하잔 대로만 하면 어련히 잘 될라구—"
얼뚤하여 앉았는 남편을 이렇게 추겼던 것이다.

동이 트기 무섭게 콩밭으로 모였다.

수재는 *진언이나 하는 듯이 이리 대고 중얼거리고 저리 대고 중얼거리고 하였다. 그리고 덤벙거리며 이리 왔다가 저리 왔다가 하였다. 제딴은 땅속에 누운 줄맥을 어림하여 보는 맥이었다.

한참을 밭을 헤매다가 산 쪽으로 붙은 한구석에 딱 서며 손가락을 펴들고 설명한다. 큰 줄이란 번시 *산운산을 끼고 도는 법이다. 이 줄이 노다지임에는 필시 이켠으로 버듬히 누웠으리라. 그러니 여기서부터 파들어 가자는 것이었다.

영식이는 그 말이 무슨 소린지 새기지는 못했다. 마는 금점에는 난다는 수재이니 그 말대로 하기만 하면 영락없이 *금퇴야 나겠지 하고 그것만 꼭 믿었다. 군말 없이 지시해 받은 곳에다 삽을 푹 꽂고 파헤치기 시작하였다.

금도 금이면 애써 키워 온 콩도 콩이었다. 거진 다 자란 허울 멀쑥한 놈들이 삽 끝에 으스러지고 흙에 묻히고 하는 것이다. 그걸 보는 것은 썩 속이 아팠다. 애틋한 생각이 물밀 때 가끔 삽을 놓고 허리를 구부려서 콩잎의 흙을 털어 주기도 하였다.

"아 이 사람아, *맥적게 그건 봐 뭘 해, 금을 캐자니깐."
"아니야, 허리가 좀 아퍼서—"
핀잔을 얻어먹고는 좀 *열적었다. 하기는 금만 잘 터져 나오면 이까짓 콩밭쯤이야. 이 밭을 풀어 논도 만들 수 있을 것이다. 눈을 감아 버리고 삽의 흙을 아무렇게나 콩잎 위로 홱홱 내어던진다.

"구구루 땅이나 파먹지 이게 무슨 지랄들이야!"

동리 노인은 뻔찔 찾아와서 *귀거친 소리를 하고 하였다.

밭에 구멍을 셋이나 뚫었다. 그리고 대구 뚫는 길이었다. 금인가 난장을 맞을 건가 그것 때문에 농군은 버렸다. 이게 필연코 세상이 망하려는 징조이리라. 그 소중한 밭에다 구멍을 뚫고 이 지랄이니 그놈이 온전할 겐가.

노인은 *제물화에 지팡이를 들어 삿대질을 아니할 수 없었다.

"벼락맞으니 벼락맞어—"

"염려 말아유. 누가 알래지유."

영식이는 그럴 적마다 *데퉁스리 쏘았다. 골김에 흙을 되는 대로 *내꽁지고는 침을 탁 뱉고 구뎅이로 들어간다. 그러나 마음 한구석에는 언제나 끈—하였다. 줄을 찾는다고 콩밭을 *통이 뒤집어놓았다. 그리고 줄이 언제나 나올지 아직 까맣다. 논도 못 매고 물도 못 보고 벼가 어이 되었는지 그것조차 모른다. 밤에는 잠이 안 와 멀뚱허니 애를 태웠다.

수재는 낙담하는 기색도 없이 늘 *하냥이었다. 땅에 *웅숭그리고 *시적시적 *노량으로 땅만 판다.

"줄이 꼭 나오겠나."

하고 목이 말라서 물으면

"이번에 안 나오거든 내 목을 비게."

서슴지 않고 장담을 하고는 꿋꿋하였다.

이걸 보면 영식이도 마음이 좀 *뇌는 듯싶었다. 전들 금이 없다면

무슨 멋으로 이 고생을 하랴. 반드시 금은 나올 것이다. 그제서는 이왕
손해는 하릴없거니와 그만두리라던 절망이 스르르 사라지고 다시금
주먹이 쥐어지는 것이었다.

뭇 개
여러 마리의 개.

뭇 개
여러 마리의 개.

좌지
짜증.

염의(廉義)
염치와 의리.

캄캄하게 밤은 어두웠다. 어디선가 *뭇 개가 요란히 짖어 댄다.
남편은 진흙투성이를 하고 내려왔다. 풀이 죽어서 몸을 잘 가꾸지도
못하고 아랫목에 축 늘어진다.

이 꼴을 보니 아내는 맥이 다시 풀린다. 오늘
도 또 글렀구나. 금이 터지면은 집을 한 채 사간
다고 자랑을 하고 왔더니 이내 헛일이었다. 인
제 *좌지가 나서 낯을 들고 나갈 *염의조차 없
어졌다.

제주 신촌리 산신제단

남편에게 저녁을 갖다 주고 딱하게 바라본다.
"인젠 꾸온 양식도 다 먹었는데—"
"새벽에 *산제를 좀 지낼 텐데 한 번만 더 꿰와."

산제
산신제(山神祭).

흘게늦다
일끝을 맺는 것이 아무
지지 못하고 느슨하다.

남의 말에는 대답 없고 유하게 *흘게늦은 소리뿐 그리고 드러누운
채 눈을 지그시 감아 버린다.
"죽거리두 없는데 산제는 무슨—"
"듣기 싫어, 요망맞은 년 같으니."

멈씰하다.
하던 일이나 동작을 갑
자기 멈추다. 멈칫하다.

내꾼지다
내팽개치다.

북새를 피우다
부산을 떨고 법석이다.

이 호통에 아내는 고만 *멈씰하였다. 요즘 와서는 무턱대고 공연스
레 골만 내는 남편이 역 딱하였다. 환장을 하는지 밤잠도 아니 자고 소
리만 빽빽 지르며 덤벼들려고 든다. 심지어 어린것이 좀 울어도 이 자
식 갖다 *내꾼지라고 *북새를 피우는 것이다.
저녁을 아니 먹으므로 그냥 치워 버렸다. 남편의 영을 거역기 어려

워 양근댁한테로 또다시 안 갈 수 없다. 그간 양식은 줄곧 꾸어다 먹고 갚도 못 하였는데 또 무슨 면목으로 입을 벌릴지 난처한 노릇이었다.

그는 생각다 끝에 있는 염치를 보째 쏟아던지고 다시 한번 찾아가는 것이다. 마는 딱 맞닥뜨리어 입을 열고

"낼 산제를 지낸다는데 쌀이 있어야지유—"

하자니 역 낯이 화끈하고 모닥불이 날아든다.

그러나 그들은 어지간히 착한 사람이었다.

"암 그렇지요. 산신이 벗나면 죽도 그릅니다."

하고 말을 받으며 그 남편은 빙그레 웃는다. 워낙이 금점에 *장구 *딿아난 몸인만치 이런 일에는 적잖이 속이 틔었다. 손수 쌀 닷 되를 떠다 주며

"산제란 안 지냄 몰라두 이왕 지내려면 아주 정성껏 해야 됩니다. 산신이란 노하길 잘하니까유."

하고 그 비방까지 깨쳐 보낸다.

쌀을 받아 들고 나오며 영식이 처는 고마움보다 먼저 미안에 질리어 얼굴이 다시 빨갰다. 그리고 그들 부부 살아가는 살림이 참으로 참으로 몹시 부러웠다. 양근댁 남편은 날마다 금점으로 감돌며 버력더미를 뒤지고 *토록을 주워 온다. 그걸 온종일 장판돌에다 갈면 수가 좋으면 이삼 원 *옥아도 칠팔십 전 꼴은 매일 심이 되는 것이었다. 그러면 쌀을 산다 피륙을 끊는다 떡을 한다 *장리를 놓는다—그런데 우리는 왜 늘 요 꼴인지 생각만 하여도 가슴이 메는 듯 맥맥한 한숨이 연발을 하는 것이었다.

아내는 집에 돌아와 *떡쌀을 담그었다. 낼은 뭘로 죽을 쒀 먹을는지. 윗목에 웅크리고 앉아서 맞은쪽에 자빠져 있는 남편을 곁눈으로

장구
오랫동안.

딿아나다
닳고 닳다.

토록
광맥의 본래 줄기에서 떨어져 다른 잡석과 함께 광맥의 겉으로 드러나 있는 광석.

옥다
장사 등에서 본전보다 밑지다.

장리(長利)
곡식을 꾸어 주고 받을 때 원곡의 절반을 받는 이자.

떡쌀
떡을 만들기 위하여 마련한 쌀.

금 따는 콩밭 **69**

살짝 할겨 본다. 남들은 돌아다니며 잘두 금을 주워 오련만 저 망나니 제 밭 하나를 다 버려두 금 한 톨 못 주워 오나. 에, 에, 변변치도 못한 사나이. 저도 모르게 얕은 한숨이 거푸 두 번을 터진다.

밤이 이슥하여 그들 양주는 떡을 하러 나왔다. 남편은 절구에 쿵쿵 빻았다. 그러나 체가 없다. 동네로 돌아다니며 빌려 오느라고 아내는 다리에 *불풍이 났다.

"왜 이리 앉었수, 불 좀 지피지."

떡을 찌다가 얼이 빠져서 멍하니 앉았는 남편이 밉쌀스럽다. 남은 이래저래 애를 죄는데 저건 무슨 생각을 하고 저리 있는 건지. 낫으로 삭정이를 탁탁 조겨서 던져 주며 아내는 은근히 *훅닥이었다.

닭이 두 홰를 치고 나서야 떡은 되었다.

아내는 시루를 이고 남편은 겨드랑에 자리때기를 꼈다. 그리고 캄캄한 산길을 올라간다.

비탈길을 얼마 올라가서야 콩밭은 놓였다. 전면을 우뚝한 검은 산에 둘리어 막힌 곳이었다. 가생이로 느티 대추나무들은 머리를 풀었다.

밭머리 조금 못 미쳐 남편은 걸음을 멈추자 뒤의 아내를 돌아본다.

"인 내, 그러구 여기 가만히 섰어—"

시루를 받아 한 팔로 꺼안고 그는 혼자서 콩밭으로 올라섰다. 앞에 쌓인 것이 모두가 흙더미 그 흙더미를 마악 돌아서려 할 제 아마 돌을 찼나 보다. 몸이 쓰러지려고 *우찔근하니 아내가 기겁을 하여 뛰어오르며 그를 부축하였다.

"부정타라구 왜 올라와, 요망맞은 년."

남편은 몸을 고르잡자 소리를 뻑 지르며 아내를 *얼쌈을 붙인다. 가뜩이나 죽으라 죽으라 하는데 불길하게도 계집년이. 그는 마뜩치 않게

불풍나다
경련이 일다.

훅닥이다
공연한 말로 꼴 사납게 지껄이거나 세차게 다그치며 들볶다.

우찔근하다
몸이 쓰러질 듯 한 번 기우뚱하다.

얼쌈을 붙이다.
얼떨결에 뺨을 때리다.

두덜거리며 밭으로 들어간다.

밭 한가운데다 자리를 펴고 그 위에 시루를 놓았다. 그리고 시루 앞에다 공손하고 정성스레 재배를 커다랗게 한다.

"우리를 살려 줍시사. 산신께서 거들어 주지 않으면 저희는 죽을 수밖에 꼼짝 없습니다유."

산신제 지내는 모습

그는 손을 모디고 이렇게 축원하였다.

아내는 이 꼴을 바라보며 독이 *뽀록같이 올랐다. 금점을 합네 하고 금 한 톨 못 캐는 것이 버릇만 점점 글러 간다. 그전에는 없더니 요새로 건뜻하면 탕탕 때리는 못된 버릇이 생긴 것이다. 금을 캐랬지 뺨을 치랬나. 제발 덕분에 고놈의 금 좀 나오지 말았으면. 그는 뺨 맞은 앙심으로 맘껏 *방자하였다.

하긴 아내의 말 고대로 되었다. 열흘이 썩 넘어도 산신은 깜깜 무소식이었다. 남편은 밤낮으로 눈을 까뒤집고 구덩이에 묻혀 있었다. 어쩌다 집엘 내려오는 때이면 얼굴이 헐떡하고 어깨가 축 늘어지고 거반 병객이었다. 그리고서 잠자코 커단 몸집을 방고래에다 쿵 하고 내던지고 하는 것이다.

"제이미 붙을, 죽어나 버렸으면—"

혹은 이렇게 탄식하기도 하였다.

아내는 바가지에 점심을 이고서 집을 나섰다. 젖먹이는 등을 두드리며 좋다고 끽끽거린다.

이젠 흰 고무신이고 *코다리고 생각조차 물렀다. 그리고 금 하는 소

뽀록
뽀루지.

방자하다
남이 못되기를 신에게 빌어 재앙이 내리게 하다.

코다리
코고무신. 앞쪽이 코처럼 뾰족하게 나온 여성용 고무신

리만 들어도 입에 신물이 날 만큼 되었다. 그건 고사하고 꿔다 먹은 양식에 졸리지나 말았으면 그만도 좋으리마는.

가을은 논으로 밭으로 누—렇게 내리었다. 농군들은 기꺼운 낯을 하고 서로 만나면 흥겨운 농담. 그러나 남편은 애한 밭만 망치고 논조차 건살 못하였으니 이 가을에는 뭘 걷어 들이고 뭘 즐겨 할는지. 그는 동리 사람의 이목이 부끄러워 산길로 돌았다.

솔숲을 나서서 멀리 밖에를 바라보니 둘이 다 나와 있다. 오늘도 또 싸운 모양. 하나는 이쪽 흙더미에 앉았고 하나는 저쪽에 앉았고 서로들 외면하여 담배만 뻑뻑 피운다.

소나무숲

"점심들 잡수게유."

남편 앞에 바가지를 내려놓으며 가만히 맥을 보았다.

남편은 적삼이 찢어지고 얼굴에 생채기를 내었다. 그리고 두 팔을 걷고 먼 산을 향하여 묵묵히 앉았다.

수재는 흙에 박혔다 나왔는지 얼굴은커녕 귓속들이 흙투성이다. 코 밑에는 피딱지가 말라붙었고 아직도 조금씩 피가 흘러내린다. 영식이 처를 보더니 열적은 모양. 고개를 돌리어 모로 떨어치며 입맛만 쩍쩍 다신다.

금을 캐라니까 밤낮 피만 내다 말라는가. 빚에 졸리어 남은 속을 볶는데 무슨 호강에 이 지랄들인구. 아내는 못마땅하여 눈가에 살을 모았다.

"산제 지낸다구 꿔온 것은 은제나 갚는다지유—"

뚱하고 있는 남편을 향하여 말끝을 꼬부린다. 그러나 남편은 눈썹

하나 까딱하지 않는다. 이번에는 어조를 좀 돋우며

"갚지도 못할 걸 왜 꿔오라 했지유."

하고 얼추 호령이었다.

이 말은 남편의 채 가라앉지도 못한 분통을 다시 건드린다. 그는 벌떡 일어서며 *황밤 주먹을 쥐어 *창낭할 만치 아내의 골통을 후렸다.

"계집년이 방정맞게—"

다른 것은 모르나 주먹에는 아찔이었다. 멋없이 덤비다간 골통이 부서진다. *암상을 참고 바르르 하다가 이윽고 아내는 등에 업은 *언내를 끌러 들었다. 남편에게로 그대로 밀어 던지니 아이는 까르륵하고 숨 모는 소리를 친다.

그리고 아내는 돌아서서 혼잣말로

"콩밭에서 금을 딴다는 숭맥도 있담."

하고 빗대 놓고 비양거린다.

"이년아, 뭐."

남편은 대뜸 달려들며 그 볼치에다 다시 올찬 황밤을 주었다. *적으나면 계집이니 위로도 하여 주련만 요건 분만 폭폭 질러 노려나. 예이, 빌어먹을 거 이판사판이다.

"너허구 안 산다. 오늘루 가거라."

아내를 와락 떠다밀어 논뚝에 제껴 놓고 그 허구리를 발길로 퍽 질렀다. 아내는 입을 헉 하고 벌린다.

"네가 허라구 옆구리를 쿡쿡 찌를 제는 은제냐, 요 집안 망할 년."

그리고 다시 퍽 질렀다. 연하여 또 퍽.

이 꼴들을 보니 수재는 조바심이 일었다. 저러다가 그 분풀이가 다시 제게로 슬그머니 옮아올 것을 *지르채었다. 인제 걸리면 죽는다. 그

황밤
밤을 말려 안팎 껍질을 벗긴 밤. 황밤 주먹은 힘주어 꼭 쥔 주먹.

창낭하다
어지럽고 어수선하다.

암상
미워하며 화를 내는 마음.

언내
어린애.

적으나면
웬만하면.

지르채다
알아채다. 눈치채다.

는 비슬비슬하다 어느 틈엔가 구뎅이 속으로 시나브로 없어져 버린다.

별은 다스로운 가을 향취를 풍긴다. 주인을 잃고 콩은 무거운 열매를 둥글둥글 흙에 굴린다. 맞은쪽 산밑에서 벼들을 베며 기뻐하는 농군의 노래.

"터졌네, 터져."

수재는 눈이 휘둥그렇게 굿문을 뛰어나오며 소리를 친다. 손에는 흙 한줌이 잔뜩 쥐었다.

"뭐."

하다가

"금줄 잡았어, 금줄."

"으—ㅇ"

하고 외마디를 뒤

남기자 영식이는 수재 앞으로 살같이 달겨들었다. 허겁지겁 그 흙을 받아 들고 샅샅이 헤쳐 보니 딴은 재래에 보지 못하던 불그죽죽한 황토이었다. 그는 눈에 눈물이 핑 돌며,

"이게 원줄인가."

"그럼 이것이 *곱색줄이라네. 한 포에 댓 돈씩은 넉넉 잡히되."

영식이는 기쁨보다 먼저 기가 탁 막혔다. 웃어야 옳을지 울어야 옳을지. 다만 입을 반쯤 벌린 채 수재의 얼굴만 멍하니 바라본다.

"이리 와봐. 이게 금이래."

이윽고 남편은 아내를 부른다. 그리고 내 뭐랬어 그러게 해보라고 그랬지 하고 *설면설면 덤벼 오는 아내가 한결 어여뻤다. 그는 엄지가락으로 아내의 눈물을 지워 주고 그러고 나서 껑충거리며 구뎅이로 들어간다.

"그 흙 속에 금이 있지요."

영식이 처가 너무 기뻐서 코다리에 고래등 같은 집까지 연상할 제 수재는 시원스러이

"네, 한 포대에 오십 원씩 나와유—"

하고 대답하고 오늘 밤에는 꼭 정녕코 꼭 달아나리라 생각하였다.

거짓말이란 오래 못 간다. *뽕이 나서 뼈다귀도 못 추리기 전에 훨훨 벗어나는 게 상책이겠다.

『동백꽃』, 삼문사, 1938.

곱색줄
붉은 빛의 광맥.

설면설면
슬금슬금.

뽕이 나다
비밀이 드러나다.

만무방

산골에, 가을은 무르녹았다.

아람드리 노송은 *빽빽이 늘어박혔다. 무거운 송낙을 머리에 쓰고 건들건들. 새새이 끼인 도토리, 벗, 돌배, 갈잎 들은 울긋불긋. 잔디를 적시며 맑은 샘이 쫄쫄거린다. 산토끼 두 놈은 한가로이 마주 앉아 그 물을 할짝거리고. 이따금 정신이 나는 듯 가랑잎은 부수수 하고 떨린다. 산산한 산들바람. 귀여운 들국화는 그 품에 *새뜩새뜩 *넘논다. 흙내와 함께 향긋한 땅김이 코를 찌른다. 요놈은 싸리버섯, 요놈은 잎 썩은 내 또 요놈은 송이—아니, 아니 가시넝쿨 속에 숨은 박하풀 냄새로군.

노송

만무방
예의나 염치가 없는 뻔뻔한 사람.

빽빽이
빽빽하게. 사이가 비좁고 촘촘하게.

새뜩새뜩
새뜻새뜻. 새롭고 산뜻한 모양.

넘놀다
넘나들며 놀다.

호아들다
이리저리 왔다갔다 하다.

구붓한
조금 굽은 듯한.

응칠이는 뒷짐을 딱 지고 어정어정 노닌다. 유유히 다리를 옮겨 놓으며 이 나무 저 나무 사이로 *호아든다. 코는 공중에서 벌렸다 오므렸다, 연신 이러며 훅, 훅. *구붓한 한 송목 밑에 이르자 그는 발을 멈춘다. 이번에는 지면에 코를 얕이 갖다 대고 한 바퀴 비잉, 나물 끼고 돌았다.

아하, 요놈이로군!

썩은 솔잎에 덮히어 흙이 봉곳이 돋아 올랐다.

그는 손가락을 꾸짖으며 정성스레 살살 헤쳐 본다. 과연 귀여운 송이. 망할 녀석, 조금만 더 나오지, 그걸 뚝 따 들곤 뒷짐을 지고 다시 어실렁어실렁. 가끔 선하품은 터진다. 그럴 적마다 두 팔을 떡 벌리곤 먼 하늘을 바라보고 늘어지게도 기지개를 늘인다.

싸리버섯

송이버섯

송이파적
송이를 캐는 일.

때는 한창 바쁠 추수 때이다. 농군치고 *송이파적 나올 놈은 생겨나도 않았으리라. 허나 그는 꼭 해야만 할 일이 없었다. 싶으면 하고 말면 말고 그저 그뿐. 그러함에는 먹을 것이 더러 있느냐면 있기커녕 부쳐 먹을 농토조차 없는, 계집도 없고 집도 없고 자식 없고. 방은 있대야 남의 곁방이요 잠은 새우잠이요. 하지만 오늘 아침만 해도 한 친구가 찾아와서 벼를 털 텐데 일 좀 와 해달라는 걸 마다하였다. 몇 푼 바람에 그까짓 걸 누가 하느냐. 보다는 송이가 좋았다. 왜냐면 이 땅 삼천리 강산에 늘려 놓인 곡식이 말정 뉘 거람. 먼저 먹는 놈이 임자 아니야. 먹다 걸릴 만치 그토록 양식을 쌓아 두고 일이 다 무슨 난장맞을 일이람. 걸리지 않도록 먹을 궁리나 할 게지. 하기는 그도 한 세 번이나 걸려서 *구메밥으로 *사관을 틀었다. 마는 결국 제 밥상 위에 올라앉은 제 목도 자칫하면 먹다 걸리긴 매일반—

구메밥
죄수에게 옥문(獄門)의 구멍으로 넣어주는 밥.

사관을 틀다
원래는 급한 병에 걸렸을 때 네 관절에 침 놓는 일. 여기서는 징역살이를 뜻함.

욱다
우거지다.

서리다
줄기나 가지 따위가 많이 얼크러지다.

올라갈수록 덤불은 *욱었다. 머루며 다래, 칡, 게다 이름 모를 잡초. 이것들이 위아래로 이리저리 *서리어 좀체 길을

내지 않는다. 그는 잔디길로만 돌았다. 넓적다리가 *벌죽이는 찢어진 고의자락을 아끼며 조심조심 사려 딘는다. 손에는 츩으로 엮어 든 일곱 개 송이. 늙은 소나무마다 가선 두리번거린다. 사냥개 모양으로 코로 쿡, 쿡, 내를 한다. 이것도 송이 같고 저것도 송이. 어떤 게 알짜 송이인지 분간을 모른다. 토끼똥이 소보록한 데 갈잎이 한 잎 뚝 떨어졌다. 그 잎을 살며시 들어 보니 송이 *대구리가 불쑥 올라왔다. 매우 큰 송이인 듯. 그는 반색하여 그 앞에 무릎을 털썩 꿇었다. 그리고 그 위에 두 손을 내들며 열 손가락을 다 펴들었다. 가만가만히 살살 흙을 헤쳐 본다. 주먹만한 송이가 나타난다. 얘 이놈 크구나. 손바닥 위에 따 올려놓고는 한참 들여다보며 싱글벙글한다. 우중충한 구석으로 바위는 벽같이 깎아질렸다. 그 중턱을 얽어 나간 츩잎에서는 물이 쪼록쪼록, 흘러내린다. 인삼이 썩어 내리는 약수라 한다. 그는 돌 위에 걸터앉으며 또 한번 하품을 하였다. 간밤 쓸데없는 노름에 밤을 팬 것이 몹시 나른하였다. 따사로운 햇발이 숲을 새어든다. 다람쥐가 솔방울을 떨어치며. 어여쁜 할미새는 앞에서 알씬거리고. 동리에서는 타작을 하느라고 와글거린다. 흥겨워 외치는 목성, 그걸 억누르고 공중에 응, 응,

노랑할미새

알락할미새

벌죽이다
속의 것이 드러나 보일 듯 말 듯하게 자꾸 벌어졌다 오므라졌다 하다.

대구리
대가리.

진동하는 벼 터는 기계 소리. 맞은쪽 산속에서 어린 목동들의 노래는 처량히 울려 온다. 산속에 묻힌 마을의 전경을 멀리 바라보다가 그는 눈을 찌긋하며 다시 한번 하품을 뽑는다. 이 웬놈의 하품일까. 생각해 보니 어젯저녁부터 여지껏 *창주가 곱립던 것이다. 불현듯 송이꾸럼에서 그중 크고 먹음직한 놈을 하나 뽑아 들었다.

응칠이는 그 송이를 물에 써억써억 부벼서는 떡 벌어진 대구리부터 *걸삼스리 덥석 물어 떼었다. 그리고 넓죽한 입이 움질움질 씹는다. 혀가 녹을 듯이 만질만질하고 향기로운 그 맛. 이렇게 훌륭한 놈을 입맛만 다시고 못 먹다니. 문득 옛 추억이 혀끝에 뱅뱅 돈다. 이놈을 맛보는 것도 참 *근자의 일이다. *감불생심이지 어디 냄새나 똑똑히 맡아 보리. 산속으로 쏘다니다 *백판 못 따기도 하려니와 더러 딴다는 놈은 행여 상할까 봐 손도 못 대게 하고 집에 내려다 모고 모고 하는 것이다. 그러나 요행히 한 꾸럼 차면 금시로 장에 가져다 판다. 이틀 사흘씩 *공때린 거로되 잘 하면 사십 전 못 받으면 이십오 전. 저녁거리를 기다리는 아내를 생각하며 좁쌀 서너 되를 손에 사들고 어두운 고개치를 터덜터덜 올라오는 건 좋으나 이 신세를 멋에 쓰나, 하고 보면 *을프냥궂기가 짝이 없겠고— 이까짓 걸 못 먹어 그래 홧김에 또 한 놈을 뽑아 들고 이번엔 물에 흙도 씻을 새 없이 그대로 텁석거린다. 그러나 다른 놈들도 별 수 없으렷다. 이 산골이 송이의 본고향이로되 아마 일년에 한 개조차 먹는 놈이 드물리라.

— 흠, 썩어진 두상들!

그는 폭넓은 얼굴을 이그리며 남이나 들으란 듯이 이렇게 비웃는다. 썩었다, 함은 *데생겼다 모멸하는 그의 *언투였다. 먹다 나머지 송이 꽁댕이를 바로 자랑스러이 입에다 치뜨리곤 트림을 섞어 가며 우물거

창주가 곱립다
창주가 굻리다. 여기서는 몹시 배고프다는 뜻.

걸삼스리
먹음새가 좋아서 보기에 탐스럽게.

근자(近者)
요사이. 근래.

감불생심(敢不生心)
감히 엄두도 내지 못함.

백판
생판. 전혀.

공(功)때리다
마음과 힘을 다하여 애쓰다. 공들이다.

을프냥궂다
마음이나 신세가 초라하고 구슬프다. 처량(凄凉)하다.

데생기다
못생기다.

언투
말투.

린다.

송이 두 개가 들어가니 인제는 더 먹을 재미가 없다. 뭔가 좀 든든한 걸 먹었으면 좋겠는데. 떡, 국수, 말고기, 개고기, 돼지고기, 그렇지 않으면 쇠고기냐. 아따 궁한 판이니 아무거나 있으면 *속중으로 여러 가지 먹으며 시름없이 앉았다. 그는 눈꼴이 슬그러미 돌아간다. 웬놈의 닭인지 암탉 한 마리가 조 아래 무덤 앞에서 *뺑뺑 맨다. 골골거리며 감도는 걸 보매 아마 알자리를 보는 맥이라. 그는 돌에서 궁뎅이를 들었다. 낮은 하늘로 외면하여 못 본 척하고 닭을 향하여 저켠으로 널찍이 돌아 내린다. 그러나 무덤까지 왔을 때 몸을 돌리며

"후, 후, 후, 이 자식이 어딜 가 후—"

두 팔을 벌리고 쫓아간다. 산꼭대기로 치모니 닭은 하둥지둥 갈 길을 모른다. 요리 매낀 조리 매낀, 꼬꼬댁어리며 속만 태울 뿐. 그러나 바위틈에 끼어 *왁살스러운 그 주먹에 모가지가 둘로 나기에는 불과 몇 분 못 걸렸다.

그는 으슥한 숲속으로 찾아들었다. 닭의 껍질을 홀랑 까고서 두 다리를 들고 찢으니 배창이 옆구리로 꿰진다. 그놈은 긁어 뽑아서 껍질과 한데 뭉치어 흙에 묻어 버린다.

고기가 생기고 보니 연하여 나느니 막걸리 생각. 이걸 부글부글 끓여 놓고 한 사발 떡 켰으면 똑 좋을 텐데 제—기. 응칠이의 고기는 어디 떨어졌는지 술집까지 못 가는 고기였다. 아무려나 고기 먹구 술 먹구 거꾸룬 못 먹느냐. 그는 닭의 가슴패기를 입에 뒤려대고 쭉쭉 찢어 가며 먹기 시작한다. 쫄깃쫄깃한 놈이 제법 맛이 들었다. 가슴을 먹고 넓적다리 볼기짝을 먹고 거반 반쯤을 다 해내고 나니 어쩐지 맛이 좀 적었다. 결국 음식이란 양념을 해야 하는군.

대장간(김홍도 그림)

체수
체구. 몸집.

얼레발
엉너리. 남의 환을 사기 위하여 어벌쩡하게 서두르는 짓.

입때
여태.

수풀 속으로 그냥 내던지고 그는 설렁설렁 내려온다. 솔숲을 빠져 화전께로 내리려 할 제 별안간 등뒤에서

"여보게 거 응칠이 아닌가!"

고개를 돌려 보니 대장간 하는 성팔이가 작달막한 *체수에 들갑작거리며 고개를 넘어온다. 그런데 무슨 긴한 일이나 있는지 부리나케 달려들더니

"자네 응고개 논의 벼 없어진 거 아나?"

응칠이는 고만 가슴이 덜컥 내려앉았다. 이 바쁜 때 농군의 몸으로 응고개까지 앨 써 갈 놈도 없으려니와 또한 하필 절 보고 벼의 없어짐을 말하는 것이 여간 심상치 않은 일이었다.

잡담 제하고 응칠이는

"자넨 어째서 응고개까지 갔던가?"

하고 대담스리도 그 눈을 쏘아보았다. 그러나 성팔이는 조금도 겁먹은 기색 없이

"아 어쩌다 지났지 뭘 그래."

하며 도리어 *얼레발을 치고 덤비는 수작이다. 고얀 놈, 응칠이는 *입때 다녀야 동무를 팔아 배를 채우는 그런 비열한 짓은 안 한다. 낯을 붉히자 눈에 물이 보이며

"어쩌다 지냈다?"

응칠이가 이 동리에 들어온 것은 어느덧 달이 넘었다. 인제는 물릴 때도 되었고 좀 떠보고자 생각은 간절하나 아우의 일로 말미암아 망설거리는 중이었다.

그는 오라는 데는 없어도 갈 데는 많았다. 산으로 들로 해변으로 발뿌리 놓이는 곳이 즉 가는 곳이었다.

그러나 저물며는 그대로 쓰러진다. 남의 방앗간이고 헛간이고 혹은 강가, *시새장. 물론 수가 좋으면 *괴때기 위에서 밤을 편히 잘 적도 있었다. 이렇게 하여 강원도 어수룩한 산골로 이리 넘고 저리 넘고 못 간 데 별로 없이 유람 겸 *편답하였다.

그는 한 구석에 머물러 있음은 가슴이 답답할 만치 *되우 괴로웠다.

물레방앗간

디딜방아

그렇다고 응칠이가 번시라 *역마 직성이냐 하면 그런 것도 아니다. 그도 오 년 전에는 사랑하는 아내가 있었고 아들이 있었고 집도 있었고 그때야 어딜 하루라도 집을 떨어져 보았으랴. 밤마다 아내와 마주 앉으면 어찌 하면 이 살림이 좀 늘어 볼까 붙어 볼까, 애간장을 태우며 같은 궁리를 되하고 되하였다. 마는 별 뾰죽한 수는 없었다. 농사는 열심으로 하는 것 같은데 알고 보면 남는 건 겨우 남의 빚뿐. 이러다가는 결말엔 봉변을 면치 못할 것이다. 하루는 밤이 깊어서 코를 골며 자는 아내를 깨웠다. 밖에 나아가 우리의 세간이 몇 개나 되는지 세어 보라 하였다. 그리고 저는 벼루에 먹을 갈아 찍어 들었다. 벽을 바른 신문지는 누렇게 꺼럿다. 그 위에다 아내가 불러 주는 물목대로 일일이 내려 적었다. 독이 세 개, 호미가 둘, 낫이 하나로부터 밥사발, 젓가락 짚이 석 단까지 그 담에는 제가 빚을 얻어 온 데, 그 사람들의 이름을 쪽 적어 놓았다. 금액은 제각기 그 아래다 달아 놓고. 그 옆으론 조금 사이를 떼어 역시 *조선문으로 나의 소유는 이것밖에 없노라. 나는 오십사 원을 갚을 길이 없으매 죄진 몸이라 도망하니 그대들은 아예 싸울 게 아니겠고 서로 의논하여 억울치 않도록 분배하여 가기 바라노라 하는

시새장
모래밭.

괴때기
짚북더미.

편답(遍踏)
널리 여기저기를 돌아다님. 편력(遍歷).

되우
아주 몹시. 되게. 매우 심하게. 된통.

역마직성(驛馬直星)
늘 분주하게 이리저리 돌아다니는 사람.

조선문
언문. 한글.

의미의 성명서를 벽에 남기자 안으로 문들을 걸어 닫고 울타리 밑구멍으로 세 식구 빠져나왔다.

이것이 응칠이가 팔자를 고치던 첫날이었다.

그들 부부는 돌아다니며 밥을 빌었다. 아내가 빌어다 남편에게, 남편이 빌어다 아내에게. 그러자 어느 날 밤 아내의 얼굴이 썩 슬픈 빛이었다. 눈보라는 살을 에인다. 다 쓰러져 가는 물방앗간 한구석에서 섬을 두르고 어린애에게 젖을 먹이며 떨고 있더니 여보게유, 하고 고개를 돌린다. 왜, 하니까 그 말이 이러다간 우리도 고생일 뿐더러 첫째 어린애를 잡겠수, 그러니 서로 갈립시다 하는 것이다. 하긴 그럴 법한 말이다. 쥐뿔도 없는 것들이 붙어다닌댔자 별 수는 없다. 그보담은 서로 갈리어 제 맘대로 빌어먹는 것이 오히려 가뜬하리라. 그는 선뜻 응낙하였다. 아내의 말대로 개가를 해가서 젖먹이나 잘 키우고 몸 성히 있으면 혹 연분이 닿아 다시 만날지도 모르니깐 마지막으로 아내와 같이 땅바닥에서 나란히 누워 하룻밤을 떨고 나서 날이 훤해지자 그는 툭툭 털고 일어섰다.

*매팔자란 응칠이의 팔자이겠다.

그는 버젓이 게트림으로 길을 걸어야 걸릴 것은 하나도 없다. 논맬 걱정도, 호포 바칠 걱정도, 빚 갚을 걱정, 아내 걱정, 또는 굶을 걱정도. *호동가란히 털고 나서니 팔자 중에는 아주 상팔자다. 먹고만 싶으면 도야지구, 닭이구, 개구, 언제나 옆을 떠날 새 없겠지 그리고 돈, 돈두—

그러나 *주재소는 그를 노려보았다. 툭하면 오라, 가라, 하는데 *학질이었다. 어느 동리고 가 있다가 불행히 일만 나면 누구보다도 그부터 붙들려 간다. 왜냐면 그는 전과 사범이었다. 처음에는 도박으

매팔자
놀고 먹는 팔자.

호동가란히
홀가분하게.

주재소
일제시대 순사(巡査)
등이 맡은 구역에서 사
무를 취급하던 곳. 지
금의 파출소.

일제시대의 주재소

학질
질색.

로 다음엔 절도로 또 고 담에는 절도로, 절도로—

그러나 이번 멀리 아우를 방문함은 생활이 궁하여 *근대러 왔다거나 혹은 일을 해보러 온 것은 결코 아니었다. 혈족이라곤 단 하나의 동생이요 또한 오래 못 본지라 때없이 그리웠다. 그래 모처럼 찾아온 것이 뜻밖에 덜컥 일을 만났다.

일제시대의 형무소

지금까지 논의 벼가 서 있다면 그것은 성한 사람의 짓이라 안 할 것이다.

근대다
지근대다. 귀찮게 굴다.

응오는 응고개 논의 벼를 여태 베지 않았다. 물론 응오가 베어야 할 것이나 누가 듣든지 그 형 응칠이를 먼저 의심하리라. 그럼 여기에 따르는 모든 책임을 응칠이가 혼자 지지 않으면 안 될 것이다.

응오는 진실한 농군이었다. 나이 서른하나로 무던히 철났다 하고 동리에서 쳐주는 모범 청년이었다. 그런데 벼를 베지 않는다. 남은 다들 걷어 들였고 털기까지 하련만 그는 벨 생각조차 않는 것이다.

지주라든 혹은 그에게 장리를 놓은 김참판이든 *뻔찔 찾아와 벼를 베라 독촉하였다.

뻔찔
뻔질나게. 자주.

"얼른 털어서 낼 건 내야지."

하면 그 대답은

"계집이 죽게 됐는데 벼는 다 뭐지유—"

하고 한결같이 내뱉는 소리뿐이었다.

하기는 응오의 아내가 지금 *기지사경 이매 틈은 없었다 하더라도 돈이 놀아서 약을 못 쓰는 이 판이니 *진시 벼라도 털어야 할 것이다.

기지사경(幾至死境)
거의 죽을 지경에 이름.

그러면 왜 안 털었던가—

그것은 작년 응오와 같이 지주 문전에서 타작을 하던 친구라면 묻지

진시
진작. 좀더 일찍.

는 않으리라. 한 해 동안 애를 졸이며 홀자식 모양으로 알뜰히 가꾸던 그 벼를 걷어 들임은 기쁨에 틀림없었다. 꼭두새벽부터 엣, 엣, 하며 괴로움을 모른다. 그러나 캄캄하도록 털고 나서 지주에게 *도지를 제하고, 장리쌀을 제하고 *색조를 제하고 보니 남는 것은 등줄기를 흐르는 식은땀이 있을 따름. 그것은 슬프다 하니보다 끝없이 부끄러웠다. 같이 털어 주던 동무들이 뻔히 보고 섰는데 빈 지게로 덜렁거리며 집으로 돌아오는 건 진정 열적기 짝이 없는 노릇이었다. 참다 참다 못해 응오는 눈에 눈물이 흘렀던 것이다.

가뜩한데 엎치고 덮치더라고 올해는 고나마 흉작이었다. 샛바람과 비에 벼는 깨깨 배틀렸다. 이놈을 가을하다간 먹을 게 남지 않음은 물론이요 빚도 다 못 가릴 모양. 에라 빌어먹을 거. 너들끼리 캐다 먹든 말든 멋대로 하여라, 하고 내던져 두지 않을 수 없다. 벼를 걷었다고 말만 나면 빚쟁이들은 우— 몰려들 거니깐—

응칠이의 죄목은 여기에서도 또렷이 드러난다. 구구로 가만만 있었더면 좋은 걸 이 *사품에 뛰어들어 지주의 뺨을 제법 갈긴 것이 응칠이었다.

처음에야 그럴 작정이 아니었다. 그는 여러 곳 물을 마신 이만치 어지간히 속이 튄 건달이었다. 지주를 만나 까놓고 썩 좋은 소리로 의논하였다. 올 농사는 *반실이니 도지도 좀 감해 주는 게 어떠냐고. 그러나 지주는 암말 없이 고개를 모로 흔들었다. 정 이러면 하여튼 일 년 품은 빼야 할 테니 나는 그 놈에다 불을 지르겠수, 하여도 잠자코 응치 않는다. 지주로 보면 자기로도 그 벼는 넉넉히 걷어 들일 수는 있다. 마는 한번 버릇을 잘못 해놓으면 어느 작인까지 행실을 버릴까 염려하여 겉으로 독촉만 하고 있는 터이었다. 실상이야 고까짓 벼쯤 있어도

도지(賭地)
일정한 도조(賭租)를 주고 빌려 쓰는 논밭이나 집터를 말하며, 여기서 '도조'란 그 대가로 해마다 내는 벼.

색조
타작할 때 덧붙여 받던 곡식.

사품에
겨를에.

반실(半失)
절반 가량 잃거나 축남.

고만 없어도 고만—그 심보를 눈치채고 응칠이는 화를 벌컥 낸 것만은 좋으나, 저도 모르게 대뜸 주먹뺨이 들어갔던 것이다.

이렇게 문제 중에 있는 벼인데 귀신의 놀음 같은 변괴가 생겼다. 다시 말하면 벼가 없어졌다. 그것도 병들어 쓰러진 쭉정이는 제쳐 놓고 무얼로 그랬는지 *말장 이삭만 따갔다. 그 면적으로 어림하면 아마 못 돼도 한 댓 말 가량은 되는지—

응칠이가 아침 일찍이 그 논께로 노닐자 이걸 발견하고 기가 막혔다. 누굴 성가시게 할려구 그러는지. 산속에 파묻힌 논이라 아직은 본 사람이 없는 모양 같다. 허나 동리에 이 소문이 퍼지기만 하면 저는 어느 모로 보든 혐의를 받아 *폐는 좋이 입어야 될 것이다.

응칠이는 송이도 송이려니와 실상은 궁리에 바빴다. 속중으로 지목 갈 만한 놈을 여럿 들어 보았으나 이렇다 찍을 만한 증거가 없다. 어쩌면 재성이나 성팔이 이 둘 중의 짓이리라, 하고 결국 이렇게 생각 든 것도 응칠이가 아니면 안 될 것이다.

외나무다리

원수는 외나무다리에서 만났다.

응칠이는 저의 짐작이 들어맞음을 알고 당장에 일을 낼 듯이 성팔이의 눈을 드리 노렸다.

성팔이는 신이 나서 떠들다가 그 눈총에 어이가 질리어 고만 벙벙하였다. 그리고 얼굴이 해쓱하여 마주 대고 쳐다보더니

"그래, 자네 왜 그게 노하나. 지내다 보니깐 그렇길래 일테면 자네보고 얘기지 뭐……"

하고 *뒷갈망을 못하여 우물주물한다.

말장
모두.

폐(弊)
괴롭고 번거로운 일.

뒷갈망
뒷감당.

"노하긴 누가 노해—"

응칠이는 뻐팅겼던 몸에 좀더 힘을 올리며

"응고개를 어째 갔더냐 말이지?"

"놀러 갔다 오는 길인데 우연히……."

"놀러 갔다. 거기가 노는 덴가?"

"글쎄 그렇게까지 물을 게 뭔가. 난 응고개 아니라 서울은 못 갈 사람인가."

하다가 성팔이는 속이 타는지 코로 흐응, 하고 날숨을 길게 뽑는다.

이렇게 나오는 데는 더 물을 필요가 없었다. 성팔이란 놈도 여간내기가 아니요 구장네 솥인가 뭔가 떼다 먹고 한 번 다녀온 놈이었다. 많이 사귀지는 못했으나 동리 평판이 그놈과 같이 다니다가는 엉뚱한 일 만난다 한다. 이번에 응칠이 저 역시 그 *섭수에 걸렸음을 알고

"그야 응고개라고 못 갈 리 없을 테—"

하고 한 번 *엇먹다 그러나 자네두 아다시피 거 어디야, 거기 바루 길이 있다든지 사람 사는 동리라면 혹 모른다 하지마는 성한 사람이야 응고개엘 뭘 먹으러 가나, 그렇지 자네야 심심하니까, 하고 앞을 꽉 눌러 등을 떠본다.

여기에는 대답 없고 성팔이는 덤덤히 쳐다만 본다. 무엇을 생각했는가 한참 있더니 호주머니에서 *단풍갑을 꺼낸다. 우선 제가 한 개를 물고 또 하나를 뽑아 내대며,

"권연 하나 피게."

매우 든직한 낯을 해보인다.

이놈이 *이에 밝기가 몹시 밝은 성팔이다. 턱없이 권연 하나라도 선심을 쓸 궐자가 아니리라, 생각은 하였으나 그렇다고 예까지 *부르

일제시대 담배포장지

섭수
꾀. 수단.

엇먹다
사리에 맞지 않는 언행으로 엇나가며 상대방을 비꼬다.

단풍갑
일제시대 유행한 담배 상표의 하나.

이
이익(利益).

부르대다
거친 말로 상대를 나무라다시피하여 떠들어대다.

대는 건 도리어 저의 처지가 불리하다. 그것은 *짜정 그 손에 넘는 짓이니

"아 웬 권연은 이래—"

하고 슬적 눙치며

"성냥 있겠나?"

일부러 불까지 거 대게 하였다.

응칠이에게 *액을 떠넘기어 이용하려는 고 야심을 생각하면 곧 달려들어 다리를 꺾어 놔야 옳을 것이다. 그러나 이 마당에 떠들어 대고 보면 저는 드러누워 침뱉기. 결국 도적은 뒤로 잡지 앞에서 얼르는 법이 아니다. 동리에 소문이 퍼질 것만 두려워하며

"여보게 자네가 했건 내가 했건 간."

하고 과연 *정다이 그 등을 툭 치고 나서

"우리 둘만 알고 동리에 말을 내지 말게."

하다가 성팔이가 이 말에 되우 놀라며 눈을 말똥말똥 뜨니

"그까진 벼쯤 먹으면 어떤가!"

하고 껄껄 웃어 버린다.

성팔이는 한 굽 접히어 말문이 메었는지 *얼뚤하여 입맛만 다신다.

"아예 말은 내지 말게, 응 알지—"

하고 다시 다질 때에야 겨우 주저주저 입을 열어

"내야 무슨 말을 내겠나."

하고 조금 사이를 떼어 또,

"내야 무슨 말을…… 그건 염려 말게."

하더니 비실비실 몸을 돌리어 저 갈 길을 내걷는다. 그러나 저 앞 고개까지 가는 동안에 두 번이나 돌아다보며 이쪽을 살피고 살피고 한 것

짜정
짜증. 사실. 정말.

액(厄)
모질고 사나운 운수.

정다이
정답게.

얼뚤하다
뜻밖의 일을 갑자기 당하거나, 여러 가지 일이 너무 복잡하여서 정신을 바로 차리지 못하다.

만은 사실이었다.

응칠이는 그 꼴을 이윽히 바라보고 입 안으로 죽일 놈, 하였다. 아무리 도적이라도 같은 동료에게 제 죄를 넘겨씌우려 함은 도저히 의리가 아니다.

그건 그렇다 치고 응오가 더 딱하지 않은가. 기껏 힘들여 지어 놓았다 남 좋은 일 한 것을 안다면 눈이 뒤집힐 일이겠다.

이래서야 어디 이웃을 믿어 보겠는가—

확적히 증거만 있어 이놈을 잡으면 대번에 요절을 내리라 결심하고 응칠이는 침을 탁 뱉아 던지고 산을 내려온다.

그런데 그놈의 행태로 가늠 보면 응칠이 저만치는 때가 못 벗은 도적이다. 어느 미친놈이 논두렁에까지 *가새를 들고 오는가. 격식도 모르는 *푸뚱이가. 그러려면 바로 조 낟가리나 수수 낟가리 말이지. 그속에 들어앉아 가위로 속닥거려야 들킬 리도 없고 일도 편하고. 두 포대고 세 포대고 마음껏 딸 수도 있다. 그러나 틈 보고 집으로 나르면 고만이지만 누가 논의 벼를 다. 그렇게도 벼에 걸신이 들렸다면 바로 남의 집 머슴으로 들어가 한 달포 동안 주인 앞에 *얼렁거리는 것이어니와 신용을 얻어 났다가 주는 옷이나 얻어입고 다들 잠들거든 벼섬이나 두둑이 짊어메고 덜렁거리면 그뿐이다. 이건 맥도 모르는 게 남도 못살게 굴려고. 에— 이 망할자식두. 그는 분노에 살이 다 부들부들 떨리는 듯싶었다. 그러나 이런 좀도적이란 *뽕이 나기 전에는 바짝 물고 덤비는 법이었다. 오늘 밤에는 요놈을 지켰다 꼭 붙들어 가지고 정강이를 분질러 노리라. 밥을 먹고는 태연히 막걸리 한 사발을 껄떡껄떡 들이키자

"커—가을이 되니깐 맛이 *행결 낫군—"

가새
가위.

푸뚱이
풋내기.

얼렁거리다
알랑거리다.

뽕이 나다
들통나다.

행결
한결.

그는 주먹으로 입가를 쓱쓱 훔친 다음 송이 꾸림에서 세 개를 뽑는다. 그리고 그걸 갈퀴같이 마른 주막 할머니 손에 내어 주며

"엣수, 송이나 잡숫게유—"

하고 술값을 치렀으나

"아이, 송이두 고놈 참."

간사를 피우는 것이 좀 *시쁜 모양이다. 제딴은 한 개에 삼 전씩 치더라도 구 전밖에 안 되니깐—

응칠이는 슬며시 화가 나서 그 얼굴을 유심히 들여다보았다. 움푹 들어간 볼때기에 저건 또 왜 저리 멋없이 불거졌는지 툭 나온 광대뼈하고 치마 아래로 남실거리는 발가락은 자칫 잘못 보면 황새발목이니 이건 언제 잡아 가려고 남겨 두는 거야—보면 볼수록 하나 이쁜 데가 없다. 한두 번 먹은 것도 아니요 언젠간 울타리께 풀을 베어 주고 술사발이나 얻어먹은 적도 있었다. 고렇게 *야멸치게 따질 건 뭔가. 그는 눈살을 흘낏 맞치고는 하나를 더 꺼내어

"엣수, 또 하나 잡숫게유—"

내던져 주곤 댓돌에 가래침을 탁 뱉았다.

그제야 식성이 좀 풀리는지 그 *가축으로 웃으며

"아이구 이거 자꾸 좀 어떡해—"

"어떡하긴, 자꾸 살찌게유—"

하고 한 마디 툭 쏘고 일어서다가 무엇을 생각함인지 다시 툇마루에 주저앉았다.

댓돌

댓돌과 건물(신계사 대웅보전)

시쁘다
마음에 차지 않아서 시들하다.

야멸치다
태도가 차고 매섭다.

가축
알뜰살뜰 잘 매만지는 것.

"그런데 참 요즘 성팔이 보셨수?"

"아―니, 당최 볼 수가 없더구먼."

"술도 안 먹으러 와유?"

"안 와―"

하고는 입 속으로 뭐라고 중얼거리며 의아한 낯을 들더니

"왜, 또 뭐 일이……?"

"아니유, 본 지가 하 오래니깐―"

응칠이는 말끝을 얼버무리고 고개를 돌리어 *한데를 바라본다. 벌써 점심때가 되었는지 닭들이 요란히 울어 댄다. 논둑의 미루나무는 부 하고 또 부, 하고 잎이 날리며 팔랑팔랑 하늘로 올라간다.

한데
바깥.

"성팔이가 이 마을에서 얼마나 살았지유?"

"글쎄― 재작년 가을이지 아마."

하고 장죽을 빡빡 빨더니

"근대 또 떠난대든 걸, 홍천인가 어디 즈 성님한테로 간대."

하고 그게 옳지 여기서 뭘 하느냐. 대장간이라구 일이나 많으면 모르거니와 밤낮 파리만 날리는 걸 그보다는 즈 형이 크게 농사를 짓는다니 그 뒤나 *자들어 주고 구구루 얻어먹는 게 신상에 편하겠지. 그래 *불일간 처자식을 데리고 아마 떠나리라고 하고

"농군은 그저 농사를 지야 돼."

"낼 술 먹으러 또 오지유―"

간단히 인사만 하고 응칠이는 다시 일어났다.

주막을 나서니 옷깃을 스치는 개운한 바람이다. 밭 둔덕의 대추는 척척 늘어진다. 멀지 않아 겨울은 또 오렷다. 그는 응오의 집을 바라보며 그간 죽었는지 궁금하였다.

자들어
거들어.

불일간(不日間)
며칠 안에.

응오는 봉당에 걸터앉았다. 그 앞 화로에는 약이 바글바글 끓는다. 그는 정신없이 들여다보고 앉았다.

우중충한 방에서는 아내의 가쁜 숨소리가 들린다. 색, 색 하다가 아이구, 하고는 까무러지게 콜록거린다. 가래가 치밀어 몹시 괴로운 모양— 뽑아 줄 사이가 없이 풀들은 뜰에 엉겼다. 흙이 드러난 지붕에서 망초가 휘어청휘어청. 바람은 가끔 찾아와 싸리문을 흔든다. 그럴 적마다 문은 을씨년스럽게 삐— 꺽 삐— 꺽. 이웃의 발발이는 부엌에서 한창 바쁘게 달그락거린다. 마는 아침에 아내에게 먹이고 남은 *조죽밖에야. 아니 그것도 참 남편마저 굶었으니 사발에 붙은 찌꺼기뿐이리라—

초가집

화로

조죽
좁쌀로 쑨 죽.

"거, 다 졸았나 부다."

응칠이는 약이란 다 졸면 못쓰니 고만 짜 먹어라 하였다. 약이라야 어젯저녁 울 뒤에서 옭아들인 구렁이지만—

그러나 응오는 듣고도 흘렸는지 혹은 못 들었는지 잠자코 고개도 안 든다.

"엣다, 송이 맛이나 봐라."

하고 형이 손을 내밀 제야 겨우 시선을 들었으나 술이 거나한 그 얼굴을 *거북상스리 훑어본다. 그리고 송이를 고맙지 않게 받아 방에 치뜨리고는

"이거나 먹어."

하다가,

"뭐?"

소리를 크게 질렀다. 그래도 잘 들리지 않으므로

"뭐야 뭐야, 좀 똑똑히 하라니깐?"

하고 *골피를 찌푸린다.

그러나 아내는 손짓만으로 무슨 소린지 알 수가 없다. 음성으로 치느니보다 조히 비비는 소리랄지, 그걸 듣기에는 지척도 멀었다.

가만히 보다 응칠이는 제가 다 불안하여

"뒤보겠다는 게 아니냐!"

"그럼 그렇다 말이 있어야지."

남편은 이내 짜증을 내며 몸을 일으킨다. 병약한 아내의 음성이 날로 변하여 감을 시방 안 것도 아니련만—그는 방바닥에 늘어져 꼬치꼬치 마른 반송장을 조심히 일으키어 등에 업었다.

울 밖 밭머리에 잿간은 놓였다. 머리가 눌릴 만치 납작한 굴 속이다.

거북상스리
거북스럽게.

골피
이맛살.

게다 거미줄은 예제 없이 엉키었다. 부추돌 위에 내려놓으니 아내는 벽을 의지하여 웅크리고 앉는다. 그리고 남편은 눈을 멀뚱멀뚱 뜨고 지키고 섰는 것이다.

이 꼴들을 멀거니 바라보다 응칠이는 마뜩지 않게 코를 횅, 풀며 입맛을 다시었다. 응오의 짓이 어리석고 울화가 터져서이다. 요즘 응오가 형에게 잘 말도 않고 왜 *어뜩비뜩하는지 그 속은 응칠이도 모르는 배 아닐 것이다.

응오가 이 아내를 찾아올 때 꼭 삼 년간을 머슴을 살았다. 그처럼 먹고 싶던 술 한 잔 못 먹었고 그처럼 침을 삼키던 그 개고기 한 *메 물론 못 샀다. 그리고 사경을 받는 대로 꼭꼭 장리를 놓았으니 후일 *선채로 썼던 것이다. 이렇게까지 *근사를 모아 얻은 계집이련만 단 두 해가 못 가서 이 꼴이 되고 말았다.

그러나 이 병이 무슨 병인지 *도시 모른다. 의원에게 한 번이라도 변변히 봬본 적이 없다. 혹 안다는 사람의 말인즉 *뇌점이니 어렵다 하였다. 돈만 있으면야 뇌점이고 *염병이고 알 바가 못 될 거로되 사날 전 거리로 쫓아 나오며

"성님."

하고 팔을 챌 적에는 응오도 어지간히 급한 모양이었다.

"왜?"

응칠이가 몸을 돌리니 허둥지둥 그 말이 이제는 별도리가 없다. 있다면 꼭 한 가지가 남았으니 그것은 엊그저께 산신을 부리는 노인이 이 마을에 오지 않았는가. 그 노인이 응오를 특히 동정하여 십오 원만 들이어 산치성을 올리면 씻은 듯이 낫게 해주리라는데.

"성님은 언제나 돈 만들 수 있지유?"

어뜩비뜩하다
행동이 바르거나 단정
하지 못하다.

메
매. 맷고기나 살담배를
작게 갈라 동여매어 놓
고 팔 때, 그 매어 놓
은 덩이.

선채(先綵)
혼례를 치르기 전 신랑
집에서 신부집으로 보
내는 채단.

근사(勤仕)
일에 공을 들임.

도시
도무지.

뇌점
폐결핵.

염병
전염병. 장티푸스.

"거 안 된다. 치성 들여 날 병이 그냥 안 낫겠니."

하여 여전히 딱 떼고 그러게 내 뭐래든 애전에 계집 다 내버리고 날 따라 나서랬지, 하고

"그래 농군의 살림이란 제 목매기라지!"

그러나 아우가 암말 없이 몸을 홱 돌리어 집으로 들어갈 제 응칠이는 속으로 또 괜한 소리를 했구나, 하였다.

응오는 도로 아내를 업어다 방에 뉘었다. 약은 다 졸았다. 불이 삭기 전 짜야 할 것이다. 식기를 기다려 약사발을 입에 대어 주니 아내는 군말 없이 그 구렁이 물을 껄덕껄덕 들이마신다.

응칠이는 마당에 우두커니 앉았다. 사람의 목숨이란 과연 중하군, 하였다. 그러나 계집이라는 저 물건이 저렇게 떼기 어렵도록 중할까, 하니 암만해도 알 수 없고.

"너 참 요 건너 성팔이 알지?"

"—"

"너하구 친하냐?"

"—"

"성이 뭐래는데 거 대답 좀 하렴."

하고 소리를 뻑 질러도 아우는 대답은 말고 고개도 안 든다.

그러나 응칠이는 하늘을 쳐다보고 트림만 끄윽, 하고 말았다. 술기가 코를 콱 콱 찔러야 할 터인데 이건 풋김치 냄새만 코밑에서 뱅뱅 돈다. 공짜 김치만 퍼먹을 게 아니라 한 잔 더 했더면 좋았을 걸. 그는 일어서서 *대를 허리에 꽂고 궁둥이의 흙을 털었다. 벼 도둑맞은 이야기를 할까, 하다가 아서라 가뜩이나 울상이 속이 쓰릴 것이다. 그보다는 이놈을 잡아 놓고 *낭종 *히짜를 뽑는 것이 점잖하겠지—

대
담뱃대.

낭종
나중에.

히짜를 뽑다
짐짓 희떱게 굴다. 실속 없이 거드럭거리다.

그는 문 밖으로 나와 버렸다.

답답한 아우의 살림을 보니 역 답답하던 제 살림이 연상되고 가슴이 두목 답답하였다.

이런 때에는 무가 십상이다. 사실 하느님이 무를 마련해 낸 것은 참으로 은혜로운 일이다. *맥맥할 때 한 개를 씹고 보면 꿀꺽 하고 쿡 치는 그 맛이 좋고 남의 무밭에 들어가 하나를 쑥 뽑으니 가락 무. 이키, 이거 오늘 운수 대통이로군. 내던지고 그 담 놈을 뽑아 들고 개울로 내려온다. 물에 쓱쓰윽 닦아서는 꽁지는 이로 베어 던지고 어썩 깨물어 붙인다.

개울 둔덕에 포플러는 호젓하게도 *매출히 컸다. 자갈돌은 그 밑에 옹기종기 모였다. 가생이로 잔디가 소보록하다. 응칠이는 나가자빠져 마을을 건너다보며 눈을 멀뚱멀뚱 굴리고 누웠다. 산이 뺑뺑 둘리어 숨이 콕 막힐 듯한 그 마을 —

> 아리랑 아리랑 아라리요
> 아리랑 띄여라 노다 가세
> 증기차는 가자고 왼고동 트는데
> 정든 님 품 안고 *낙누낙누
> 아리랑 아리랑 아라리요
> 아리랑 띄여라 노다 가세
> 낼 갈지 모래 갈지 내 모르는데
> *옥씨기 강낭이는 심어 뭐 하리
> 아리랑 아리랑 아라리요
> 아리랑 띄여라……

맥맥하다
갑갑하다.

매출히
곧게.

낙누낙누
낙루낙루(落淚落淚).

옥씨기
옥수수.

그는 콧노래를 이렇게 흥얼거리다 갑작스리 강릉이 그리웠다. 펄펄 뛰는 생선이 좋고 아침 햇살이 비끼어 힘차게 출렁거리는 그 물결이 좋고. 이까짓 *둠 구석에서 쪼들리는 데 대다니. 그래도 즈이 딴은 무어 농사 좀 지었답시고 악을 복복 쓰며 잘두 떠들어 댄다. 하지만 그런 중에도 어디인가 형언치 못할 쓸쓸함이 떠돌지 않는 것도 아니다. 삼십여 년 전 술을 빚어 놓고 *쇠를 울리고 흥에 질리어 어깨춤을 덩실거리고 이러던 가을과는 저 딴쪽이다. 가을이 오면 기쁨에 넘쳐야 될 시골이 점점 살기만 띠어 옴은 웬일일꼬. 이렇게 보면 재작년 가을 어느 밤 산중에서 낫으로 사람을 찍어 죽인 강도가 문득 머리에 떠오른다. 장을 보고 오는 농군을 농군이 죽였다. 그것도 많이나 되었으면 모르되 빼앗은 것이 한꿋 동전 네 닢에 수수 일곱 되. 게다 흔적이 탄로날까 하여 낫으로 그 얼굴의 껍질을 벗기고 조깃대강이 이기듯 끔찍하게 남기고 *조긴 망나니다. 흉악한 자식. 그 *잘량한 돈 사 전에, 나 같으면 가여워 덧돈을 주고라도 왔으리라. 이번 놈은 그 따위 *각다귀나 아닐는지 할 때 찬 김과 아울러 치미는 소름에 머리끝이 다 쭈뼛하였다. 그간 아우의 농사를 대신 돌봐 주기에 이럭저럭 날이 늦었다. 오늘 밤에는 이놈을 다리를 꺾어 놓고 내일쯤은 봐서 설렁설렁 뜨는 것이 옳은 일이겠다. 이 산을 넘을까 저 산을 넘을까 주저거리며 속으로 점을 치다가 슬그머니 코를 골아 올린다.

밤이 내리니 만물은 고요히 잠이 든다. 검푸른 하늘에 산봉우리는 울퉁불퉁 물결을 치고 흐릿한 눈으로 별은 떴다. 그러다 구름떼가 몰려닥치면 캄캄한 절벽이 된다. 또한 마을 한복판에는 거친 바람이 오락가락 쓸쓸히 *궁글고 이따금 코를 찌름은, 후련한 산사 내음새. 북쪽 산밑 미루나무에 싸여 주막이 있는데 유달리 불이 반짝인다. 노세, 노세, 젊어서 놀아. 노랫소리는 나직나직 한산히 흘러온다. 아마 벼를 *뒷심대고 외상이리라—

응칠이는 잠자코 벌떡 일어나 바깥으로 나섰다. 그리고 다 나와서야 그 집 친구에게 눈치를 안 채이도록,

"내 잠깐 다녀옴세—"

"어딜 가나?"

친구는 웬 영문을 몰라서 뻔히 쳐다보다 밤이 이렇게 늦었으니 나갈 생각 말고 어여 이리 들어와 자라 하였다. 기껏 둘이 앉아서 *개코쥐코 떠들다가 갑자기 일어서니까 꽤 이상한 모양이었다.

"건너 마을 가 담배 한 봉 사올라구."

"담배 여 있는데 사 뭐 하나?"

친구는 호주머니에서 굳이 희연봉을 꺼내어 손에 들어 보이더니,

"이리 들어와 *섬이나 좀 쳐주게."

"아 참, 깜빡……"

하고 응칠이는 미안스러운 낯으로 뒤통수를 긁죽긁죽한다. 하기는 섬을 좀 쳐달라고 며칠째 당부하는 걸 노름에 몸이 팔려 그만 잊고 잊고 했던 것이다. 먹고 자고 이렇게 신세를 지면서 이건 썩 안됐다, 생각은 했지마는

"내 곧 다녀올걸 뭐……"

어정쩡하게 한마디 남기곤 그 집을 뒤에 남긴다. 그러나 이 친구는

"그럼, 곧 다녀오게—"

하고 때를 *재치는 법은 없었다. 언제나 *여일같이

"그럼 잘 다녀오게—"

뒷심
뒷셈. 추수 뒤에 셈하는 것.

개코쥐코
이러쿵저러쿵.

섬
곡식 따위의 용량을 나타내는 단위의 하나. 여기서는 곡식 한 섬에 해당하는 돈.

재치다
재촉하다.

여일(如一)같이
한결같이.

이렇게 그 신상만 편하기를 비는 것이다.

응칠이는 모든 사람이 저에게 그 어떤 경의를 갖고 대하는 것을 가끔 느끼고 어깨가 으쓱거린다. *백판 모르는 사람도 데리고 앉아서 몇 번 말만 좀 하면 대번 구부러진다. 그렇게 장한 것인지 그 일을 하다가, 그 일이라야 도적질이지만, 들어가 욕보던 이야기를 하면 그들은 눈을 커다랗게 뜨고

백판(伯板)
전혀 터무니없이.

"아이구, 그걸 어떻게 당하셨수!"

하고 적이 놀라면서도

"그래 그 돈은 어떡했수?"

"또 그랠 생각이 납디까유?"

"참, 우리 같은 농군에 대면 호강살이유!"

하고들 한편 썩 부러운 모양이었다. 저들도 그와 같이 진탕 먹고 살고는 싶으나 주변 없어 못하는 그 울분에서 그런 이야기만 들어도 다소 위안이 되는 것이다. 응칠이는 이걸 잘 알고 그 누구를 논에다 거꾸로 박아 놓고 달아나다가 붙들리어 경치던 이야기를 부지런히 하며

물푸레
물푸래나무.

"자네들은 안적 멀었네 멀었어—"

하고 흰소리를 치면 그들은, 옳다는 뜻이겠지, 묵묵히 고개만 꺼떡꺼떡하며 속없이 술을 사주고 담배를 사주고 하는 것이다.

그런데 이번 벼를 훔쳐 간 놈은 응칠이를 마구 넘보는 모양 같다.

이렇게 생각하면 응칠이는 더욱 괘씸하였다.

그는 *물푸레 몽둥이를 벗삼아 논둑길을 질러서 산으로 올라간다.

이슥한 그믐 칠야—

길은 어둡고 흐릿한 언저리만 눈앞에 아물거린다.

그 논까지 칠 *마장은 느긋하리라. 이 마을을 벗어나는 어귀에 고개 하나를 넘는다. 또 하나를 넘는다. 그러면 그 담 고개와 고개 사이에 수목이 울창한 산중턱을 비겨 대고 몇 마지기의 논이 놓였다. 응오의 논은 그 중의 하나이었다. 길에서 썩 들어앉은 곳이라 잘 뵈도 않는다. 동리에 그런 소문이 안 났을 때에는 천행으로 본 놈이 없을 것이나 반드시 성팔이의 성행임에는—

마장
거리의 단위. 주로 십리가 못 되는 거리를 가리킬 때에 리(里) 대신 쓰는 말.

응칠이는 공동묘지의 첫 고개를 넘었다. 그리고 다음 고개의 마루턱을 올라

1930년대 공동묘지(목포 죽교)

섰을 때 다리가 주춤하였다. 저 왼편 높은 산고랑에서 불이 반짝 하다 꺼진다. 짐승불로는 너무 흐리고—아—하, 이놈들이 또 왔군. 그는 가던 길을 옆으로 새었다. 더듬더듬 나뭇가지를 짚으며 큰 산으로 올라간다. 바위는 미끌리어 내리며 발등을 찧는다. 딸기 가시에 종아리는 따갑고 엉금엉금 기어서 바위를 끼고 감돈다.

산, 거반 꼭대기에 바위와 바위가 어깨를 *겯고 움쑥 들어간 굴이 있다. 풀들은 뻗치어 굴문을 막는다.

겯다
맞대다.

그 속에 돌아앉아서 다섯 놈이 머리를 맞대고 수군거린다. 불빛이 샐까 염려다. 남폿불을 얕이 달아 놓고 몸들을 바싹바싹 여미어 가리운다.

"어서 후딱후딱 쳐, 갑갑해서 온."

"이번엔 누가 빠지나?"

"이 사람이지 뭘 그래."

"다시 섞어, 어서 이 따위 수작이야."

투전판

투전

얼뚤하다
얼떨하다.

완고척히
노골적인.

어수대다
으스대다.

손두
손도(損徒). 부도덕한
인간을 그 지역에서 쫓
아내는 것.

하고 한 놈이 골을 내고 화투를 빼앗아서 제 손으로 섞다가 깜짝 놀란다. 그리고 버썩 대드는 응칠이를 벙벙히 쳐다보며 *얼뚤한다.

그들은 응칠이가 오는 것을 *완고척히 싫어하는 눈치였다. 이런 애송이 노름판인데 응칠이를 들였다가는 맥을 못 쓸 것이다. 속으로는 되우 꺼렸다마는 그렇다고 응칠이의 비위를 건드림은 더욱 좋지 못하므로—

"아, 응칠인가, 어서 들어오게."

하고 선웃음을 치는 놈에

"난 올 듯하기에, 자넬 기다렸지."

하며 *어수대는 놈.

"하여튼 한 케 떠보세."

이놈들은 손을 잡아 들이며 썩들 환영이었다.

응칠이는 그 속으로 들어서며 무서운 눈으로 좌중을 한번 훑어보았다.

그런데 재성이도 그 틈에 끼어 있는 것이 아닌가. 사날 전만 해도 응칠이더러 먹을 양식이 없으니 돈 좀 취하라던 놈이. 의심이 부썩 일었다. 도둑이란 흔히 이런 노름판에서 씨가 퍼진다. 고 옆으로 기호도 앉았다. 이놈은 며칠 전 제 계집을 팔았다. 그 돈으로 영동 가서 장사를 하겠다던 놈이 노름을 왔다. 제깐 주제에 딸 듯싶은가. 하나는 용구. 농사엔 힘 안 쓰고 노름에 몸이 달았다. 시키는 부역도 안 나온다고 동리에서 *손두를 맞을 놈이다. 그리고 남의 집 머슴녀석. 뽐을 내고 멋없이 점잔을 피우는 중늙은이 상투쟁이 이 물건은 어서 날아왔는지 보도 못하던 놈이다. 체 이것들이 뭘 한다구 —

응칠이는 기호의 등을 꾹 찔러 가지고 밖으로 나왔다.

외딴 곳으로 데리고 와서

"자네 돈 좀 없겠나?"

하고 돌아서다가

"웬걸 돈이 어디……"

눈치만 남고 어름어름하니

"아내와 갈렸다지, 그 돈 다 뭐 했나?"

"아 이 사람아 빚 갚았지—"

기호는 눈을 내려깔며 매우 거북한 모양이다.

오른편 엄지로 한 코를 밀고 흥 하고 내풀더니 이번 빚에 졸리어 죽
을 뻔했네 하고 묻지 않는 발뺌까지 얹어서 *설대로 등어리를 긁죽긁
죽한다.

그러나 응칠이는 속으로 이놈 하였다.

응칠이는 실눈을 뜨고 기호를 유심히 쏘아 주었더니

"꼭 사 원 남았네."

하고 선뜻 알리고

"빚 갚고 뭣 하고 흐지부지 녹았어—"

어색하게도 혼잣말로 우물쭈물 웃어 버린다.

응칠이는 통명스러이

"나 이 원만 *최게."

하고 손을 내대다 그래도 잘 듣지 않으매

"따서 둘이 노눌 테야, 누가 떼먹나—"

하고 소리가 한번 빽 아니 나올 수 없다.

설대
담배설대. 담배통과 물
부리 사이에 끼워 맞추
는 가는 대.

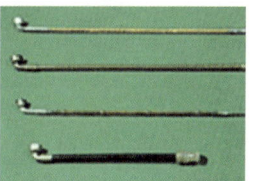

최다
꾸다.

이 말에야 기호도 비로소 안심한 듯, 저고리섶을 쳐들고 흠처거리다 쭈뼛쭈뼛 꺼내 놓는다. 딴은 응칠이의 솜씨면 *낙자는 없을 것이다. 설혹 재간이 모자라 잃는다면 우격이라도 도로 몰아갈 게니깐—

낙자없다
영락없다.

"나두 한 케 떠보세."

응칠이는 *우좌스레 굴로 기어든다. 그 콧등에는 자신 있는 그리고 흡족한 미소가 떠오른다. 사실이지 노름만치 그를 행복하게 하는 건 다시 없었다. 슬프다가도 화토나 투전장을 손에 들면 공연스레 어깨가 으쓱거리고 아무리 일이 바빠도 노름판은 옆에 못 두고 지난다. 그는 이놈 저놈의 눈치를 스을쩍 한번 훑고

우좌스럽다
우악스럽다.

"두 패루 너느지?"

응칠이는 재성이와 용구를 데리고 한옆으로 비켜 앉았다. 그리고 신바람이 나서 화투를 섞다가 손을 따악 짚으며

"*튀전이래지 이깐 화투는 하튼 뭘 할 텐가, *녹빼낀가 켤 텐가?"

"약단이나 그저 보지—"

튀전
투전.

녹빼낀
녹빼기. 화투놀이의 하나.

사방은 매섭게 조용하였다. 바위 위에서 혹 바람에 모래 구르는 소리뿐이다. 어쩌다

"엣다 봐라."

하고 화토짝이 쩔꺽, 한다. 그리곤 다시 쥐죽은 듯 잠잠하다.

그들은 *이욕에 몸이 달아서 이야기고 뭐고 할 여지가 없다. 행여 속지나 않는가, 하얀 눈들이 빨개서 서로 독을 올린다. 어떤 놈이 뜯는 놈이고 어떤 놈이 뜯기는 놈인지 영문 모른다.

이욕(利慾)
이익을 얻으려는 욕심.

응칠이가 한 장을 내던지고 명월 공산을 보기 좋게 떡 젖혀 놓으니

"이거 왜 *수짜질이야."

용구는 골을 벌컥 내며 쳐다본다.

수짜질
수작질.

"뭐가?"

"뭐라니, 아, 이 공산 자네 밑에서 빼내지 않았나?"

"봤으면 고만이지 그렇게 노할 건 또 뭔가—"

응칠이는 어설피 입맛을 쩍쩍 다시다

"그럼 이번엔 파토지?"

하고 손의 화토를 땅에 내던지며 껄껄 웃어 버린다.

이때 한옆에서 별안간

"이 자식, 죽인다—"

악을 쓰는 것이니 모두들 놀라며 시선을 몬다. 머슴이 마주 앉은 상투의 뺨을 갈겼다. 말인즉 매주 다섯 끗을 엎어 첬다, 고—

허나 정말은 돈을 잃은 것이 분한 것이다. 이 돈이 무슨 돈이냐 하면 일 년 품을 판 피 묻은 *사경이다. 이런 돈을 송두리 먹다니—

"이 자식, 너는 야마시(사기)꾼이지. 돈 내라."

멱살을 훔켜잡고 다시 두 번을 때린다.

"허, 이놈이 왜 이러누, 어른을 몰라보구."

상투는 책상다리를 잡숫고 허리를 쓰윽 펴더니 점잖이 호령한다. 자식 뻘 되는 놈에게 뺨을 맞는 건 말이 좀 덜 된다. 약이 올라서 곧 일을 칠 듯이 엉덩이를 번쩍 들었으나 그러나 그대로 주저앉고 말았다. 악에 바짝 받친 놈을 건드렸다가는 결국 이쪽이 손해다. 더럽단 듯이 허허, 웃고

"버릇 없는 놈 다 봤고!"

하고 꾸짖은 것은 잘됐으나 기어이 어이쿠, 하고 그 자리에 푹 엎으러진다. 이마가 터져서 피는 흘렀다. 어느 틈엔가 돌멩이가 날아와 이마의 가죽을 터친 것이다.

사경
새경. 머슴일 하고 받은 삯

응칠이는 싱글거리며 굴을 나섰다. 공연스레 쑥스럽게 일이나 벌어지면 성가신 노릇이다. 그리고 돈 백이나 될 줄 알았더니 다 봐야 한 사십 원 될까말까. 그걸 바라고 어느 놈이 앉았는가―

그가 딴 것은 *본밑을 알라 구 원 하구 팔십 전이다. 기호에게 오 원을 내주고

"자, 반이 넘네. 자네 계집 잃고 돈 잃고 호강이겠네."

농담으로 비웃어 던지고는 숲속으로 설렁설렁 내려온다.

"여보게, 자네에게 청이 있네."

재성이 목이 말라서 바득바득 따라온다. 그 청이란 묻지 않아도 알 수 있었다. 저에게 돈을 다 빼앗기곤 *구문이겠지. 시치미를 딱 떼고 나 갈 길만 걷는다.

"여보게 응칠이, 아, 내 말 좀 들어."

그제서는 팔을 잡아 낚으며 살려 달라 한다. 돈을 좀 늘릴까, 하고 벼 열 말을 팔아 해보았더니 다 잃었다고. 당장 먹을 게 없어 죽을 지경이니 노름 밑천이나 하게 몇 푼 달라는 것이다. 그러나 벼를 털었으면 거저 먹을 게지 어쭙지 않게 노름은―

"그런 걸 왜 너보고 하랬어?"

하고 돌아서며 소리를 빽 지르다가 가만히 보니 눈에 눈물이 글썽하다. 잠자코 돈 이 원을 꺼내 주었다.

응칠이는 돌에 앉아서 팔짱을 끼고 덜덜 떨고 있다.

사방은 뺑―돌리어 나무에 둘러싸였다. 거무투툭한 그 형상이 *헐없이 무슨 도깨비 같다. 바람이 불 적마다 쏴―하고 쏴―하고 *음충맞게 건들거린다. 어느 때에는 쨍, 쨍, 하고 목을 따는지 비명도 울린다.

그는 가끔 뒤를 돌아보았다. 별일은 없을 줄 아나 *호옥 뭐가 덤벼

본밑을 알라
본전을 아울러.

구문
구전. 개평.

헐없이
영락없이.

음충맞다
성질이 엉큼하고 불량하다.

호옥
혹시.

들지도 모른다. 서낭당은 바로 등뒤다. 족제빈지 뭔지, *요동통에 돌이 무너지며 바시락, 바시락한다. 그 소리가 묘하게도 등줄기를 쪼옥 긋는다. 어두운 꿈속이다. 하늘에서 이슬은 내리어 옷깃을 축인다. 공포도 공포려니와 냉기로 하여 좀체로 견딜 수가 없었다.

산골은 산신까지도 주렸으렷다. 아들 낳아 달라고 떡 갖다 바칠 이 없을 테니까. 이놈의 영감님 홧김에 덥석 달려들면. 앞뒤를 다시 한번 휘돌아본 다음 설대를 뽑는다. 그리고 *오금팽이로 불을 가리고는 한 대 뻑뻑 피워 물었다. 논은 여남은 칸 떨어져 고 아래 누웠다. *일심 정기를 다하여 나무틈으로 뚫어보고 앉았다. 그러나 땅에 대를 털려니까 풀숲이 이상스러이 흔들린다. 뱀, 뱀이 아닌가. 구시월 뱀이라니 물리면 고만이다. 자리를 옮겨 앉으며 손으로 입을 막고 하품을 터친다.

아마 두어 시간은 더 넘었으리라. 이놈이 필연코 올 텐데 안 오니 또 무슨 조활까. 이 짓이란 소문이 나기 전에 한번 더 와 보는 것이 원칙이다. 잠을 못 자서 눈이 뻑뻑한 것이 제물에 슬금슬금 감긴다. 이를 악물고 눈을 뒵쓰면 이번에는 허리가 *노글거린다. 속은 쓰리고 골치는 때리고. 불꽃 같은 *노기가 불끈 일어서 몸을 옥죄인다. 이놈의 다리를 못 꺾어 놔도 애비 없는 후레자식이겠다.

닭들이 세 홰를 운다. 멀—리 산을 넘어오는 그 음향이 퍽은 서글프다. 큰 비를 몰아드는지 검은 구름이 잔뜩 끼인다. 하긴 지금도 빗방울이 뚝, 뚝, 떨어진다.

그때 논둑에서 희끄무레한 *헤까비 같은 것이 얼씬거린다. 정신을 빤짝 채렸다. 영락없이 성팔이, 재성이 그들 중의 한 놈이리라. 이 고생을 시키는 그놈! 이가 북북 갈리고 어깨가 다 식식거린다. 몽둥이를 잔뜩 우려쥐었다. 그리고 벌떡 일어나서 나무줄기를 끼고 조심조심 돌

요동통에
요동하는 바람에.

오금팽이
무릎 구부러지는 안쪽의 오목한 부분.

일심정기(一心正氣)
오직 한 군데에 마음을 두고 집중함.

노글거리다
몹시 피곤하여 나른해지다. 노그라지다.

노기(怒氣)
노한 마음.

헤까비
허깨비.

멈씰하다
멈칫하다.

아내린다. 허나 도랑쯤 내려오다가 그는 *멈씰하여 몸을 뒤로 물렸다. 늑대 두 놈이 짝을 짓고 이편 산에서 저편 산으로 설렁설렁 건너가는 길이었다. 빌어먹을 늑대, 이것까지 말썽이람. 이마의 식은땀을 씻으며 도로 제자리로 돌아온다. 어쩌면 이번 이놈도 재작년 강도 짝이나 안 될는지. 급시로 불길한 예감이 뒤통수를 탁 치고 지나간다.

그는 옷깃을 여미어 한 대를 더 붙였다. 돌연히 풍세는 심하여진다. 산골짜기로 몰아드는 억센 놈이 가끔 발광이다. 다시금 더르르 몸을 떨었다. 가을은 왜 이 지경인지 여기에서 밤 새울 생각을 하니 기가 찼다.

한고
한고(寒苦). 추위로 인한 고생.

얼마나 되었는지 몸을 좀 녹이고자 일어나 서성서성할 때이었다. 논으로 다가오는 희미한 그림자를 분명히 두 눈으로 보았다. 그리고 보니 피로구, *한고이구 다 딴소리다. 고개를 내대고 딱 버티고 서서 눈에 쌍심지를 올린다.

흰 그림자는 어느 틈엔가 어둠 속에 사라져 보이지 않는다. 그리고 다시 나올 줄을 모른다. 바람 소리만 왱, 왱, 칠 뿐이다. 다시 암흑 속이 된다. 확실히 벼를 훔치러 논 속으로 들어갔을 것이다. *역갱이 같은 놈이 굿은 *날새를 *기화삼아 맘껏 하겠지. 의리 없는 썩은 자식, 격장에서 같이 굶는 터에 —오냐 대거리만 있거라. 이를 한번 부욱 갈아붙이고 차츰차츰 논께로 내려온다.

역갱이
여우.

날새
날씨.

기화(奇貨)
악용하는 묘한 기회.

바특이
바짝.

응칠이는 논께로 *바특이 내려서서 소나무에 몸을 착 붙였다. 섣불리 서둘다간 낮의 횡액을 입을지도 모른다. 다 훔쳐 가지고 나올 때만 기다린다.

몸뚱이는 잔뜩 힘을 올린다.

한 식경쯤 지났을까, 도적은 다시 나타난다. 논둑에 머리만 내놓고

사면을 두리번거리더니 그제서야 기어나온다. 얼굴에는 눈만 내놓고
수건인지 뭔지 헝겊이 가리었다. 봇짐을 등에 짊어메고는 허리를 *구
붓이 *뺑손을 놓는다.

　그러자 응칠이가 날쌔게 달려 들며

　"이 자식, 남의 벼를 훔쳐 가니―"

하고 대포처럼 고함을 지르니 논둑으로 고대로 데굴데굴 굴러서 떨어

구붓이
약간 굽은 듯한 모양.

뺑손
뺑소니.

진다. 얼결에 호되게 놀란 모양이다.

응칠이는 덤벼들어 우선 허리께를 내려조겼다. 어이쿠쿠, 쿠—, 하고 처참한 비명이다. 이 소리에 귀가 뻔쩍 띄이어 그 고개를 들고 팔부터 벗겨 보았다. 그러나 너무나 어이가 없었음인지 시선을 치걷으며 그 자리에 *우두망찰한다.

그것은 무서운 침묵이었다. *살뚱맞은 바람만 공중에서 *북새를 논다.

한참을 신음하다 도적은 일어나더니

"성님까지 이렇게 못살게 굴기유?"

제법 눈을 부라리며 몸을 홱 돌린다. 그리고 느끼며 울음이 복받친다. 봇짐도 내버린 채,

"내 것 내가 먹는데 누가 뭐래?"

하고 *데퉁스러이 내뱉고는 비틀비틀 논 저쪽으로 없어진다.

형은 너무 꿈속 같아서 멍하니 섰을 뿐이다. 그러나 얼마 지나서 한 손으로 그 봇짐을 들어 본다. 가뿐하니 끽 *말가옷이나 되는지. 이까짓 걸 요렇게까지 해가려는 그 심정은 실로 알 수 없다. 벼를 논에다 도로 털어 버렸다. 그리고 아내의 치마이겠지, 검은 보자기를 척척 개서 들었다. 내 걸 내가 먹는다—그야 이를 말이랴. 허나 내 걸 내가 훔쳐야 할 그 운명도 얄궂거니와 형을 배반하고 이 짓을 벌인 아우도 아우이렷다. 에—이 고얀 놈, 할 제 볼을 적시는 것은 눈물이다. 그는 주먹으로 눈을 쓱 부비고 머리에 번쩍 떠오르는 것이 있으니 *두레두레한 황소의 눈깔. 시오 리를 남쪽 산속으로 들어가면 어느 집 바깥 뜰에 밤마다 늘 매여 있는 투실투실한 그 황소. 아무렇게 따지든 칠십 원은 갈 데 없으리라. 그는 부리나케 아우의 뒤를 밟았다.

우두망찰
정신이 얼떨떨해 어찌할 바를 모름.

살뚱맞다
생뚱맞다.

북새를 놓다
부산을 떨고 법석이다.

데퉁스럽다
언행이 거칠고 미련스럽다.

말가옷이나
끽해야 한 말 반이나.

두레두레하다
둥그렇고 보기 좋게 생기다.

공동묘지까지 거반 왔을 때에야 가까스로 만났다. 아우의 등을 탁치며

"얘, 좋은 수 있다. 네 원대로 돈을 해줄게 나하구 잠깐 다녀오자."

씩씩한 어조로 기쁘도록 달랬다. 그러나 아우는 입 하나 열려 하지 않고 그대로 실쭉하였다. 뿐만 아니라 어깨 위에 올려놓은 형의 손을 부질없단 듯이 몸으로 털어 버린다. 그리고 삐익 달아난다. 이걸 보니 하 엄청이 나고 기가 콱 막히었다.

"이눔아!"

하고 악에 받치어

"명색이 성이라며?"

대뜸 몽둥이는 들어가 그 볼기짝을 후려갈겼다. 아우는 모로 몸을 꺾더니 시나브로 찌그러진다. *대미처 앞정강이를 때렸다, 등을 팼다. 일어나지 못할 만치 매는 내리었다. 체면을 불구하고 땅에 엎드리어 엉엉 울도록 매는 내리었다.

대미처
뒤미처.

홧김에 하긴 했으되 그 꼴을 보니 또한 마음이 편할 수 없다. 침을 퇴 뱉어 던지곤 팔자 드신 놈이 그저 그러지 별 수 있나, 쓰러진 아우를 일으키어 등에 업고 일어섰다. 언제나 철이 날는지 딱한 일이었다. 속 썩는 한숨을 후—하고 내뿜는다. 그리고 어청어청 고개를 묵묵히 내려온다.

『동백꽃』, 삼문사, 1938.

봄·봄

"장인님! 인젠 저—"

내가 이렇게 뒤통수를 긁고 나이가 찼으니 *성례를 시켜 줘야 하지 않겠느냐고 하면 대답이 늘

"이 자식아! 성례구 뭐구 미처 자라야지—"

하고 만다. 이 자라야 한다는 것은 내가 아니라 장차 내 아내가 될 점순이의 키 말이다.

내가 여기에 와서 돈 한푼 안 받고 일하기를 삼 년 하고 꼬박이 일곱 달 동안을 했다. 그런데도 미처 못 자랐다니까 이 키는 언제야 자라는 겐지 *짜증 영문 모른다. 일을 좀더 잘해야 한다

전통혼례 장면

든지 혹은 밥을 (많이 먹는다고 노상 걱정이니까) 좀 덜 먹어야 한다든지 하면 나도 얼마든지 할 말이 많다. 하지만 점순이가 *안죽 어리니까 더 자라야 한다는 여기에는 *어쩨 볼 수 없이 고만 *벙벙하고 만다.

이래서 나는 *애최 계약이 잘못된 걸 알았다. 이태면 이태, 삼 년이면 삼 년, 기한을 딱 작정하고 일을 해야 원 할 것이다. 덮어놓고 딸이 자라는 대로 성례를 시켜 주마, 했으니 누가 늘 지키고 섰는 것도 아니고 그 키가 언제 자라는지 알 수 있는가. 그리고 난 사람의 키가 무럭무럭 자라는 줄만 알았지 *붙배기 키에 모로만 벌어지는 몸도 있는 것을 누가 알았으랴. 때가 되면 장인님이 어련하랴 싶어서 군소리 없이 꾸벅꾸벅 일만 해왔다. 그럼 말이다, 장인님이 제가 다 알아차려서

"어 참 너 일 많이 했다. 고만 장가들어라."

하고 살림도 내주고 해야 나도 좋을 것이 아니냐. 시치미를 딱 떼고 도리어 그런 소리가 나올까 봐서 지레 펄펄 뛰고 이 야단이다. 명색이 좋아 데릴사위지 일하기에 싱겁기도 할 뿐더러 이건 참 아무것도 아

니다.

*숙맥이 그걸 모르고 점순이의 키 자라기만 까맣게 기다리지 않았나.

언젠가는 하도 갑갑해서 자를 가지고 덤벼들어서 그 키를 한번 재볼까, 했다마는 우리는 장인님이 *내외를 해야 한다고 해서 마주 서 이야기도 한마디 하는 법 없다. 우물길에서 언제나 마주칠 적이면 겨우 눈어림으로 재보고 하는 것인데 그럴 적마다 나는 저만침 가서 "제—미 키두!"

하고 논둑에다 침을 퉤, 뱉는다. 아무리 잘 봐야 내 겨드랑(다른 사람보다 좀 크긴 하지만) 밑에서 넘을락말락 밤낮 요 모양이다. 개돼지는 푹푹 크는데 왜 이리도 사람은 안 크는지, 한동안 머리가 아프도록 궁리도 해보았다. 아하, 물동이를 자꾸 이니까 뼈다귀가 움츠러드나 보다. 하고 내가 *넌즛넌즛이 그 물을 대신 길어도 주었다. 뿐만 아니라 나무를 하러 가면 *소낭당에 돌을 올려놓고

"점순이의 키 좀 크게 해줍소사. 그러면 담엔 떡 갖다 놓고 *고사드립죠니까."

하고 *치성도 한두 번 드린 것이 아니다. 어떻게 돼먹은 킨지 이래도

막무가내니—

　그래 내 어저께 싸운 것이지 결코 장인님이 밉다든가 해서가 아니다.

　모를 붓다가 가만히 생각을 해보니까 또 싱겁다. 이 벼가 자라서 점순이가 먹고 좀 큰다면 모르지만 그렇지도 못할 걸 내 심어서 뭘 하는 거냐. 해마다 앞으로 축 *거불지는 장인님의 아랫배(가 너무 먹은 걸 모르고 *내병이라나 그 배)를 불리기 위하여 심곤 조금도 싶지 않다.

고사 장면

　"아이구 배야!"

　난 물 붓다 말고 배를 쓰다듬으면서 그대로 논둑으로 기어올랐다. 그리고 겨드랑에 꼈던 벼 담긴 키를 그냥 땅바닥에 털썩, 떨어치며 나도 털썩 주저앉았다. 일이 암만 바빠도 나 배 아프면 고만이니까. 아픈 사람이 누가 일을 하느냐. 파릇파릇 돋아 오른 풀 한 *숲을 뜯어 들고 다리의 거머리를 쓱쓱 문대며 장인님의 얼굴을 쳐다보았다.

치성 드리는 모습

　논 가운데서 장인님도 이상한 눈을 해가지고 한참을 날 노려보더니

　"너 이 자식, 왜 또 이래 응?"

　"배가 좀 아파서유!"

하고 풀 위에 슬며시 쓰러지니까 장인님은 약이 올랐다. 저도 논에서 철벙철벙 둑으로 올라오더니 *자분참 내 멱살을 움켜잡고 뺨을 치는 것이 아닌가—

　"이 자식아, 일 허다 말면 누굴 망해 놀 속셈이냐, 이 대가릴 까놀 자식?"

　우리 장인님은 약이 오르면 이렇게 손버릇이 아주 못됐다. 또 사위

거불지다
둥글고 두두룩하게 툭 비어져 나오다.

내병(內病)
속병. 위장병.

숲
풀이나 머리털을 세는 단위. 여기서는 풀 한 움큼을 뜻함.

자분참
지체없이 곧.

에게 이 자식 저 자식 하는 이놈의 장인님은 어디 있느냐. 오죽해야 우리 동리에서 누굴 물론하고 그에게 욕을 안 먹는 사람은 *명이 짜르다, 한다. 조고만 아이들까지도 그를 돌라세워 놓고 욕필이(본 이름이 봉필이니까) 욕필이, 하고 손가락질을 할 만치 두루 인심을 잃었다. 허나 인심을 정말 잃었다면 욕보다 읍의 배참봉 댁 마름으로 더 잃었다. *번이 *마름이란 욕 잘 하고 사람 잘 치고 그리고 생김 생기길 *호박개 같아야 쓰는 거지만 장인님은 외양이 똑 됐다. 장인이 닭 마리나 좀 보내지 않는다든가 *애벌논 때 품을 좀 안 준다든가 하면 그해 가을에는 영락없이 땅이 뚝뚝 떨어진다. 그러면 미리부터 돈도 먹이고 술도 먹이고 *안달재신으로 *돌아치던 놈이 그 땅을 슬쩍 돌라안는다. 이 바람에 장인님 집 빈 외양간에는 눈깔 커다란 황소 한 놈이 절로 엉금엉금 기어들고 동리 사람들은 그 욕을 다 먹어 가면서도 그래도 굽신굽신하는 게 아닌가—

그러나 내겐 장인님이 감히 큰소리할 계제가 못 된다.

뒷생각은 못하고 뺨 한 개를 딱 때려 놓고는 장인님은 무색해서 덤덤히 쓴 침만 삼킨다. 난 그 속을 퍽 잘 안다. 조금 있으면 *갈도 꺾어야 하고 모도 내야 하고, 한창 바쁜 때인데 나 일 안 하고 우리집으로 그냥 가면 고만이니까. 작년 이맘때도 트집을 좀 하니까 늦잠 잔다고 돌멩이를 집어던져서 자는 놈의 발목을 삐게 해놨다. 사날씩이나 *건승 끙, 끙, 앓았더니 *종당에는 거반 울상이 되지 않았는가—

"애, 그만 일어나 일 좀 해라. 그래야 올 갈에 벼 잘 되면 너 장가들지 않니."

그래 귀가 번쩍 띄어서 그날로 일어나서 남이 이틀 품 들일 논을 혼자 삶아 놓으니까 장인님도 눈깔이 커다랗게 놀랐다. 그럼 정말로 가

명이 짜르다
명(命)이 짧다.

번이
본시(本是).

마름
지주(地主)를 대리하여 소작지를 관리하는 사람.

호박개
뼈대가 굵고 털이 북실북실한 개.

애벌논
해마다 처음 매는 논.

안달재신
몹시 속을 태우며 여기저기로 돌아다니는 사람.

돌아치다
몹시 바쁘게 이리저리 왔다갔다 하다.

갈
퇴비를 만들기 위해 꺾는 참나무, 도토리나무 등의 가지.

건승
건성.

종당에는
나중에는.

을에 와서 혼인을 시켜 줘야 원 경우가 옳지 않겠나. 볏섬을 척척 들여
쌓아도 다른 소리는 없고 물동이를 이고 들어오는 점순이를 담배통으
로 가리키며

"이 자식아 미처 커야지. 조걸 데리구 무슨 혼인을 한다고 그러니
온!"

하고 남 낯짝만 붉게 해주고 고만이다. *골김에 그저 이놈의 장인님,
하고 *댓돌에다 메꽂고 우리 고향으로 내뺄까 하다가 꾹꾹 참고 말
았다.

참말이지 난 이 꼴 하고는 집으로 차마 못 간다. 장가를 들러 갔다가
오작 못났어야 그대로 쫓겨 왔느냐고 손가락질을 받을 테니까—

논둑에서 벌떡 일어나 한풀 죽은 장인님 앞으로 다가서며

"난 갈 테야유, 그 동안 사경 쳐내슈 뭐."

"너 사위로 왔지 어디 머슴 살러 왔니?"

"그러면 *얼찐 성렐 해줘야 안 하지유. 밤낮 부려만 먹구 해준다 해
준다—"

"글쎄 내가 안 하는 거냐? 그년이 안 크니까."

하고 *어름어름 담배만 담으면서 늘 하는 소리를 또 늘어놓는다.

이렇게 따져 나가면 언제든지 늘 나만 밑지고 만다. 이번엔 안 된다,
하고 대뜸 구장님한테로 판단 가자고 소맷자락을 내끌었다.

"아 이 자식이, 왜 이래 어른을."

안 간다고 뻗디디고 이렇게 호령은 제 맘대로 하지만 장인님 제가
내 기운은 못 당한다. 막 부려먹고 딸은 안 주고 게다 땅땅 치는 건 다
뭐야—

그러나 내 사실 참 장인님이 미워서 그런 것은 아니다.

골김에
골난 김에. 성난 김에.

댓돌
집채의 낙숫물이 떨어
지는 안쪽으로 돌려 가
며 놓은 돌.

얼찐
얼른.

어름어름
우물쭈물.

새고개
강원도의 지명.

그 전날 왜 내가 *새고개 맞은 봉우리 화전밭을 혼자 갈고 있지 않았느냐. 밭 가생이로 돌 적마다 야릇한 꽃내가 물컥물컥 코를 찌르고 머리 위에서 벌들은 가끔 붕, 붕, 소리를 친다. 바위 틈에서 샘물 소리

밖에 안 들리는 산골짜기니까 맑은 하늘의 봄볕은 이불 속같이 따스하고 꼭 꿈꾸는 것 같다. 나는 몸이 나른하고 몸살(을 아직 모르지만) 병이 나려고 그러는지 가슴이 울렁울렁하고 이랬다.

화전

"이러리! 말이! 맘 마 마—"

이렇게 노래를 하며 소를 부리면 여느 때 같으면 어깨가 으쓱으쓱한다. 웬일인지 밭 반도 갈지 않아서 온몸의 맥이 풀리고 대구 짜증만 난다. 공연히 소만 들입다 두들기며

대리
다리.

"안야! 안야! 이 망할자식의 소(장인님의 소니까) *대리를 꺾어 들라."

그러나 내 속은 정말 안야 때문이 아니라 점심을 이고 온 점순이의 키를 보고 울화가 났던 것이다.

툽툽하다
생김새가 꾸밈 없이 자연스럽다.

헐없이
영락없이.

감참외
속이 잘 익은 감빛처럼 붉고 맛 좋은 참외.

커단
커다란.

파
파(破). 사람의 결점.

깨빡
세차게 매어치거나 넘어뜨리는 것.

점순이는 뭐 그리 썩 이쁜 계집애는 못 된다. 그렇다구 개떡이냐 하면 그런 것두 아니고 꼭 내 아내가 돼야 할 만치 그저 *툽툽하게 생긴 얼굴이다. 나보다 십 년이 아래니까 올에 열여섯인데 몸은 남보다 두 살이나 덜 자랐다. 남은 잘도 훤칠히들 크건만 이건 위아래가 몽툭한 것이 내 눈에는 *헐없이 *감참외 같다. 참외 중에는 감참외가 젤 맛 좋고 예쁘니까 말이다. 둥글고 *커단 눈은 서글서글하니 좋고 좀 지쳐 찢어졌지만 입은 밥술이나 혹혹이 먹음직하니 좋다. 아따 밥만 많이 먹게 되면 팔자는 고만 아니냐. 헌데 한 가지 *파가 있다면 가끔가다 몸이(장인님은 이걸 채신이 없이 들까분다고 하지만) 너무 빨리빨리 논다. 그래서 밥을 나르다가 때없이 풀밭에다 *깨빡을 쳐서 흙투성이 밥

을 곧잘 먹인다. 안 먹으면 무안해할까 봐서 이걸 씹고 앉았노라면 으적으적 소리만 나고 돌을 먹는 겐지 밥을 먹는 겐지—

  그러나 이날은 웬일인지 성한 밥 채로 밭머리에 곱게 내려놓았다. 그리고 또 내외를 해야 하니까 저만큼 떨어져 이쪽으로 등을 향하고 옹크리고 앉아서 *그릇 나기를 기다린다.

  내가 다 먹고 물러섰을 때 그릇을 와서 챙기는데 그런데 난 깜짝 놀라지 않았느냐. 고개를 푹 숙이고 밥함지에 그릇을 포개면서 날더러 들으라는지 혹은 제 소린지

  "밤낮 일만 하다 말 텐가!"

하고 혼자 중알거린다. *고대 잘 내외하다가 이게 무슨 소린가, 하고 난 정신이 얼떨떨했다. 그러면서도 한편 무슨 좋은 수가 있는가 싶어서 나도 공중을 대고 혼잣말로

  "그럼 어떻게 해?"

하니까,

  "성례시켜 달라지 뭘 어떻게 해."

하고 *되알지게 쏘아붙이고 얼굴이 발개져서 산으로 그저 도망질을 친다.

그릇 나기
음식을 담는 그릇이 나오는 때.

고대
지금 막. 금방.

되알지다
힘차고 야무지다.

나는 잠시 동안 어떻게 되는 심판인지 맥을 몰라서 그 뒷모양만 덤덤히 바라보았다.

봄이 되면 온갖 초목이 물이 오르고 싹이 트고 한다. 사람도 아마 그런가 보다, 하고 며칠 내에 부쩍(속으로) 자란 듯싶은 점순이가 여간 반가운 것이 아니다.

이런 걸 멀쩡하게 *안즉 어리다구 하니까—

우리가 구장님을 찾아갔을 때 그는 싸리문 밖에 있는 돼지우리에서 죽을 퍼주고 있었다. 서울엘 좀 갔다 오더니 사람은 점잖아야 한다고 *웃쉼이(얼른 보면 지붕 위에 앉은 제비 꼬랑지 같다) 양쪽으로 뾰족이 뻗치고 그걸 애헴, 하고 늘 쓰담는 손버릇이 있다. 우리를 멀뚱히 쳐다보고 미리 알아챘는지

"왜 일들 허다 말구 그래?"

하더니 손을 올려서 그 애헴을 한번 후딱 했다.

"구장님! 우리 장인님과 *츰에 계약하기를—"

먼저 덤비는 장인님을 뒤로 떼다밀고 내가 허둥지둥 달려들다가 가만히 생각하고

"아니 우리 *빙장님과 츰에."

하고 첫번부터 다시 말을 고쳤다. 장인님은 빙장님, 해야 좋아하고 밖에 나와서 장인님, 하면 괜스레 골을 내려 든다. 뱀두 뱀이래야 좋냐구, 창피스러우니 남 듣는 데는 제발 빙장님, 빙모님, 하라구 일상 말조짐을 받아 오면서 난 그것도 자꾸 잊는다. 당장도 장인님 하다 옆에서 내 발등을 꾹 밟고 곁눈질을 흘기는 바람에야 겨우 알았지만…….

구장님도 내 이야기를 자세히 듣더니 퍽 딱한 모양이었다. 하기야 구장님뿐만 아니라 누구든지 다 그럴 게다. 길게 길러 둔 새끼손톱으

안즉
아직.

웃쉼
윗수염.

츰에
처음에.

빙장
'장인(丈人)'의 높임말.

로 코를 후벼서 저리 탁 튀기며

"그럼 봉필 씨! 얼른 성롈 시켜 주구려, 그렇게까지 제가 하구 싶다는 걸—"

하고 내 짐작대로 말했다. 그러나 이 말에 장인님은 삿대질로 눈을 부라리고

"아 성례구 뭐구 계집애년이 미처 자라야 할 게 아닌가?"

하니까 고만 *멀쑤룩해서 입맛만 쩍쩍 다실 뿐이 아닌가—

"그것두 그래!"

"그래, 거진 사 년 동안에도 안 자랐다니 그 킨 은제 자라지유? 다 그만두구 사경 내슈—"

"글쎄, 이 자식아! 내가 크질 말라구 그랬니, 왜 날 보구 떼냐?"

"빙모님은 참새만한 것이 그럼 어떻게 앨 났지유?

(사실 장모님은 점순이보다도 귓배기 하나가 작다.)"

장인님은 이 말을 듣고 껄껄 웃더니(그러나 암만해두 돌 씹은 상이다) 코를 푸는 척하고 날 은근히 골리려구 팔꿈치로 옆 갈비께를 퍽 치는 것이다. 더럽다, 나도 종아리의 파리를 쫓는 척하고 허리를 구부리며 그 궁둥이를 꽉 떼밀었다. 장인님은 앞으로 *우찔근하고 싸리문께로 쓰러질 듯하다 몸을 바로 고치더니 눈총을 몹시 쏘았다. 이런 쌍년의 자식 하곤 싶으나 남의 앞이라서 차마 못 하고 섰는 그 꼴이 보기에 퍽 *쟁그러웠다.

그러나 이 말에는 별반 신통한 *귀정을 얻지 못하고 도로 논으로 돌아와서 모를 부었다. 왜냐면 장인님이 뭐라구 귓속말로 수군수군하고 간 뒤다. 구장님이 날 위해서 조용히 데리고 아래와 같이 일러 주었기 때문이다. (뭉태의 말은 구장님이 장인님에게 땅 두 마지기 얻어 부치

멀쑤룩하다
머쓱하다.

우찔근하다
몸이 쓰러질듯 한번 기우뚱하다.

쟁그럽다
만지거나 보기에 소름이 끼칠 정도로 흉하거나 끔찍하다.

귀정(歸正)
일이 바른 길로 돌아서는 것.

니까 그래 꾀었다고 하지만 난 그렇게 생각 않는다.)

"자네 말두 하기야 옳지, 암 나이찼으니까 아들이 급하다는 게 잘못된 말은 아니야. 허지만 농사가 한창 바쁠 때 일을 안 한다든가 집으로 달아난다든가 하면 손해죄루 그것두 징역을 가거든! (여기에 그만 정신이 번쩍 났다.) 왜 요전에 삼포말서 산에 불 좀 놓았다구 징역 간 거 못 봤나, 제 산에 불을 놓아도 징역을 가는 이 땐데 남의 농사를 버려 주니 죄가 얼마나 더 중한가. 그리고 자넨 *정장을(사경 받으러 정장 가겠다 했다) 간대지만 그러면 괜시리 죌 들쓰고 들어가는 걸세. 또 결혼두 그렇지 법률에 성년이란 게 있는데 스물하나가 돼야지 비로소 결혼을 할 수 있는 걸세. 자넨 물론 아들이 늦을 걸 염려하지만 점순이루 말하면 인제 겨우 열여섯이 아닌가. 그렇지만 아까 빙장님의 말씀이 올 갈에는 열일을 제치고라두 성례를 시켜 주겠다 하니 좀 고마울 겐가. 빨리 가서 모 붓던 거나 마저 붓게, 군소리 말구 어서 가."

그래서 오늘 아침까지 끽소리 없이 왔다.

장인님과 내가 싸운 것은 지금 생각하면 뜻밖의 일이라 안 할 수 없다. 장인님으로 말하면 요즈막 *작인들에게 행세를 좀 하고 싶다고 해서 '돈 있으면 양반이지 별게 있느냐!' 하고 일부러 아랫배를 툭 내밀고 걸음도 뒤틀리게 걷고 하는 이 판이다. 이까짓 나쯤 두들기다 남의 땅을 가지고 모처럼 닦아 놓았던 가문을 망친다든지 할 어른이 아니다. 또 나로 논지면 아무쪼록 잘 봬서 점순이에게 얼른 장가를 들어야 하지 않느냐 ─

이렇게 말하자면 결국 어젯밤 뭉태네 집에 마슬 간 것이 썩 나빴다. 낮에 구장님 앞에서 장인님과 내가 싸운 것을 어떻게 알았는지 대구 빈정거리는 것이 아닌가.

정장(呈狀)
탄원서.

작인
소작인.

"그래 맞구두 그걸 가만둬?"

"그럼 어떡허니?"

"임마 봉필일 모판에다 거꾸루 박아 놓지 뭘 어떡해?"

하고 괜히 내 대신 화를 내가지고 주먹질을 하다 등잔까지 쳤다. 놈이
본시 괄괄은 하지만 그래 놓고 날더러 석웃값을 물라고 막 *찌다우를
붙는다. 난 어안이 벙벙해서 잠자코 앉았으니까 저만 연방 지껄이는
소리가 —

"밤낮 일만 해주구 있을 테냐."

"영득이는 일 년을 살구도 장갈 들었는데 난 사 년이나 살구두 더 살
아야 해."

"네가 세 번째 사윈 줄이나 아니, 세 번째 사위."

"남의 일이라두 분하다 이 자식아, 우물에 가 빠져 죽어."

나중에는 겨우 손톱으로 목을 따라고까지 하고 제 아들같이 함부로
*흑닥이었다. 별의별 소리를 다 해서 그대로 옮길 수는 없으나 그 줄거
리는 이렇다 —

우리 장인님이 딸이 셋이 있는데 맏딸은 재작년 가을에 시집을 갔
다. 정말은 시집을 간 것이 아니라 그 딸도 데릴사위를 해가지고 있다
가 내보냈다. 그런데 딸이 열살 때부터 열아홉 즉 십 년 동안에 데릴사
위를 갈아 들이기를, 동리에선 사위 부자라고 이름이 났지마는 열네
놈이란 참 너무 많다. 장인님이 아들은 없고 딸만 있는 고로 그 담 딸
을 데릴사위를 해올 때까지는 부려먹지 않으면 안 된다. 물론 머슴을
두면 좋지만 그건 돈이 드니까, 일 잘하는 놈을 고르느라고 연팡 바꿔
들였다. 또 한편 놈들이 욕만 줄창 퍼붓고 심히도 부려먹으니까 밸이
상해서 달아나기도 했겠지. 점순이는 둘째딸인데 내가 일테면 그 세

찌우다
허물을 남에게 덮어씌
우는 일.

흑닥이다
세차게 다르치며 들
볶다.

봄·봄 **123**

번째 데릴사위로 들어온 셈이다. 내 담으로 네 번째 놈이 들어올 것을 내가 일두 참 잘하고 그리고 사람이 좀 어수룩하니까 장인님이 잔뜩 붙들고 놓질 않는다. 셋째딸이 인제 여섯 살, 적어두 열 살은 돼야 데릴사위를 할 테므로 그 동안은 죽도록 부려먹어야 된다. 그러니 인제는 속 좀 차리고 장가를 들여 달라구 떼를 쓰고 나자빠져라, 이것이다.

나는 건성으로 엉, 엉, 하며 귓등으로 들었다. 뭉태는 땅을 얻어 부치다가 떨어진 뒤로는 장인님만 보면 공연히 못 먹어서 으릉거린다. 그것도 장인님이 저 달라고 할 적에 제 집에서 위한다는 그 감투(예전에 원님이 쓰던 것이라나 옆구리에 뽕뽕 좀먹은 걸레)를 선뜻 주었더라면 그럴 리도 없었던 걸—

감투

전수히
전부.

그러나 나는 뭉태란 놈의 말을 *전수히 곧이듣지 않았다. 꼭 곧이들었다면 간밤에 와서 장인님과 싸웠지 무사히 있었을 리가 없지 않은가. 그러면 딸에게까지 인심을 잃은 장인님이 혼자 나빴다.

실토이지 나는 점순이가 아침상을 가지고 나올 때까지는 오늘은 또 얼마나 밥을 담았나, 하고 이것만 생각했다. 상에는 된장찌개하고 간장 한 종지 조밥 한 그릇 그리고 밥보다 더 수부룩하게 담은 산나물이 한 대접 이렇다. 나물은 점순이가 틈틈이 해오니까 두 대접이고 네 대접이고 멋대로 먹어도 좋으나 밥은 장인님이 한 사발 외엔 더 주지 말라고 해서 안 된다. 그런데 점순이가 그 상을 내 앞에 내려놓으며 제 말로 지껄이는 소리가

"구장님한테 갔다 그냥 온담 그래!"

하고 엊그제 산에서와 같이 *되우 좋알거린다. 딴은 내가 더 단단히 덤비지 않고 만 것이 좀 어리석었다, 속으로 그랬다. 나도 저쪽 벽을 향하여 외면하면서 내 말로

되우
몹시. 매우.

"안 된다는 걸 그럼 어떡헌담!"

하니까,

"*쉼을 잡아 채지 그냥 뒈, 이 바보야?"

하고 또 얼굴이 빨개지면서 성을 내며 안으로 샐죽하니 튀들어 가지

않느냐. 이때 아무도 본 사람이 없었게 망정이지 보았다면 내 얼굴이

에미 잃은 황새새끼처럼 가여웁다 했을 것이다.

사실 이때만치 슬펐던 일이 또 있었는지 모른다. 다른 사람은 암만

못생겼다 해도 괜찮지만 내 아내 될 점순이가 병신으로 본다면 참 신

세는 따분하다. 밥을 먹은 뒤 지게를 지고 일터로 가려 하다 도로 벗어

던지고 바깥 마당 공석 위에 드러누워서 나는 차라리 죽느니만 같지

못하다 생각했다.

내가 일 안 하면 장인님 저는 나이가 먹어 못 하고 결국 농사 못 짓

고 만다. 뒷짐으로 트림을 끌꺽, 하고 대문 밖으로 나오다 날 보고서

"이 자식아! 너 왜 또 이러니?"

"*관격이 났어유, 아이구 배야!"

"기껏 밥 처먹구 나서 무슨 관격이야, 남의 농사 버려 주면 이 자식

아 징역 간다 봐라!"

"가두 좋아유, 아이구 배야!"

참말 난 일 안 해서 징역 가도 좋다 생각했다. 일후 아들을 낳아도

그 앞에서 바보 바보 이렇게 별명을 들을 테니까 오늘은 열 쪽이 난대

도 결정을 내고 싶었다.

장인님이 일어나라고 해도 내가 안 일어나니까 눈에 독이 올라서 저

편으로 힁 하게 가더니 지게 막대기를 들고 왔다. 그리고 그걸로 내 허

리를 마치 돌 떠 넘기듯이 쿡 찍어서 넘기고 넘기고 했다. 밥을 잔뜩

쉼
수염.

관격(關格)
급체(急滯).

먹고 딱딱한 배가 그럴 적마다 퉁겨지면서 밸창이 꼿꼿한 것이 여간
켕기지 않았다. 그래도 안 일어나니까 이번에는 배를 지게 막대기로
위에서 쿡쿡 찌르고 발길로 옆구리를 차고 했다. 장인님은 원체 *심정
이 굳어서 그러지만 나도 저만 못하지 않게 배를 채었다. 아픈 것을 눈
을 꽉 감고 넌 해라 난 재미난 듯이 있었으나 볼기짝을 후려갈길 적에
는 나도 모르는 결에 벌떡 일어나서 그 수염을 잡아챘다마는 내 골이
난 것이 아니라 정말은 아까부터 부엌 뒤 울타리 구멍으로 점순이가
우리들의 꼴을 몰래 엿보고 있었기 때문이다. 가뜩이나 말 한마디 톡
톡히 못 한다고 바보라는데 매까지 잠자코 맞는 걸 보면 짜정 바보로
알 게 아닌가. 또 점순이도 미워하는 이까짓 놈의 장인님 나곤 아무것
도 안 되니까 막 때려도 좋지만 사정 보아서 수염만 채고(제 원대로 했
으니까 이때 점순이는 퍽 기뻤겠지) 저기까지 잘 들리도록

"이걸 *까셀라 부다!"

하고 소리를 쳤다.

장인님은 더 약이 바짝 올라서 자분참 지게 막대기로 내 어깨를 그
냥 내려갈겼다. 정신이 다 아찔하다. 다시 고개를 들었을 때 그때엔 나
도 온몸에 약이 올랐다. 이 녀석의 장인님을, 하
고 눈에서 불이 퍽 나서 그 아래 밭 있는 *넝
알로 그대로 떼밀어 굴려 버렸다. 조금 있다
가 장인님이 씩, 씩, 하고 한번 해보려
고 기어오르는 걸 얼른 또 떼
밀어 굴려 버렸다.

심정
심술.

까셀라부다
두들겨 패다.

넝알
둔덕 아래.

기어오르면 굴리고 굴리면 기어오르고 이러길 한 너덧 번을 하며 그
럴 적마다

"부려만 먹구 왜 성례 안 하지유!"

나는 이렇게 호령했다. 하지만 장인님이 선뜻 오냐 낼이라두 성례시
켜 주마, 했으면 나도 성가신 걸 그만두었을지 모른다. 나야 이러면 때
린 건 아니니까 나중에 장인 쳤다는 누명도 안 들을 터이고 얼마든지
해도 좋다.

한번은 장인님이 헐떡헐떡 기어서 올라오더니 내 바짓가랑이를 요
렇게 노리고서 단박 움켜잡고 매달렸다. 악, 소리를 치고 나는 그만 세
상이 다 팽그르 도는 것이,

"빙장님! 빙장님! 빙장님!"

"이 자식! 잡아먹어라 잡아먹어!"

"아! 아! 할아버지! 살려 줍쇼 할아버지!"

하고 두 팔을 허둥지둥 내절 적에는 이마에 진땀이 쭉 내솟고 인젠 참
으로 죽나 보다, 했다. 그래도 장인님은 놓질 않더니 내가 기어이 땅바
닥에 쓰러져서 *거진 까무러치게 되니까 놓는다. 더럽다 더럽다. 이게
장인님인가, 나는 한참을 못 일어나고 쩔쩔맸다. 그러다 얼굴을 드니
(눈에 참 아무것도 보이지 않았다) 사지가 부르르 떨리면서 나도 엉금
엉금 기어가 장인님의 바짓가랑이를 꽉 움키고 잡아나꿨다.

내가 머리가 터지도록 매를 얻어맞은 것이 이 때문이다. 그러나 여
기가 또한 우리 장인님이 유달리 착한 곳이다. 여느 사람이면 사경을
주어서라도 당장 내쫓았지 터진 머리를 *불솜으로 손수 지져 주고, 호
주머니에 희연 한 봉을 넣어 주고 그리고

"올 갈엔 꼭 성례를 시켜 주마. 암말 말구 가서 뒷골의 콩밭이나 얼

거진
거의.

불솜
상처 소독을 위해 불에
그슬린 솜방망이.

봄·봄 127

른 갈아라."

하고 등을 뚜덕여 줄 사람이 누구냐.

　나는 장인님이 너무나 고마워서 어느덧 눈물까지 났다.
점순이를 남기고 인젠 내쫓기려니, 하
다 뜻밖의 말을 듣고

　"빙장님! 인제 다시는 안 그러
겠어유—"

불야살야
부라부랴. 매우 부산
하고 급하게 서두르
는 모양.

이렇게 맹세를 하며 *불야살야 지게를 지고
일터로 갔다.

　그러나 이때는 그걸 모르고 장인님을 원수
로만 여겨서 잔뜩 잡아당겼다.

　"아! 아! 이놈아! 놔라, 놔—"

장인님은 헛손질을 하며 솔개미에 챈 닭의 소
리를 연해 질렀다. 놓긴 왜,
이왕이면 호되게 혼을 내주리
라, 생각하고 짓궂이 더 댕겼다마는
장인님이 땅에 쓰러져서 눈에 눈물이 피잉 도는 것을 알고
좀 겁도 났다.

　"할아버지! 놔라, 놔, 놔, 놔놔."

그래도 안 되니까

　"애 점순아! 점순아!"

이 악장에 안에 있었던 장모님과 점순이가 헐레벌떡하고 단숨에 뛰
어나왔다.

　나의 생각에 장모님은 제 남편이니까 역성을 할는지도 모른다. 그러

나 점순이는 내 편을 들어서 속으로 *고수해서 하겠지—대체 이게 웬 속인지(지금까지도 난 영문을 모른다) 아버질 혼내 주기는 제가 내래 놓고 이제 와서는 달려들며

"에그머니! 이 망할 게 아버지 죽이네!"

하고 내 귀를 뒤로 잡아당기며 마냥 우는 것이 아니냐. 그만 여기에 기운이 탁 꺾이어 나는 얼빠진 등신이 되고 말았다. 장모님도 덤벼들어 한쪽 귀마저 뒤로 잡아 채면서 또 우는 것이다.

이렇게 꼼짝도 못하게 해놓고 장인님은 지게 막대기를 들어서 사뭇 *내려조겼다. 그러나 나는 구태여 피하려 하지도 않고 암만해도 그 속 알 수 없는 점순이의 얼굴만 멀거니 들여다보았다.

"이 자식! 장인 입에서 할아버지 소리가 나오도록 해?"

『동백꽃』, 삼문사, 1938.

고수해서
고소해.

내려조기다
냅다 두들기다.

산골
나그네

밤이 깊어도 술꾼은 역시 들지 않는다. 메주 뜨는 냄새와 같이 쾨쾨한 냄새로 방안은 *괴괴하다. 윗간에서는 쥐들이 찍찍거린다. 홀어머니는 쪽 떨어진 화로를 끼고 앉아서 쓸쓸한 대로 곰곰 생각에 젖는다. 가뜩이나 침침한 반짝 등불이 북쪽 지게문에 뚫린 구멍으로 새 드는 바람에 반득이며 빛을 잃는다. 헌 버선짝으로 구멍을 틀어 막는다. 그리고 등잔 밑으로 반짇그릇을 끌어당기며 시름없이 바늘을 집어 든다.

괴괴(怪怪)하다
이상야릇하다.

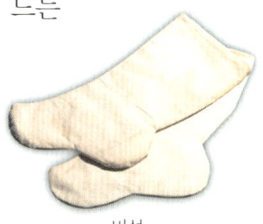

버선

산골의 가을은 왜 이리 고적할까! 앞뒤 울타리에서 부수수하고 *떨잎은 진다. 바로 그것이 귀밑에서 들리는 듯 나직나직 속삭인다. 더욱 몹쓸 건 물소리 골을 휘돌아 맑은 샘은 흘러 내리고 야릇하게도 음률을 읊는다.

반짇그릇

퐁! 퐁! 퐁! 쪼록 퐁!

바깥에서 신발 소리가 자작자작 들린다. 귀가 번쩍 띄어 그는 방문을 가볍게 열어 젖힌다. 머리를 내밀며

"덕돌이냐?"

하고 반겼으나 잠잠하다. 앞뜰 건너편 *수풍 위를 감돌아 싸늘한 바람이 낙엽을 흩뿌리며 얼굴에 부닥친다.

떨잎
낙엽.

수풍
수풀.

용마루가 쌩쌩 운다. 모진 바람 소리에 놀라 멀리서 밤 개가 요란히 짖는다.

"쥔어른 계서유?"

몸을 돌리어 바느질거리를 다시 집어들려 할 제 이번에는 *짜정 *인기가 난다. *황겁하게

"누기유?"

하고 일어서며 문을 열어 보았다.

짜정
과연. 정말로.

인기
인기척.

황겁하다
두렵고 겁이 나다.

"왜 그리유?"

처음 보는 아낙네가 마루 끝에 와 섰다. 달빛에 비끼어 검붉은 얼굴이 해쓱하다. 추운 모양이다. 그는 한 손으로 머리에 둘렀던 *왜수건을 벗어 들고는 다른 손으로 흩어진 머리칼을 *씨담아 올리며 수줍은 듯이 쭈뼛쭈뼛한다.

"저…… 하룻밤만 *드새고 가게 해주세유."

남정네도 아닌데 이 밤중에 웬일인가 맨발에 짚신짝으로. 그야 아무렇든─

"어서 들어와 불 쬐게유."

나그네는 주춤주춤 방 안으로 들어와서 화로 곁에 도사려 앉는다.

왜수건
예전에 개량된 수건을 재래식 수건에 상대하여 이르던 말.

씨담다
쓸어담다.

드새다
길을 가다가 집이나 쉴 만한 곳에 들어가 밤을 지내다.

낡은 치맛자락 위로 뼈질려는 속살을 암으리자 허리를 지그시 튼다. 그러고는 묵묵하다. 주인은 물끄러미 보고 있다가 밥을 좀 주랴느냐고 물어 보아도 잠자코 있다. 그러나 먹던 *대궁을 주워 모아 짠지쪽하고 갖다 주니 감지덕지 받는다. 그러고 물 한 모금 마심 없이 잠깐 동안에 밥그릇의 밑바닥을 긁는다.

밥숟갈을 놓기가 무섭게 주인은 이야기를 붙이기 시작하였다. 미주알 고주알 물어 보니 이야기는 *지수가 없다. 자기로도 너무 지쳐 물은 듯싶은 만치 대구 추근거렸다. 나그네는 싫단 기색도 좋단 기색도 별로 없이 시나브로 대꾸하였다. 남편 없고 몸 붙일 곳 없다는 것을 간단히 말하고 난 뒤

"이리저리 *얻어먹고 단게유."
하고 턱을 가슴에 묻는다.

첫닭이 홰를 칠 때 그제야 마을 갔던 덕돌이가 돌아온다. 문을 열고 *감사나운 머리를 디밀려다 낯선 아낙네를 보고 눈이 휘둥그렇게 주춤한다. 열린 문으로 억센 바람이 몰아들며 방 안이 캄캄하다. 주인은 문 앞으로 걸어와 서며 덕돌이의 등을 뚜덕거린다. 젊은 여자 자는 방에서 떠꺼머리 총각을 재우는 건 상서롭지 못한 일이었다.

"얘, 덕돌아, 오늘은 마을 가 자고 아침에 온."

*가을할 때가 지났으니 돈냥이나 좋이 퍼질 때도 되었다. 그 돈들이 어디로 *몰키는지 이 술집에서는 좀체 돈맛을 못 본다. 술을 판대야 한 초롱에 오륙십 전 떨어진다. 그 한 초롱을 잘 판대도 사날씩이나 걸리는 걸 요새 같아선 그 잘량한 술꾼까지 씨가 말랐다. 어쩌다 전일에 펴 놓았던 외상값도 갖다줄 줄을 모른다. 홀어미는 *열벙거지가 나서 이

대궁
먹다가 그릇 안에 남긴 밥.

지수(指數)가 없다
낌새가 보이지 않는다.

얻어먹고 단게유
얻어먹어가며 다녀유.

감사납다
억세고 사납다.

가을
추수.

몰키다
몰리다.

열벙거지
화증(火症).

른 아침부터 돈을 받으러 돌아다녔다. 그러나 다리품을 들인 보람도 없었다. 낼 사람이 즐겨야 할 텐데 우물쭈물하며 한단 소리가 좀 두고 보자는 것이 고작이었다. 그렇다고 안 갈 수도 없는 노릇이다. 나날이 양식은 딸리고 지점집에서 집행을 하느니 뭘 하느니 독촉이 어지간치 않음에야……

"저도 인젠 떠나가겠세유."

그가 조반 후 나들이옷을 바꾸어 입고 나서니 나그네도 따라 일어선다. 그의 손을 자상히 붙잡으며 주인은

"고달플 테니 며칠 더 쉬어 가게유."

하였으나

"가야지유, 너무 오래 신세를……."

"그런 염려는 말구."

하고 누르며 집 지켜 주는 셈 치고 방에 누웠으라 하고는 집을 나섰다.

백두고개를 넘어서 안말로 들어가 *해동갑으로 헤매었다. *헤실수로 간 곳도 있기야 하지만 *맑았다. 해가 지고 어두울 녘에야 그는 *흘부들해서 돌아왔다. 좁쌀 닷 되밖에는 못 받았다. 다른 사람들은 돈 낼 생각커녕 이러면 다시 술 안 먹겠다고 도리어 *얼러 보냈던 것이다. 그러나 이만도 다행이다. 아주 못 받으니보다는 *끼니때가 지었다. 그는 좁쌀을 씻고 나그네는 솥에 불을 지피어 *부랴사랴 밥을 짓고 일변 상을 보았다.

밥들을 먹고 나서 앉았으려니깐 갑자기 술꾼이 몰려든다. 이거 웬일인가. 처음에는 하나가 오더니 다음에는 세 사람 또 두 사람. 모두 젊은 축들이다. 그러나 각각들 먹일 방이 없으므로 주인은 좀 망설이다가 그 연유를 말하였으나 뭐 한 동리 사람인데 어떠냐 한데서 먹게 해

해동갑
해가 질 때까지의 동안.

헤실수
헛수고.

맑았다
말다. 여기서는 '수입이 없다'는 뜻.

흘부들하다
몹시 피곤해서 축 처지다.

얼르다
상대가 겁 먹도록 협박하다.

끼니때가 지었다
끼니때가 지났다.

부랴사랴
매우 부산하고 급하게 서두르는 모양.

달라 하는 바람에 얼씨구나 하였다. 이제야 운이 트나 보
다. 양푼에 막걸리를 딸쿠어 나그네에게 주며 솥에 넣고
좀 속히 데워 달라 하였다. 자기는 치마꼬리를 휘둘러 가며
잽싸게 안주를 장만한다. 짠지 동치미 고추장. 특별 안주로
삶은 밤도 놓았다. 사촌 동생이 맛보라고 며칠 전에 갖다 준 것
을 아껴 둔 것이었다.

　방 안은 떠들썩하다. 벽을 두드리며 아리랑 찾는 놈에 건으로 너털
웃음 치는 놈 혹은 수군숙덕하는 놈…… 가지각색이다. 주인이 술상을
받쳐 들고 들어가니 짜위나 한 듯이 일제히 자리를 바로잡는다. 그 중

야리
남에게 드러내지 아니
하고 우물쭈물하는 속
셈이나 수작.

어리삥삥하다
갈피를 못 잡고 얼떨떨
하다.

보강지
아궁이.

횡보다
잘못보다.

달포
한달 이상.

술국
술구기. 술독에서 술을
풀 때 쓰는 도구.

곰살궂다
태도나 성질이 부드럽
고 친절하다.

잔풀이
낱잔으로 셈하는 일.

칼라
남자의 서양식 머리
모양.

에 얼굴 넓적한 하이칼라 머리가 *야리가 나서 상을 받으며 주인 귀에
다 입을 비껴 댄다.

"아주머니, 젊은 갈보 사왔다지유? 좀 보여 주게유."

영문 모를 소문도 다 듣는고!

"갈보라니 웬 갈보?"

하고 *어리삥삥하다 생각을 하니, 턱없는 소리는 아니다. 눈치 있게
부엌으로 내려가서 *보강지 앞에 웅크리고 앉았는 나그네의 머리를
은근히 끌어안았다. 자 저 패들이 새댁을 갈보로 *횡보고 찾아온 맥이
다. 물론 새댁 편으론 망측스러운 일이겠지만 *달포나 손님의 그림자
가 드물던 우리집으로 보면 재수의 빗발이다. *술국을 잡는다고 어디
가 떨어지는 게 아니요 욕이 아니니 나를 보아 오늘만 좀 팔아 주기 바
란다 — 이런 의미를 *곰살궂게 간곡히 말하였다. 나그네의 낯은 별반
변함이 없다. 늘 한 양으로 예사로이 승낙하였다.

술이 온몸에 돌고 나서야 뒷술이 *잔풀이가 난다. 한 잔에 오 전 그
저 마시긴 아깝다. 얼간한 상투박이가 계집의 손목을 탁 잡아 앞으로
끌어댕기며

"권주가 좀 해, 이건 꿔어 온 보릿자룬가."

"권주가? 뭐야유?"

"권주가? 아 갈보가 권주가도 모르나 으하하하."

하고는 무안에 취하여 푹 숙인 계집 뺨에다 꺼칠꺼칠한 턱을 문질러
본다. 소리를 암만 시켜도 아랫입술을 깨물고는 고개만 기울일 뿐. 소
리는 못 하나 보다. 그러나 노래 못 하는 꽃도 좋다. 계집은 영 내리는
대로 이 무릎 저 무릎으로 옮아 앉으며 턱밑에다 술잔을 받쳐 올린다.

술들이 담뿍 취하였다. 두 사람은 곯아져서 코를 곤다. 계집이 *칼

라 머리 무릎 위에 앉아 담배를 피워 올릴 때 코웃음을 흥 치더니 그 무지스러운 손이 계집의 아래 뱃가죽을 사양 없이 움켜잡았다. 별안간 '아야' 하고 *퍼들껑하더니 계집의 몸뚱어리가 공중으로 도로 뛰어오르다 떨어진다.

"이 자식아, 너만 돈 내고 먹었니?"

한 사람 새 두고 앉았던 상투가 콧살을 찌푸린다. 그리고 맨발 벗은 계집의 두 발을 양 손에 붙잡고 가랭이를 쩍 벌려 무릎 위로 지르르 끌어올린다. 계집은 *앙탕을 한다. 눈시울에 눈물이 엉기더니 불현듯이 쪼록 쏟아진다.

방 안에서 *왱마가리 소리가 끓어오른다.

"저 잡놈 보게, 으하하……"

술은 연실 데워서 들여 가면서도 주인은 불안하여 마음을 졸였다. 겨우 마음을 놓은 것은 훨씬 밝아서이다.

참새들은 소란히 지저귄다. *지직 바닥이 부스럼 자국보다 질 배 없다. 술 짠지쪽 가래침 담뱃재— 뭣해 너저분하다. 우선 한 *길치에 자리를 잡고 *계배를 대보았다. 마수걸이가 팔십오 전 외상이 이 원 *각수다. 현금 팔십오 전 두 손에 들고 앉아 세고 또 세어 보고…….

뜰에서는 나그네의 혀로 끌어올리는 인사.

"안녕히 가십시게유."

"입이나 좀 맞치고 뽀! 뽀! 뽀!"

"나두."

찌르쿵! 찌르쿵! 찔거러쿵!

"*방아머리가 무겁지유? ……고만 까부를까."

퍼들껑하다
화닥닥하다.

앙탕
앙탈.

왱마가리
참개구리.

지직
왕골 껍질이나 부들 잎을 짚에 싸서 엮은 돗자리.

길치
한 모퉁이.

계배(計杯)
잔 수를 세어 값을 셈하는 일.

각수(角數)
'원' 단위 아래로 남는 몇 전이나 몇 십 전.

방아머리
디딜방아의 공이가 있는 부분.

"들 익었세유. 더 쩌야지유."

"그런데 얘는 어쩐 일이야……."

덕돌이를 읍엘 보냈는데 날이 저물어도 여태 오지 않는다. 흩어진 좁쌀을 확에 쓸어 넣으며 홀어미는 퍽으나 애를 태운다. 요새 *날새가 차지니까 늑대 호랑이가 차차 마을로 찾아 내린다. 밤길에 고개 같은 데서 만나면 끽소리도 못하고 욕을 당한다.

나그네가 방아를 괴어놓고 내려와서 키로 확의 좁쌀을 담아 올린다. 주인은 그 머리를 씨담고 자기의 행주치마를 벗어서 그 위에 씌워 준다. 계집의 나이 열아홉이면 활짝 필 때이건만 버케 된 머리칼이며 야윈 얼굴이며 벌써부터 외양이 시들어 간다. 아마 고생을 짓한 탓이리라.

날씬한 허리를 *재발이 놀려 가며 일이 끊일 새 없이 *다기지게 덤벼 드는 그를 볼 때 주인은 지극히 사랑스러웠다. 그리고 일변 측은도 하였다. 뭣하면 딸과 같이 자기 곁에서 길게 살아 주었으면 상팔자일 듯싶었다. 그럴 수만 있다면 그 소 한 *바리와 바꾼대도 이것만은 안 내놓으리라고 생각도 하였다.

아들만 데리고 홀어미의 생활은 무던히 호젓하였다. 그런 데다 동리에서는 속 모르는 소리까지 한다. 떠꺼머리 총각을 그냥 늙힐 테냐고. 그러나 형세가 부침으로 감히 엄두도 못 내다가 겨우 올봄에서야 다붙어 서둘게 되었다. 의외로 일은 손쉽게 되었다. 이리저리 언론이 돌더니 남산에 사는 어느 집 둘째딸과 혼약하였다. 일부러 홀어미는 사십 리 길이나 걸어서 색시의 손등을 문질러 보고는

"참 애기 잘도 생겼세!"

좋아서 사돈에게 칭찬을 뇌고 뇌곤 하였다.

그런데 없는 살림에 빚을 내어 가며 혼수를 다 꼬여매 놓은 뒤였다. 혼인날을 불과 이틀 격해 놓고 일이 그만 빗났다. 처음에야 그런 말이 없더니 난데없는 선채금 삼십 원을 가져오란다. 남의 돈 삼 원과 집의 돈 오 원으로 *거추꾼에게 품삯 노비 주고 혼수하고 단지 이 원—잔치에 쓸 것밖에 안 남고 보니 삼십 원이란 *입내도 못 낼 소리다. 그 밤 그는 이리 뒤척 저리 뒤척 넋 잃은 팔을 던져 가며 통밤을 새웠던 것이다.

"어머님! 진지 잡수세유."

새댁에게 이런 소리를 듣는다면 끔찍이 귀여우리라. 이것이 단 하나의 그의 소원이었다.

"다리 아프지유? 너무 일만 시켜서……."

주인은 저녁 좁쌀을 쓸어 넣다가 방아다리에 *깝신대는 나그네를 *걸삼스럽게 쳐다본다. 방아가 무거워서 껍적이며 잘 오르지 않는다. 가냘픈 몸이라 상혈이 되어 두 볼이 새빨갛게 색색거린다. 치마도 치마려니와 명주 저고리는 어찌 삭았는지 어깨께가 손바닥만하게 척 나갔다. 그러나 덕돌이가 *왜포 다섯 자를 바꿔 오거든 첫대 *사발화통된 속곳부터 해 입히고 차차 할 수밖엔 없다.

"같이 찜시다유."

주인도 *남저지 방아다리에 올라섰다. 그리고 *찌껑 위에 놓인 나그네의 손을 눈치 안 채게 슬며시 쥐어 보았다. 더도 덜도 말고 그저 요만한 며느리만 얻어도 좋으련만! 나그네와 눈이 고만 마주치자 그는 *열적어서 시선을 돌렸다.

"퍽도 쓸쓸하지유?"

하며 손으로 울 밖을 가리킨다. 첫밤 같은 *석양판이다. 색동저고리를

거추꾼
일을 주선하거나 뒤치다꺼리를 해주는 사람.

입내
입속말.

깝신대다
채신없이 까불거리다.

걸삼스럽다
일솜씨가 뛰어나거나 먹음새가 좋아서, 보기에 탐스럽다.

왜포
무명. 광목.

사발화통
사팔허통(四八虛通). 주위가 막힌 곳이 없어 매우 허전한 모양.

남저지
나머지.

찌껑
방앗간 대들보에 매달린 손잡이.

열적다
열없다. 조금 겸연쩍고 부끄럽다.

석양(夕陽)판
해가 넘어갈 판.

거방지다
몸집이 크고 행동이 점
잖고 무게가 있다.

벼르다
어떤 비율에 따라 여러
몫으로 고르게 나누다.

진배없이
다를 바 없이.

거문관이
춘천시 증리 인근 마을
의 지명.

질목
길목버선. 먼길 떠날
때 신는 허름한 버선.

왕달짚석이
왕달짚세기. 두껍게 엮
은 짚신.

왁살스럽다
밉살스럽고 모질고 우
락부락하게 보이다.

떨쳐 입고 산들은 *거방진 방아 소리를 은은히 전한다. 찔그러쿵! 찌러 쿵!

그는 나그네를 금덩이같이 위하였다. 없는 대로 자기의 옷가지도 서로서로 *별러 입었다. 그리고 잘 때에는 딸과 *진배없이 이불 속에서 품에 꼭 품고 재우곤 하였다. 하지만 자기의 은근한 속심은 차마 입에 드러내어 말을 못 건넸다. 잘 들어 주면 이어니와 뭣하게 안다면 피차의 낯이 뜨뜻한 일이었다.

그러자 맘먹지 않았던 우연한 일로 인하여 마침내 기회를 얻게 되었다. ―나그네가 온 지 나흘 되던 날이었다. *거문관이 산기슭에 있는 영길네가 벼방아를 좀 와서 찧어 달라고 한다. 나그네는 줄밤을 새움으로 낮에나 푸근히 자라고 두고 그는 홀로 집을 나섰다.

머리에 겨를 보얗게 쓰고 맥이 풀려서 집에 돌아온 것은 이럭저럭 으스레하였다. 늙흔한 다리를 끌고 뜰 앞으로 향하다가 그는 주춤하였다. 나그네 홀로 자는 방에 덕돌이가 들어갈 리 만무한데 정녕코 그놈일 게다. 마루 끝에 자그마한 나그네의 짚신이 놓인 그 옆으로 *질목채 벗은 *왕달짚석이가 *왁살스럽게 놓였다. 그리고 방에서는 수군수군 낮은 말소리가 흘러나온다. 그는 무심코 닫은 방문께로 귀를 기울였다.

"그럼 와 그러는 게유? 우리집이 굶을까 봐 그리시유?"

"……"

"어머이도 사람은 좋아유…… 올해 잘만 하면 내년에는 소 한 바리 사놀 게구 농사만 해두 한 해에 쌀 넉 섬, 조 엿 섬, 그만하면 고만이지유…… 내가 싫은 게유?"

"……"

"사내가 죽었으니 아무튼 얻을 게지유?"

옷 타지는 소리. 부시럭어린다.

"아이! 아이! 아이! 참! 이거 노세유."

쥐죽은 듯이 감감하다. 허공에 아룽거리는 낙엽을 이윽히 바라보며 그는 빙그레한다. 신발 소리를 죽이고 뜰 밖으로 다시 돌쳐섰다.

저녁상을 물린 후 그는 시치미를 딱 떼고 나그네의 기색을 살펴보다가 입을 열었다.

"젊은 아낙네가 홋몸으로 돌아다닌대두 고생일 게유. 또 어차피 사내는……."

여기서부터 사리에 맞도록 이 말 저 말을 주섬주섬 꺼내 오다가 나의 며느리가 되어 줌이 어떻겠느냐고 꽉 *토파를 지었다. 치마를 훔싸고 앉아 갸웃이 듣고 있던 나그네는 치마끈을 깨물며 이마를 떨어뜨린다. 그러고는 두 볼이 발개진다. 젊은 계집이 나 시집가겠소 하고 누가 나서랴. 이만하면 합의한 거나 틀림없을 것이다.

혼수는 전에 해둔 것이 있으니 한시름 잊었다. 그대로 *이앙이나 고쳐서 입히면 고만이다. 돈 이 원은 은비녀 은가락지 사다가 각별히 색시에게 선물 내리고…….

토파(吐破)
마음에 품고 있는 것을 죄다 드러내어 말하다.

이앙
이음새.

추다
남을 일부러 칭찬하다.

일은 밀수록 낭패가 많다. 금시로 날을 받아서 대례를 치렀다. 한편에서는 국수를 누른다. 잔치 보러 온 아낙네들은 국수 그릇을 얼른 받아서 후룩후룩 들이마시며 시악씨 잘났다고 *추었다.

주인은 즐거움에 너무 겨워서 추배를 흔근히 들었다. 여간 경사가 아니다. 뭇사람을 삐집고 안팎으로 드나들며 분부하기에 손이 돌지 않는다.

"애 메누라! 국수 한 그릇 더 가져온—"

어째 말이 좀 어색하구먼— 다시 한번,

"메누라 애야! 얼른 가져와—"

동굿
상투를 튼 뒤에 그것을 고정시키기 위해 꽂는 물건.

제불에
제풀에.

비드름하다
한쪽으로 얼마쯤 기운 듯하다.

검으무툭툭한
거무튀튀하다.

번차례로
번갈아가며.

삼십을 바라보자 *동굿을 찔러 보니 *제불에 멋이 질려 *비드름하다. 덕돌이는 첫날을 치르고 부썩부썩 기운이 난다. 남이 두 단을 털 제면 그의 볏단은 석 단째 풀쳐 나간다. 연방 손바닥에 침을 뱉아 붙이며 어깨를 으쓱거린다.

"끅! 끅! 끅! 찍어라, 굴려라, 끅! 끅!"

동무의 품앗이 일이다. *검으무툭툭한 젊은 농군 댓이 볏단을 *번차례로 집어 든다. 열에 뜬 사람같이 식식거리며 세차게 벼알을 절구통 배에서 주룩주룩 흘러 내린다.

"애! 장가들고 한턱 안 내니?"

"일색이더라. 딴딴히 먹자. 닭이냐? 술이냐? 국수냐?"

"웬 국수는? 너는 국수만 아느냐?"

저희끼리 찧고 까분다. 그들은 일을 놓으며 옷깃으로 땀을 씻는다.

벼깔치
벼까끄라기. 벼의 낱알 끝에 붙어 있는 수염.

골바람이 *벼깔치를 부옇게 풍긴다. 옆산에서 푸드득 하고 꿩이 날며 머리 위를 지나간다. 갈퀴질을 하던 얼굴 넓적이가 갈퀴를 놓고 씽긋 하더니 달려든다. 장난꾼이다. 여러 사람의 힘을 빌리어 덕돌이 입에

다 헌 짚신짝을 물린다. *버들껑거린다. 다시 양귀를 두 손에 잔뜩 훔
켜잡고 끌고 와서는 털어 놓은 벼무더기 위에 머리를 틀어박으며 동서
남북으로 큰절을 시킨다.

"야아! 야아! 아!"

"아니다, 아니야. 장갈 갔으면 산신령에게 이러하다 말이 있어야지.
괜시리 산신령이 노하면 눈깔망나니(호랑이) 내려 보낸다."

뭇 웃음이 터져 오른다. 새신랑의 옷이 이게 뭐냐. 볼기짝에 구멍이
다 뚫리고…… 빈정대는 사람도 있다. 그러나 덕돌이는 상투의 *먼데
기를 털고 나서 곰방대를 피워 물고는 싱그레 웃어 치운다. 좋은 옷은
집에 두었다. 인조견 조끼 저고리 새하얀 옥당목 겹바지. 그러나 아끼
는 것이다. 일할 때엔 헌옷을 입고 집에 돌아와 쉴 참에나 입는다. 잘
때에도 모조리 벗어서 더럽지 않게 착착 개어 머리맡에 위해 놓고 자
곤 한다. 의복이 남루하면 인상이 추하다. 모처럼 얻은 귀여운 아내니
행여나 마음이 돌아앉을까 미리미리 *사려 두지 않을 수도 없는 노릇
이다. 그야말로 이십구 년 만에 누런 이 조각에다 어제서야 소금을 발
라 본 것도 이 까닭이었다.

덕돌이가 볏단을 다시 집어 올릴 제 그 이웃에 사는 돌쇠가 옆으로
와서 품을 앗는다.

"얘 덕돌아! 너 내일 우리 *조마댕이 좀 해줄래?"

"뭐 어째?"

하고 소리를 빽 지르고는 그는 눈귀가 실룩하였다.

"누구보고 해라야? 응? 이 자식 까놀라!"

어제까진 턱없이 지냈단대도 오늘의 상투를 못 보는가—

바로 그날이었다. 윗간에서 혼자 새우잠을 자고 있던 홀어미는 놀라

버들껑거린다
고통이나 어려운 고비
를 벗어나려고 팔다리
를 함부로 내저으며 큰
몸이 움직거린다.

먼데기
먼지.

사리다
정신을 차리거나 가다
듬다.

조마댕이
조마당질. 조타작.

산골 나그네 **143**

만뢰(萬籟)
자연 만물이 내는 온갖 소리.

눈이 번쩍 띄었다. *만뢰 잠잠한 밤중이다.

"어머니! 그거 달아났세유. 내 옷도 없고……."

"응?"

하고 반마디 소리를 치며 얼떨김에 그는 캄캄한 방 안을 더듬어 아랫간으로 넘어섰다. 황망히 등잔에 불을 댕기며

"그래 어디로 갔단 말이냐?"

영산
성. 노여움.

*영산이 나서 묻는다. 아들은 벌거벗은 채 이불로 앞을 가리고 앉아서 징징거린다. 옆자리에는 빈 베개뿐 사람은 간 곳이 없다. 들어 본즉 온종일 일한 게 피곤하여 아들은 자리에 들자 고만 세상을 잊었다. 하기야 그때 아내도 옷을 벗고 한자리에 누워서 맞붙어 잤던 것이다. 그는 보통때와 조금도 다름없이 새침하니 드러누워서 천장만 쳐다보았다. 그런데 자다가 별안간 오줌이 마렵기에 요강을 좀 집어 달래려고 보니 뜻밖에 품안이 *허룩하다. 불러 보아도 대답이 없다. 그제서는 어렴짐작으로 우선 머리맡에 위해 놓았던 옷을 더듬어 보았다. 딴은 없다 ─

허룩하다
줄어들거나 없어져 적다.

필연 잠든 틈을 타서 살며시 옷을 입고 자기의 옷이며 버선까지 들고 내뺐음이 분명하리라.

"도적년!"

광솔불
관솔(송진이 많이 엉긴 소나무의 한 부분)에 붙인 불.

모자는 *광솔불을 켜들고 나섰다. 부엌 잿간을 뒤졌다. 그리고 뜰 앞 수풀 속도 낱낱이 찾아봤으나 흔적도 없다.

"그래도 방 안을 다시 한번 찾아보자."

허벙저벙
허둥지둥.

홀어미는 구태여 며느리를 도적년으로까지는 생각하고 싶지 않았다. 거반 울상이 되어 *허벙저벙 방 안으로 들어왔다. 마음을 가라앉혀 들춰 보니 아니면 다르랴 며느리 베개 밑에서 은비녀가 나온다. 달아

날 계집 같으면 이 비싼 은비녀를 그냥 두고 갈 리 없다. 두말없이 무슨 병패가 생겼다.

홀어미는 아들을 데리고 덜미를 잡히는 듯 문 밖으로 찾아 나섰다.

마을에서 산길로 빠져나는 어귀에 우거진 숲 사이로 비스듬히 언덕 길이 놓였다. 바로 그 밑에 석벽을 끼고 깊고 푸른 웅덩이가 묻히고 넓은 그 물이 겹겹 산을 에돌아 약 십 리를 흘러내리면 신연강 중턱을 뚫는다. 시새에 반쯤 파묻히어 번들대는 큰 바위는 내를 싸고 양쪽으로 질펀하다. 꼬부랑길은 그 틈바귀로 뻗었다. 좀체 걷지 못할 재갈길이다. 내를 몇 번 건너고 흠상궂은 산들을 비켜서 한 오 마장 넘어야 겨우 길다운 길을 만난다. 그리고 거기서 좀더 간 곳에 냇가에 외지게 일허진 오막살이 한 간을 볼 수 있다. 물방앗간이다. 그러나 이제는 밥을 찾아 흘러가는 *뜬몸들의 하룻밤 숙소로 변하였다.

뜬몸
뜨내기.

벽이 확 나가고 네 기둥뿐인 그 속에 힘을 잃은 물방아는 을씨년궂게 모로 누웠다. 거지도 고 옆에 홑이불 위에 거적을 덧쓰고 누웠다. 거푸진 신음이다. 으! 으! 으흥! 서까래 사이로 달빛은 쌀쌀히 흘러든다. 가끔 마른 잎을 뿌리며—

"여보 자우? 일어나게유 얼핀."

계집의 음성이 나자 그는 꾸물거리며 일어앉는다. 그리고 너털대는 홑적삼을 깃을 여며 잡고는 덜덜 떤다.

"인제 고만 떠날 테이야? 쿨룩……."

말라빠진 얼굴로 계집을 바라보며 그는 이렇게 물었다.

십 분 가량 지났다. 거지는 호사하였다. 달빛에 번쩍거리는 겹옷을 입고서 지팡이를 끌며 물방앗간을 등졌다. 골골하는 그를 부축하여 계집은 뒤에 따른다. 술집 며느리다.

"옷이 너무 커―좀 적었었으면……."

"잔말 말고 어여 갑시다 펄쩍……."

계집은 불이 나게 그를 재촉한다. 그리고 연해 돌아다보길 잊지 않았다.

그들은 강길로 향한다. 개울을 건너 불거져 내린 산모퉁이를 막 *꼽들려 할 제다. 멀리 뒤에서 사람 *욱이는 소리가 끊일 듯 날 듯 간신히 들려 온다. 바람에 먹히어 *말저는 모르겠으나 *재없이 덕돌이의 목성임은 넉히 짐작할 수 있다.

꼽드리다
'꼽들다'의 사동형. 가까이 접들게 되다.

욱이는
들릴 듯 말 듯 수군거리는 소리.

말저
전부. 모조리.

재없이
틀림없이.

"아 얼른 좀 오게유."

똥끝이 마르는 듯이 계집은 사내의 손목을 겹겹히 잡아 끈다. 병든 몸이라 끌리는 대로 뒤툭거리며 거지도 으슥한 산 저편으로 같이 사라진다. *수은빛 같은 물방울을 품으며 물결은 산벽에 부닥뜨린다. 어디선지 *지정치 못할 늑대 소리는 이산 저산서 와글와글 굴러내린다.

『동백꽃』, 삼문사, 1938.

수은(水銀)빛
은백색.

지정치 못하다
지정(指定)하지 못하다. 즉, 그 방향을 분명히 가리켜 정하지 못하다.

가을

내가 주재소에까지 가게 될 때에는 나에게도 다소 책임이 있을는지 모른다. 그러나 사실 아무리 고쳐 생각해 봐도 조금치도 책임이 느껴지지 않는다. 복만이는 제 아내를(여기가 퍽 중요하다) 제 손으로 직접 소 장사에게 판 것이다. 내가 그 아내를 유인해다 팔았거나 혹은 내가 복만이를 꼬여서 서로 공모하고 팔아먹은 것은 절대로 아니었다.

우리 동리에서 일반이 다 알다시피 복만이는 뭐 남의 꼬임에 떨어지거나 할 놈이 아니다. 나와 저와 비록 *격장에 살고 흉허물없이 지내는 이런 터이지만 한 번도 저의 속을 터 말해 본 적이 없다. 하기야 나뿐이랴, 어느 동무구 간 무슨 말을 좀 묻는다면 잘 해야 세 마디쯤 대답하고 마는 그놈이다. 이렇게 귀찮은 *얼굴에 내 천 자를 그리고 세상늘 마땅치 않은 그놈이다. 오죽하여야 요전에는 즈 아내가 우리게 와서 울며불며 *하소를 다 하였으랴. 그 망할 건 먹을 게 없으면 변통을 좀 할 생각은 않고 부처님같이 방구석에 우두커니 앉았기만 한다고. 우두커니 앉았는 것보다 싫은 말 한마디 속 시원히 안 하는 그 뚱보가 미웠다. 마는 그러면서도 아내는 돌아다니며 양식을 꾸어다 *여일히 남편을 공경하고 하는 것이다.

이런 복만이를 내가 꼬였다 하는 것은 번시가 말이 안 된다. 다만 한 가지 나에게 죄가 있다면 그날 매매계약서를 내가 *대서로 써준 그것뿐이다.

점심을 먹고 내가 봉당에 앉아서 새끼를 꼬고 있노라니까 복만이가 찾아왔다. 한 손에 바람에 나부끼는 *인찰지 한 장을 들고 내 앞에 와 딱 서더니

"여보게, 자네 *기약서 쓸 줄 아나?"

"기약서는 왜?"

격장(隔墻)
담을 사이에 두고 서로 이웃하는 것.

얼굴에 내 천 자를 그리다
인상을 찌푸리다.

하소
하소연.

여일히
한결같이.

대서(代書)
대필(代筆).

인찰지(印札紙)
세로로 줄 쳐서 칸을 만들어 인쇄한 종이. 공문서 작성시 곧잘 쓰임.

기약서
계약서.

"아니 글쎄 말이야—"

하고 놈이 어색한 낯으로 대답을 주저하는 것이 아니냐. 아마 곁에 다른 사람이 여럿이 있으니까 말하기가 거북했을지도 모른다.

그러나 나는 사날 전에 놈에게 조용히 들은 말이 있어서 오 아내의 일인가 보다 하고 얼른 눈치채었다. 싸리문 밖으로 놈을 끌고 나와서 그 귀밑에다

"자네 여편네게 어떻게 됐나?"

"응."

놈이 단마디 이렇게만 대답하고는 *두레두레한 눈을 굴리며 뭘 잠

두레두레하다
얼굴이나 눈이 크고 둥글다.

깐 생각하는 듯하더니

"저 물 건너 사는 소 장사에게 팔기로 됐네. 재순네(술집)가 소개를 해서 지금 주막에 와 있는데 자꾸만 기약서를 써야 한다구 그래. 그러나 누구 하나 쓸 줄 아는 사람이 있어야지, 그래 자네게 써가주 올 테니 잠깐 기다리라고 하고 왔어. 자넨 학교 좀 다녔으니까 쓸 줄 알겠지?"

"그렇지만 우리집에 먹이 있나, 붓이 있나?"

"그럼 하여튼 나하구 같이 가세."

맑은 시내에 붉은 잎을 담그며 *일쩝운 바람이 오르내리는 늦은 가을이다. 시든 언덕 위를 복만이는 묵묵히 걸었고 나는 팔짱을 끼고 그 뒤를 따랐다. 이때 적으나마 내가 제 친구니까 되든 안 되든 한번 말려 보고도 싶었다. 다른 짓은 다 할지라도 영득이(다섯 살 된 아들이다)를 생각하여 아내만은 팔지 말라고 사실 말려 보고 싶지 않은 것은 아니다. 그러나 내가 저를 먹여 주지 못하는 이상 남의 일이라고 말하기 좋아 이러쿵저러쿵 지껄이기도 어려운 일이다. 맞붙잡고 굶느니 아내는 다른 데 가서 잘 먹고 또 남편은 남편대로 그 돈으로 잘 먹고 이렇게 일이 필 수도 있지 않으냐. 복만이의 뒤를 따라가며 나는 도리어 나의 걱정이 더 큰 것을 알았다. 기껏 한 해 동안 농사를 지었다는 것이 털어서 쪼개고 보니까 내 몫으로 겨우 벼 두 말 *가웃이 남았다. 물론 털어서 빚도 다 못 가린 복만이에게 대면 좀 날는지 모르지만 이걸로 우리 식구가 한겨울을 날 생각을 하니 눈앞이 *고대로 캄캄하다. 나두 올 겨울에는 금점이나 좀 해볼까 그렇지 않으면 투전을 좀 배워서 노름판으로 쫓아다닐까, 그런데도 밑천이 들 터인데 돈은 없고 복만이같이 내 팔 아내도 없다. 우리집에는 여편네라곤 병든 어머니밖에 없으나 나이도 늙었지만(좀 부끄럽다) 우리 아버지가 있으니까 내 맘대론 못

일쩝다
귀찮거나 불편하다. 여기서는 바람이 스산하다는 의미.

가웃
되 단위의 약 반에 해당하는 분량이 더 있음을 나타내는 말.

고대로
그대로.

하고—

이런 생각에 잠기어 짜증 나는 복만이더러 네 아내를 팔지 마라 어째라 할 여지가 없었다. 나도 일찍이 장가나 들어 두었더면 이런 때 팔아먹을걸 하고 *부즈러운 후회뿐으로.

큰길로 빠져나와서

"그럼 자네 먼저 가 있게. 내 먹 붓을 빌려 가지구 곧 갈게."

"벼루서껀 있어야 할걸……."

나 혼자 밤나무 밑 술집으로 터덜터덜 찾아갔다. 닭의 똥들이 한산히 늘려 놓인 뒷마루로 조심스레 올라서며 소 장사란 놈이 대체 어떻게 생긴 놈인가 하고 퍽 궁금하였다. 소도 사고 계집도 사고 이럴 때에는 필연 돈도 상당히 많은 놈이리라.

지게문을 열고 들어서니 첫때 눈에 띈 것이 *밤볼이 지도록 살이 디룩디룩한 그리고 험상궂게 생긴 한 애꾸눈이다. 이놈이 아랫목에 술상을 놓고 앉아서 냉수 마신 상으로 나를 쓰윽 쳐다보는 것이다. 바지저고리에는 때가 쪼루룩 묻은 것이 게다 제딴에는 모양을 낸답시고 누런 *병정 각반을 치올려 쳤다.

이놈과 그 옆 한구석에 쪼그리고 앉았는 영득 어머니와 부부가 되는 것은 아무리 봐도 좀 덜 맞는 듯싶다마는 영득 어머니는 어떻게 되든지간 그 처분만 기다린단 듯이 잠자코 아이에게 젖이나 먹일 뿐이다. 나를 쳐다보고 자칫 낯이 붉은 듯하더니

"아재 내려오슈!"

하고는 도로 고개를 파묻는다.

이때 소 장사에게 인사를 붙여 준 것이 술집 할머니다. 사흘이 모자라서 여우가 못 됐다니만치 수단이 *능글차서

부즈럽다
부질없다.

밤볼
볼록하게 살이 찐 볼.

병정각반(兵丁脚絆)
걸음을 걸을 때 가뜬하게 하려고 발목에서 무릎 아래까지 감는 띠.

능글차다
매우 능글맞다.

"둘이 인사하게. 이게 내 먼 촌 조칸데 소 장사구 돈 잘 쓰구."

하다가 뼈만 남은 손으로 내 등을 뚜덕이며

"이 사람이 아까 그 기약서 잘 쓴다는 재봉이야."

"거 뉘 댁인지 우리 인사합시다. 이 사람은 물 건너 사는 황거풍이라 부루."

이놈이 바로 *우좌스럽게 큰 소리로 인사를 거는 것이다. 나도 저 *뉩지않게 떡 버티고 앉아서 이 사람은 하고 이름을 댔다. 그리고 울 아버지도 십 년 전에는 땅마지기나 *조히 있었단 것을 명백히 일러 주니까 그건 안 듣고 하는 수작이

"기약서를 써달라고 불렀는데 수고러우나 하나 써주기유."

망할 자식 이건 아주 딴소리다. 내가 친구 복만이를 위해서 왔지 그래 제깐 놈의 명령에 왔다갔다할 겐가. 이 자식 무척 시큰 둥하구나 생각하고 낯을 찌푸려 모로 돌렸으나

"우선 한잔 하기유—"

함에는 두 손으로 얼른 안 받지도 못할 노릇이었다.

복만이가 그 웃음 잊은 얼굴로 씨근거리며 달려들 때에는 벌써 나는 석 잔이나 얻어먹었다. 얼근한 속에 다 모지라진 붓을 잡고 소 장사의 요구 대로 그려 놓았다.

매매 계약서

일금 오십 원야라

위 금은 내 아내의 대금으로써 정히 영수합니다.

우좌스럽다
우왁스럽다.

뉩지않게
못지 않게.

조히
상당히. 꽤.

갑술년 시월 이십일

조복만

황거풍 전

여기에 복만이의 지장을 찍어 주니까 어디 한번 읽어 보우 한다. 그리고 한참 나를 의심스레 바라보며 뭘 생각하더니,

"그거면 고만이유. 만일 나중에 *조상이 돈을 해가주 와서 물러 달라면 어떡허우?"

하고 눈이 둥그래서 나를 책망을 하는 것이다. 이놈이 소장에서 하던 버릇을 여기서도 하는 것이 아닌가. 하도 어이가 없어서 나도 벙벙히 쳐다만 보았으나 옆에서 복만이가 그대루 써주라 하니까

어떠한 일이 있더라도 내 아내는 물러 달라지 않기로 맹세합니다.

그제야 조끼 단춧구멍에 굵은 쌈지끈으로 목을 매달린 커단 지갑이 비로소 움직인다. 일 원짜리 때묻은 지전 뭉치를 꺼내 들더니 손가락에 연신 침을 발라 가며 앞으로 세어 보고 뒤로 세어 보고 그리고 이번에는 거꾸로 들고 또 침을 발라 가며 공손히 세어 본다. 이렇게 후질근히 침을 발라 셌건만 복만이가 또다시 공손히 바르기 시작하니 아마 지전은 침을 발라야 장수를 하나 보다.

내가 여기서 *구문을 한푼이나마 얻어먹었다면 참이지 성을 갈겠다. 오 원씩 안팎 구문으로 십 원을 답센 것은 술집 할머니요 나는 술 몇 잔 얻어먹었다. 뿐만 아니라 소 장사를 아니 영득 어머니를 오 리 밖 공동묘지 고개까지 전송을 나간 것도 즉 내다.

조상(さん)
조서방의 일본식 호칭.
조씨.

구문(口文)
흥정을 붙여 주고 그
보수로 받은 돈.

고갯마루에서 꼬불꼬불 돌아내린 산길을 굽어보고 나는 마음이 적이 언짢았다. 한마을에 같이 살다가 팔려 가는 걸 생각하니 도시 남의 일 같지 않다. 게다 바람은 매우 차건만 입때 홑적삼으로 떨고 섰는 그 꼴이 가엾고―

"영득 어머니! 잘 가게유."

"아재 잘 기슈."

이 말 한마디만 남길 뿐 그는 앞장을 서서 *사랫길을 살랑살랑 달아난다. 마땅히 저 갈 길을 떠나는 듯이 서둘며 조금도 섭섭한 빛이 없다.

그리고 내 등뒤에 섰는 복만이조차 잘 가라는 말 한마디 없는 데는 실로 놀라지 않을 수 없다. 장승같이 *뻐적 서서는 눈만 끔벅끔벅하는 것이 아닌가. 개자식. 하루를 살아도 제 계집이련만. 근 십 년이나 소같이 부려먹던 이 아내다. 사실 말이지 제가 여태껏 굶어죽지 않은 것은 상냥하고 *돌림성 있는 이 아내의 덕택이었다. 그러나 인사 한마디가 없다니 개자식 하고 여간 밉지가 않았다.

영득이는 즈 아버지 품에 잔뜩 붙들리어 기가 올라서 운다. 멀리 간 어머니를 부르고 두 주먹으로 아버지 *복장을 들이 두드리다간 한번 쥐어박히고 *멈씰한다. 그리고 조금 있으면 다시 시작한다.

소 장사는 얼굴에 술이 잠뿍 올라서 제멋대로 한참 지껄이더니

"친구! 신세 많이 졌수, 이 담 갚으리다."

하고 썩 멋들어지게 인사를 한다. 그리고 뒤퉁뒤퉁 고개를 내리다가 돌부리에 *채키어 뚱뚱한 몸뚱어리가 그대로 떼굴떼굴 굴러 버렸다. 중턱에 내뻗은 소나무에 가지가 없었더면 낭떠러지로 떨어져 고만 터져 버릴 걸 요행히 툭툭 털고 일어나서 입맛을 다신다. 놈이 좀 무색한지 우리를 돌아보고 한번 빙긋 웃고 다시 내걸을 때에는 영득 어머니

사랫길
논밭 사이로 난 길.

뻐적
뻣뻣이.

돌림성
융통성.

복장
가슴의 한 복판.

멈씰하다.
멈칫하다.

채키다
차이다.

꼽들다
굽어들다.

내끌다
앞이나 밖을 향해 몹시
세차게 끌다.

찌다위
제 잘못을 남에게 덮어
씌우는 일.

골김에
홧김에.

고랑때
골탕.

는 벌써 산 하나를 *꼽들었다.

이렇게 가던 소 장사 이놈이 닷새 후에는 날더러 주재소로 가자고 *내끄는 것이 아닌가. 사기는 복만이한테 사고 내게 *찌다위를 붙는다. 그것도 한가로운 때면 혹 모르지만 남 한창 바쁘게 거름 쳐내는 놈을 좋도록 말을 해서 듣지 않으니까 나도 약이 안 오를 수 없고 *골김에 놈의 복장을 그대로 떠다밀어 버렸다. 풀밭에 가 털썩 주저앉았다 일어나더니 이번에는 내 멱살을 바짝 조여 잡고 소 다루듯 잡아끈다.

내가 구문을 받아먹었다든지 또는 복만이를 내가 소개했다든지 하면 혹 모르겠다. 계약서 써주고 술 몇 잔 얻어먹은 것밖에 나에게 무슨 죄가 있느냐. 놈의 말을 들어 보면 영득 어머니가 간 지 나흘 되던 날 즉 그저께 밤에 자다가 어디로 없어졌다. 밝은 날에는 들어올까 하고 눈이 빠지게 기다렸으나 영 들어오질 않는다. 오늘은 꼭두새벽부터 사방으로 찾아다니다 비로소 우리들이 짜고 사기를 해먹은 것을 깨닫고 지금 찾아왔다는 것이다. 제 아내 간 곳을 아르켜 주어야지 그렇지 않으면 너와 죽는다고 애꾸 낯짝을 들이대고 이를 북, 갈아 보인다.

"내가 팔았단 말이유? 날 붙잡고 이러면 어떡헐 작정이지요?"

"복만이는 달아났으니까 너는 간 곳을 알겠지? 느들이 짜고 날 *고랑때를 먹었어. 이놈의 새끼들!"

"아니 복만이가 달아났는지 혹은 볼일이 있어서 어디 다니러 갔는지 지금 어떻게 안단 말이유?"

"말 마라, 술집 아주머니에게 다 들었다, 또 속일려구 요 자식!"

그리고 나를 논둑에다 한번 메다꽂아서는 흙도 털 새 없이 다시 끌고 간다. 술집 아주머니가 복만이 간 곳은 내가 알겠으니 가보라 했다나. 구문 먹은 걸 도로 돌라놓기가 아까워서 제 책임을 내게로 떠민 것이 분명하다. 이렇게 되면 소 장사 듣기에는 내가 마치 복만이를 꾀어서 아내를 팔게 하고 뒤로 은근히 구문을 뗀 폭이 되고 만다.

하기는 복만이도 그 아내가 없어졌다는 날 그저께 어디로인지 없어졌다. *짜정 도망을 갔는지 혹은 볼일이 있어서 일갓집 같은 데 다니러 갔는지 그건 자세히 모른다. 그러나 동리로 돌아다니며 아내가 꾸어 온 양식 돈푼 이런 자지레한 빚냥을 다아 돈으로 갚아 준 그다. 달아나기에 충분할 아무 죄도 그는 갖지 않았다. 영득이가 밤마다 엄마를 부르며 *악장을 치더니 보기 딱하여 즈 큰집으로 맡기러 갔는지도 모른다.

복만이가 저녁에 우리집에 왔을 때에는 어디서 먹었는지 술이 거나하게 취했다. 안뜰로 들어오더니 막걸리를 한 병 내놓으며

"이거 자네 먹게."

"이건 왜 사와, 하튼 출출한데 고마우이."

하고 나는 부엌에 내려가 술잔과 짠지 쪼가리를 가져 나왔다. 그리고 둘이 봉당에 걸터앉아서 마시기 시작하였다.

술 한 병을 다 치고 나서 그는 이런 이야기 저런 이야기를 지껄이더니 내 앞에 돈 일 원을 꺼내 놓는다.

"저번 *수굴 끼쳐서 그 *옐세."

"옐라니?"

나는 눈을 둥그렇게 뜨고 그 얼굴을 이윽히 쳐다보았다. 마는 속으로 요전 대서료로 주는구나 하고 이쯤 못 깨달은 바도 아니었다. 남의 아내를 판 돈에서 대서료를 받는 것이 너무 무례한 일인 것쯤은 나도 잘 안다. 술을 먹었으니까 그만해도 좋다 하여도

"두구 술 사먹게, 난 이거말구도 또 있으니까—"

짜정
사실. 정말.

악장
악을 쓰며 싸우는 짓

수굴
수고를.

옐세
답례(答禮)일세.

하고 굳이 주머니에까지 넣어 주므로 궁하기도 하고 그대로 받아 두었다. 그리고 그 담부터는 복만이도 영득이도 우리 동리에서 볼 수가 없고 그뿐 아니라 어디로 가는 걸 본 사람조차 하나도 없다.

이런 복만이를 소 장사 이놈이 날더러 찾아 놓으라고 명령을 하는 것이다. 멱살을 숨이 갑갑하도록 바짝 매달려서 끌려가자니 마을 사람들은 몰려 서서 구경을 하고 없는 죄가 있는 듯이 얼굴이 확확 단다. 큰 개울께까지 나왔을 적에는 놈도 좀 열적은지 슬며시 놓고 그냥 걸어간다. 내가 반항을 하든지 해야 저도

독을 올려서 욕설을 하고 겯고 틀고 할 텐데 내가 고분히 달려 가니까 그럴 필요가 없다. 저의 원대로 주재소까지 가기만 하면 고만이니까.

우리는 아무 말 없이 앞서고 뒤서고 십 리 길이나 걸었다. 깊은 산길이라 사람은 없고 앞뒤 산들은 울긋불긋 물들어 가끔 쏴 하고 낙엽이 날린다. 뉘엿뉘엿 넘어가는 석양에 먼 봉우리는 자줏빛이 되어 가고 그 *반영에 하늘까지 불콰하다. 험한 바위에서 이따금 돌은 굴러내려 웅덩이의 맑은 물을 휘저어 놓고 풍 하는 그 소리는 실로 쓸쓸하다. 이

반영(反影)
반사하여 비치는 것.

산서 수꿩이 푸드득 저 산서 암꿩이 푸드득 그리고 그 사이로 소 장사 이놈과 나와 *노량으로 허위적허위적.

노량으로
놀아가면서 느릿느릿 하게.

또 한 고개를 놈이 뚱뚱한 몸집으로 숨이 차서 씨근씨근 올라오니 그때는 노기는 완전히 사라졌다. 풀밭에 펄썩 주저앉아서는 숨을 돌리고 담배를 꺼내고 그리고 무슨 마음이 내켰는지 날더러

"다리 아프겠수, 우리 앉아서 쉽시다."

하고 친절히 말을 붙인다. 나도 그 옆에 앉아서 주는 권연을 피워 물었다. 인제도 주재소까지 시오 리가 남았으니 어둡기 전에는 못 갈 것이다.

"아까는 내 퍽 잘못했수."

"별말 다 하우."

"그런데 참 복만이 간 데 짐작도 못하겠수?"

경풍(驚風)
깜짝깜짝 놀람.

번이
본시(本是).

착착
부닐다. 가까이 따르며
붙임성 있다.

일텀
이를테면.

여망(餘望)
남은 희망.

"아마 모름 몰라두 덕냉이 즈 큰집에 갔기가 쉽지유."

이 말에 놈이 *경풍을 하도록 반색하며 애꾸눈을 바짝 들이대고 끔벅거린다. 그리고 우는 소리가 잃어버린 돈이 아까운 게 아니라 그런 계집을 다시 만나기가 어려워서 그런다. *번이 홀아비의 몸으로 얼굴똑똑한 아내를 맞아다가 술장사를 시켜 보자고 벼르던 중이었다. 그래 이번에 해보니까 장사도 잘 할 뿐더러 아내로서 훌륭한 계집이다. 참으로 며칠 살아 봤지만 남편에게 그렇게 착착 *부닐고 정이 붙는 계집은 여지껏 내 보지 못했다. 그러기에 나두 저를 위해서 인조견으로 옷을 해 입힌다, 갈비를 들여다 구워 먹인다, 이렇게 기뻐하지 않았겠느냐. 덧돈을 들여 가면서라도 찾으려 하는 것은 저를 보고 싶어서 그럼이지 내가 결코 복만이에게 돈으로 물러 달랄 의사는 없다. 그러니 아무 염려 말고

"복만이 갈 듯한 곳은 다 좀 아르켜 주."

놈의 말투가 또 이상스리 꾀는 걸 알고 불쾌하기가 짝이 없다. 아무 대답도 않고 묵묵히 앉아서 담배만 빠니까

"같은 날 같이 없어진 걸 보면 둘이 짜구서 도망 간 게 아니유?"

"사십 리씩 떨어져 있는 사람이 어떻게 짜구 말구 한단 말이유?"

내가 이렇게 펄쩍 뛰며 핀잔을 줌에는 그도 잠시 낙망하는 빛을 보이며

"아니 *일텀 말이지, 내가 — 복만이면 즈 아내가 어디 간 것쯤은 알게 아니유?"

하고 꾸중 맞는 어린애처럼 어리광조로 빌붙는다. 이것도 사랑병인지 아까는 큰 체를 하던 놈이 이제 와서는 나에게 끽소리도 못한다. 행여나 *여망 있는 소리를 들을까 하여 속 달게 나의 눈치만 글이다가,

"덕냉이 큰집이 어딘지 아우?"

"우리 삼촌 댁도 덕냉이 있지유."

"그럼 우리 오늘은 도루 내려가 술이나 먹고 낼 일찍이 같이 떠납시다."

"그러기유."

더 말하기가 싫어서 나는 *코대답으로 치우고 먼 서쪽 하늘을 바라보았다. 해가 마악 떨어지니 산골은 오색 영롱한 저녁노을로 덮인다. 산봉우리는 숫제 이글이글 끓는 불덩어리가 되고 노기 가득 찬 위엄을 나타낸다. 그리고 나직이 들리느니 우리 머리 위에 지는 낙엽 소리—

소 장사는 쭈그리고 눈을 감고 앉았는 양이 내일의 계획을 세우는 모양이다. 마는 나는 아무리 생각하여도 복만이는 덕냉이 즈 큰집에 있을 것 같지 않다.

코대답
콧소리로 건성으로 하는 대답.

『동백꽃』, 삼문사, 1938.

봄과
따라지

지루한 한겨울 동안 꼭 옴츠러졌던 몸뚱이가 이제야 좀 녹고 보니 여기가 근질근질 저기가 근질근질. 등어리는 *대구 *군실거린다. 행길에 삐죽 섰는 전봇대에다 비스듬히 등을 비겨 대고 쓰적쓰적 부벼도 좋고. 왼팔에 걸친 밥통을 땅에 내려논 다음 그 팔을 뒤로 제쳐 올리고 바른팔로다는 그 발꿈치를 들어 올리고 그리고 긁죽긁죽 긁어도 좋다. *번이는 이래야 원 격식은 격식이로되 그러나 하고 보자면 손톱 하나 놀리기가 성가신 노릇. 누가 일일이 그러고만 있는가. 장삼인지 저고린지 알 수 없는 앞자락이 척 나간 학생복 저고리. 허나 삼 년간을 내리 입은 덕택에 속껍데기가 꺼칠하도록 때에 절었다. 그대로 선 채 어깨만 한번 으쓱 올렸다 툭 내려치면 그뿐. 옷에 *몽클린 때꼽은 등어리를 스을쩍 긁어 주고 내려가지 않는가. 한 번 해보니 재미가 있고 두 번을 하여도 또한 재미가 있다. 조그만 어깻죽지를 그는 기계같이 놀리며 올렸다 내렸다, 내렸다 올렸다. 그럴 적마다 쿨렁쿨렁한 저고리는 공중에서 나비춤, 지나가던 행인이 걸음을 멈추고 가만히 눈을 둥글린다. 한참 후에야 비로소 성한 놈으로 깨달았음인지 피익 웃어 던지고 다시 내걷는다. 어깨가 *느런하도록 수없이 그러고 나니 나중에는 그것도 흥이 지인다. 그는 너털거리는 소맷등으로 코밑을 쓱 훔치고 고개를 돌리어 위아래로 *야시를 훑어본다. 날이 풀리니 거리에 사람도 풀린다. 싸구려 싸구려 에잇 싸구려, 십오 전에 두 가지 십오 전에 두 가지씩. 인두 비누를 한 손에 번쩍 쳐들고 젱그렁젱그렁 신이 올라 흔드는 요령 소리. 땅바닥에 널따란 종잇장을 펼쳐 놓고 안경잡이는 입에 게거품이 흐르도록 떠들어 댄다. 일 전 한 푼을 내놓고 일 년 동안의 운수를 보시오. 먹찌를 던져서 칸에 들면 *미루꾸 한 갑을 주고 금에 걸치면 운수가 나쁘니까 그냥 가라고. 저편 한구석에서는 코먹은

따라지
보잘것 없거나 하찮은 사람이나 물건.

대구
무리하게 자꾸.

군실거리다
살갗에 벌레 따위가 기어가는 듯한 가려운 느낌이 자꾸 나다.

번이
본시. 본디.

몽클거리다
덩이진 물건이 겉으로 무르고 매끄러운 느낌이 자꾸 들다.

느런하다
몹시 고단하여 힘이 없다.

야시(夜市)
밤에 벌이는 시장.

미루꾸
밀크 캐러멜.

바이올린이 닐리리를 부른다. 신통 방통 꼬부랑통 남대문통 써러기통, 자아 이리 오시오. 암사둔 숫사둔 다 이리 오시오. 장기판을 에워싸고 다투는 무리. 그 사이로 *일쩌운 사람들은 이리 몰리고 저리 몰리고 발 가는 대로 서성거린다. 짝을 짓고 산보로 나온 젊은 남녀들, 구지레한 두루마기에 뒷짐진 갓쟁이. 예제 없이 가서 덤벙거리는 학생들도 있고 그리고 어린 아들의 손을 잡고 구경을 나온 어머니. 아들은 어머니의 치맛자락을 잡아채이며 뭘 사내라고 부지런히 보챈다. 배도 좋고 사과 과자도 좋고 또 김이 무럭무럭 오르는 국화만주는 누가 싫다나. 그놈 의 김을 이윽히 바라보다가 그는 고만 하품인지 한숨인지 분간 못 할 날숨이 길게 터져 오른다. 아침에 찬밥덩이 좀 얻어먹고는 온종일 그 대로 지친 몸. 군침을 꿀떡 삼키고 종로를 향하여 무거운 다리를 내어 딛자니 앞에 몰려 선 사람떼를 비집고 한 양복이 튀어나온다. 얼굴에 는 꽃이 잠뿍 피고 고개를 내흔들며 이리 비틀 저리 비틀. 목로에서 얻 은 안주이겠지. 사과 하나를 입에 들이대고 어기어기 꾸겨 넣는다. 이 거나 좀 개평 뗄까. *세루바지 에 바짝 붙어 서서 같이 비틀 거리며 나리 한푼 줍쇼 나리. 이 소리는 들은 척 만 척 양 복은 제멋대로 갈 길만 비틀 거린다. 엣다, 이거나

일쩌다
일거리가 되어 귀찮거 나 불편하다.

세루
모직물의 일종. 여기서 는 세루 양복바지를 입 은 사람을 뜻함.

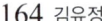

괘(卦)가 그르다
일이 뜻대로 되지 않다.

먹어라 하고 선뜻 내주었으면 얼마나 좋으랴만 에이 자식두. 사과는 쉬지 않고 점점 줄어든다. 턱살을 치켜 대고 눈독을 잔뜩 들여 가며 따르자니 나중에는 안달이 난다. 나리 나리 한푼 주세요, 하고 거듭 재우치다 그래도 *괘가 그르매, 나리 그럼 사과나 좀. 모어 이 자슥아 남 먹는 사과를 줌. 혀 꼬부라진 소리가 이렇게 중얼거리자 정작 사과는 땅으로 가고 긴치 않은 주먹이 뒤통수를 딱. 금세 땅에 엎더질 듯이 정신이 고만 아찔했으나 그래도 사과 사과다. 얼른 덤벼들어 집어 들고는 소맷자락에 흙을 쓱쓱 씻어서 한 입 덥석 물어 뗀다. 창자가 녹아내리는 듯 향깃하고도 보드라운 그 맛이야. 그러나 세 번을 물어 뜯고 나니 딱딱한 씨만 남는다. 다시 고개를 들고 그 담 사람을 잡고자 눈을 희번덕인다. 큰길에는 동무 깍쟁이들이 가로 뛰며 세로 뛰며 낄낄거리고 한창 야단이다. 밥통들은 한 손에 든 채 달리는 전차 자동차를 이리저리 *호아가며 저이깐에 술래잡기, 봄이라고 맘껏 즐긴다. 이걸 멀거니 바라보고 그는 저절로 어깨가 실룩실룩하기는 하나 근력이 없다. 따스한 햇볕에서 낮잠을 잔 것도 좋기는 하다마는 그보담 밥을 좀 얻어먹었다면 지금쯤은 같이 뛰고 놀고 하련만. 큰길로 내려서서 이럴까 저럴까 망설일 즈음 갑자기 따르르릉 이 자식아. 이크 *쟁교로구나, 등줄기가 선뜩해서 기급으로 물러서다가 얼결에 또 하나 잡았다. 이번에는 *트레머리에 얕은 향내가 말캉말캉

호아가다
왔다갔다 하다.

쟁교
자전거.

트레머리
가르마를 타지 않고 뒤통수의 한복판에다 틀어 붙인 여자의 머리.

트레머리

나는 뾰족구두다. 얼뜬 봐한즉 하르르한 비단치마에 옆에 낀 몇 권의 책 그리고 *아리잠직한 그 얼굴. 외모로 따져 보면 돈푼이나 조히 던져 줄 법한 고운 아씨다. 대뜸 물고 나서며 아씨 한푼 줍쇼, 아씨 한푼 줍쇼. 가는 아씨는 암만 불러도 귀가 먹은 듯, 혼자 풍월로 얼마를 따르다 보니 이제는 하릴없다. 그 다음 비상수단이 아니 나올 수 없는 노릇. 체면불구하고 그 까마귀발로다 신성한 치맛자락을 덥석 잡아챈다. 홀로 가는 계집쯤 어떻게 다루든 이쪽 생각. 한번 더 채여라. 아씨 한푼 줍쇼. 아씨도 여기에는 어이가 없는지 발을 멈추고 말뚱히 바라본다. 한참 노리고 보고 그리고 생각을 돌렸는지 허리를 구부리어 친절히 달랜다. 내 지금 가진 돈이 없으니 집에 가 줄게 이거 놓고 따라오너라. 너무나 뜻밖의 일이라. 기쁠 뿐더러 놀라운 은혜이다. 따라만 가면 밥이 나올지 모르고 혹은 먹다 남은 빵조각이 나올는지도 모른다. 이건 아마 보통 갈보와는 다른 예수를 믿는 착한 아씬가 보다. 치마를 놓고 좀 떨어져서 이번에는 점잖이 따라간다. 우미관 옆골목으로 들어서서 몇 번이나 좌우로 꼬불꼬불 돌았다. 아씨가 들어간 집은 새로 지은 그리고 전등 달린 번뜻한 기와집이다. 잠깐만 기다려라 하고 아씨가 들어갈 제 그는 눈을 똥그랗게 뜨고 기대가 컸다. 밥이냐 빵이냐 잔치를 지내고 나서 먹다 남은 떡부스러기를 처치 못 하여 데리고 왔을지도 모른다. 팥고물도 좋고 *전여도 좋고 시크무레 쉰 콩나물, 무나물, 아무거나 되는 대로. 설마 예까지 데리고 와서 돈 한푼 주고 가라진 않겠지. 허기와 기대가 갈증이 나서 은근히 침을 삼키고 있을 때 대문이 다시 삐꺽 열린다. 아마 주인 서방님이리라. 조선옷에 말쑥한 얼굴로 한 사나이가 나타났다. 네가 따라온 놈이냐 하고 한 손으로 목덜미를 꼭 붙

아리잠직하다
겉모습이 얌전하고 마음씨가 고와 어린 티가 있다.

우미관

전여
부침개. 지짐이.

우리다
힘주어 때리다.

들고 그러더니 벌써 어느틈에 네 번이나 머리를 주먹이 *우렸다. 그러면 아구 아파 소리를 지른 것은 다섯 번째부터요 눈물은 또 그 담에 나온 것이다. 악장을 너무 치니까 귀가 아팠음인지 요 자식 다시 그래 봐라 다리를 꺾어 놀 테니. 힘 약한 독사와 도야지는 맞대항은 안 된다. 비실비실 조 골목 어귀까지 와서 이제야 막 대문 안으로 들어가려는 서방님을 돌려대고 요 자식아 네 다릴 꺾어 놀 테야 용용 죽겠니. 엄지가락으로 볼따귀를 후벼 보이곤 다리야 날 살리라고 그냥 *뺑소니다. 다리가 짧은 것도 이런 때에는 한 욕일지도 모른다. 여남은 칸도 채 못가서 벽돌담에 가 잔뜩 엎눌렸다. 그리고 허구리 등어리 어깻죽지 할 것 없이 요모조모 골고루 주먹이 들어온다. 때려라 때려라, 그래도 네가 차마 죽이진 못하겠지. 주먹이 들어올 적마다 서방님의 처신으로 듣기 어려운 욕 한마디씩 해가며 분통만 폭폭 찔러 논다. 죽여 봐 이 자식아. 요런 *챌푼이 같으니, 네가 *애펜쟁이지 애펜쟁이. 울고불고 요란한 소리에 근방에서는 쭉 구경을 나왔다. 입때까지는 서방님은 약이 올라서 죽을 둥 살 둥 몰랐으나 이제 와서는 결국 저의 체면 손상임을 깨달은 모양이다. 등뒤에서 애펜쟁이 챌푼이, 하는 욕이 빗발치듯 하련만 서방님은 돌아다도 안 보고 똥이 더러워서 피하지 무섭지 않다는 증거로 침 한번 탁 뱉고는 제 집 골목으로 들어간다. 이렇게 되면 맡아 놓고 깍쟁이의 승리다. 그는 담밑에 쪼그리고 앉아서 울고 있으나 실상은 모욕당했던 깍쟁이의 자존심을 회복시킨 데 큰 우월감을 느낀다. 염병을 할 자식, 하고 눈물을 닦고 골목 밖으로 나왔을 때엔 얼굴에 만족한 웃음이 떠오른다. 야시에는 여전히 뭇사람이 흐르고 있다. 동무들은 큰길에서 밥통을 뚜드리며 날뛰고 있고 우두커니 보고 섰다가 걸리는 등어리도 잊고 배고픈 생각도 스르르 사라지니 예라 나

챌푼이
칠푼이. 좀 모자란 사람.

애펜쟁이
아편쟁이. 아편에 중독된 이.

두 한번 끼자. 불시로
기운이 뻗치어 야시에
서 큰길로 내려선다.

달음질을 쳐서 전찻길을 가로지르려 할 제 맞닥뜨린 것이 마주 건너오
던 한 *신여성이다. 한 손에 대여섯 살 된 계집애를 이끌고 야시로 나
오는 모양. 이건 키가 후리후리하고 *걸찍하게 생긴 것이 어디인가 맘
새가 좋아 보인다. 대뜸 손을 내밀고 아씨 한푼 줍쇼. 얘 지금 돈 한푼
없다. 이렇게 한마디 하고는 이것도 돌아다보는 법 없다. 야시에 물건
을 흥정하며 태연히 저 할 노릇만 한다. 이내, 치마까지 *꺼들리게 되
니까 그제야 걸음을 딱 멈추고 눈을 똑바로 뜨고 노려본다. 그리고 소
리를 지르되 옆의 사람이나 들으란 듯이 얘가 왜 이리 남의 옷을 잡아
다녀. 오가던 사람들이 구경이나 난 듯이 모두 쳐다보고 웃는다. 본 바
와는 딴판 돈푼커녕 코딱지도 글렀다. 눈꼴이 사나워서 그도 마주 대
고 벙벙히 쳐다보고 있노라니 웬 담배가 발 앞으로 툭 떨어진다. 매우
기름한 꽁초. 얼른 집어서 땅바닥에 쓱쓱 문대어 불을 끄고는 *호줌에
넣는다. 이따는 *좁쌀친구끼리 뒷골목 담밑에 모여 앉아서 번갈아 한

신여성
신식 교육을 받은 여성.

걸찍하다
활달하고 시원스럽게
행동하다.

꺼들리다
끄들리다. 잡아 쥐고
당겨서 추켜듦을 당
하다.

호줌
호주머니.

좁쌀친구
나이 어린 조무래기
친구.

모금씩 빨아 가며 잡상스러운 이야기로 즐길 걸 생각하니 미리 재미롭다. 적어도 여남은 개 주워야 할 텐데 인제서 겨우 꽁초 네 개니. 요즘에는 참 담배맛도 제법 늘어 가고 재채기하던 괴로움도 훨씬 줄었다. 이만하면 영철이의 담배쯤은 감히 덤비지 못하리라. 제 따위가 앉은 자리에 꽁초 일곱 개를 다 피울 텐가 온 어림없지. 열 살밖에 안 되었건만 이만치도 담배를 잘 피울 수 있도록 훌륭히 됨을 깨달으니 또한 기꺼운 현상. 호줌에서 손을 빼고 고개를 들어 보니 계집은 어느덧 멀리 앞섰다. 벌에 쐤느냐 왜 이리 달아나니. 이것은 암만 따라가야 돈 한푼 막무가낼 줄은 번연히 알지만 소행이 밉다. 에라 빌어먹을 거 조금 *느므러나 주어라. 힝하게 쫓아가서 팔꿈치로다 그 궁둥이를 퍽 한번 지르고는 아씨 한푼 주세요. 돌려대고 또 소리를 지를 줄 알았더니 고개만 흘낏 돌려보고는 잠자코 간다. 그럼 그렇지 네가 어디라구 깍쟁이에게 덤비리. 또 한번 질러라. 바른편 어깨로다 이번엔 넓적한 궁둥이를 정면으로 들이받으며 아씨 한푼 주세요. 그래도 아무 반응이 없다. 이 계집이 행길바닥에 나가자빠지면 그 꼴이 볼 만도 하련만 제아무리 들이받아도 힘을 들이면 들일수록 이쪽이 도리어 튕겨져 나올 뿐 좀체로 삐끗 없음에는 예라 빌어먹을 거. 치맛자락을 닝큼 집어다 입에 들이대고는 질겅질겅 씹는다. 으흐흥 아씨 돈 한푼. 그제야 독이 바싹 오른 법한 표독스러운 계집의 목소리가 이 자식아 할 때는 온몸이 다 짜릿하고 좋았으나 난데없는 *고라 소리가 벽력같이 들리는 데는 정신이 그만 아찔하다. 뿐만 아니라 그 순간 새삼스레 주림과 아울러 아픔이 눈을 뜬다.

느물다
능글맞은 태도를 상대방에게 애를 먹이다.

고라 소니
고라(こら). '이놈', '야'를 뜻하는 일본어. 즉, '이놈' 하는 소리.

머리를 얻어맞고 아이쿠 하고 몸이 비틀할 제 집게 같은 손이 들어와 왼편 귓바퀴를 잔뜩 찍어 든다. 이왕 이렇게 된 바에야 끌리는 대로 따라만 가면 고만이다. 붐비는 사람 틈으로 *검불같이 힘없이 딸려 가며 그러나 속으로는 허지만 뭐. 처음에는 꽤도 겁도 집어먹었으나 인제는 하도 여러 번 겪고 난 몸이라 두려움보다 오히려 실없는 우정까지 느끼게 된다. 이쪽이 저를 미워도 안 하련만 공연스레 제가 씹고 덤비는 걸 생각하면 짜정 밉기도 하려니와 그럴수록에 야릇한 정이 드는 것만은 사실이다. 오늘은 또 무슨 일을 시키려는가. 유리창을 닦느냐, 뒷간을 치느냐. 타구쯤 정하게 부셔 주면 그대로 나가라 하겠지. 하여튼 가자는 건 좋으나 온체 잔뜩 찍어 당기는 바람에 이건 너무 아프다. 구두보담 조금만 뒤졌다는 갈데없이 귀는 떨어질 형편. 구두가 한 발을 내걷는 동안 두 발, 세 발 잽싸게 옮겨 놓으며 통통걸음으로 아니 따라갈 수 없다. 발이 반밖에 안 차는 커다란 운동화를 칠떡칠떡 끌며 얼른얼른 앞에 나서거라. *재쳐라, 재쳐라, 얼른 재쳐라. 그러자 문득 기억나는 것이 있으니 그 언제인가 우미관 옆골목에서 몰래 들창으로 들여다보던 아슬아슬하고 인상 깊던 그 장면. 위험을 무릅쓰고 악한을 추격하되 텀블링도 잘 하고 사람도 잘 집어 세고 막 이러는 용감한 그 청년과 이때 청년이 하던 목잠긴 그 해설. 그리고 땅땅 따아리 땅땅 따아리 띵띵 띠이 하던 멋있는 그 반주. 봄바람은 살랑살랑 불어오는 큰거리 이때 청년이 목숨을 무릅쓰고 구두를 재치는 광경이라 하고 보니 하면 할수록 무척 신이 난다. 아아 아구 아프다. 재쳐라, 재쳐라, 얼른 재쳐라 이때 청년이 땅땅 따아리 땅땅 따아리 띵띵 띠이 띵띵 띠이.

『동백꽃』, 삼문사, 1938.

검불
마른 풀이나 가랑잎, 지푸라기 따위.

재치다
거치적거리지 않도록 치우다. 여기서는 어린 따라지를 잡아가는 순경을 제치고 어서 달아나라는 뜻.

두꺼비

내가 학교에 다니는 것은 혹 시험 전날 밤새는 맛에 들렸는지 모른다. 내일이 영어시험이므로 그렇다고 하룻밤에 다 안다는 수도 없고 시험에 날 듯한 놈 몇 대문 새겨나 볼까, 하는 생각으로 *책술을 뒤지고 있을 때 절컥, 하고 바깥벽에 자행거 세워 놓는 소리가 난다. 그리고 행길로 난 유리창을 두드리며 이상, 하는 것이다. 밤중에 웬놈인가,

하고 찌뿌둥히 고리를 따보니 캡을 모로 눌러 붙인 두꺼비눈이 아닌가. 또 무얼, 하고 좀 *떠름했으나 그래도 한 달포 만에 만나니 우선 반갑다. 손을 내밀어 악수를 하고 어여 들어오슈, 하니까 바빠서 그럴 여유가 없다 하고 오늘 의논할 이야기가 있으니 한 시간쯤 뒤에 저의 집으로 꼭 좀 와주십쇼, 한

책술
책이 두껍고 얇은 정도. 여기서는 책갈피를 들척인다는 의미.

떠름하다
마음이 썩 내키지 않다.

다. 그뿐으로 내가 무슨 의논일까, 해서 얼떨떨할 사이도 없이 허둥지둥 자전거 종을 울리며 골목 밖으로 사라진다. 권연 하나를 피워도 멋만 찾는 이놈이 자전거를 타고 나를 찾아왔을 때에는 일도 어지간히 급한 모양이나 그러나 제 말이면 으레 복종할 걸로 알고 나의 대답도 기다리기 전에 달아나는 건 썩 불쾌하였다. 이것은 놈이 아직도 나에게 대하여 기생 오라비로서의 특권을 가지려는 것이 분명하다. 나는 사실 놈이 필요한 데까지 이용당할 대로 다 당하였다. 더는 싫다, 생각하고 애꿎은 창문을 딱 닫은 다음 다시 앉아서 책

을 뒤지자니 속이 *부걱부걱 고인다. 허지만 실상 생각하면 놈만 탓할
것도 아니요 어디 사람이 동이 났다고 거리에서 한번 흘낏 스쳐 본, 그
나마 잘났으면 이어니와, 쭈그렁 밤송이 같은 기생에게 정신이 팔린
나도 나렷다. 그것도 서루 눈이 맞아서 달떴다면이야 누가 뭐래랴마는
저쪽에선 나의 존재를 그리 대단히 여겨 주지 않으려는데 나만 몸이
달아서 답장 못 받는 엽서를 매일같이 석 달 동안 썼다. 하니까 놈이
이 기미를 알고 나를 찾아와 인사를 떡 붙이고는 하는 소리가 기생을
사랑하려면 그 오라비부터 잘 얼러야 된다는 것을 명백히 설명하고 또
그리고 옥화가 저의 누이지만 제 말이면 대개 들을 것이니 그건 안심
하라 한다. 나도 옳게 여기고 그 담부터 학비가 올라오면 상전같이 놈
을 모시고 다니며 뒤치다꺼리 하기에 볼일을 못 본다. 이
게 버릇이 돼서 툭하면 놈이 찾아와서 산보나 가자고 끌
어내서는 극장으로 카페로 혹은 저 좋아하는 기생집으로
데리고 다니며 밤을 패기가 일쑤다. 물론 그 비용은 성냥

일제시대의 카페

사는 일 전까지 내가 내야 되니까 얼뜬 보기에 누가 데리고 다니는 건
지 영문 모른다. 게다 즈 누님의 답장을 맡아올 테니 한번 보라고 연일
장담은 하면서도 나의 편지만 가져가고는 꿩 구워 먹은 소식이다. 편
지도 우편보다는 그 동생에게 전하니까 마음에 좀 든든할 뿐이지 사실
바로 가는지 혹은 공동변소에서 콧노래로 *뒤지가 되는지 그것도 자
세 모른다. 하루는 놈이 찾아와서 방바닥에 가 벌룽 자빠져 콧노래를
하다가 무얼 생각했음인지 다시 벌떡 일어나 앉는다. *올룽한 낯짝에
그 두꺼비눈을 한 서너 번 끔벅거리다 나에게 훈계가, 너는 학생이라
서 아직 화류계를 모른다. 멀리 앉아서 편지만 자꾸 띄우면 그게 뭐냐
고 톡톡히 나무라더니 기생은 여학생과 달라서 그저 맞붙잡고 주물러

야 정을 쏟는데, 하고 사정이 딱한 듯이 입맛을 다신다. 첫사랑이 무언지 무던히 후려맞은 몸이라 나는 귀가 번쩍 띄어 그럼 어떻게 좋은 도리가 없을까요, 하고 다가서서 물어 보니까 잠시 입을 다물고 주저하더니 그럼 내 직접 인사를 시켜 줄 테니 우선 누님 마음에 드는 걸로 한 이삼십 원어치 선물을 하슈, 화류계 사랑이란 돈이 좀 듭니다, 하고 전일 기생을 사랑하던 저의 체험담을 좍 이야기한다. 딴은 먹이는데 싫달 계집은 없으려니, 깨닫고 나의 정성을 눈앞에 보이기 위하여 놈을 데리고 다니며 동무에게 돈을 구걸한다, 양복을 잡힌다, 하여 덩어리돈을 만들어서는 우선 백화점에 들어가 같이 점심을 먹고 나오는 길에 사십이 원짜리 순금 *트레반지놈의 의견대로 사서 부디 잘 해달라고 놈에게 들려 보냈다. 그리고 약속대로 그 이튿날 밤이 늦어서 찾아가니 놈이 자다 나왔는지 눈을 비비며 제가 쓰는 중문간방으로 맞아들이는 그 태도가 어쩐지 어제보다 탐탁지가 못하다. 반지를 전하다 퇴짜나 맞지 않았나 하고 속으로 *조를 부비며 앉았으니까 놈이 거기 관하여는 일체 말없고 *딴통같이 앨범 하나를 꺼내어 여러 기생의 사진을 보여 주며 객쩍은 소리를 한참 지껄이더니 우리 누님이상 오시길 여태 기다리다가 고대 막 노름 나갔습니다. 낼은 요보다 좀 일찍 오셔요, 하고 주먹으로 하품을 끄는 것이다. 조곰만 일찍 왔더면 좋을 걸 안됐다, 생각하고 그럼 반지를 전하니까 뭐라더냐 하니까 누이가 퍽 기뻐하며 그 말이 초면인사도 없이 선물을 받는 것은 실례로운 일이매 직접 만나면 돌려보내겠다 하더란다. 이만하면 일은 잘

조지아백화점

화신백화점

트레반지
나선 모양으로 틀어서 만든 반지.

조를 부비다
조를 비비다. 조바심을 내다.

딴통같이
전혀 엉뚱하게.

언턱거리
무턱대고 떼를 쓸 만한
근거나 핑계거리.

얼렸구나, 안심하고 하숙으로 돌아오며 생각해 보니 반지를 돌려보낸다면 나는 *언턱거리를 아주 잃을 터라 될 수 있다면 만나지 말고 편지로만 나에게 마음이 동하도록 하는 것도 좋겠지만 그래도 옥화가 실례롭다 생각할 만치 고만치 나에게 관심을 가졌음에는 그 담은 내가 가서 붙잡고 조르기에 달렸다, 궁리한 것도 무리는 아닐 것이다. 마는 그 담날 약 한 시간을 일찍 찾아가니 놈은 여전히 귀찮은 하품을 터뜨리며 좀더 일찍이 오라 하고, 또 고 담날 찾아가니 역시 좀더 일찍이 오라 하고, 이렇게 연 나흘을 했을 때에는 놈이 괜스리 제가 골을 내가지고 불안스럽게 굴므로 나 자신 너무 우습게 대접을 받는 것도 같고 아니꼬워서 망할 자식, 이젠 너와 안 놀겠다 결심하고 부리나케 하숙으로 돌아와 이불 전에 눈물을 씻으며 지내 온 지 달포나 된 오늘날 의논이 무슨 의논일까. 시험은 급하고 과정낙제나 면할까 하여 눈을 까뒤집고 책을 뒤지자니 그렇게 똑똑하던 글자가 어느덧 먹줄로 변하니 글렀고, 게다 아련히 나타나는 옥화의 얼굴을 보면 볼수록 속만 탈 뿐이다. 몇 번 고개를 흔들어 정신을 바로잡아 가지고 들여다보나 아무 효과가 없음에는 이건 공부가 아니라, 생각하고 한구석으로 책을 내던진 뒤 일어서서 들창을 열어 놓고 개운한 공기를 마셔 본다. 저 건너 서양집 위층에서는 붉은빛이 흘러나오고 어디선지 울려드는 가냘픈 육자배기, 그러자 문득 생각나느니 계집이란 때 없이 잘 느끼는 동물이라. 어쩌면 옥화가 그 동안 매일같이 띄운 나의 편지에 정이 돌아서 한번 만나고자 불렀는지 모르고 혹은 놈이 나에게 끼친 실례를 깨닫고 전일의 약속을 이행하고자 오랬는지도 모른다. 하여튼 양단간에 한 시간 후라고 시간까지 지정하고 갔을 때에는 되도록 나에게 좋은 기회를 주려는 데 틀림이 없고 이렇게 내가 옥화를 얻는다면 학교쯤은 내일 집

기생

어쳐도 좋다 생각하고, 외투와 더불어 허룽허룽 거리로 나선다. 광화
문통 큰거리에는 목덜미로 스며드는 싸늘한 바람이 가을도 이미 늦었
고 청진동 어귀로 *꼽들어 길 옆 이발소를 들여다보니 여덟 시 사십오
분, 한 시간이 되려면 아직도 이십 분이 남았다. 전봇대에 기대어 권연
하나를 피우고 나서 그래도 시간이 남으매 군밤 몇 개를 사서 들고는
이 분에 하나씩 씹기로 하고 서성거리자니 대체 오늘 일이 *하회가 어
떻게 되려는가, 성화도 나고 계집에게 첫인사를 하는데 뭐라 해야 좋
을는지, 그러나 저에게 대한 내 열정의 총량만 보여 주면 고만이니까
만일 네가 나와 살아 준다면 그리고 네가 원한다면 내 너를 등에 업고
백 리를 가겠다, 이렇게 다짐을 두면 그뿐일 듯도 싶다. 그 외에는 아
버지가 보내 주는 흙 묻은 돈으로 근근이 공부하는 나에게 별도리가
없고, 아 아 이런 때 아버지가 돈 한 뭉텅이 소포로 부쳐 줄 수 있으면,
하고 한탄이 절로 날 때 국숫집 시계가 늦은 소리로 아홉시를 울린다.
지금쯤은 가도 되려니, 하고 옆골목으로 들어섰으나 옥화의 집 대문
앞에 딱 발을 멈출 때에는 까닭 없이 가슴이 두근거리고 그것도 좋으
련만 목청을 가다듬어 두꺼비의 이름을 불러도 대답은 어디 갔는지 안
채에서 계집 사내가 영문 모를 소리로 악장만 칠 뿐이요 그대로 난장
판이다. 이게 웬일일까 얼뜰하여 떨리는 음성으로 두서너 번 불러 보
니 그제야 문이 삐걱 열리고 뚱뚱한 *안잠자기가 나를 쳐다보고 누구
를 찾느냐 하기에 두꺼비를 보러 왔다 하니까 뾰족한 입으로 중문간방
을 가리키며 행주치마로 코를 쓱 씻는 양이 *긴치 않다는 표정이다. 전
일 같으면 내가 저에게 편지를 전해 달라고 폐를 끼치는 일이 한두 번
아니라서 저를 만나면 담뱃값으로 몇 푼씩 집어 주므로 저도 나를 늘
반기는 터이련만 왜 이리 기색이 틀렸는가, 오늘 밤 일도 아마 헛물켜

꼽들다
굽어 들다.

하회
윗사람이 내리는 회답.

안잠자기
남의 집에서 숙식하면
서 일하는 사람.

긴치 않다
긴요하지 않다.

나 보다. 그러나 우선 툇마루로 올라서서 방문을 쓰윽 열어 보니 설혹 잤다 치더라도 그 소란통에 놀라 깨기도 했으련만 두꺼비가 마치 떡메로 얻어맞은 놈처럼 방 한복판에 푹 엎으러져 고개 하나 들 줄 모른다. 사람은 불러 놓고 이게 무슨 경운가 싶어서 눈쌀을 찌푸리려다 강형 어디 편찮으슈, 하고 좋은 목소리로 그 어깨를 흔들어 보아도 눈 하나 뜰 줄 모르니 이놈은 참 암만해도 알 수 없는 인물이다. 혹 내 일을 잘되게 돌보아 주다가 집안에 분란이 일고 그 끝에 이렇게 되지나 않았나 생각하면 못 할 바도 아니려니와 그렇다 하더라도 두꺼비 등뒤에 똑같은 모양으로 엎으러졌는 채선이의 꼴을 보면 어떻게 추측해 볼 길이 없다. 누님이 수양딸로 사다가 *가무를 가르치며 부려먹는다던 이 채선이가 자정도 되기 전에 제법 방바닥에 엎어졌을 리도 없겠고, 더구나 처음에는 몰랐던 것이나 두 사람의 입 코에서 멀건 콧물과 게거품이 뺨 밑으로 검흐르는 걸 본다면 웬만한 장난은 아닐 듯싶다. 머리 끝이 쭈뼛하도록 나는 겁을 집어먹고 이 머리를 흔들어 보고 저 머리를 흔들어 보고 이렇게 눈이 둥그랬을 때 별안간 미닫이가 딱, 하더니 필연 옥화의 어머니리라 얼굴 *강총한 늙은이가 표독스레 들어온다. 그 옆에 장승같이 섰는 나에게는 시선도 돌리려지 않고 두꺼비 앞에 가 팔싹 앉아서는 도끼눈을 뜨고 대뜸 들고 들어온 장죽통으로 그 머리를 후려갈기니 팡, 하고 그 소리에 내 등이 다 선뜻하다. *배지가 꿰어져 죽을 이 망할 자식, 집안을 이렇게 망해 놓니, 죽을 테면 죽어라, 어여 죽어 이 자식. 이렇게 독살에 숨이 차도록 두 손으로 그 등어리를 대구 꼬집어뜯더니 그래도 꼼짝 않는 데는 할 수 없는지 결국 이 자식 너 잡아먹고 나 죽는다, 하고 목청이 찢어지게 발악을 치며 귓배기를 물어뜯고자 매섭게 덤벼든다. 그러니 옆에 섰는 나도 덤벼들어 뜯어말

가무(歌舞)
노래와 춤.

강총하다
길이가 짧다.

배지
배.

싱갱이
승강이.

마가목
멋없이 키만 큰 사람.

고대
이제 막. 금방.

씨근벌떡하다
숨이 차서 계속 시근 거리며 헐떡거리다.

북새
난리법석.

헐없다
영락없다.

허여멀겋다
살빛이 매우 희고 맑다.

리지 않을 수 없고 늙은이의 근력도 얕볼 게 아니라고 비로소 깨달았을 만치 이걸 붙잡고 한참 *싱갱이를 할 즈음, 그 자식 죽여 버리지 그냥 둬, 하고 천둥 같은 호령을 하며 이번에는 늙은 *마가목이 마치 저와 같이 생긴 투박한 장작개비 하나를 들고 신발째 방으로 뛰어든다. 그 서두는 폼이 가만 두면 사람 몇쯤은 넉넉히 잡아 놓을 듯하므로, 이런 때에는 어머니가 말리는 법인지는 모르나 내가 *고대 붙들고 힐난을 하던 안늙은이가 기겁을 하여 일어나서는 영감 참으슈, 영감 참으슈, 연실 이렇게 달래며 허겁지겁 밖으로 끌고 나가기에 좋이 골도 빠진다. 마가목은 끌리는 대로 중문 안으로 들어가며 이 자식아 몇째냐, 벌써 일곱째 이래 놓질 않았니 이 주릴 틀 자식, 하고 *씨근벌떡하더니 안대청에서 뭐라고 주책없이 게걸거리며 발을 구르며 이렇게 집안을 떠엎는다. 가만히 눈치를 살펴보니 내가 오기 전에도 몇 번 이런 *북새가 인 듯싶고, 암만하여도 나 자신이 *헐없이 도깨비에게 홀린 듯싶어서 손을 꽂고 멀뚱히 섰노라니까 빼꿈이 열린 미닫이 틈으로 살집 좋고 *허여멀건 안잠자기의 얼굴이 남실거린다. 대관절 웬 셈속인지 좀 알고자 미닫이를 열고는 그 어깨를 넌지시 꾹 찍어 가지고 대문 밖으로 나와서 이게 어떻게 되는 일이냐고 물으니 이 망할 게 콧등만 찌긋할 뿐으로 전 흥미가 없단 듯이 고개를 돌려 버리는 게 아닌가. 몇 번 물어도 입이 잘 안 떨어지므로 등을 뚜덕여 주며 그 입에다 권연 하나 피워 물리지 않을 수 없고 그제야 녀석이 죽는다고 독약을 먹었지 뭘 그러슈, 하고 퉁명스레 봉을 떼자 나는 넌덕스러운 그의 소행을 아는지라 왜, 하고 성급히 그 뒤를 채웠다. 잠시 입을 삐죽이 내밀고 세상 다 더럽단 듯이 삐쭉거리더니 은근히 하는 그 말이 두꺼비놈이 제 수양조카딸을 어느틈엔가 꿰차고 돌아치므로 옥화가 이것을 알고는 눈에 쌍심지가 올라서 망할자식, 나가 빌어나 먹으라고 *방추로 뚜들겨 내쫓았더니 둘이 못 살면 차라리 죽는다고 저렇게 약을 먹은 것이라 하고 에이 자식두 어디 없어서 그래 수양조카딸을, 하기에 이왕 그런 걸 어떡하우 그대루 결혼이나 시켜 주지, 하니까 그게 무슨 말씀이유, 하고 바로 제 일같이 펄쩍 뛰더니 채선이년의 몸뚱이가 인제 앞으로 몇천 원이 될지 몇만 원이 될지 모르는 금덩이 같은 계집인데 온, 하고 넉살을 부리다가 잠깐 침으로 목을 축이고 나서 그리고 또 일곱째야요, 모처럼 수양딸을 데려오면 놈이 *꾀꾀리 주물러서 버려 놓고 버려 놓고 하기를 이렇게 일곱, 하고 내 코밑에다 두 손을 들이대고 똑똑히 일곱 손가락을 펴뵈는 것이다. 그럼 무슨 약을 먹었느냐고 물으니까 그건 확실히 모르겠다 하고 아까 힝하게 자전거를 타고 나가더니 아마 어디서 약을 사가지고 와 둘이 *얼러 먹고서 저렇게 자빠진 듯하다고 그러다 내가 저게 정말 죽지나 않을까, 겁을 집어먹고 사람의 수액이란 알 수 없는데, 하니까 뭘이요 먹긴 좀 먹은 듯하나 그러나 원체 알깍쟁이가 돼서 죽지 않을 만큼 먹었을 테니까 염려없어요, 하고 아닌밤중에도 두들겨 깨워서 우동을 사오너라 호떡을 사오너라 하고 펄쩍나게 부려는 먹고 쓴 담배 하나 먹어 보라는 법 없는 조 녀석이라고 오랄지게 욕을 퍼붓는다. 나는 모두가 꿈을 보는 것 같고 어릿광대 같은 자신을 깨달았을 때 하 어처구니가 없어서 벙벙히 섰다가 선생님 누굴 만나러 오셨슈, 하고 대견히 묻기에 나도 펴놓고 옥화를 좀 만나볼까 해서 왔다니까 흥, 하고 콧등으로 한번 웃더니 응 저희끼리 붙어 먹는 그거 말씀이유, 이렇게 비웃으며 내 허구리를 쿡 찌르고 그리고 곁눈을 슬쩍 흘리고 어깨를 맞부비며 대드는 양이 바로 *느물러든다. 사람이 볼까 봐 내가 창피해서 쓰레기통께로 물러서니까 저도 무색한

방추
다듬이질 할 때 쓰는 나무 방망이.

꾀꾀리
가끔가끔 틈을 타서, 넌지시.

얼러먹다
서로 어울러서 함께 먹다.

느물다
능글맞은 태도로 끈덕지게 굴다.

두꺼비 **181**

지 시무룩하여 노려만 보다가 다시 내 옆으로 다가서서는 제 뺨따귀를 손으로 잡아다녀 보이며 이래봬도 이팔청춘에 한창 피인 살집이야요, 하고 또 넉살을 부리다가 거기에 아무 대답도 없으매 이 망할것이 내 궁뎅이를 꼬집고 제 얼굴이 뭐가 옥화년만 못하냐고 은근히 *훅닥이며 대든다. 그러나 나는 너보다는 말라깽이라도 그래도 옥화가 좋다는 것을 명백히 알려 주기 위하여 무언으로 땅에다 침 한번을 탁 뱉어 던지고 대문으로 들어서려 하니까 이게 소맷자락을 잡아당기며 선생님 저 담배 하나만 더 주세요. 나는 또 느물려졌구나, 생각은 했으나 *성이 가셔서 갑째로 내주고 방에 들어와 보니 아까와 그 풍경이 조금도 다름없고 안에서는 여전히 동이 깨지는 소리로 게걸게걸 떠들어 댄다. 한 시간 후에 꼭 좀 오라던 놈의 행실을 생각하면 괘씸은 하나 체모에 몰리어 두꺼비의 머리를 흔들며 강형, 강형 정신을 좀 차리슈, 하여도 꼼짝 않더니 약 한 시간 반 가량 지남에 어깨를 *우찔렁거리며 아이구 죽겠네, 아이구 죽겠네, 연해 소리를 지르며 입 코로 먹은 음식을 울컥 울컥 돌라 놓는다. 이놈이 먹기는 좀 먹었구나, 생각하고 등어리를 두드려 주고 있노라니 얼마 뒤에는 윗목에서 채선이가 마저 똑같은 신음 소리로 똑같이 돌르고 있는 것이 아닌가. 이렇게 되면 나는 즈들 치다꺼리 하러 온 것도 아니겠고 너무 밸이 상해서 한구석에 서서 담배만 뻑뻑 피우고 있자니 또 미닫이가 우람스리 열리고 이번에는 나들이옷을 입은 채 옥화가 들어온다. 아마 노름을 나갔다가 이 급보를 받고 달려온 듯싶고 하도 그러던 차라 나는 복장이 두근거리어 나도 모르게 한걸음 앞으로 나갔으나 그는 나에게 관하여는 일절 본 척도 없다. 그리고 정분이란 어디다 정해 놓고 나는 것도 아니련만 앙칼스러운 음성으로 이놈아 어디 계집이 없어서 조카딸하고 정분이 나, 하고 발길로 두꺼비의 허구리를 활발히 퍽 지르고 나서 돌아서더니 이번에는 채선이의 머리채를 휘어잡는다. 이년 가랑머릴 찢어놀 년, 하고 그 머리채를 들었다 놓았다 몇 번 그러니 제물 콧방아에 코피가 흐르는 것은 보기에 좀 심한 듯싶고 얼김에 달려들어 강선생 좀 참으십쇼, 하고 그 손을 확 잡으니까 대뜸 당신은 누구요, 하고 눈을 똑바로 뜬다. 뭐라 대답해야 좋을지 잠시 어리둥절하다가 이내 제가 이경홉니다, 하고 나의 정체를 밝히니까 그는 단마디로 저리 비키우 당신은 참석할 자리가 아니유, 하고 내 손을 털고 눈을 흘기는 그 모양이 반지를 받고 실례롭다 생각한 사람커녕 정성스레 띄운 나의 편지도 제법 똑바로 읽어 줄 사람이 아니다. 나는 그만 가슴이 섬뜩하여 뒤로 물러서는 넋없이 바라만 보며 딴은 돈이 중하구나, 깨닫고 금덩어리 같은 몸뚱이를 망쳐논 채선이가 저렇게까지 미울 것도 같으나 그러나 그 큰 이유는 그 담 일년이 썩 지난 뒤에서야 안 거지만 어느 날 신문에 옥화의 자살미수의 보도가 났고 그 까닭은 실연이라 해서 보기 *숭굴숭굴한 기사였다. 마는 그 속살을 가만히 들여다보면 그렇게 간단한 실연이 아니었고 어떤 부자놈과 배가 맞아서 한창 세월이 좋을 때 이놈이 그만 트림을 하고 *버듬이 나둥그러지므로 계집이 나는 너와 못 살면 죽는다고 엄포로 약을 먹고 다시 물어들인 풍파이었던 바 그때 내가 병원으로 문병을 가보니 독약을 먹었는지 *보제를 먹었는지 분간을 못하도록 깨끗한 침대에 누워 발장단으로 담배를 피우는 그 손등에 살의 *윤책이 반드르하였다. 그렇게 최후의 비상수단으로 써먹는 그 신성한 비결을 이런 누추한 행랑방에서 함부로 내굴리는 채선이의 소위를 생각하면 콧방아는 말고 빨고 있던 권연불로 그 등어리를 지진 그것도 무리는 아닐 것이다. 그렇다 하더라도 자정이 썩 지나서 얼만치나 속이 볶이는

숭굴숭굴하다
몹시 시끌시끌하다.

버듬이
버젓이.

보제(補劑)
몸을 보하게 하는 약제(藥劑).

윤책
윤택.

지는 모르나 채선이가 앙가슴을 두 손으로 줴뜯으며 입으로 피를 돌림에는 옥화는 허둥지둥 신발째 드나들며 일변 저의 부모를 부른다, 어멈을 시키어 인력거를 부른다, 이렇게 눈코 뜰 새 없이 *들몰아서는 온 집안 식구가 병원으로 달려가기에 바빴다. 그나마 참례 못 가는 두꺼비는 빈 방에서 개밥의 도토리로 끙끙거리고 그 꼴을 보아하니 가여운 생각이 안 나는 것도 아니나 그러나 저의 집에서는 개돼지만도 못하게 여기는 이놈이 제 말이면 누이가 끔뻑한다고 속인 것을 생각하면 곧 분하고 나는 내 분에 못 이겨 속으로 개자식 그렇게 속인담, 하고 손등으로 눈물을 지우고 섰노라니까 여지껏 말 한마디 없던 이놈이 고개를 쓰윽 들더니 이상 의사 좀 불러 주슈, 하고 슬픈 낯을 하는 것이다. 신음하는 품이 괴롭기도 어지간히 괴로운 모양이나 그보다도 외따로 떨어져서 천대를

들몰아서다
몹시 심하게 몰리다.

받는 데 좀 야속하였음인지 잔뜩 우그린 그 울상을 보니 나도 동정이
안 가는 것은 아니다마는 그러나 내 생각에 두꺼비는 독약을 한 섬을
먹는대도 자살까지는 걱정 없다, 고 짐작도 하였고 또 한편 저의 부모
누이가 가만있는 데 내가 어쭙지 않게 의사를 불러 댔다간 큰코를 다
칠 듯도 하고 해서 어정쩡하게 코대답만 해주고 그대로 섰지 않을 수
없다. 한 서너 번 그렇게 애원하여도 그냥만 섰으니까 나중에는 이놈
이 또 골을 벌컥 내가지고 그리고 이건 어따 쓰는 버릇인지 너는 소용
없단 듯이 내흔들며 가거라 가 가, 하고 제법 해라로 혼동을 하는 데는
나는 그만 얼떨떨해서 간신히 눈만 끔벅일 뿐이다. 잘 따져 보면 내가
제 손을 붙들고 눈물을 흘려 가면서 누이와 좀 만나게 해달라고 애걸
을 하였을 때 나의 처신은 있는 대로 다 잃은 듯도 싶으나 그 언제이던
가 놈이 양돼지같이 뚱뚱한 그리고 알몸으로 찍은 제 사진 한 장을 내
보이며 이래 봬도 한때는 다아, 하고 슬며시 뻐기던 그것과 겹쳐서 생
각하면 놈의 행실이 번히 *꿀적찌분한 것은 넉히 알 수 있다. 입때까지
있는 것도 한갓 저 때문인데 가라면 못 갈 줄 아냐, 싶어서 나도 약이
좀 올랐으나 그렇다고 덜렁덜렁 그대로 나오기는 어렵고 생각다 끝에
모자를 엉거주춤히 잡자 의사를 부르러 가는 듯 뒤를 보러 가는 듯 그
새중간을 채리고 비슬비슬 대문 밖으로 나오니 망할 자식 인전 참으로
너하구 안 논다, 하고 마치 호랑이굴에서 놓인 몸같이 두 어깨가 아주
가뜬하다. 밤 깊은 거리에 인적은 벌써 끊겼고 쓸쓸한 골목을 휘돌아
황급히 나오려 할 때 옆으로 뚫린 다른 골목에서 기껍지 않게 선생님,
하고 걸음을 방해한다. 주무시고 가지 벌써 가슈, 하고 *엇먹는 거기에
는 대답 않고 어떻게 됐느냐고 물으니까 뭘 호강이지 제간년이 그렇잖
으면 병원엘 가보, 하고 내던지는 소리를 하더니, 시방 약을 먹이고 물

꿀적찌분하다
꺼리칙하다.

엇먹다
사리에 맞지 않은 언행
으로 엇나가며 비꼬다.

을 집어넣고 이렇게 법석들이라 하고 저는 집을 보러 가는 길인데 우리 빈 집이니 같이 가십시다, 하고 망할 게 내 팔을 잡아끄는 것이다. 내가 모조리 처신을 잃었나, 생각하며 제물에 화가 나서 그 손을 홱 뿌리치니 이게 재미있단 듯이 한번 방끗 웃고 그러나 팔꿈치로 나의 허구리를 쿡 찌르고 나서 사람 괄세 이렇게 하는 거 아니라고 괜스레 성을 내며 토라진다. 그래도 제가 아쉬운지 슬쩍 *눙치어 허리춤에서 내가 아까 준 담배를 꺼내어 제 입으로 한 개를 피워 주고는 그리고 그 잔소리가 선생님을 뚝 꺾어서 당신이라 부르며 옥화가 당신을 좋아할 줄 아우 발 새에 낀 때만도 못하게 여겨요, 하고 나의 비위를 긁어 놓고 나서 편지나 잘 받아 봤으면 좋지만 그것도 체부가 가져오는 대로 무슨 편지구 간 두꺼비가 먼저 받아 보고는 치우고 치우고 하는 것인데 왜 정신을 못 차리고 이리 병신짓이냐고 입을 내대고 분명히 빈정거린다. 그렇다 치면 내가 입때 옥화에게 한 것이 아니라 결국은 두꺼비한테 사랑편지를 썼구나, 하고 비로소 깨달으니 아무것도 더 듣고 싶지 않아서 발길을 돌리려니까 이게 콱 붙잡고 내 손에 끼인 먹던 권연을 쑥 뽑아 제 입으로 가져가며 언제 한번 찾아갈 테니 노하지 않을 테냐, 묻는 것이다. *저분저분히 구는 것이 너무 성이 가셔서 대답 대신 주머니에 남았던 돈 삼십 전을 꺼내 주며 담뱃값이나 하라니까 또 골을 발끈 내더니 돈을 도로 내 양복주머니에 치뜨리고 다시 조련질을 하기 시작하는 것이 아닌가. 에이 그럼 맘대로 해라, 싶어서 그럼 꼭 한번 오우 내 기다리리다, 하고 좋도록 떼놓은 다음 골목 밖으로 부리나케 나와 보니 *목노집 시계는 한 점이 훨씬 넘었다. 나는 얼빠진 등신처럼 정신없이 내려오다가 그러자 선뜻 잡히는 생각이 기생이 늦으면 갈 데가 없을 것이다, 지금은 본 체도 안 하나 옥화도 늦는다면 내

눙치다
좋은 말로 마음을 풀어 누그러지게 하다.

저분저분하다
성질이 부드럽고 찬찬하다.

목노집
목로주점. 선술집.

게밖에는 갈 데가 없으려니, 하고 조금 안심하고 늙어라, 늙어라, 하다
가 뒤를 이어, 영어, 영어, 영어, 하고 나오나 그러나 내일 볼 영어시험
도 곧 나의 연애의 연장일 것만 같아서 에라 될 대로 되겠지, 하고 집
어치고는 퀭한 광화문통 거리 한복판을 내려오며 늙어라, 늙어라, 고
만물이 늙기만 마음껏 기다린다.

『동백꽃』, 삼문사, 1938.

동백꽃

오늘도 또 우리 수탉이 막 *쪼키었다. 내가 점심을 먹고 나무를 하러 갈 양으로 나올 때이었다. 산으로 올라서려니까 등뒤에서 푸르득, 푸드득, 하고 닭의 *횃소리가 야단이다. 깜짝 놀라서 고개를 돌려보니 아니나 다르랴 두 놈이 또 얼리었다.

점순네 수탉(은 대강이가 크고 똑 오소리같이 실팍하게 생긴 놈)이 *덩저리 작은 우리 수탉을 함부로 해 내는 것이다. 그것도 그냥 해 내는 것이 아니라 푸드득, 하고 *면두를 쪼고 물러섰다가 좀 사이를 두고 또 푸드득, 하고 모가지를 쪼았다. 이렇게 멋을 부려 가며 여지없이 닭아 놓는다. 그러면 이 못생긴 것은 쪼일 적마다 주둥이로 땅을 받으며 그 비명이 킥, 킥, 할 뿐이다. 물론 미처 아물지도 않은 면두를 또 쪼키어 붉은 선혈은 뚝 뚝 떨어진다.

동백꽃
여기서 '동백'은 한반도 남부지방에서 자생하는 붉은 꽃이 되는 동백이 아니라, 봄철 노란꽃이 되는 생강나무를 가리킴. 강원도 영서지방에서는 생강나무 꽃을 동백꽃이라 함.

생강나무꽃

쪼키다
쪼이다.

횃소리
닭이나 새가 올라앉은 나무막대를 치면서 내는 소리.

덩저리
덩치.

면두
볏. 닭이나 새 따위의 이마 위에 세로로 붙은 살 조각. 빛깔이 붉고 시울이 톱니처럼 생김.

이걸 가만히 내려다보자니 내 대강이가 터져서 피가 흐르는 것같이 두 눈에서 불이 버쩍 난다. 대뜸 지게 막대기를 메고 달려들어 점순네 닭을 후려칠까 하다가 생각을 고쳐먹고 헛매질로 떼어만 놓았다.

이번에도 점순이가 쌈을 붙여 났을 것이다. 바짝바짝 내 기를 올리느라고 그랬음에 틀림없을 것이다. 고놈의 계집애가 요새로 들어서서 왜 나를 못 먹겠다고 그렇게 아르릉거리는지 모른다.

나흘 전 감자 쪼간만 하더라도 나는 저에게 조금도 잘못한 것은 없다. 계집애가 나물을 캐러 가면 갔지 남 울타리 엮는 데 *쌩이질을 하는 것은 다 뭐냐. 그것도 발소리를 죽여 가지고 등뒤로 살며시 와서

쌩이질
한창 바쁠 때 쓸데없는 일로 남을 귀찮게 구는 짓.

"애! 너 혼자만 일하니?"

하고 긴치 않은 수작을 하는 것이다.

어제까지도 저와 나는 이야기도 잘 않고 서로 만나도 본 척 만 척하고 이렇게 점잖게 지내던 터이련만 오늘로 갑작스레 대견해졌음은 웬일인가. *황차 망아지만한 계집애가 남 일하는 놈보구—

황차(況且)
하물며.

"그럼 혼자 하지 떼루 하듸?"

내가 이렇게 내뱉는 소리를 하니까

"너 일하기 좋니?"

또는

"한여름이나 되거든 하지 벌써 울타리를 하니?"

잔소리를 두루 늘어놓다가 남이 들을까 봐 손으로 입을 틀어막고는 그 속에서 깔깔댄다. 별로 우스울 것도 없는데 날씨가 풀리더니 이놈의 계집애가 미쳤나 하고 의심하였다. 게다가 조금 뒤에는 즈 집께를 *할금할금 돌아보더니 행주치마의 속으로 꼈던 바른손을 뽑아서 나의 턱밑으로 불쑥 내미는 것이다. 언제 구웠는지 아직도 더운 김이 홱 끼

할금할금
할끔할끔.

치는 굵은 감자 세 개가 손에 뿌듯이 쥐였다.

　"느 집엔 이거 없지?"

하고 생색 있는 큰소리를 하고는 제가 준 것을 남이 알면은 큰일날 테
니 여기서 얼른 먹어 버리란다. 그리고 또 하는 소리가

　"너 봄감자가 맛있단다."

　"난 감자 안 먹는다, 니나 먹어라."

　나는 고개도 돌리려 하지 않고 일하던 손으로 그 감자를 도로 어깨

너머로 쑥 밀어 버렸다.

그랬더니 그래도 가는 기색이 없고 뿐만 아니라 쌔근쌔근 하고 심상치 않게 숨소리가 점점 거칠어진다. 이건 또 뭐야, 싶어서 그때서야 비로소 돌아다보니 나는 참으로 놀랐다. 우리가 이 동리에 들어온 것은 근 삼 년째 되어 오지만 여태껏 가무잡잡한 점순이의 얼굴이 이렇게까지 홍당무처럼 새빨개진 법이 없었다. 게다 눈에 독을 올리고 한참 나를 요렇게 쏘아보더니 나중에는 눈물까지 어리는 것이 아니냐. 그리고 바구니를 다시 집어 들더니 이를 꼭 악물고는 엎어질 듯 자빠질 듯 논둑으로 *힝하게 달아나는 것이다.

어쩌다 동리 어른이

"너 얼른 시집가야지?"

하고 웃으면

"염려 마서유. 갈 때 되면 어련히 갈라구ㅡ"

이렇게 천연덕스레 받는 점순이었다. 본시 부끄럼을 타는 계집애도 아니거니와 또한 분하다고 눈에 눈물을 보일 *얼병이도 아니다. 분하면 차라리 나의 등허리를 바구니로 한번 모질게 후려쌔리고 달아날지언정.

그런데 고약한 그 꼴을 하고 가더니 그 뒤로는 나를 보면 잡아먹으려고 기를 복복 쓰는 것이다.

설혹 주는 감자를 안 받아 먹은 것이 실례라 하면 주면 그냥 주었지 '느 집엔 이거 없지'는 다 뭐냐. 그러잖아도 저희는 마름이고 우리는 그 손에서 *배재를 얻어 땅을 부치므로 일상 굽실거린다. 우리가 이 마을에 처음 들어와 집이 없어서 곤란으로 지낼 제 집터를 빌리고 그 위에 집을 또 짓도록 마련해 준 것도 점순네의 호의였다. 그리고 우리 어머니 아버지도 농사 때 양식이 딸리면 점순네한테 가서 부지런히 꾸어다 먹으면서 인품 그런 집은 다시없으리라고 침이 마르도록 칭찬하곤 하는 것이다. 그러면서도 열일곱씩이나 된 것들이 수군수군하고 붙어 다니면 동리의 소문이 사납다고 주의를 시켜 준 것도 또 어머니였다. 왜냐하면 내가 점순이하고 일을 저질렀다가는 점순네가 노할 것이고 그러면 우리는 땅도 떨어지고 집도 내쫓기고 하지 않으면 안 되는 까닭이었다.

그런데 이놈의 계집애가 까닭 없이 기를 복복 쓰며 나를 말려죽이려고 드는 것이다.

눈물을 흘리고 간 그 담날 저녁 나절이었다. 나무를 한짐 잔뜩 지고 산을 내려오려니까 어디서 닭이 죽는 소리를 친다. 이거 뉘 집에서 닭을 잡나, 하고 점순네 울 뒤로 돌아오다가 나는 고만 두 눈이 뚱그랬다. 점순이가 즈 집 봉당에 홀로 걸터앉았는데 아 이게 치마 앞에다 우리 씨암탉을 꼭 붙들어 놓고는

"이놈의 닭! 죽어라 죽어라."

요렇게 *암팡스레 패주는 것이 아닌가. 그것도 대가리나 치면 모른다마는 아주 알도 못 낳으라고 그 볼기짝께를 주먹으로 콕콕 쥐어박는 것이다.

나는 눈에 쌍심지가 오르고 사지가 부르르 떨렸으나 사방을 한번 휘 돌아보고야 그제서 점순이 집에 아무도 없음을 알았다. 잡은 참 지게 막대기를 들어 울타리의 중턱을 후려치며

"이놈의 계집애! 남의 닭 알 못 낳으라구 그러니?"

하고 소리를 빽 질렀다.

그러나 점순이는 조금도 놀라는 기색이 없고 그대로 의젓이 앉아서

암팡스레
보기에 당차고 강단이 있게.

제 닭 가지고 하듯이 또 죽어라, 죽어라, 하고 패는 것이다. 이걸 보면
내가 산에서 내려올 때를 겨냥해 가지고 미리부터 닭을 잡아 가지고
있다가 너 보란 듯이 내 앞에 *쥐지르고 있음이 확실하다.

쥐지르다
주먹으로 힘껏 내지
르다.

　　그러나 나는 그렇다고 남의 집에 튀어들어가 계집애하고 싸울 수도
없는 노릇이고 형편이 썩 불리함을 알았다. 그래 닭이 맞을 적마다 지
게 막대기로 울타리나 후려칠 수밖에 별도리가 없다.
왜냐하면 울타리를 치면 칠수록
울섶이 물러앉으며 뼈

대만 남기 때문이다. 허나 아무리 생각하여도 나만 밑지는 노릇이다.

"아, 이년아! 남의 닭 아주 죽일 터이냐?"

내가 도끼눈을 뜨고 다시 꽥 호령을 하니까 그제야 울타리께로 쪼르르 오더니 울 밖에 섰는 나의 머리를 겨누고 닭을 내팽개친다.

"예이, 더럽다! 더럽다!"

"더러운 걸 널더러 *입때 끼고 있으랬니? 망할 계집애년 같으니."
하고 나도 더럽단 듯이 울타리께를 힝하니 돌아 내리며 약이 오를 대로 다 올랐다. 라고 하는 것은 암탉이 풍기는 서슬에 나의 이마빼기에다 물찌똥을 찍 깔겼는데 그걸 본다면 알집만 터졌을 뿐 아니라 골병은 단단히 든 듯싶다.

그리고 나의 등뒤를 향하여 나에게만 들릴 듯 말 듯한 음성으로

"이 바보 녀석아!"

"얘! 너 *배냇병신이지?"

그만도 좋으련만

"얘! 너 느 아버지가 *고자라지?"

"뭐? 울 아버지가 그래 고자야?"

할 양으로 *열벙거지가 나서 고개를 홱 돌리어 바라봤더니 그때까지 울타리 위로 나와 있어야 할 점순이의 대가리가 어디 갔는지 보이지를 않는다. 그러다 돌아서서 오자면 아까에 한 욕을 울 밖으로 또 퍼붓는 것이다. 욕을 이토록 먹어 가면서도 대거리 한마디 못 하는 걸 생각하니 돌부리에 채키어 발톱 밑이 터지는 것도 모를 만치 분하고 급기야는 두 눈에 눈물까지 불끈 내솟는다.

그러나 점순이의 *침해는 이것뿐이 아니다.

사람들이 없으면 틈틈이 즈 집 수탉을 몰고 와서 우리 수탉과 쌈을

입때
여태.

배냇병신
'선천성 기형'을 이르는 말.

고자
생식기가 불완전한 남자.

열벙거지
화증(火症). 갑자기 치밀어오르는 화.

침해(侵害)
해를 입힘.

붙여 놓는다. 즈 집 수탉은 썩 험상궂게 생기고 쌈이라면 회를 치는 고로 으레 이길 것을 알기 때문이다. 그래서 툭하면 우리 수탉이 면두며 눈깔이 피로 흐드르하게 되도록 해놓는다. 어떤 때에는 우리 수탉이 나오지를 않으니까 요놈의 계집애가 모이를 쥐고 와서 꾀어 내다가 쌈을 붙인다.

이렇게 되면 나도 다른 *배채를 차리지 않을 수 없다. 하루는 우리 수탉을 붙들어 가지고 넌지시 장독께로 갔다. 쌈닭에게 고추장을 먹이면 병든 황소가 살모사를 먹고 용을 쓰는 것처럼 기운이 뻗친다 한다. 장독에서 고추장 한 접시를 떠서 닭 주둥아리께로 들이밀고 먹여 보았다. 닭도 고추장에 맛을 들였는지 거스르지 않고 거진 반 접시 턱이나 곧잘 먹는다.

그리고 먹고 금세는 용을 못 쓸 터이므로 얼마쯤 기운이 들도록 해 속에다 가두어 두었다.

밭에 두엄을 두어 짐 져내고 나서 쉴 참에 그 닭을 안고 밖으로 나왔다. 마침 밖에는 아무도 없고 점순이만 저희 울 안에서 헌옷을 뜯는지 혹은 솜을 터는지 웅크리고 앉아서 일을 할 뿐이다.

나는 점순네 수탉이 노는 밭으로 가서 닭을 내려놓고 가만히 맥을 보았다. 두 닭은 여전히 얼리어 쌈을 하는데 처음에는 아무 보람이 없다. 멋지게 쪼는 바람에 우리 닭은 또 피를 흘리고 그러면서도 날갯죽지만 푸드득, 푸드득, 하고 올라 뛰고 뛰고 할 뿐으로 제법 한번 쪼아 보도 못한다.

그러나 한 번엔 어쩐 일인지 용을 쓰고 펄쩍 뛰더니 발톱으로 눈을 *하비고 내려오며 면두를 쪼았다. 큰 닭도 여기에는 놀랐는지 뒤로 *멈씰하며 물러난다. 이 기회를 타서 적은 우리 수탉이 또 날쌔게 덤벼들

배채
다른 이의 꾸지람에 대한 화풀이. 여기서는 대책이나 방도를 뜻함.

하비다
손톱이나 발톱 등으로 긁어 파서 생채기를 내다.

멈씰하다
멈칫하다.

어 다시 면두를 쪼니 그제서는 *감때사나운 그 대강이에서도 피가 흐르지 않을 수 없었다.

옳다 알았다 고추장만 먹이면은 되는구나, 하고 나는 속으로 아주 쟁그라워 죽겠다. 그때에는 뜻밖에 내가 닭쌈을 붙여 놓는 데 놀라서 울 밖으로 내다보고 섰던 점순이도 입맛이 쓴지 살을 찌푸렸다.

나는 두 손으로 볼기짝을 두드리며 *연팡,

"잘한다! 잘한다!"

하고 신이 머리끝까지 뻗치었다.

그러나 얼마 되지 않아서 나는 넋이 풀리어 기둥같이 묵묵히 서 있게 되었다. 왜냐하면 큰 닭이 한번 쪼인 앙갚으리로 허들갑스리 연거푸 쪼는 서슬에 우리 수탉은 찔끔 못하고 막 굻는다. 이걸 보고서 이번에는 점순이가 깔깔거리고 되도록 이쪽에서 많이 들으라고 웃는 것이다.

나는 보다 못하여 덤벼들어서 우리 수탉을 붙들어 가지고 도로 집으로 들어왔다. 고추장을 좀더 먹였더라면 좋았을 걸 너무 급하게 쌈을 붙인 것이 퍽 후회가 난다. 장독께로 돌아와서 다시 턱밑에 고추장을 들이댔다. 흥분으로 말미암아 그런지 당최 먹질 않는다.

나는 하릴없이 닭을 반듯이 눕히고 그 입에다 권연 *물쭈리를 물리었다. 그리고 고추장 물을 타서 그 구멍으로 조금씩 들이부었다. 닭은 좀 괴로운지 킥킥 하고 재채기를 하는 모양이나 그러나 당장의 괴로움은 매일같이 피를 흘리는 데 멜 게 아니라 생각하였다.

그러나 한 두어 종지 가량 고추장 물을 먹이고 나서는 나는 고만 풀이 죽었다. 싱싱하던 닭이 왜 그런지 고개를 살며시 뒤틀고는 손아귀에서 뻐드러지는 것이 아닌가. 아버지가 볼까 봐서 얼른 홰에다 감추어 두었더니 오늘 아침에서야 겨우 정신이 든 모양 같다.

감때사납다
성질이나 생김새가 매우 사납고 억세다.

연팡
연이어. 연거푸.

물쭈리
궐련을 끼워 입에 물고 빠는 파이프.

그랬던 걸 이렇게 오다 보니까 또 쌈을 붙여 놓으니 이 망할 계집애가 필연 우리집에 아무도 없는 틈을 타서 제가 들어와 홰에서 꺼내 가지고 나간 것이 분명하다.

나는 다시 닭을 잡아다 가두고 염려는 스러우나 그렇다고 산으로 나무를 하러 가지 않을 수도 없는 형편이었다.

소나무 삭정이를 따며 가만히 생각해 보니 암만해도 고년의 *목쟁이를 돌려놓고 싶다. 이번에 내려가면 망할 년 등줄기를 한번 되게 후려치겠다, 하고 *싱둥겅둥 나무를 지고는 부리나케 내려왔다.

거지반 집에 다 내려와서 나는 *호들기 소리를 듣고 발이 딱 멈추었다. 산기슭에 늘려 있는 굵은 바윗돌 틈에 노란 동백꽃이 소보록하니 깔리었다. 그 틈에 끼어 앉아서 점순이가 청승맞게스리 호들기를 불고 있는 것이다. 그보다도 더 놀란 것은 그 앞에서 또 푸드득, 푸드득, 하고 들리는 닭의 횃소리다. 필연코 요년이 나의 약을 올리느라고 또 닭을 집어 내다가 내가 내려올 길목에다 쌈을 시켜 놓고 저는 그 앞에 앉아서 천연스레 호들기를 불고 있음에 틀림없으리라.

나는 약이 오를 대로 다 올라서 두 눈에서 불과 함께 눈물이 퍽 쏟아졌다. 나무 지게도 벗어 놀 새 없이 그대로 내동댕이치고는 지게 막대기를 뻗치고 허둥지둥 달려들었다.

가차이 와보니 과연 나의 짐작대로 우리 수탉이 피를 흘리고 거의 *빈사 지경에 이르렀다. 닭도 닭이려니와 그러함에도 불구하고 눈 하나 깜짝 없이 고대로 앉아서 호들기만 부는 그 꼴에 더욱 치가 떨린다. 동리에서도 소문이 났거니와 나도 한때는 *걱실걱실 일 잘하고 얼굴 예쁜 계집애인 줄 알았더니 시방 보니까 그 눈깔이 꼭 여우새끼 같다.

나는 대뜸 달려들어서 나도 모르는 사이에 큰 수탉을 단매로 때려

목쟁이
'목'의 비속어.

싱둥겅둥
건성건성.

호들기
봄철에 물오른 버들 가지를 비틀어 뽑은 통껍질이나 밀짚 토막 따위로 만든 피리. 버들 피리.

빈사(瀕死)
반죽음.

걱실걱실
서글서글하고 활달한.

엎었다. 닭은 푹 엎어진 채 다리 하나 꼼짝 못 하고 그대로 죽어 버렸다. 그리고 나는 멍하니 섰다가 점순이가 매섭게 눈을 홉뜨고 닥치는 바람에 뒤로 벌렁 나자빠졌다.

"이놈아! 너 왜 남의 닭을 때려죽이니?"

"그럼 어때?"

하고 일어나다가

"뭐 이 자식아! 누 집 닭인데?"

하고 *복장을 떼미는 바람에 다시 벌렁 자빠졌다. 그러고 나서 가만히 생각을 하니 분하기도 하고 무안도 스럽고 또 한편 일을 저질렀으니 인젠 땅이 떨어지고 집도 내쫓기고 해야 될는지 모른다.

나는 비슬비슬 일어나며 소맷자락으로 눈을 가리고는 *얼김에 엉, 하고 울음을 놓았다. 그러다 점순이가 앞으로 다가와서

"그럼, 너 이 담부턴 안 그럴 테냐?"

하고 물을 때에야 비로소 살 길을 찾은 듯싶었다. 나는 눈물을 우선 씻고 뭘 안 그러는지 영문도 모르건만

"그래!"

하고 무턱대고 대답하였다.

"요 담부터 또 그래 봐라, 내 자꾸 못살게 굴 테니?"

"그래 그래, 인젠 안 그럴 테야!"

"닭 죽은 건 염려 마라. 내 안 이를 테니."

그리고 뭣에 떠다밀렸는지 나의 어깨를 짚은 채 그대로 퍽 쓰러진다. 그 바람에 나의 몸뚱이도 겹쳐서 쓰러지며 한창 피어 퍼드러진 노란 동백꽃 속으로 폭 파묻혀 버렸다.

복장
가슴의 한 복판.

얼김에
다른 일이 되는 바람에. 엉겁결에.

동백꽃

알싸한 그리고 향긋한 그 내움새에 나는 땅이 꺼지는 듯이 온 정신
이 고만 아찔하였다.

　　"너 말 마라?"

　　"그래!"

　　조금 있더니 요 아래서

　　"점순아! 점순아! 이년이 바느질을 하다 말구 어딜 갔어?"

하고 어딜 갔다 온 듯싶은 그 어머니가 역정이 대단히 났다.

점순이가 겁을 잔뜩 집어먹고 꽃 밑을 살금살금 기어서 산 *알로 내려간 다음 나는 바위를 끼고 엉금엉금 기어서 산 위로 치빼지 않을 수 없었다.

『동백꽃』, 삼문사, 1938.

알로
아래로.

야앵

향기를 품은 보드라운 바람이 이따금씩 볼을 스쳐 간다. 그럴 적마다 꽃잎새는 하나, 둘, 팔라당팔라당 공중을 날며 혹은 머리 위로 혹은 옷고름 고에 사뿐 얹히기도 한다. 가지가지 나무들 새에 킨 전등도 밝거니와 그 광선에 아련히 비치어 연분홍 막이나 벌여논 듯, 활짝 피어 벌어진 꽃들도 곱기도 하다.

'아이구! 꽃도 너무 피니까 어지럽군!'

야앵(夜櫻)
밤의 벚꽃. 앵화(櫻花).

경자는 여러 사람 틈에 끼여 *사쿠라나무 밑을 거닐다가 우연히도 콧등에 스치려는 꽃 한 송이를 똑 따들고 한번 느긋하도록 맡아 본다. 맡으면 맡을수록 가슴속은 후련하면서도 저도 모르게 취하는 듯싶다. 뒤서너 번 더 코에 들이대다가 이번에는

사쿠라(さくら)
벚꽃의 일본식 발음.

"얘! 이 꽃 좀 맡아 봐."

하고 옆에 따르는 영애의 코밑에다 들이대고

"어지럽지?"

창경원 벚꽃

"어지럽긴 메가 어지러워, 이까짓 꽃 냄새 좀 맡고—"

"그럴 테지!"

경자는 호박같이 뚱뚱한 영애의 몸짓을 한번 훔쳐 보고 속으로 저렇게 디룩디룩하니까 코청도 아마, 하고는,

"너는 꽃두 볼 줄 모르는구나!"

혼자말로 탄식하지 않을 수 없었다.

"그래 내사 꽃 볼 줄 몰라, 얘두 그럼 왜 이렇게 창경원엘 찾아왔더람?"

하고 눈을 똑바로 뜨니까

"얘! 눈 무섭다, 저리 치어라."

하고 경자는 고개를 저리 돌리어 웃음을 날려 놓고

"눈만 있으면 꽃 보는 거냐, 코루 냄새를 맡을 줄 알아야지."

"보자는 꽃이지 그럼, 누가 애들같이 꺾어 들고 그리디."

"넌 아주 모르는구나. 아마 교양이 없어서 그런가 부다, 꽃은 이렇게 맡아 보고야 비로소 좋은 줄 아는 거야!"

하면서 경자는 짓궂이 아까의 그 꽃송이를 두 손바닥으로 으깨어 가지고는 다시 맡아 보고

"아! 취한다, 아주 어지럽구나?"

그러나 영애는 거기에는 아무 대답도 아니 하고

"애! 쥔놈이 또 지랄을 하면 어떡허니!"

하고 그 왁살스러운 대머리를 생각하며

은근히 *조를 비빈다.

"애, 듣기 싫다, 별소릴 다 하는구

조를 비빈다
마음을 졸이다. 조바심내다.

나, 그까짓 자식 지랄 좀 허거나 말거나."

"그래도 아홉 점 안으로 다녀온댔으니까 약속은 지켜야 할 텐데."
하고 팔을 들어 보고는 깜짝 놀라며

"벌써 아홉 점 칠 분인데!"

"열 점이면 어때? 카페 여급이면 뭐 즈 집서 기르는 개돼진 줄 아니?
구경헐 거 다 허구 가면 그만이지."

경자는 이렇게 애꿎은 영애만 쏘아박고는 새삼스레 생각난 듯이 같
이 왔던 정숙이를 찾아보았다.

정숙이는 어느 틈엔가 저만치 떨어져서 홀로 걸어가고 있었다. 어른
의 손에 매달리어 오고 가는 어린아이들을 일일이 살펴보며 귀여운 듯
이 어떤 아이는 머리까지 쓰다듬어 본다. 마는 바른손에 꾸겨 든 손수
건을 가끔 얼굴로 가져가며 시름없이 걷고 있는 그 모양이 심상치 않고

'저게 눈물을 짓는 것이 아닌가? 정숙이가 왜 또 저렇게 풀이 죽었
을까? 아마도 아까 주인녀석에게 말대답하다가 *패랑패랑한 여자라구
사설을 당한 것이 분해 저러는 게 아닐까? 그러나 정숙이는 그렇게 맘
좁은 사람은 아닐 텐데―'
하고 경자는 아리송한 생각을 하다가 떼로 몰리는 어른 틈에 끼어 좋
다고 방싯거리는 알숭달숭한 어린애들을 가만히 바라보고야 아하, 하
고 저도 비로소 깨달은 듯싶었다.

계집아이의 등에 업히어 밤톨만한 두 주먹을 내흔들며 낄낄거리는
어린애도 귀엽고 어머니 품에 안기어 장난감을 흔드는 어린애도 또한
귀엽다.

한 손으로 입에다 빵을 꾸겨 넣으며 부지런히 따라가는 양복 입은
어린애.

패랑패랑하다
성격이나 행동이 강퍅
하고 고집 세다.

아버지 어깨에 두 다리를 걸치고 걸터앉아서 '말 탄 양반 끄떡!' 하는 상고머리 어린애—

이런 번화로운 구경은 처음 나왔는지 어머니의 치마 속으로 기어들려는 노랑 저고리에 쪼꼬만 분홍 몽땅치마—

"쟤! 영애야! 아마 정숙이가 잃어버린 딸 생각이 또 나나 보지? 저것 좀 봐라, 자꾸 눈물을 씻지 않니?"

"글쎄."

영애는 이렇게 엉거주춤히 받고는 언짢은 표정으로 정숙이의 뒷모양을 이윽히 바라보다가

"요새론 더 버쩍 생각이 나나 보더라. 집에서도 가끔 저래."

"애 좀 잃어버리고 뭘 저런담, 나 같으면 도리어 몸이 가뜬해서 좋아하겠다."

"어째서 제가 난 아이가 보고 싶지 않으냐? 넌 아직 애를 못 나봐서 그래."

하고 영애는 바로 제 일같이 펄쩍 뛰었으나 앞뒤 좌우에 *삑삑이 사람들이매 혹시 누가 듣지나 않았나, 하고 좀 무안스러웠다. 그는 제 주위를 흘끔흘끔 둘러본 다음 경자의 곁으로 바짝 다가서며

"네 살이나 먹여 놓고 잃어버렸으니 왜 보고 싶지 않겠냐? 그것두 아주 죽었다면 모르지만 극장 광고 돌리느라고 뿡빵대는 바람에 쫓아나간 것을 누가 집어갔어, 그러니 애통을 안 하겠니?"

"오 그래! 난 잃어버렸다기에 아주 죽은 줄 알았구나, 그러면 *수색 원을 내지 그래 왜?"

"수색원 낸 진 벌써 이태나 된단다."

"그래두 못 찾았단 말이지? 가만있자."

삑삑이
사이가 비좁고 촘촘하게.

수색원
잃어버린 사람을 찾아 달라고 관청에 내는 청원.

하고 눈을 깜박거리며 무엇을 한참 궁리해 본 뒤에

"그럼 걔 아버지가 누군질 정숙이두 모르겠구먼?"

"넌 줄 아니, 모르게?"

영애가 이렇게 *사박스리 단마디로 쏘아붙이는 통에 경자는 암말 못하고 고만 얼굴이 빨개졌다.

'애두! 누긴 갠 줄 아나? 아이 망할 년 같으니! 이년 떼 내던지고 혼자 다닐까 부다.'

하고 경자는 골김에 도끼눈을 한번 떠봤으나 그렇다고 저까지 노하긴 좀 어색하고 해서 타이르는 어조로

"별 애두 다 본다, 네 대답이나 했으면 고만이지 고렇게 톡 쏠 건 뭐 있니?"

그리고 고개를 숙이고 한 대여섯 발 옮겨 놓다가 다시 영애 쪽을 돌아보며

"지금 정숙이는 혼자 살지 않어? 그럼 걔 아버지는 가끔 만나 보긴 허나?"

"난 몰라."

"좀 알면 큰일나니, 모른다게? 너 한집에 같이 있고 그리고 정숙이 허구 의형제까지 헌 애가 그걸 모르겠니?"

경자는 발을 딱 멈추고 업신여기는 눈초리로 영애를 쏘아본다. *빙충맞은 이년하고는 같이 다니지 않아도 좋다, 고 생각한 때문이었다.

하나 영애가 면점에는 좀 *비쌨으나 불리한 저의 처지를 다시 깨닫고

"헤어진 걸 뭘 또 만나니? 말하자면 언니가 이혼해서 내던진 걸!"

하고 고분히 숙어드니까

사박스리
사박스레. 보기에 독살스럽게 야멸차게.

빙충맞다
똘똘하지 못하고 어리석으며 수줍음을 타는 데가 있다.

비쌔다
마음이 당기면서도 사양하는 체하다.

"그럼 말이야, 가만있자—"

하고 경자는 눈을 째긋이 감아 보며 아까부터 해오던 저의 궁리에 다시 취하다가

"그럼 말이야, 그 애를 걔 아버지가 집어가지 않았을까?"

이렇게 아주 큰 의견이나 튄 듯이 우좌스레 눈을 희번덕인다.

"그건 모르는 소리야, 걔 아버지란 작자는 자식이 귀여운지 어떤지도 모르는 사람이란다. 아내를 사랑할 줄 알아야 자식이 귀여운 줄도 알지."

"그럼 아주 못된 놈을 얻었었구나?"

"못되구 말구 여부 있니. 난 직접 보질 못해 모르지만 정숙이 언니 이야기를 들어 보면 고생두 요만조만이 안 했나 보더라. 집에서 아내는 먹을 것이 없어서 굶고 앉았는데 이건 젊은 놈이 밤낮 술이래. 저두 가난하니까 어디 술 먹을 돈이 있겠니. 아마 친구들 집을 찾아가서 이래저래 얻어먹구는 밤중이 돼서야 비틀거리고 들어오나 보더라. 그런데 집에 들어와서는 아내가 뭐래두 이렇다 대답 한마디 없고 벙어리처럼 그냥 쓰러져 잠만 자. 그뿐이냐, 집에 붙어 있기가 왜 그렇게 싫은지 아침 훤해서 나가면 밤중에나 들어오고 또 담날도 훤해 나가고 헌대. 그러니까 아내는 그걸 붙들고 앉아서 조용히 말 한마디 해볼 겨를이 없지, 살림두 그렇지, 안팎이 손이 맞아야 되지 혼자 애쓴다구 되니? 그래 오죽해야 정숙이 언니가—"

하다가 가만히 생각해 보니 남의 신변에 관한 일을 너무 지껄여 논 듯싶다. 이런 소리가 또 잘못해서 그 귀에 들어가면 어쩌나, 하고 좀 *
좌쥐가 들렸으나 그렇다고 이왕 꺼낸 이야기 중도에서 말기도 입이 가렵고 해서

좌쥐가 들리다
쥐가 나다.

"너 괜히 이런 소리 입 밖에 내지 마라."

"내 왜 미쳤니, 그런 소릴 허게."

하고 철석같이 맹서를 하니까

"그래 오죽해야 정숙이 언니가 아주 멀미를 내다시피 해서 떼 내던 졌어요. 방세는 내라구 조르고 먹을 건 없고 어린애는 보채고 허니 어떻게 사니, 나 같으면 분통이 터져서 죽을 노릇이지, 그래서 하루는 잔 뜩 취해 들어온 걸 붙들구 앉아서 이래선 당신허구 못 살겠수, 난 내대로 빌어먹을 터이니 당신은 당신대로 어떡헐 셈 대구 내일은 *민적을 갈라 주, 조금도 화도 안 내고 좋은 소리루 그랬대. 뭐 화두 낼 자리가 따루 있지 그건 화를 냈댔자 아무 소용이 없으니까, 그리고 어린애는 안즉 젖먹이니까 에미 품을 떨어져서는 못 살 게니 내가 데리구 있겠소 그랬더니 그날은 암말 않고 그대로 자고는 그 담날부터는 들어오질 않더래. 별것두 다 많지? 그리고 나달 후에는 엽서 한 장이 왔는데 읽어 보니까 당신 원대로 인제는 이혼 수속이 다 되었으니 당신은 당신 갈 대로 가시오 하고 아주 뱃심 좋은 편지래지. 그러니 이 따위가 자식 새끼를 생각하겠니? 아내 떼버리는 게 좋아서 얼른 이혼해 주고 이렇게 편지까지 헌 놈이."

"그렇지 그래, 그런데 사내들은 제 자식이라면 눈깔을 까뒤집고 들어덤비나 보던데―그럼 이건 미환 게로구나?"

"*미화다마다! 그래 정숙이 언니도 매일같이 바가질 긁다가도 그래도 들은 둥 만 둥허니까 나중에는 기가 막혀서 말 한마디 안 나온다지. 그런데 처음에는 그렇지도 않았대. 순사 다닐 때에는 아주 *뙤롱뙤롱하고 점잖던 것이 그걸 내떨리고 나서 술을 먹고 그렇게 바보가 됐대요, 왜 첨에야 의두 좋았

민적을 가르다
여기서는 '이혼'을 뜻함.

미화
바보. 천치(天痴).

뙤롱뙤롱하다
또랑또랑하다.

일본 순사

지, 아내가 병이 나면 제 손으로 약을 대려다 바치고 대리미도 붙들어 주고 이러던 것이 그만 바보가—그 후로 삼 년이나 되건만 어디 가 죽었는지 살았는지 소식도 들어 보질 못하겠대."

"아주 바본 게로군? 허긴 얘! 바볼수록 더 기집에게 *바치나 부더라, 왜 저 우린 쥔녀석 좀 봐, *얼병이같이 어릿어릿허는 자식이 그래도 기집애 꽁무니만 노리고 있지 않아?"

"글쎄 아마 그런가 봐. 그런 것한테 걸렸다간 아주 신세 조질 걸? 정숙이 언니 좀 봐, 좀 가여운가. 게다 그 후 일년두 채 못 돼서 딸까지마저 잃었으니. 넌 모르지만 카페로 돌아다니며 벌어다가 모녀가 먹고 살기에 고생 *묵찐이 했다. 나갈 때마다 쥔여편네에게 어린애 어디 가나 좀 봐달라구 신신부탁은 허나 어디 애들 노는 걸 일일이 쫓아다니며 볼 수 있니?"

"그건 또 있어 뭘 허니? 외려 잘 됐지."

"그러나 애 어머니야 어디 그러냐?"

하고 툭 찼으나 남의 일이고 밑천 드는 것이 아닌 걸 좀더 지껄이지 않고는 속이 안심치 않다. 그는 경자 귀에다 입을 돌려대고 몇만 냥짜리 이야기나 되는 듯이 넌지시

"그래서 우리집 주인 마나님이 어디 다른 데 중매를 해줄 터이니 다시 시집을 가보라구 날마다 *쑹쑹거려두 언니가 말을 안 들어. 한번 혼이 나서 서방이라면 진절머리가 난다구—"

하고 안 해도 좋을 소리를 마저 쏟아 놓았다.

"그럴 거 뭐 있어? 얻었다가 싫으면 또 차 내던지면 고만이지."

"말이 쉽지 어디 그러냐? 사내가 한번 달라붙으면 진드기 모양으로 어디 잘 떨어지니? 너 같으면 혹—"

바치다
주접스럽게 가까이 덤비다.

얼병이
얼뜨기.

묵찐이
묵직이. 꽤 무겁게.

쑹쑹거리다
찡찡거리다.

하고 은연히 너와 정숙이 언니와는 번이 사람이 다르단 듯이 입을 삐쭉했으나 경자가 이 눈치를 선뜻 채고 저도 *뒤둥그러지며

"암 그럴 테지! 넌 술 취한 손님이 앞에서 소리만 뻑 질러두 눈물이 글썽글썽허는 바보가 아니야? 그러니 남편한테 겁두 나겠지. 허지만 그게 다 교양이 없어서 그래—"

이렇게 밸을 긁는 데는 큰 무안이나 당한 듯싶어서 얼굴이 빨개지며 짜증 눈에 눈물이 핑 돌지 않을 수가 없다.

'망할 년, 그래 내가 바보야? 남의 이야기는 다 듣고 고맙단 소리 한마디 없이, 망할 년! 학교는 얼마나 다녔다구 밤낮 저만 안다지, 그리고 그 교양인가 빌어먹을 건 어서 들은 문자인지 건뜻하면 넌 교양이 없어서 그래—말대가리같이 생긴 년이 저만 잘났대—'

영애는 속으로 약이 바짝 올랐으나 그렇다고 겉으로 내대기에는 말솜씨로든 그 위풍으로든 어느 모로든 경자한테 딸린다. 입문을 곧 열었으나 그러나 주저주저하다가,

"남편이 무서워서 그러니? 애두! 왜 그렇게 소견이 없니? 하루라도 같이 살던 남편을 암만 싫더라두 무슨 *체모에 너 나가라고 그러니?"

"체모? 흥! 어서 목말라 죽은 것이 체모야?"
하고 콧등을 흥, 흥, 하고 울리니까

"너는 체모도 모르는구나! 아이 별 아이두! 그게 교양이 없어서 그래."
하고 때는 이때라고 얼른 그 '교양'을 돌려대고 써먹어 보았다.

경자는 저의 '교양'을 제법 무단히 써먹는 데 자존심이 약간 꺾이면서

'이년 보레! 내가 쓰는 걸 배워 가지고 그래 내게 도루 써먹는 거야?

뒤둥그러지다
생각이나 성질이 비뚤어지다.

체모(體貌)
체면(體面).

시큰둥헌 년! 제가 교양이 뭔지나 알며 그러나?'

하고 모로 슬며시 눈을 흘겼으나 그걸 가지고 다투긴 유치하고

"체모는 다 뭐야, 배고파도 체모에 몰려서 굶겠구나? 애두! 배우지 못헌 건 참 헐 수 없어!"

"넌 요렇게 잘 뱄니? 그래서 요전에 주정꾼에게 *비루' 세례를 받았구나?"

"뭐? 내가 '비루' 세례를 받건 말건 네가 알 게 뭐야? 건방지게 이년이 누길."

하고 그 팔을 뒤로 홉잡아채이고 그리고 색색거리며 독이 한창 오르려 하였을 때 예기치 않고 그들은 얼김에 서로 폭 얼싸안고 말았다. 인적이 드문 외진 이 구석, 게다가 그게 무슨 놈의 짐승인지 바로 언덕 위에서 이히히히, 하고 기괴하게 울리는 그 울음소리에 고만 온 전신에 소름이 쭉 끼치는 것이다.

그들은 정숙이에게로 힝하게 따라가며

"아 무서워! 애 그게 무어냐?"

"글쎄 뭘까— 아주 징그럽지?"

이렇게 서로 주고받으며 어린애같이 마주 대고 웃어 보인다.

경자는 정숙이 곁으로 바짝 붙으며

"정숙이! 다리 아프지 않어? 우리 저 식당에 가서 좀 앉았다가 돌아서 나가지?"

"그럴까—"

정숙이는 아까부터 고만 나가고 싶었으나 경자가 같이 가자고 굳이 붙잡는 바람에 건성 따라만 다녔다. 이번에는 경자가 하자는 대로 붐비는 식당으로 들어가 자리를 잡았을 때 골머리가 아찔하고 아무 생각

비루
맥주.

일제시대의 맥주 광고

도 없었으나

"우리 사이다나 먹어 볼까?"

하고 묻는 그대로

"아무거나 먹지."

하고 좋도록 대답하였다.

그들은 사이다 세 병과 *설고 세 개를 시켜 놓았다.

경자는 사이다 한 컵을 쭉 들이켜고 나서

"영애야! 너 아까 보자는 꽃이라구 그랬지? 그럼 말이야, 그림 한 장을 사다 걸구 보지 애써 예까지 올 게 뭐냐?"

하고 아까부터 미결로 온 그 문제를 다시 건드린다. 마는 영애는 저 먹을 것만 천천히 먹고 있을 뿐으로 숫제 받아 주질 않는다. *억설쟁이 경자를 데리고 말을 주고받다간 결국엔 제가 *곱는 것을 여러 번 경험하고 있다. 나중에는 하 비위를 긁어 놓으니까 할 수 없이 정숙이 쪽으로 고개를 돌리며

"언니는 어떻게 생각허우? 그래 보자는 꽃이지 꺾어 들구 냄새를 맡자는 꽃이우? 바루 그럴 양이면 향수를 사다 뿌려 놓고 들엎디었지 왜 예까지 온담?"

하고 응원을 청할 수밖에 없었다.

그러나 정숙이는 처음엔 무슨 소린지 몰라서 *얼뜰하다가

"난 그런 거 모르겠어—"

하고 *울가망으로 *씁씁이 받고 만다.

영애는 잇속없이 경자에게 가끔 쪼여 지내는 자신을 생각할 때 여간 야속하지 않다. 연못가로 돌아 나오다 경자가 굳이 유원지에 들어가 썰매 한번 타보고 가겠다 하므로 따라서 들어가긴 하였으나 그때까지

설고
카스테라.

억설(臆說)쟁이
근거도 없이 억지로 우겨대는 말을 많이 늘어놓는 사람.

곱다
손해를 보다.

얼뜰하다
얼떨떨하다.

울가망
근심스럽거나 답답하여 기분이 나지 않음.

씁씁이
씁쓸하게.

말 한마디 건네지 않았다. 뿐만 아니라 경자가 마치 망아지 모양으로 껑충거리며 노는 걸 가만히 바라보고는

'에이 망할 계집애두! 저것두 그래 계집애년이람?'

하고 속으로 손가락질을 않을 수 없다.

유원지 안에는 여러 아이들이 뛰놀며 이리 몰리고 저리 몰리고 하였다. *부랑코에 매여달렸다가 그네로 옮겨 오고 그네에서 흥이 지면 썰매 위로 올라온다.

그 틈에 끼어 경자는 호기 있게 썰매를 한번 쭈욱 타고 나서는 깔깔 웃었다. 그리고 다시 기어 올라가서 또 찌익 미끄러져 내릴 때 저편 구석에서

"저 궁덩이 해진다!"

하고 손뼉을 치며 껄껄거리고 웃는 것이다.

경자는 치마를 털며 일어서서 그쪽을 바라보니 열칠팔밖에 안 돼 보이는 중학생이 셋이 서서 이쪽을 향하여 웃고 있다. 분명히 그 학생들이 *까시를 하였음에 틀림없었다.

경자는 날카로운 음성으로 대뜸

"어떤 놈이냐? 내 궁덩이 해진다는 놈이—"

하고 쏘아붙이며 영애가 말림에도 듣지 않고 달려들었다. 철없는 학생들은 놀리면 달아날 줄 알았지 이렇게까지 독수리처럼 대들 줄은 아주 꿈밖이었다. 모두 얼떨떨해서 암말 못하고 허영게 *닦이다가,

"우리가 뭐랬다고 그러시오?"

혹은

"우리끼리 이야기하고 웃었는데요."

이렇게 밑 따진 두멍에 물을 챌랴고 땀이 빠진다. 마는 경자는 좀체

부랑코
그네.

까시
히야까시(ひやかし). 놀림. 혹은 놀리는 사람.

닦이다
단점이나 잘못 때문에 몹시 나무람을 당하다.

로 그만두려 하지 않고

"학생이 공부는 안 하구 남의 여자 히야까시허러 다니는 게 일이야?"
하고 그중 나이 찬 학생의 얼굴을 뻘겋게 때려 놓는다.

이 서슬에 한 사람 두 사람 구경꾼이 모이더니 나중에는 삑 돌리어
성이 되고 말았다.

어떤 이는 너무 신이 나서

"암 그렇지 그래, 잘 헌다!"
하고 소리를 내지르기도 하고 또는

"나이 어려 그렇지요, 그쯤 하구 그만두십쇼."
하고 뜯어말리는 사람—

그러나 정숙이는 이편에 따로 떨어져 우두머니 서서는 제 앞만 바라
보고 있었다.

거기에는 대여섯 살 될지 말지 한 어린아이 둘이 걸상에 마주 걸터
앉아서 그네질을 하며 놀고 있었다. 눈을 뚝 부르뜨고 심술궂게 생긴
그 사내아이도 귀엽고, 스스러워서 눈치만 할금할금 보는 조선옷에 단
발한 그 계집애도 또한 귀엽다. 바람이 불 적마다 단발머리가 보르르
날리다가는 사뿟 주저앉는 그 모양은 보면 볼수록 한번 담싹 꺼안아
보고 싶은 생각이 간절하였다.

'우리 모정이두 그대루 컸다면 조만은 하겠지!'

그리고 정숙이는 여지껏, 어딘가 알 수 없이 모정이와 비슷비슷한
어린 계집애를 벌써 여남은이나 넘어 보아 오던 기억이 난다. 요 계집
애도 어쩌면 그 눈매며 입모습이 모정이같이 고렇게 닮았는지 비록 살
은 포들포들이 오르고 단발은 했을망정 *하관만 좀 길다 하고 그리고
어디 가 엎어져서 상처를 얻은 듯싶은 이마와 그 흠집만 없었더라면

하관(下觀)
광대뼈를 중심으로 얼
굴의 아래쪽 턱 부분.

어지간히 같을 뻔도 하였다 하고 쓸쓸히 웃어 보다가

'남이 우리 모정이를 집어간 것 마찬가지로 고런 계집애 하나 훔쳐다가 기르면 고만 아닌가?'

이렇게 요즘으로 가끔 하여 보던 그 무서운 생각을 다시 하여 본다.

정숙이는 갖은 열성과 애교를 쏟아 가며 허리를 구부리어

"애! 아가야! 너 몇 살이지?"

하고 손으로 단발머리를 쓸어 본다.

계집애는 낯선 사람의 손을 두려워함인지 두 눈을 말똥히 뜨고 쳐다만 볼 뿐으로 아무 대답도 없었다. 그러다 손이 다시 들어와

"아이 참! 우리 애기 이뻐요! 이름이 뭐지?"

하고 또 머리를 쓰담으매 이번에는 마치 모욕이나 당한 사람같이 어색하게도 비슬비슬 일어서더니 저리로 곧장 달아난다.

정숙이는 낙심하야 쌀쌀한 애두 다 많군 하고 속으로 탄식을 하며 시선이 그 뒤를 쫓다가 이상두 하다고 생각하였다. 거리가 좀 있어 똑똑히는 보이지 않으나마 병객인 듯싶은, 흰 두루마기에 중절모를 눌러 쓴 한 사나이가 괴로운 듯이 쿨룩거리고 서서는 앞으로 다가오는 계집애와 이쪽을 번갈아 가며 노려보고 있었다. 얼뜬 보기에 후리후리한 키며 구부정한 그 어깨가, 정숙이는 사람의 일이라 혹시 하면서도 그러나 결코 그럴 리는 천만 없으리라고 혼자 이렇게 또 우기면서도 저

도 모르게 앞으로 몇 걸음 걸어나간다. 시나브로 거리를 접어 가며 댓걸음 사이를 두고까지 아무리 고쳐서 뜯어보아도 그는 비록 병에 얼굴은 꺼졌을망정 그리고 몸은 반쪽이 되도록 시들었을망정 확실히 전일 제가 떼어 버리려고 *민줄대던 그 남편임에 틀림없고—

"아이 당신이?"

정숙이는 무슨 말을 하려는지 저도 모르고 이렇게 입을 벌렸으나 그 다음 말이 나오지를 않았다. 원수같이 진저리를 치던 그 사람도 오랜만에 뜻 없이 만나고 보니까 이상스레도 더한층 반가웠다. 한참 멍하니 바라만 보다가 더 참을 수가 없어서

"그 동안 서울 계셨어요?"

하고 간신히 입을 열었다.

사나이는 고개를 저리 돌리고 외면한 그대로

"이리저리 돌아다녔습니다."

하고 활하게 대답하였다. 그러고는 반갑다는 기색도 혹은 놀랍다는 기색도 그 얼굴에는 아무 표정도 찾아볼 수가 없었다.

정숙이는 무엇보다도 먼저 그 앞에 폭 안긴 그 단발한 계집애가 모정이인지 아닌지 그것이 퍽도 *궁거웠다. 주볏주볏 손을 들어 계집애를 가리키며

"애가 우리 모정인가요?"

하고 물어 보았으나 그는 못 듣는 듯이 잠자코 있더니 대답 대신 주먹으로 입을 막고는 쿨룩거린다.

그러나 정숙이는 속으로

'저것이 모정이겠지! 입 눈을 보더라도 정녕코 모정이겠지?'

하면서 이 년 동안이란 참으로 긴 세월임을 다시 깨달을 만치 이렇

민줄대다
민주를 대다. 귀찮고
싫증나게 굴다.

궁겁다
궁금하다.

게까지 몰라보도록 될 줄은 아주 꿈밖이었다. 마는 그보다도 더욱 놀라운 것은 자식도 모르는 폐인인 줄 알았더니 그래도 제 자식이라고 몰래 훔쳐다가 이렇게 데리고 다니는 것을 생각하면 그 속은 암만해도 하늘 땅이나 알 듯싶다. 뿐만 아니라 갈릴 때에는 그렇다 소리 한마디 없더니 일 년 후에야 슬며시 집어 간 그 속도 또한 알 수 없고—

'저것이 정말 귀여운 줄 알까?'

"얘가 모정이지요?"

정숙이는 묻지 않아도 좋을 소리를 다시 물어 보았다. 여전히 사나이는 못 들은 척하고 묵묵히 섰는 양이 *쭐기고 *맛장수이던 그 버릇을 아직도 못 버린 듯싶었다. 그러나 저는 구지레하게 걸쳤을망정 계집애만은 깨끗하게 옷을 입혀 논 걸 보더라도, 그리고 어미한테서 고생을 할 때보다 토실토실이 살이 오른 그 볼따귀를 보더라도, 정숙이는 어느 편으로든 에미에게 있었던 것보다는 그 아버지가 데려간 것이 애를 위하여는 오히려 천행인 듯싶었다.

정숙이는 사나이에게 암만 물어야 대답 한마디 없을 것을 알고 이번에는 계집애를 향하여

"얘 모정아!"

하고 불러 보니 어른 두루마기에 파묻혔던 계집애가 고개를 반짝 든다. 이태 동안이 길다 하더라도 저를 기르던 즈 어미를 이렇게 몰라볼까, 하고 생각해 보니 곧 두 눈에서 눈물이 확 쏟아지며 그대로 꼭 껴안아 보고 싶은 생각이 간절은 하나 그러나 *서름히 구는 아이를 그러다간 울릴 것도 같고 해서 엉거주춤히 팔만 내밀어 머리를 쓰담어 주며

"얘 모정아, 너 올에 몇 살이지?"

또는

쭐기다
질기다.

맛장수
아무 맛도 없이 싱거운 사람.

서름하다
서먹하다.

"애! 모정아! 너 나 모르겠니?"

이렇게 대답 없는 질문을 하고 있을 때 저만치 등뒤에서

"정숙이 아닌가?"

하고 경자가 달려드는 모양이었다.

"그럼 요즘엔 어디 계셔요?"

정숙이는 조급히 그러나 눈물을 머금은 음성으로 애원하다시피 묻다가 의외에도 사나이가 사직동 몇 번지라고 순순히 대답하므로 그제야 안심하고

"모정이 잘 가거라 —"

하고 다시 한번 쓰담어 보고는 경자가 이쪽으로 다가오기 전에 그쪽을 향하여 힁하게 떨어져 간다.

경자는 활갯짓을 하고 걸어가며 신이야 넋이야 오른 어조로

"내 그 자식들 납짝하게 눌러 줬지. 아 *백줴 내 궁둥이가 해진다는구먼, 망할자식들이! 내 좀더 닦아셀래다?"

"넌 너무 그래, 철모르는 애들이 그렇지 그럼 말두 못하니? 그걸 가지고 온통 사람을 모아 놓고 이 야단이니!"

영애는 경자 때문에 창피스러운 욕을 당한 것이 생각하면 할수록 썩 분하였다.

그런데도 경자는 저 잘났다고 시퉁그러진 소리로

"너는 그럴 테지! 왜 너는 체모 먹구 사는 사람이냐?"

하고 또 비위를 거슬러 놓다가 저리 향하여

백줴
'백주(白晝)에' 의 준말.
대낮에.

궐자
궐자(厥者). '그'를 낮추어 이르는 말.

전사일
전사(前事). 전의 일.

가찹게
가깝게.

"정숙이! 아까 그 *궐짜가 누구?"

"응 그 사내 말이지? 그전에 나 세들어 있든 집 주인이야—"

정숙이는 이렇게 선선히 대답하고 다시 얼굴로 손수건을 가져간다.

'자식이 그렇게 귀엽다면 그걸 낳아 놓은 아내두 좀 귀여울 텐데?' 하고 지내 온 일의 갈피를 찾아 오다가 그래도 비록 말은 없었다 하더라도 아내도 속으로는 사랑하리라고 굳이 이렇게 믿어 보고 싶었다. 어쩌다 그렇게 되었는지 병까지 든 걸 보면 그 동안 고생은 무던히 한 듯싶고, 그렇다면 전일에 밤늦게 돌아와 쓰러진 사람을 멱살잡이를 하여 일으켜서는 들볶던 그것도 잘못하였고 술 먹었으니 아침은 그만두라고 하며 마악 먹으려 드는 콩나물을 땅으로 내던진 그것도 잘못하였고, 일일이 후회가 날 뿐이었다. 즈 아버지를 그토록 푸대접을 하였으니 계집애만 하더라도 에미를 탐탁히 여겨 주지 않는 것이 당연하지 않을까. 생각하니 더욱 큰 설움이 복받쳐 오른다. 그러나 내일 아침에는 일찍 찾아가서 *전사일은 모조리 잘못하였다고 정성껏 사과하고, 그리고 앞으로는 암만 굶더라도 찍소리 안 하리라고 다짐까지 둔다면 혹시 사람의 일이니 다시 같이 살아 줄는지 모르리라고 이렇게 조금 안심하였을 때 영애가 팔을 흔들며

"언니! 오늘 꽃구경 잘했지?"

"참 잘했어!"

"꽃은 멀리서 봐야 존 걸 알아, *가찹게 가면 그놈의 냄새 때문에 골치가 아프지 않어? 그렇지만 오늘 꽃구경은 참 잘했어!"

영애가 경자에게 무수히 쏘이고 게다 욕까지 당한 것이 분해서 되도록 갚으려고 애를 쓰니까 경자는 코로 흥, 하고는

'느들이 무슨 꽃구경을 잘했니? 참말은 내가 혼자 잘했다!'

220 김유정

"꽃은 냄새 맡을 줄 알아야 꽃구경이야! 보는 게 다 무슨 소용이 있어?"

하고 *히짜를 뽑다가 정숙이 편을 돌아보니 아까보다 더 뻔질 손수건이 올라간다. 보기에 하도 딱하여 그 옆으로 바싹 붙어 서며 친절히 위로하여 가로되

"그까짓 딸 하나 잃어버리고는 뭘 그래? 없어지면 몸이 가뜬하고 더 편하지 않어?"

그때 눈 같은 꽃이파리를 포르르 날리며 쌀쌀한 *꽃심이 목덜미로 스며든다.

문간 쪽에서는 고만 나가라고 종소리가 댕그렁댕그렁 울리기 시작하였다.

『원본김유정전집』, 한림대 출판부, 1987.

히짜
흰수작. 못된 수작.

꽃심
꽃샘바람.

산골

산

머리 위에서 굽어보던 해님이 서쪽으로 기울어 나무에 긴 꼬리가 달렸건만

나물 뜯을 생각은 않고

이뿐이는 늙은 잣나무 허리에 등을 비겨 대고 먼 하늘만 이렇게 하염없이 바라보고 섰다.

하늘은 맑게 개고 이쪽저쪽으로 뭉굴뭉굴 피어오른 흰 꽃송이는 곱게도 움직인다. 저것도 구름인지 학들은 쌍쌍이 짝을 짓고 그 새로 날아들며 끼리끼리 어르는 소리가 이 *수풍까지 멀리 흘러내린다.

갖가지 나무들은 사방에 잎이 *욱었고 땡볕에 그 잎을 펴들고 너훌너훌 바람과 아울러 산골의 향기를 자랑한다.

그 공중에는 나는 꾀꼬리가 어여쁘고—노란 날개를 팔딱이고 이 가지 저 가지로 옮아 앉으며 흥에 겨운 행복을 노래 부른다.

—고—이! 고이 고—이!

요렇게 아양스레 노래도 부르고—

—담배 먹구 꼴 비어!

맞은쪽 저 바위 밑은 필시 호랑님의 드나드는 굴이리라. 음침한 그 위에는 가시덤불 다래넝쿨이 어지러이 엉클리어 지붕이 되어 있고 이것도 돌이랄지 연록색 털복송이는 올망졸망 놓였고 그리고 오늘도 어김없이 뻐꾸기는 날아와 그 잔등에 다리를 머무르며—

—뻐꾹! 뻐꾹! 뻐뻐꾹!

어느덧 이뿐이는 눈시울에 구슬방울이 맺히기 시작한다. 그리고 나물 바구니가 툭, 하고 땅에 떨어지자 두 손에 펴든 치마폭으로 그새 얼

수풍
숲.

욱다
우거지다.

굴을 폭 가리고는

이뿐이는 흐륵흐륵 마냥 느끼며 울고 섰다.

이제야 후회 나노니 도련님 공부하러 서울로 떠나실 때 저두 간다고 왜 좀더 붙들고 늘어지지 못했던가, 생각하면 할수록 가슴만 미어질 노릇이다. 그러나 마님의 눈을 기어 자그만 보따리를 옆에 끼고 산속으로 이십 리나 넘어 따라갔던 이뿐이가 아니었던가. 과연 이뿐이는 산등을 질러갔고 으슥한 고갯마루에서 기다리고 섰다가 넘어오시는 도련님의 손목을 꼭 붙잡고

"난 안 데려가지유!"

하고 애원 못한 것도 아니니 공연스레 눈물부터 앞을 가렸고 도련님이 놀라며

"너 왜 오니? 여름에 꼭 온다니까 어여 들어가라."

하고 역정을 내심에는 고만 두려웠으나 그래도 날 데려

가라고 그 몸에 매어달리니 도련님은 얼마를 벙벙히 그냥 섰다가

"울지 마라 이뿐아, 그럼 내 서울 가 자리나 잡거든 널 데려가마."

하고 등을 두드리며 달래일 제 만일 이 말에 이뿐이가 솔깃하여 꼭 곧 이든지만 않았던들 도련님의 그 손을 안타까이 놓지는 않았던 걸—

"정말 꼭 데려가지유?"

"그럼 한 달 후에면 꼭 데려가마."

"난 그럼 기다릴 테야유!"

그리고 아침 햇발에 비끼는 도련님의 옷자락이 산등으로 꼬불꼬불 저 멀리 사라지고 아주 보이지 않을 때까지 이뿐이는 남이 볼까 하여 피어 흩어진 개나리 속에 몸을 숨기고 치마끈을 입에 물고는 눈물로 배웅하였던 것이 아니런가. 이렇게도 철썩같이 다짐을 두고 가시더니 그 한 달이란 대체 얼마나 되는 겐지 몇 한 달이 거듭 지나고 돌도 넘었으련만 도련님은 이렇다 소식 하나 전할 줄조차 모르신다. 실토로 터놓고 말하자면 늙은 이 잣나무 아래에서 도련님과 맨 처음 눈이 맞을 제 이뿐이가 먼저 그러자고 한 것도 아니련만— 이뿐 어머니가 마님 댁 *씨종이고 보면 그 딸 이뿐이는 잘 따져야 씨의 씨종이니 하잘것없는 계집애이거늘 이뿐이는 제 몸이 이럼을 알고 시내에서 홀로 빨래를 할 제이면 도련님이 가끔 덤벼들어 이게 장난이겠지, 품에 꼭 껴안고 뺨을 깨물어뜯는 그 꼴이 숭굴숭굴하고 밉지는 않았으나 그러나 이뿐이는 감히 그런 생각을 먹어 본 적이 없었다. 그날도 마님이 *구미가 제치셨다고 애 이뿐아 나물 좀 뜯어 온, 하실 때 이뿐이는 퍽으나 반가웠고 아침밥도 몇 술로 *겉날리고 바구니를 동무삼아 집을 나섰으니 나이 아직 열여섯이라 마님에게 귀염을 받는 것이 다만 좋았고 *칠칠한 나물을 뜯어 드리고자 한사코 이 험한 산속으로 기어올랐다. 풀잎

씨종
대대로 남의 집 종살이 하던 사람.

구미가 제치다.
입맛을 잃다.

겉날리다
겉으로만 어름어름하여 되는 대로 일을 날려서 하다.

칠칠하다
푸성귀 따위가 잘 자라서 미끈하다.

의 이슬은 아직 다 마르지 않았고 바위 틈바구니에 흩어진 잔디에는
커다란 구렁이가 똬리를 틀고서 *떡머구리 한 놈을 우물거리고 있는
중이매 이뿐이는 쌔근쌔근 가쁜 숨을 쉬어 가며 그걸 가만히 들여다보
고 섰다가 바로 발 앞에 도라지순이 있음을 발견하고
꼬챙이로 마악 캐려 할 즈음 등뒤에서 뜻밖에 발자
국 소리가 들리는 것이 아닌가. 깜짝 놀라며 고
개를 돌려보니 언제 어디로 따라왔던가 도련
님은 물푸레나무 토막을 한 손에 지팡
이로 짚고 붉은 얼굴이 땀바가지
가 되어 식식거리며 그리고
씽글씽글 웃고 있다. 그 모
양이 하도 수상하여 이
뿐이는 눈을 똥그랗
게 뜨고 바라보니

떡머구리
떡개구리.

도련님은 좀 면구쩍은지 낯을 모로 돌리며 그러나 여일히 씽글씽글 웃
으며 뱃심 유한 소리가 —
　　"난 지팡이 꺾으러 왔다 —"
　　그렇지마는 이뿐이는 며칠 전 마님이 불러 세우고 너 도련님하구 같

이 다니면 매맞는다, 하시던 그 꾸지람을 얼뜬 생각하고

"왜 따라왔지유— 마님 아시면 남 매맞으라구?"

하고 암팡스리 쏘았으나 도련님은 귓등으로 듣는지 그래도 여전히 싱글거리며 뱃심 유한 소리로—

"난 지팡이 꺾으러 왔다—"

그제서는 이뿐이는 성을 안 낼 수가 없고

"마님께 나 매맞어두 난 몰라."

혼자말로 이렇게 되알지게 종알거리고 너야 가든 말든 하라는 듯이 고개를 돌리어 아까의 도라지를 다시 캐자노라니 도련님은 무턱대고 그냥 와락 달려들어

"너 맞는 거 나는 알지?"

이뿐이를 뒤로 꼭 붙들고 땀이 쪽 흐른 그 뺨을 또 잔뜩 깨물고는 놓질 않는다. 이뿐이는 어려서부터 도련님과 같이 자랐고 같이 놀았으되 제가 먼저 그런 생각을 두었다면 도련님을 벌컥 떼다밀어 바위 너머로 곤두박히게 했을 리 만무이었고, 궁둥이를 털고 일어나며 도련님이 무색하여 멀거니 쳐다보고 입맛만 다시니 이뿐이는 그 꼴이 보기 가여웠고 죄를 저지른 제 몸에 대하여 죄송한 자책이 없던 바도 아니었마는 다시 손목을 잡히고 이 잣나무 밑으로 끌릴 제에는 온 힘을 다하여 그 손깍지를 버리며 야단친 것도 사실이 아닌 건 아니나 그러나 어딘가 마음 한편에 앙살을 피면서도 넉히 끌리어 가도록 도련님의 힘이 좀더 좀더 하는 생각이 전혀 없었다면 그것은 거짓말이 되고 말 것이다. 물론 이뿐이가 얼굴이 빨개지며 앙큼스러운 생각을 먹은 것은 바루 이때 이었고

"난 몰라 마님께 여쭐 터이야, 난 몰라!"

하고 적잖이 조바심을 태우면서도 도련님의 속맘을 한번 뜯어 보고자

"누가 종두 이러는 거야?"

하고 손을 뿌리치고 된통 호령을 하고 보니 도련님은 이 깊고 외진 산속임에도 불구하고 귀에다 입을 갖다 대고 가만히 속삭이는 그 말이—

"너 나하고 멀리 도망가지 않으련!"

그러니 이뿐이는 이 말을 참으로 꼭 곧이들었고 사내가 이렇게 겁을 집어먹는 수도 있는지 도련님이 땅에 떨어지는 성냥갑을 *호줌에 다시 집어널 줄도 모르고 덤벙거리며 산 아래로 꽁지를 뺄 때까지 이뿐이는 잣나무 뿌리를 베고 풀밭에 번듯이 드러누운 채 푸른 하늘을 바라보며 인제 멀리만 달아나면 나는 저 도련님의 아씨가 되려니 하는 생각에 마님께 진상할 나물 캘 생각조차 잊고 말았다. 그러나 조금 지나매 이뿐이는 어쩐지 저도 겁이 나는 듯싶었고 발딱 일어나 사면을 휘돌아보았으나 거기에는 험상스러운 바위와 우거진 숲이 있을 뿐 본 사람은 하나도 없으련만— 아마 산이 험한 탓일지도 모르리라. 가슴은 여전히 달랑거리고 두려우면서 그러나 이 산덩이를 제 품에 꼭 품고 같이 둥글고 싶은 안타까운 그런 행복이 느껴지지 않은 것도 아니었으니 도련님은 이렇게 정은 들이고 가시고는 이제 와서는 생판 모르는 체하시는 거나 아닐런가—

호줌
호주머니.

마을

두 손등으로 눈물을 씻고 고개는 *어레 들었으나
나물 뜯을 생각은 않고

어레
으레.

228 김유정

이뿐이는 늙은 잣나무 밑에 앉아서 먼 하늘을 치켜대고 도련님 생각에 이렇게도 넋을 잃는다.

이제 와 생각하면 야속도 스럽나니 마님께 매를 맞도록 한 것도 결국 도련님이었고 별 욕을 다 당하게 한 것도 결국 도련님이 아니었던가—

매일과 같이 산엘 올라다닌 지 단 나흘이 못 되어 마님은 눈치를 채셨는지 혹은 짐작만 하셨는지 저녁때 기진하여 내려오는 이뿐이를 불러 앉히시고

"너 요년 바른 대로 말해야지 죽인다."

하고 회초리로 때리시되 볼기짝이 톡톡 불거지도록 하시었고, 그래도 *안차게 아니라고 고집을 쓰니 이번에는 어머니가 달겨들어 머리채를 휘감고 주먹으로 등어리를 서너 번 쾅쾅 때리더니 그만도 좋으련만 뜰 아랫방에 갖다 가두고는 사날씩이나 바깥 구경을 못하게 하고 *구메밥으로 구박을 막 함에는 이뿐이는 *짜증 서럽지 않을 수가 없었다. 징역살이 맨 마지막 밤이 깊었을 제 이뿐이는 너무 원통하여 혼자 앉아서 울다가 자리에 누운 어머니의 허리를 꼭 끼고 그 품속으로 기어들며 "어머니, 나 데련님하고 살 테야—"하고 그예 저의 속중을 토설하니 어머니는 들었는지 먹었는지 그냥 잠잠히 누웠더니 한참 후 후유, 하고 한숨을 내뿜을 때에는 이미 눈에 눈물이 그렁그렁하였고 그러고 또 한참 있더니 입을 열어 하는 이야기가 지금은 이렇게 늙었으나 자기도 색시 때에는 이뿐이만치나 어여뻤고 얼마나 맵시가 출중났던지 *노나리와 은근히 배가 맞았으나 몇 달이 못 가서 노마님이 이걸 아시고 하루는 불러 세우고 때리시다가 마침내 샘에 못 이기어 인두로 *하초를 지지려고 들이덤비신 일이 있다고 일러 주고 다시 몇 번 몇 번

안차게
겁이 없이.

구메밥
죄수에게 벽구멍으로 몰래 들여보내는 밥.

짜증
정말.

노(老)나리
지체 높은 늙은 사람.

하초(下焦)
배꼽 아래 신체 부위를 일컫는 말. 여기서는 '성기'를 뜻함.

당부하여 말하되 석숭네가 벌써부터 말을 건네는 중이니 도련님에게 맘일랑 두지 말고 몸 잘 갖고 있으라 하고 딱 떼는 것이 아닌가. 하기야 이뿐이가 무남독녀의 귀여운 외딸이 아니었더런들 사흘 후에도 바깥엔 나올 수 없었으려니와 비로소 대문을 나와 보니 그간 세상이 좀 넓어진 것 같고 마치 우리를 벗어난 짐승과 같이 몸의 가든함을 느꼈고 흉측스러운 산으로 뺑뺑 둘러싼 이 산골에서 벗어나 넓은 *버덩으로 나간다면 기쁘기가 이보다 좀 더하리라 생각도 하여 보고 어머니의 영대로 고추밭을 매러 개울길로 내려가려니까 왼편 수퐁 속에서 도련님이 불쑥 튀어나오며 또 붙들고 산에 안 갈 테냐고 대구 보채인다. 읍에 가 학교를 다니다가 요즘 방학이 되어 집에 돌아온 뒤로는 공부는 할 생각 않고 날이면 날 저물도록 저만 이렇게 붙잡으러 다니는 도련님이 딱도 하거니와 한편 마님도 무섭고 또는 모처럼 용서를 받는 길로 그리고 보면 이번에는 호되이 불이 내릴 것을 알고 이뿐이는 오늘은 안 되니 낼모레쯤 가자고 좋게 달래다가 그래도 듣지 않고 굳이 가자고 성화를 하는 데는 할 수 없이 몸을 뿌리치고 *뺑손을 놀 수밖에 딴도리가 없었다. 구질구질히 내리는 비로 말미암아 한동안 손을 못 댄 고추밭은 풀들이 제법 성큼히 엉기었고 어디서부터 시작해야 좋을지 갈피를 모르겠는데 이뿐이는 되는 대로 한편 구석에 치마를 도사리고 앉아서, 이것도 명색은 김매는 거겠지 호미로 흙등만 *따짝거리며 정짜 정신은 어젯밤 좋은 상전과 못 사는 법이라던 어머니의 말이 옳은지 그른지 그것만 일념으로 아로새기며 이리 씹고 저리도 씹어 본다. 그러나 이뿐이는 아무렇게도 나는 도련님과 꼭 살아 보겠다 혼자 맹세하고 제가 아씨가 되면 어머니는 일테면 마님이 되련마는 왜 그리 극성인가 싶어서 좀 야속하였고 해가 한나절이 되어 목덜미를 확

버덩
평지.

뺑손
뺑소니.

따짝거리다
손톱이나 날카로운 물건 등으로 자꾸 뜯거나 긁아내다.

확 *닳릴 때까지 이리저리 곰곰 생각하다가 고개를 들어 보매 밭은 여태 한 고랑도 다 끝이 못 났으니 이놈의 밭이, 하고 탓 안 할 탓을 하며 저로도 하품이 나올 만치 어지간히 기가 막혔다. 이번에는 좀 빨랑빨랑 하리라 생각하고 이뿐이는 호미를 잽싸게 놀리며 폭폭 찍고 덤볐으나 그래도 웬일인지 일은 손에 붙지를 않고 그뿐 아니라 등 뒤 개울의 덤불에서는 온갖 잡새가 *귀둥대둥 멋대로 속삭이고 먼발치에서 풀을 뜯고 있던 황소가 메—하고 늘어지게도 소리를 내뽑으니 이뿐이는 이걸 듣고 갑자기 몸이 나른해지지 않을 수 없고 밭가에 선 수양버들 그늘에 쓰러져 한잠 들고 싶은 생각이 곧바로 나지마는 어머니가 무서워 차마 그걸 못하고 만다. 인제는 계집애는 밭일을 안 하도록 법이 됐으면 좋겠다 생각하고 이뿐이는 울화증이 나서 호미를 메꼰지고 얼굴의 땀을 씻으며 앉았노라니까 들로 보리를 걷으러 가는 길인지 석숭이가 빈 지게를 지고 꺼불꺼불 밭머리에 와 서더니 아주 썩 시퉁그러지게 입을 삐죽어리며 이뿐이를 건너 대고 하는 소리가—

"너 데련님하구 그랬대지—"

새파랗게 간 비수로 가슴을 쭉 내리긋는대도 아마 이토록은 *재겹
지 않으리라마는 이뿐이는 어디서 들었느냐고 따져 볼 겨를도 없이 얼
굴이 고만 홍당무가 되었고 그놈의 소위로 생각하면 대뜸 들어덤벼 그
귓백이라도 물고 늘어질 생각이 곧 간절은 하나 한 죄는 있고 어째 볼
용기가 없으매 다만 고개를 푹 수그릴 뿐이다. 그러니까 석숭이는 제
가 *괜 듯싶어서 이뿐이를 짜정 넘보고 제법 밭 가운데까지 들어와 떡
버티고 서서는 또 한번 시큰둥하게 그리고 엇먹는 소리로ㅡ

"너 데련님하구 그랬대지ㅡ"

전일 같으면 제가 이뿐이에게 지게 막대기로 볼기 맞을 생각도 않고
감히 이 따위 버르장머리는 하기커녕 즈 아버지 장사하는 원두막에서
몰래 참외를 따가지고 와서

"얘 이뿐아, 너 이거 먹어라."

하다가

"난 네가 주는 건 안 먹을 테야."

하고 몇 번 내뱉음에도 *굶치 않고 굳이 먹으라고 떠맡기므로 이뿐이
가 마지못하는 체하고 받아 들고는 물론 치마폭에 흙을 싹싹 문대고 나
서 깨물고 앉았노라면 아무쪼록 이뿐이 맘에 잘 들도록 호미를 대신 손
에 잡기가 무섭게 *는실난실 김을 매주었고 그리고 가끔 이뿐이를 웃
겨 주기 위하여 그것도 재주라고 밭고랑에서 잘 봐야 곰 같은 몸뚱이로

이리 둥굴고 저리 둥굴고 하였다. 석숭 아버지는 이놈이 또 어디로 내
뺐구나 하고 찾아다니다가 여길 와보니 매라는 제 밭은 안 매고 남 계
집애 밭에 들어와서 대체 온 이게 무슨 놀음인지 이 꼴이고 보매 기도
막힐 뿐더러 터지려는 웃음을 억지로 참고 노여운 낯을 지어 가며

"너 이놈아, 네 밭은 안 매고 남의 밭에 들어와 그게 뭐냐?"

하고 꾸중을 하였지마는 석숭이가 깜짝 놀라서 돌아다보고 고만 멀쑤
룩하여 궁둥이의 흙을 털고 일어서며

"이뿐이 밭 좀 매주러 왔지 뭘 그래?"

하고 되레 퉁명스러이 뻗댐에는 더 책하지 않고

"어 망할 자식두 다 많어이!"

하고 돌아서 저리로 가며 보이지 않게 피익 웃고 마는 것인데 그러면
이뿐이는 저의 처지가 꽤 야릇하게 됨을 알고 저기까지 분명히 들리
도록

"너보고 누가 밭 매달랬어? 가, 어여 가, 가."

하고 다 먹은 참외는 생각 않고 등을 떠다밀며 구박을 막 하던 이런
터이련만 제가 이제 와 누굴 비위를 긁다니 하늘이 무너지면 졌지 이
것은 *도시 말이 안 된다.

도시
도무지, 전혀.

돌

이뿐이는 남다른 부끄럼으로 온 전신이 확확 다는 듯싶었으나 그러
나 조금 뒤에는 무안을 당한 거기에 대갚음이 없어서는 아니 되리라
생각하고 앙칼스러운 *역심이 가슴을 콕 찌를 때에는 어깨뿐만 아니
라 등어리 전체가 샐룩거리다가 새침히 발딱 일어나 사방을 훑어보더
니 대낮이라 다들 일들 나가고 안마을에 사람이 없음을 알고 석숭이
소맷자락을 넌지시 끌며 그 옆 숙성히 자란 수수밭 속으로 들어간다.
밭 한복판은 아늑하고 아무 데도 보이지 않으므로 함부로 떠들어도 괜
찮으려니 믿고 이뿐이는 거기다 석숭이를 세워 놓자 밭고랑에 널려진

역심(逆心)
상대의 언행으로 인해
생긴 비위에 거슬리는
마음.

돌 틈에서 맞아 죽지 않고 단단히 아플 만한 *모리돌멩이 하나를 집어

들고 그 옆 정강이를 모질게 후려치며

　　"이 자식, 뭘 어째구 어째?"

하고 딱딱 으르니까 석숭이는 처음에 뭐나 좀 생길까 하고 좋아서 따

라왔던 걸 별안간 난데없는 모진 돌만 날아듦에는

　　"아야!"

하고 소리치자 똑 *선불 맞은 노루 모양으로 한번 뻐들껑 뛰며 눈이 그

야말로 왕방울만해지지 않을 수가 없었다. 그러나 석숭이는 미움보다

앞서느니 기쁨이요 전일에는 그 옆을 지내도 본 둥 만 둥하고 그리 대

단히 여겨 주지 않던 그 이뿐이가 일부러 이리 끌고 와 돌로 때리되 정

말 아프도록 힘을 들일 만치 이뿐이에게 있어는 지금의 저의 존재가

그만치 끔찍함을 그 돌에서 비로소 깨닫고 짓궂이 씽글씽글 웃으며 한

번 더 뒤둥그러진 그리고 흘게늦은 목소리로

　　"뭘 데련님하고 그랬대는데—"

하고 놀려 주었다. 이뿐이는

　　"뭐 이 자식?"

하고 상기된 눈을 똑바로 떴으나 이번에는 돌멩이 집을 생각을 않고

아까부터 겨우 참아 왔던 울음이

　　"으응!"

하고 탁 터지자 자분참 덤벼들어 석숭이 옷가슴에 매어달리며 쥐어 뜯

으니 석숭이는 이뿐이를 울려 논 것은 저의 큰 죄임을 얼른 알고 눈이

휘둥그래서,

　　"아니다 아니다 내 부러 그랬다 아니다."

하고 입에 불이 나게 그러나 손으로 등을 어루만지며, "아니다"를 여러

십 번을 부른 때에야 간신히 울음을 진정해 놓았고 이뿐이가 아직 느끼는 음성으로 몇 번 당부를 하니

"인제 남 듣는 데 그러면 내 너 죽일 터야?"

"그래 인전 안 그러마."

참으로 이런 나쁜 소리는 다시 입에 담지 않으리라 맹세하였다. 이뿐이도 그제야 마음을 놓고 흔적이 없도록 눈물을 닦으면서

"다시 그래 봐라 내 죽인다!"

또 한번 다져 놓고 고추밭으로 도로 나오려 할 제 석숭이가 와락 달려들어 그 허리를 잔뜩 껴안고

"너 그럼 우리집에게 나한테로 시집오라니깐 왜 싫다구 그랬니?"
하고 설혹 좀 성가시게 굴었다 치더라도 만일 이뿐이가 이 행실을 도련님이 아신다면 단박에 정을 떼시려니 하는 염려만 없었더라면 그리 대수롭지 않은 것을 그토록 오지게 혼을 냈을 리 없었겠다고 생각하면 두고두고 입때껏 후회가 나리만치 그렇게 사내의 뺨을 우려친 것도 결국 도련님을 위하는 이뿐이의 깨끗한 정이 아니었던가—

물

가득히 품에 찬 서러움을 눈물로 가시고 나물 바구니를 손에 잡았으니 이뿐이는 다시 일어나 산중턱으로 거친 수풀 속을 기어내리며 도라지를 하나 둘 캐기 시작한다.

참인지 아닌지 자세히는 모르나 멀리 날아온 풍설을 들어 보면 도련님은 서울 가 어여쁜 아씨와 다시 정분이 났다 하고 그뿐만도 오히려

좋으련마는 댁의 마님은 마님대로 늙은 총각 오래 두면 병 난다 하여 상냥한 아가씨만 찾는 길이니 대체 이게 웬 셈인지 이뿐이는 골머리가 아팠고 도라지를 캔다고 꼬챙이를 땅에 꾸욱 꽂으니 그대로 짚고 선 채 해만 점점 부질없이 저물어 간다. 맥을 잃고 다시 내려오다 이뿐이는 앞에 우뚝 솟은 바위를 품에 얼싸안고 그 앞을 굽어보니 험악한 석벽 틈에 맑은 물은 *웅숭깊이 *충충 고이었고 *설핏한 하늘의 붉은 노을 한쪽을 똑 떼 들고 푸른 잎새로 전을 둘렀거늘 그 모양이 보기에 퍽도 아름답다. 그걸 거울 삼고 이뿐이는 저 밑에 까맣게 비치는 저의 외양을 또 한번 고쳐 뜯어 보니 한때는 도련님이 조르다 몸살도 나셨으려니와 의복은 비록 추레할망정 저의 눈에도 밉지 않게 생겼고 남 가진 이목구비에 반반도 하련마는 뭐가 부족한지 달리 눈이 맞는 도련님의 심정이 알 수 없고 어느덧 원망스러운 눈물이 눈에서 떨어지니 잔잔한 물면에 물둘레를 치기도 전에 무슨 밥이나 된다고 커단 꺽지는 휘엉휘엉 올라와 꼴딱 받아 먹고 들어간다. 이뿐이는 얼빠진 등신같이 맑은 이 물을 가만히 들여다보노라니 불시로 제 몸을 풍덩, 던지어 깨끗이 빠져도 죽고 싶고 아니 이왕 죽을진댄 정든 님 품에 안겨 같이 풍, 빠지어 세상사를 다 잊고 알뜰히 죽고 싶고 그렇다면 도련님이 이 등에 넙죽 엎디어 뺨에 뺨을 비벼 대고, 그리고 이 물을 같이 굽어보며
"얘 울지 마라, 내가 가면 설마 아주 가겠니?"
하고 *세우 달랠 제 꼭 붙들고 풍덩실, 하고 왜 빠지지 못했던가. 시방은 *한가도 컸건마는 그 이뿐이는 그리도 삶에 주렸던지
"정말 올 여름엔 꼭 오우?"
하고 아까부터 몇 번 묻던 걸 또 한번 다져 보았거늘 도련님은 시원스러이 선뜻

웅숭깊다
사물이 되바라지지 않고 깊숙하다.

충충
물이나 빛깔 등이 흐리고 침침한 모양.

설핏하다
해가 져서 밝은 빛이 약하다.

세우
몹시. 매우.

한가
한(恨)가. 원통한 생각.

"그럼 오구말구. 널 두고 안 오겠니!"

하고 대답하고 손에 꺾어 들었던 노란 동백꽃을 물 위로 홱 내던지며

"너 참 이 물이 무슨 물인지 알면 용치?"

눈을 끔벅끔벅하더니 이야기하여 가로되 옛날에 이 산속에 한 장사가 있었고 나라에서는 그를 잡고자 사방팔면에 군사를 놓았다. 그렇지마는 장사에게는 비호같이 날랜 날개가 돋힌 법이니 공중을 훌훌 나는 그를 잡을 길 없고 머리만 앓던 중 하루는 그에 이 물에서 목욕을 하고 있는 것을 사로잡았다는 것이로되, 왜 그러냐 하면 하느님이 잡수시는 깨끗한 이 물을 몸으로 흐렸으니 누구라도 천벌을 아니 입을 리 없고 몸에 물이 닿자 돋쳤던 날개가 흐지부지 녹아 버린 까닭이라고 말하고 도련님은 손짓으로 장사의 처참스러운 최후를 시늉하며 가장 두려운 듯이 눈을 커닿게 끔적끔적하더니 뒤를 이어 그 말이—

"아 무서! 얘 우지 마라. 저 물에 눈물이 떨어지면 너 큰일난다."

그러나 이뿐이는 그까짓 소리는 듣는 둥 마는 둥 그리 신통치 못하였고 며칠 후 서울로 떠나면 아주 놓칠 듯만 싶어서 도련님의 얼굴을 이윽히 쳐다보고 그럼 다짐을 두고 가라 하다가 도련님이 조금도 서슴없이 입고 있던 자기의 저고리 고름 한 짝을 뚝 떼어 이뿐이 허리춤에 꾹 꽂아 주며

"너 이래두 못 믿겠니?"

하니 황송도 하거니와 설마 이걸 두고야 잊으시진 않겠지 하고 속이 든든하지 않은 것도 아니었다. 대장부의 노릇이매 이렇게 하고 변심은 없을 게나 그래도 잘 따져 보니 이 고름이 말하는 것도 아니거든 차라리 따라 나서느니만 같지 못하다고 문득 마음을 고쳐 먹고 고개로 쫓아간 건 좋으련마는 왜 그랬던고. 좀더 매달리어 *진대를 안 붙고 고기

진대
남에게 달라붙어 떼를
쓰는 것

주저앉고 말았으니 이제 와서는 한가만 새롭고 몸에 고이 간직하였던 옷고름을 이 손에 꺼내 들고 눈물을 흘려 보되 별 수 없나니 보람 없이 격지만 늘어 간다. 허나 이거나마 아주 없었더런들 그야 살맛조차 송두리 잃었으리라마는 요즘 매일과 같이

이 험한 깊은 산속에 올라와

옛 기억을 홀로 더듬어 보며 이뿐이는 해가 저물도록 이렇게 울고 섰곤 하는 것이다.

길

모든 새들은 어제와 같이 노래를 부르고 날도 맑으련만

오늘은 웬일인지

이뿐이는 아직도 올라오질 않는다.

석숭이는 아버지가 읍의 장에 가서 세 마리의 닭을 팔아 그걸로 소금을 사오라 하여 아침 일찍이 나온 것도 잊고 이 산에 올라와 다리를 묶은 닭들은 한편에 내던지고 늙은 잣나무 그늘에 누워 눈이 빠지도록 기다렸으나 이뿐이가 좀체 나오지 않으매 웬일일까 고게 또 노하지나 않았나 하고 *일쩌웁시 이렇게 애를 태운다. 올 가을이 얼른 되어 새 곡식을 걷으면 이뿐이에게로 장가를 들게 되었으니 기쁨인들 이 위 더 할 데 있으랴마는 이번도 또 이뿐이가 밥도 안 먹고 죽는다고 야단을 친다면 헛일이 아닐까 하는 염려도 없지 않았거늘 그렇게 쌀쌀하고 매일매일 하던 이뿐이의 태도가 요즘에 들어와서는 급작이 다소곳하고 눈 한번 흘길 줄도 모르니 이건 참으로 춤을 추어도 다 못 출 것이다.

일쩝다
일거리가 되어 마음이 귀찮거나 불편하다.

뿐만 아니라 이슬비가 내리던 날 마님 댁 울 뒤에서 이뿐이는 옥수수를 따고 섰고 제가 그 옆을 지날 제 은근히 손짓을 하므로 가까이 다가서니 귀에다 나직이 속삭이는 소리가

"너 편지 하나 써줄런?"

"그래 그래 써주마, 내 잘 쓴다."

석숭이는 너무 반가워서 허둥거리며 묻지 않는 소리까지 하다가 또 그 말에 내 너 하라는 대로 다 할 게니 도련님에게 편지를 쓰되 이뿐이는 여태 기다립니다 하고 그리고 이런 소리는 아예 입 밖에 내지 말라 하므로 그런 편지면 일년 내내 두고 썼으면 좋겠다 속으로 생각하고 채 틀 못 박힌 연필 글씨로 다섯 줄을 그리기에 꼬박이 이틀 밤을 새고 나서 약속대로 산으로 이뿐이를 만나러 올라올 때에는 어쩐지 가슴이 두근두근하는 것이 바로 아내를 만나러 오는 남편의 그 기쁨이 또렷이 나타나는 것이다. 이뿐이가 얼른 올라와야 뭐가 젤 좋으

장터 풍경

냐 물어 보고 이 닭들을 팔아 선물을 사다 주련만 오진 않고 석숭이는 암만 생각해야 영문을 모르겠으니 아마 요전번

"이 편지 써왔으니깐 너 나구 꼭 살아야 한다."

하고 크게 얼른 것이 좀 잘못이라 하더라도 이뿐이가 고개를 푹 숙이

고 있다가

"그래."

하고 눈에 눈물을 보이며

"그 편지 읽어 봐."

하고 부드럽게 말한 걸 보면 그리 노한 것은 아니니 석숭이는 기뻐서 그 앞에 떡 버티고 제가 썼으나 제가 못 읽는 그 편지를 떠듬떠듬 데련님 전 상사리 가신 지가 오래 댓는디 왜 안 오구, 일년 반이 댓는디 왜 안 오구 하니깐 이뿐이는 밤마두 눈물로 새오며 이뿐이는 그럼 죽을 테니까 날을 듯이 *얼찐 와서─ 이렇게 땀을 내며 읽었으나 이뿐이는 다 읽은 뒤 그걸 받아서 피봉에 도로 넣고 그리고 나물 바구니 속에 감 추고는 그대로 덤덤히 산을 내려온다. 산기슭으로 내리니 앞에 큰 내 가 놓여 있고 골고루도 널려 박힌 험상궂은 웅퉁바위 틈으로 물은 우 람스레 부딪치며 콸콸 흘러내리매 정신이 다 아찔하여 이뿐이는 조심 스리 바위를 골라 딛으며 이쪽으로 건너왔으나 아무리 생각하여도 같 이 멀리 도망 가자는 도련님이 저 서울로 혼자만 삐쭉 달아난 것은 그 속이 알 수 없고 사나이 맘이 설사 변한다 하더라도 잣나무 밑에서 그 다지 눈물까지 머금고 조르시던 그 도련님이 이제 와 싹도 없이 변하 신다니 이야 신의 조화가 아니면 안 될 것이다. 이뿐이는 산처럼 잎이 퍼드러진 호양나무 밑에 와 발을 멈추며 한 손으로 바구니의 편지를 꺼내어 행주치마 속에 감추어 들고 석숭이가 쓴 편지도 잘 찾아갈는지 미심도 하거니와 또한 도련님 앞으로 잘 간다 하면 이걸 보고 도련님 이 끔뻑하여 뛰어올 겐지 아닌지 그것조차 장담 못할 일이었마는 아 니, 오신다 이 옷고름을 두고 가시던 도련님이거늘 설마 이 편지에도 안 오실 리 없으리라고 혼자 서서 우기며 해가 기우는 먼 고개치를 바

라보며 *체부 오기를 기다린다. 체부가 잘 와야 사흘에 한 번밖에는 **체부**
우체부.

더 들지 않는 줄을 저라고 모를 리 없고 그리고 어제 다녀갔
으니 모레나 오는 줄은 번연히 알련마는 그래도 이뿐이는
산길에 속는 사람같이 저 산비알로 꼬불꼬불 돌아 나간 기
나긴 산길에서 금시 체부가 보일 듯 보일 듯싶었는지 해가
아주 넘어가고 날이 어둡도록 지루하게도 이렇게 속 달게
체부 오기를 기다린다.

그러나

오늘은 웬일인지

어제와 같이 날도 맑고 산의 새들은 노래를 부르건만

이뿐이는 아직도 나올 줄을 모른다.

일제시대의 우체부 모습

『원본김유정전집』, 한림대 출판부, 1987.

정조

주인아씨는 행랑어멈 때문에 속이 썩을 대로 썩었다. 나가라 하자니 그것이 고분고분 나갈 것도 아니거니와 그렇다고 두고 보자니 괘씸스러운 것이 하루가 다 민망하다.

어멈의 버릇은 서방님이 버려 놓은 것이 분명하였다.

아씨는 아직 이불 속에 들어 있는 남편 앞에 도사리고 앉아서는 아침마다 졸랐다. 왜냐면 아침때가 아니곤 늘 난봉 피우러 쏘다니는 남편을 언제 한번 조용히 대해 볼 기회가 없었다. 그나마도 어제 밤이 새도록 취한 술이 미처 깨질 못하여 얼굴이 벌거니 늘어진 사람을 흔들며

행랑채

"여보! 자우? 벌써 열 점 반이 넘었수. 기운 좀 채리우."
하고 말을 붙이는 것은 그리 정다운 일이 아니었다.

그러면 서방님은 그 속이 무엇임을 *지레채고 눈 하나 떠보려 하지 않았다. 물론 술에 곯아서 못 들은 적도 태반이지만 간혹 가다간 듣지 않을 수 없을 만한 그렇게 큰 음성임에도 불구하고 역시 못 들은 척하였다.

지레채다
지레짐작으로 눈치채다.

이렇게 되면 아내는 제물에 더 약이 올라서 이번에도 설마 하고는

"아니 여보! 일을 저질러 놨으면 당신이 어떻게 처칠 하든지 해야지 않소?"

"글쎄 관둬 다 듣기 싫으니."
하고 그제야 *어리눅는소리로 눈살을 찌푸리다가

어리눅다
일부러 어리석은 체하다.

"듣기 싫으면 어떡허우 그 꼴은 눈허리가 시어서 두구 볼 수가 없으니 일이나 허면 했지 그래 쥔을 손아귀에 넣고 휘두르려는 이 따위 행랑것두 있단 말이유?"

"글쎄 듣기 싫어."

이렇게 된통 호령은 하였으나 원체 뒤가 딸리고 보니 슬쩍 돌리고

"어서 나가 아침이나 채려오."

"난 세상없어도 어떻게 할 수 없으니 당신이 내쫓든지 *치갈 하든지……."

하고 말끝이 고만 살며시 뒤둥그러지며

"어쩌자구 글쎄 행랑걸!"

"주둥아리 좀 못 닥쳐?"

여기에서 드디어 남편은 열병 든 사람처럼 벌떡 일어나 앉지 않을 수가 없었다. 그와 동시에 놋재떨이가 공중을 날아와 벽에 부딪고 떨어지며 쟁그렁 하고 요란스러운 소리를 낸다.

이렇게까지 하지 않으면 서방님은 머리에 떠오르는 그 징글징글한 기억을 어떻게 털어 버릴 도리가 없는 것이다. 하기는 아내를 더 지껄이게 하였다가는 그 입에서 무슨 소리가 나올지 모르니 겁도 나거니와 만일에 행랑어멈이 미닫이 밖에서 엿듣고 섰다가 이 *기맥을 눈치챈다면 그는 더욱 *우좌스러운 저의 몸을 발견함에 틀림없을 것이다.

아내가 밖으로 나간 뒤 서방님은 멀뚱히 앉아서 쓴침을 한번 삼키려 하였으나 그것도 잘 넘어가질 않는다. 수전증 들린 손으로 머리맡의 냉수를 쭈욱 켜고는 이불 속으로 들어가 다시 눈을 감아 보려 한다. 잠이 들면 불쾌한 생각이 좀 덜어질 듯싶어서이다.

그러나 눈만 뽀송뽀송할 뿐 아니라 감은 눈 속으로 온갖 잡귀가 다 아 나타난다. 머리를 풀어헤치고 손톱을 길게 늘인 거지귀신 뿔 돋힌 사자귀신 치렁치렁한 꼬리를 휘저으며 깔깔거리는 여우귀신 그 중의 어떤 것은 한짝 눈깔이 물커졌건만 그래도 좋다고 아양을 부리며 "아이 서방님!" 하고 달려들면 이번에는 다리 팔 없는 오뚝이귀신이 저쪽

에 *올롱이 앉아서 "요녀석!" 하고 눈을 똑바로 뜬다. 이것들이 모양은 다르다 할지라도 원바탕은 한바탕이리라.

올롱이
불룩 튀어나온 모양.

'에이 망할년들!'

서방님은 진저리를 치며 벌떡 일어나 앉아서는 권연에 불을 붙인다. 등줄기가 선뜩하며 식은땀이 흥건히 내솟았다.

그것도 좋으련만 부엌에서는 그릇 깨지는 소리와 함께 아내가 악을 쓰는 걸 보면 행랑어멈과 또 *말시단이 되는 듯싶다. 무슨 일인지 자세히는 알 수 없으나

말시단
말시비가 붙는 것.

"자넨 그래 *게다니나?"

하니까

"전 빨리 다니진 못해요."

하고 행랑어멈의 *데퉁스러운 그 대답—

게다니나?
기어다니나?

서방님도 행랑어멈의 음성만 들어도 몸서리를 치며 사지가 졸아드는 듯하였다. 그리고,

데퉁하다
언행이 미련하고 거칠다.

'아 아! 내 뭘 보구 그랬던가? 검붉은 그 얼굴 푸르딩딩하고 꺼칠한 그 입술 그건 그렇다 하고 찝찔한 짠지 냄새가 확 끼치는 그리고 생후 목물 한 번도 못해봤을 듯싶은 때꼽 낀 그 몸뚱어리는? 에잇 추해! 추해! 내 뭘 보구? 술이다. 술, 분명히 술의 작용이었다.'

하고 또다시 애꿎은 술만 탓하지 않을 수 없다. 아무리 생각을 안 하려 하여도 그날 밤 지냈던 일이 추악한 그 일이 저절로 머릿속에서 뱅글뱅글 도는 것이다.

과연 새벽녘 집에 다다랐을 때쯤 하여서는 하늘 땅이 움직이도록 술이 잠뿍 올랐다. 택시에서 내리어 엎으러지고 다시 일어나다가 옆집

돌담에 부딪치어 면상을 깐 것만 보아도 취한 것이 확실하였다. 그러나 대문을 열어 주고 눈을 비비고 섰는 어멈더러

"왔나?"

하다가

"안즉 안 왔어요. 아마 며칠 묵어서 올 모양인가 봐요."

그제야 안심하고 그 허리를 콱 부둥켜안고 행랑방으로 들어간 걸 보면 전혀 정신이 없던 것도 아니었다. 왜냐면 아침 나절 아범이 들어와저 살던 고향에 좀 다녀오겠다고 인사를 하고 나간 것을 정말 취한 사람이면 생각해 냈을 리가 있겠는가.

맥없이
아무 이유 없이.

허나 년의 행실이 더 고약했는지도 모른다. 전일부터 *맥없이 빙글빙글 웃으며 눈을 째긋이 꼬리를 치던 것은 그만두고라도 방에서 그 알량한 낯판때기를 갖다 비비며,

"전 서방님허구 살구 싶어요. 웬일인지 전 서방님만 뵈면 괜스리 좋아요."

"그래그래 살아 보자꾸나!"

"전 뭐 많이도 바라지 않아요, 그저 집 한 채만 사주시면 얼마든지 살림하겠어요."

그리고 가장 이쁜 듯이 팔로 그 목을 얽어들이며

"그렇지 않아요? 서방님! 제가 뭐 기생 첩인가요 색시 첩인가요 더 바라게?"

더욱이 앙큼스러운 것은 나중에 발뺌하는 그 태도이었다. 안에서 이 눈치를 채고 아내가 기겁을 하여 뛰어나와서 그를 끌어낼 때 어멈은 뭐랬는가. 아내보다도 더 분한 듯이 쌔근거리고 서서는 그리고 눈을 *사박스리 홉뜨고는

"행랑어멈은 일 시키자는 행랑어멈이지 이러래는 거예요?"

이렇게 바루 호령하지 않았던가. 뿐만 아니라 고대 자기를 보면 괜스레 좋아서 죽겠다던 년이 *딴통같이

"아범이 없길래 망정이지 이걸 아범이 안다면 그냥 안 있어요. 없는 사람이라구 너무 업신여기지 마셔요."

물론 이것이 쥔아씨에게 대하여 저의 면목을 세우려는 뜻도 되려니와 하여튼 년도 무던히 앙큼스러운 계집이었다. 그리고 나서도 그 다음날 밤중에는 자기가 대문을 들어서자마자 술취한 사람을 되는 대로 잡아끌고서 행랑방으로 들어간 것도 역시 그년이 아니었던가. 하지만 잘 따져 보면 모두가 자기의 *불근신한 탓으로 돌릴 수밖에 없고

'문지방 하나만 더 넘어서면 곱고 깨끗한 아내가 있으련만 그걸 뭘 보구?'

이렇게 생각해 보니 곧 창자가 뒤집힐 듯이 속이 아니꼽다.

그러나 이미 엎지른 물이니 주워담을 수도 없는 노릇이고 어째 볼래야 어째 볼 엄두조차 나질 않는다.

서방님은 생각다 못하여 하릴없이 궁한 음성으로 아씨를 넌지시 도로 불러들였다. 그리고 거진 울 듯한 표정으로

"여보! 설혹 내가 잘못했다 합시다. 이왕 이렇게 되고 난 걸 노하면 뭘 하오?"

하고 속 썩는 한숨을 휘 돌리고는

사박스럽다
보기에 독살스럽게 야멸차다.

딴통같이
전혀 엉뚱하게.

불근신
삼가고 조심하지 않음.

"그렇다고 내가 나서서 나가라 마라 할 면목은 없소. 허니 당신이 날 살리는 셈 치고 그걸 조용히 불러서 돈 십 원이나 주어서 나가게 하도록 해보우."

"당신이 못 내보내는 걸 내 말은 듣겠소."

아씨는 아까 윽박질렸던 *앙가푸리로 이렇게 톡 쏘긴 했으나

앙가푸리
앙갚음.

"만일 친구들에게 이런 걸 발설한다면 내가 이 낯을 들고 문 밖엘 못 나설 터이니 당신이 잘 생각해서 해주."

하고 풀이 죽어서 빌붙는 이 마당에는

"그년에게 그래 괜히 돈을 준담!"

하고 혼잣소리로 쫑알거리고는 밖으로 나오지 않을 수 없다. 더 비위를 긁었다가는 다시 재떨이가 공중을 날 것이고 그러면 집안만 소란할 뿐 외려 더욱 창피한 일이었다.

아씨는 마루 끝에 와 웅크리고 앉아서 심부름하는 계집애를 시키어 어미를 부르게 하고 그리고 다시 생각해 보니 어멈도 물론 괘씸하거니와 계집이면 덮어놓고 맥을 못 쓰는 남편도 남편이렷다. 그의 본처라는 자기 말고도 수하동에 기생 첩을 치가하였고 또는 청진동에 쌀나무만 대고 드나드는 여학생 첩도 있는 것이다. 꽃 같은 계집들이 이렇게 앞에 놓였으련만 무슨 까닭에 행랑어멈은 그랬는지 그 속을 모르겠고

'그것두 외양이나 잘났음 몰라두 그 상판때기를 뭘 보구? 에! 추해!' 하고 아씨는 자기가 치른 것같이 메스꺼운 생각이 안 날 수 없었다.

그러나 이런 일이란 언제든지 계집이 먼저 꼬리를 치는 법이었다. 그렇게 생각하면 우선 행랑어멈 이년이 더욱 *숭칙스러운 골치라 안 할 수 없다. 처음 올 적만 해도 시골서 살다 쫓겨 올라온 지 며칠 안 되는데 방이 없어서 이러고 다닌다고 하며 궁상을 떠는 것이 좀 측은히 본 것이 아니었던가. 한편 시골 거라 부려먹기에 힘이 덜 드러니 하고 둔 것이 단 열흘도 못 되어 까만 낯바닥에 분때기를 칠한다 머리에 기름을 바른다 치마를 외로 돌아 입는다 하며 휘즐르고 다니는 걸 보니 서울서 닳아도 어지간히 닳아먹은 계집이었다. 그렇다 치더라도 일을 시켜 보면 뒷간까지도 죽어 가는 시늉으로 하고 하던 것이 행실을 버려 논 다음부터는 제가 마땅히 해야 할 걸레질까지도 순순히 하려 하질 않는다. 그리고 고기 한 *메를 사러 보내도 일부러 주인이 *안을 채이기 위하여 열나절이나 있다 오는 이년이 아니었던가.

숭칙스러운
흉측스러운.

메
매. 덩어리.

안을 채이다
속을 태우다.

"자네 대리는 오금이 붙었나?"

아씨가 하 기가 막혀서 이렇게 꾸중을 하면

"저는 세상없는 일이라도 빨리는 못 다녀요!"

하고 시퉁그러진 소리로 눈귀가 실룩이 올라가는 이년이 아니었던가. 그나 그뿐이랴. 아씨가 서방님과 어쩌다 같이 자게 되면 시키지도 않으련만 아닌 밤중에 슬며시 들어와서 끓는 *고래에다 불을 처지펴서 요를 태우고 알몸을 구워 놓은 이년이었다.

그러나 이렇게 생각하면 막벌이를 한다는 그 남편놈이 더 숭악할는지 모른다.

이년의 소견으로는 도저히 애 뱄다는 자세로 며칠씩 그대로 자빠져서 내다 주는 밥이나 먹고 누웠을 그런 배짱이 못 될 것이다. 아씨가 화가 치밀어서 어멈을 불러들이어

"자네는 어떻게 된 사람이길래 그리 도도한가. 아프다고 누웠고 애 뱄다고 누웠고 졸립다고 누웠고 이러니 대체 일은 누가 할 겐가?"

이렇게 눈이 빠지라고 톡톡히 역정을 내었을 제

"애 밴 사람이 어떻게 일을 해요? 아이 별일두! 아씨는 홀몸으로도 일 안 하시지 않아요?"

하고 저도 마주 대고 눈을 똑바로 뜬 걸 보더라도 제 속에서 우러나온 소리는 아닐 듯싶었다. 순사가 인구조사를 나왔다가 제 성명을 물어도 벌벌 떨며 더듬거리는 이년이 아니었던가. 이렇게 생각하면 아씨는 두 연놈에게 *쥐키어 그 농간에 노는 것이 고만 절통하여

"그럼 자네가 쥔아씨 대우로 받쳐 달란 말인가?"

"온 별 말씀을 다 하셔요, 누가 아씨로 받쳐 달랬어요?"

어멈은 저로도 엄청나게 기가 막힌지 콧등을 한번 씽긋하다가

고래
방고래. 방의 구들장 밑으로 나 있는, 불길과 연기가 나가는 길.

쥐키다
쥐이다. 손 안에서 놀아나다.

250 김유정

"애 밴 사람이 어떻게 몸을 움직이란 말씀이야요? 아씨두 원 심하시지!"

"애 애 허니 뉘 눔의 앨 뱄길래 밤낮 그렇게 *우좌스리 대드나?"

하고 불같이 골을 팩 내니까

"뉘 눔의 애라니요? 아씨두! 그렇게 막 말씀할 게 아니야요. 애가 커서 이 담에 데련님이 될지 서방님이 될지 사람의 일을 누가 알아요?"

하고 저도 모욕이나 당한 듯이 아씨 *붑지 않게 큰 소리로 대들었다.

아씨는 이 말에 가슴뿐만 아니라 온 전신이 고만 뜨끔하였다. 터놓고 말은 없어도 년의 어투가 서방님의 앨지도 모른다는 음흉이리라마는 설혹 그렇다면 실지 지금쯤은 만삭이 되어 배가 태독 같아야 될 것이다. 부른 배를 보면 댓 달밖에 안 되는 쥐새끼를 가지고도 틀림없이 서방님 건 듯이 이렇게 흉중을 떠는 것을 생각하니 곧 달겨들어 뺨 한 대를 갈기고도 싶고 그러면서도 일변 후환이 될까 하여 가슴이 죄어지지 않을 수도 없는 노릇이었다.

'오늘은 이년을 대뜸……'

아씨는 이렇게 맘을 다부지게 먹고 중문을 들어서는 어멈에게 매서운 시선을 보내었다.

그러나 그렇다고 얼러 딱딱거렸다가는 더욱 내보낼 가망이 없을 터이므로 결국 좋은 소리로

"여보게! 자네에게 이런 소리를 하는 것은 좀 뭣하나?"

우좌스리
우좌스레. 우악스럽게.

붑지 않다
불지않다. 못지 않다.

하고 점잖이 기침을 한번 하고는

"자네더러 나가라는 건 나부터 좀 섭섭한데 말이야. 자네가 뭐 밉다든가 해서 내쫓는 게 아닐세. 그러면 자네 대신 다른 사람을 들여야 할게 아닌가? 그런 게 아니라 자네도 아다시피 저 마당에 쌓인 저 세간을 보지? 인제 눈은 내릴 터이고 저걸 어떻게 주체하나? 그래 생각다 못해 행랑방으로 척척 들여쌓으려고 하니까 미안하지만 자네더러 방을 내달라는 말일세."

"그러나 차차 추워질 텐데 갑작스리 어디로 나가요?"

찔쩍하다
질척하다.

행랑어멈은 짐작치 않았던 그 명령에 고만 얼떨떨하여 *찔쩍한 두 눈이 휘둥그렜으나

"그래서 말이지 이런 일은 번이 없는 법이지만 내가 돈 십 원을 줄테니 이걸로 *앞다리를 구해 나가게."

앞다리
앞으로 새롭게 옮겨 갈 거처.

하고 큰 지전 장을 생색 있게 내줌에는

"글쎄요 그렇지만 그렇게 곧 나갈 수는 없을 걸요."

하고 주밋주밋 돈을 받아 들고는 좋아서 행랑방으로 삥 나가지 않을 수 없었다.

아씨도 이만하면 네년이 떨어졌구나 하고 비로소 안심이 되었다. 마는 단 오 분이 못 되어 어멈이 부리나케 들어오더니 그 돈을 내어놓으며

"다시 생각해 보니까 못 떠나겠어요. 어떻게 몸이나 풀구 한 뒤 달지나야 움직일 게 아냐요? 이 몸으로 어떻게 이사를 해요?"

또라지다
당돌하고 또렷하다.

달룽하다
덜컹하다.

하고 *또라지게 딴청을 부리는 데는 아씨는 고만 가슴이 다시 *달룽하였다. 이년이 필연코 행랑방에 나갔다가 서방놈의 훈수를 듣고 들어와서 이러는 것이 분명하였다.

아씨는 더 말할 형편이 아님을 알고 돈을 받아 든 채 그대로 벙벙히

섰지 않을 수 없었다. 그러나 한참 지난 뒤에야 안방으로 들어가서 서
방님에게 일일이 고해 바치고

"나는 더 할 수 없소. 당신이 내쫓든지 어떡허든지 해보우!"

하고 속 썩는 한숨을 쉬니까

"오죽 *뱅충맞게 해야 돈을 주고도 못 내본낸담? 쩨! 쩨! 쩨!"

하고 서방님은 도끼눈으로 혀를 찬다. 어멈을 못 내보내는 것이 마치
아씨의 말주변이 부족해 그런 듯싶어서이다. 그는 무엇으로 아씨를 이
윽히 노려보다가

"나가! 보기 싫여!"

하고 공연스레 역정을 벌컥 내었다. 마는 역정은 역정이로되 그나마
행랑방에 들릴까 봐 겁을 집어먹은 가는 소리로 큰소리의 행세를 하려
니까 서방님은 자기 속만 부적부적 탈 뿐이었다.

그것도 그럴 것이 서방님은 이걸로 말미암아 사날 동안이나 밖으로
낯을 들고 나오지 못하였다. 자기를 보고 *실적게 씽긋씽긋 웃는 년도
년이려니와 자기의 앞에 나서서 멋없이 굽신굽신하는 그 서방놈이 더
능글차고 숭악한 것이 보기조차 두려웠다.

서방님은 이불을 머리까지 들쓰고는 여러 가지 귀신을 손으로 털어
가며

"끙! 끙!"

하고 앓는 소리를 치고 하였다. 그리고 밥도 잘 안 자시고는 무턱대고
죄 없는 아씨만 들볶아 대었다.

"물이 왜 이렇게 차? 아주 얼음을 깨오지 그래."

어떤 때에는

"방에 누가 불을 때랬어? 끓여 죽일 터이야?"

뱅충맞다
빙충맞다. 어리석으며
수줍음을 타는 데가
있다.

실적다
실없다.

이렇게 까닭 모를 불평이 자꾸만 자꾸만 나오기 시작하였다.

아씨는 전에도 서방님이 이렇게 앓은 경험이 여러 번 있으므로 이번에도 며칠 밤을 새우고 술을 먹더니 *주체가 났나 보다고 생각할 것이 돌리었다. 부모가 물려준 재산을 잘 온전히 못 쓰고 저러나 싶어서 딱한 생각을 먹었으나 그래도 서방님의 몸이 축갈까 염려가 되어 풍로에 *으이를 쑤고 있노라니까

"아씨! 전 오늘 이사를 가겠어요."

하고 어멈이 앞으로 다가선다. 아씨는 어떻게 되는 속인지 몰라서 떨떠름한 낯으로,

"어떻게 그렇게 곧 떠나게 됐나?"

"네! 앞다리도 다 정하고 해서 지금 이삿짐을 옮기려구 그래요."

하고 어멈은 안마당에 놓였던 새끼뭉텅이를 가지고 나간다. 그 모양이 어떻게 신이 났는지 치마 뒤도 여밀 줄 모르고 미친년같이 *허벙거리며 나간 것이었다.

아씨는 이 꼴을 가만히 보고 하여튼 앓던 이 빠진 것처럼 시원하긴 하나 그러나 년이 급작이 떠난다고 서두는 그 속이 한편 이상도 스러웠다. 좀체로 해서 앉은 방석을 아니 뜨던 이년이 제법 훌훌이 털고 일어설 적에는 여기에 딴속이 있지 않으면 안 될 것이다.

얼마 후 아씨는 궁금한 생각을 먹고 문간까지 나와 보니 어멈네 두 내외는 구루마에 짐을 다 실었다. 그리고 바구니에 잔 세간을 넣어 손에 들고는 작별까지 하고 가려는 어멈을 보고

"자네 또 행랑살이로 가나?"

하고 물으니까

"저는 뭐 행랑살이만 밤낮 하는 줄 아셔요?"

하고 그전부터
눌려 왔던 그
아씨에게 *주
짜를 뽑는 것이다.

"그럼 사글세루?"

"사글세는 왜 또 사글세야요? 장사하러
가는데요!"

하고 나도 인제는 너만 하단 듯이 비웃는 눈치이다가

"장사라니 밑천이 있어야 하지 않나?"

"*고뿌 술집 할 테니까 한 이백 원이
면 되겠지요. 더는 해 뭘 하게요?"

하고 네 보란 듯 *토심스레 내뱉고
는 구루마의 뒤를 따라 골목 밖으
로 나아간다.

아씨는 가만히 눈치를 봐
하니 저년이 정녕코 돈 이백
원쯤은 수중에 가지고 *히
짜를 빼는 모양이었다. 그
렇다면 어제 저녁 자기가
뒤란에서 한참 바쁘게 약을
끓이고 있을 제 년이 안방을 친다고 들어가서 오래 있었는데 아마 그
때 서방님과 수작이 되고 돈두 그때 주고받은 것이 *확적하였다. 그렇
지 않으면 고분고분 떠날 리도 없거니와 그년이 *생파같이 돈 이백 원
이 어서 생기겠는가. 그렇게 따지고 보면 벌써부터 칠팔십 원이면 사

주짜를 뽑다
제 분수를 모르고 버릇
없게 행동하다.

고뿌 술집
선술집.

토심스레
불쾌하고 아니꼽게.

히짜를 빼다
짐짓 희떱게 굴다.

확적하다
확실하다.

생파같이
난데없이. 갑자기.

의걸이
옷걸이.

줄 그 신식 *의걸이 하나 사달라고 그리 졸랐건만도 못 들은 척하던 그가 어멈은 하상 뭐길래 이백 원씩 희떱게 내주나 싶어서 곧 분하고 원통하였다.

아씨는 새빨간 눈을 뜨고 안방으로 부르르 들어와서

"그년에게 돈 이백 원 주었수?"

하고 날카로운 소리를 내었다. 그러나 서방님은 암말 없이 드러누워서 입맛만 다시니 아씨는 더욱더 열에 뜨이어,

"글쎄 이백 원이 얼마란 말이오? 그년에게 왜 주는 거요. 그런 돈 나에겐 못 주?"

이렇게 포악을 쏟아 놓다가 급기야는 눈에 눈물이 맺힌다.

그래도 서방님은 입을 꽉 다물고는 대답 대신

"끙! 끙!"

하고 신음하는 소리만 낼 뿐이다.

『동백꽃』, 삼문사, 1938

따라지

쪽대문을 열어 놓으니 사직공원이 환히 내려다보인다.

인제는 봄도 늦었나 보다. 저 건너 돌담 안에는 사쿠라꽃이 벌겋게 벌어졌다. 가지가지 나무에는 싱싱한 싹이 피었고, 새침히 옷깃을 핥고 드는 요놈이 꽃샘이겠지. 까치들은 새끼 칠 집을 장만하느라고 가지를 입에 물고 날아들고—

이런 제기랄, 우리집은 언제나 수리를 하는 겐가. 해마다 고친다, 고친다, 벼르기는 연신 벼르면서 그렇다고 사직골 꼭대기에 올라붙은 *깨웃한 초가집이라서 싫은 것도 아니다. 납작한 처마 밑에 비록 묵은 *이엉이 무더기 무더기 흘러내리건 말건, 대문짝 한 짝이 삐뚜로 박히건 말건 장독 뒤의 판장이 아주 벌컥 나자빠져도 좋다. 참말이지 그놈의 부엌 옆의 뒷간만 좀 고쳤으면 원이 없겠다. 밑둥의 벽이 확 나가서 어떤 게 부엌이고 뒷간인지 분간을 모르니 게다 여름이 되면 부엌 바닥으로 구더기가 슬슬 기어들질 않나. 이걸 보면 *고대 먹었던 밥풀이 그만 곤두서고 만다. 에이 추해 추해, 망할 녀석의 영감쟁이. 그것 좀 고쳐 달라고 그렇게 성화를 해도—

쪽대문이 도로 닫겨지며 소리를 요란히 낸다. 아침 설거지에 젖은 손을 치마로 닦으며 주인마누라는 오만상이 찌푸려진다.

그러나 실상은 사글세를 못 받아서 약이 오른 것이다. 영감더러 받아 달라면 마누라에게 밀고 마누라가 받자니 고분히 내질 않는다.

여태껏 밀어 왔지만 느들 오늘은 안 될라 마음을 아주 다부지게 먹고 *거는방 문을 홱 열어 젖힌다.

"여보! 어떻게 됐소?"

"아 이거 참 미안합니다. 오늘두—"

텁수룩한 칼라 머리를 이렇게 긁으며 역시 우물쭈물이다.

"오늘두라니 그럼 어떡헐 작정이오?"

하고 눈을 한번 크게 떠보였다. 마는 이 위인은 맘만 얼러도 노할 주변
도 못 된다.

　나이가 새파랗게 젊은 녀석이 왜 이리 할 일이 없는지 밤낮 방구석
에 팔짱을 지르고 멍하니 앉아서는 얼이 빠졌다. 그렇지 않으면 이불
을 뒤쓰고는 *줄창같이 낮잠이 아닌가. 햇빛을 못 봐서 얼굴이 누렇게
시들었다. 경무과 제복공장의 직공으로 다니는 즈 누이의 월급으로 둘
이 먹고 지낸다. 누이가 과부길래 망정이지 서방이라도 해가면 이건
어떡하려고 이러는지 모른다. 제 신세 딱한 줄은 모르고 만날

"돈은 우리 누님이 쓰는데요—누님 나오거든 말씀하십시오."

줄창같이
줄곧.

"당신 누님은 밤낮 *사날만 참아 달라는 게 아니오. 사날 사날 허니 그래 은제나 돼야 사날이란 말이오?"

"미안스럽습니다. 그러나 이번엔 사날 후에 꼭 드리겠습니다. 이왕 참아 주시던 길이나—"

"글쎄 은제가 사날이란 말이오?"

하고 주름 잡힌 이맛살에 화가 다시 치밀지 않을 수가 없다. 이놈의 사날이란 석 달인지 삼 년인지 영문을 모른다. 그러나 저쪽도 쾌쾌히 들어덤벼야 말하기가 좋을 텐데, *울가망으로 한풀 꺾이어 들어옴에는 더 지껄일 맛도 없는 것이다.

"돈두 다 싫소. 오늘은 방을 내주."

그는 말 한마디 또렷이 남기고 방문을 탁 닫아 버렸다. 그러고 서너 발 뚜덜거리며 물러서자 다시 가서 문을 열어 잡고

"오늘 우리 조카가 이리 온다니까 어차피 방은 있어야 하겠소."

장독 옆으로 빠진 수채를 건너 서면 바로 아랫방이다. *번시는 광이었으나 셋방 놓으려고 *싱둥겅둥 방을 들인 것이다. 흙칠한 것도 위채보다는 아직 성하고 신문지로 처덕이었을망정 제법 벽도 번듯하다.

비바람이 들이치어 누렇게 들뜬 미닫이였다. 살며시 열고 노려보니 망할 *노랑퉁이가 여전히 이불을 쓰고 끙, 끙, 누웠다. 노란 낯짝이 광대뼈가 툭 불거진 게 어제만도 더 못한 것 같다. 어쩌자고 저걸 들였는지 제 생각을 해도 *소갈찌는 없었다. 돈도 좋거니와 팔자에 없는 송장을 칠까 봐 애간장이 다 졸아든다.

하기야 처음 올 때에 저 병색을 모른 것도 아니고

"영감님! 무슨 병환이슈?"

하고 겁을 먹으니까

"감기가 좀 들렀더니 이러우."

이런 골치 같은 영감쟁이가 또 있으랴. 그리고 그날
부터 뒷간에다 피똥을 내깔기며 이 앓는 소리로 쩔쩔
매는 것이다. 보기에 추하기도 할 뿐더러 그 신음 소리
를 들을 적마다 사지가 으스러지는 것 같다.

버스

그러나 더 얄미운 것은 이걸 데리고 온 그 딸이었다.
버스 걸 다니니까 아마 거짓말이 심한 모양이다. *부족증이라고 한마
디만 했으면 속이나 시원할 걸 여태도 감기가 *쇄서 그렇다고 빠득빠
득 우긴다. 방을 안 줄까 봐 속인 고 행실을 생각하면 곧 눈에 불이 올
라서

"영감님! 오늘은 방셀 주셔야지요?"

"시방 내 몸이 아파 죽겠소."

영감님은 괜한 소리를 한단 듯이 썩 군찮게 벽 쪽으로 돌아눕는다.
그리고 어그머니 끙끙, 움츠라드는 소리를 친다.

"아니 영 방세는 안 내실 테요?"
하고 소리를 빽 지르지 않을래야 않을 수 없다.

"내 시방 죽는 몸이오. 가만있수."

"글쎄 죽는 건 죽는 거고 방세는 방세가 아니오. 영감님 죽기로서니
어째 내 방세를 못 받는단 말이오!"

"내가 죽는데 어째 또 방세는 낸단 말이오?"

영감님은 고개를 돌리어 눈을 부릅뜨고 마나님 *붑지 않게 호령이
었다. 죽을 때가 가까워 오니까 악이 받칠 대로 송두리 받친 모양이다.

"정 그렇거든 내 딸 오거든 받아 가구려."

"이건 누구에게 *찌다운가 온, 별일두 다 많어이."

부족증(不足症)
폐결핵, 또는 인체 내의
진액 부족으로 원기가
몹시 쇠약해지는 증상.

쇄다
점점 더 심해지다.

붑지 않게
못지 않게.

찌다우
남에게 등을 대어 기대
거나 떼를 씀.

하고 홀로 입 속으로 중얼거리며 물러가는 것도 상책일는지 모른다. 괜스레 병든 것과 *겯고 틀고 이러단 결국 이쪽이 *한 굽 죄인다. 그보다는 딸이 나오거든 톡톡히 따져서 내쫓는 것이 일이 쉬우리라.

그 옆으로 좀 사이를 두고 나란히 붙은 미닫이가 또 하나 있다. 열고자 문설주에 손을 대다가 잠깐 멈칫하였다. 툇마루 위에 *무람없이 올려 놓인 이 구두는 분명히 아키코의 구두일 게다. 문 열어 볼 용기를 잃고 그는 부엌 쪽으로 돌아가며 쓴 입맛을 다시었다.

카펜가 뭔가 다니는 계집애들은 죄다 그렇게 *망골들인지 모른다. 영애하고 아키코는 아무리 잘 봐도 씨알이 사람 될 것 같지 않다. 아래위턱도 몰라보는 애들이 난봉질에 향수만 찾고 그래도 영애란 계집애는 비록 심술은 내고 내댈망정 뭘 물으면 대답이나 한다. 요 아키코는 방세를 내래도 입을 꼭 다물고는 *안차게도 대꾸 한마디 없다. 여러 번 듣기 싫게 조르면 그제는 이쪽이 낼 성을 제가 내가지고

"누가 있구두 안 내요? 좀 편히 계셔요, 어련히 낼라구, 그런 극성 첨 보겠네."

이렇게 쥐어박는 소리를 하는 것이 아닌가. 좀 편히 계시라는 이 말에는 하 어이가 없어서도 고만 찔끗 못한다.

"망할 년! 은젠 병이 들었었나?"

쓸 방을 못 쓰고 사글세를 논 것은 돈이 아쉬웠던 까닭이었다. 두 영감 마누라가 산다고 호젓해서 동무로 모은 것도 아니다. 그런데 팔자가 사나운지 모두 우거지상, 노랑퉁이, 말괄량이, 이런 몹쓸 것들뿐이다. 이 망할 것들이 방세를 내는 셈도 아니요 그렇다고 아주 안 내는 것도 아니다. 한 달치를 비록 석 달에 별러 내는 한이 있더라도 역 내는 건 내는 거였다. 즈들끼리 짜우나 한 듯이 팔십 전 칠십 전 그저 일

겯고 틀다
버티어 겨루다.

한 굽 죄이다
한 수 수그리고 들어
가다.

무람없이
버릇없게.

망골
주책스런 사람.

안차다
겁이 없고 깜찍하다.

원, 요렇게 짤금짤금거리고 만다.

오늘은 크게 *얼를 줄 알았더니 하고 보니까 역시 어저께나 다름이 없다. 방의 세간을 마루로 내놔 가며 세를 들인 보람이 무엇인지 그는 마루 끝에 걸터앉아서 화풀이로 담배 한 대를 피워 문다.

그러나 아무리 생각해도 내 방 빌리고 내가 말 못하는 것은 병신스러운 짓임에 틀림이 없다. 담뱃대를 마루에 내던지고 약을 좀 올려 가지고 다시 아래채로 내려간다. 기세 좋게 방문이 홱 열리었다.

"아키코! 이봐! 자?"

아키코는 네 활개를 꼬 벌리고 아키코답게 무사태평히 코를 골아 울린다. 젖퉁이를 풀어헤친 채 부끄럼 없고, 두 다리는 이불 싼 위로 번쩍 들어 올렸다. 담배 연기 가득 찬 방 안에는 분내가 홱 끼치고―

"이봐! 아키코! 자?"

이번에는 대문 밖에서도 잘 들릴 만큼 목청을 돋우었다. 그러나 생시에도 대답 없는 아키코가 꿈속에서 대답할 리 없음을 알았다. 그저 겨우 입 속으로

"망할 계집애두, 가랑머릴 쩍 벌리고 저게 온― 쩨쩨."

미닫이가 딱 닫겨지는 서슬에 문틀 위의 안약병이 떨어진다.

그제야 아키코는 조심히 눈을 떠보고 일어나 앉았다. 망할 년, 저보고 누가 보랬나, 하고 한옆에 놓인 손거울을 집어 든다. 어젯밤 잠을 설친 바람에 얼굴이 부석부석하였다. 권연에 불이 붙는다.

그는 천정을 향하여 연기를 내뿜으며 가만히 바라본다. 뾰족한 입에서 연기는 고리가 되어 한 둘레 두 둘레 새어 나온다. 고놈을 하나씩 손가락으로 꼭 찔러서 터치고 터치고―

아까부터 영애를 기다렸으나 오정이 가까워도 오질 않는다. *단성

사엘 갔는지 창경원엘 갔는지, 그래도 저 혼자는 안 갈 것이고. 이런 때이면 방 좁은 것이 새삼스리 불편하였다. 햇빛이 안 들고 늘 습한 건 말고 조금만 더 넓었으면 좋겠다. 영애나 아키코나 둘 중의 누가 밤의 손님이 있으면 하나는 나가 잘 수밖에 없다. 둘이 자도 어깨가 맞부딪는데 그런데 셋이 자기에는 너무 창피하였다. 나가서 자면 숙박료는 오십 전씩 받기로 하였으니까 못 잘 것도 아니다마는 그 담날 밝은 낮에 여기까지 허덕허덕 찾아오는 것이 어째 좀 어색한 일이었다.

어제도 카페서 나오다가 골목에서 영애를 꾹 찌르고

"얘! 너 오늘 어디서 자구 오너라."

하고 귓속말을 하니까

"또? 얘 너는 좋구나!"

"좋긴 뭐가 좋아? 애두!"

아키코는 좀 수줍은 생각이 들어 쭈뼛쭈뼛 그 손에 돈 팔십 전을 쥐여 주었다. 여느 때 같으면 오십 전이지만 그만치 미안하였다. 마는 영애는 *지루퉁한 낮으로 돈을 받아 넣으며 또 하는 소리가

지루퉁하다
못마땅하여 시무룩하다.

"얘! 인젠 종로 근처로 우리 큰 방을 얻어 오자."

"그래 가만있어— 잘 가거라, 그리고 내일 일찍 와—"

남 인사하는 데는 대답 없고

"나만 밤낮 나와 자는구나!"

엇먹다
엇나가는 언행으로 비꼬다.

이것은 필시 아키코에게 *엇먹는 조롱이겠지. 망할 애도 저더러 누가 뚱뚱하고 못생기게 나랬나, 그렇게 빼지게 허지만 영애가 설마 아키코에게 빼지거나 엇먹지는 않았으리라.

아키코는 벽께로 허리를 펴며 팔뚝시계를 다시 본다. 오정하고 십오 분 또 삼 분. 영애가 올 때가 되었는데, 망할 거 누가 채 갔나. 기지개

를 한번 늘이고 돌아누우며 미닫이께로 고개를 가져간다. 문 아랫도리에 손가락 하나 드나들 만한 구멍이 뚫리었다. 주인마누라가 그제야 좀 화가 식었는지 안방으로 휘젓고 들어가는 치마꼬리가 보인다. 그리고 마루 뒤주 위에는 언제 꺾어다 꽂았는지 정종병에 엉성히 뻗은 꽃가지. 붉게 핀 것은 복숭아꽃일 게고, 노랗게 척척 늘어진 저건 개나리다. 건넌방 문은 여전히 꼭 닫겼고 뒷간에 가는 기색도 없다. 저 속에는 지금 제가 별명진 *톨스토이가 책상 앞에 웅크리고 앉아서 눈을 감고 앉았으리라. 올라가서 이야기 좀 하고 싶어도 구렁이 같은 주인마누라가 지키고 앉아서 감히 나오지를 못한다.

이것은 아키코가 안채의 *기맥을 정탐하는 썩 필요한 구멍이었다. 뿐만 아니라 저녁 나절에는 재미스러운 연극을 보는 한 요지경도 된다. 어느 때에는 영애와 같이 나란히 누워서 베개를 베고 하나에 한 구멍씩 맡아 가지고 구경을 한다. 왜냐면 다섯 점 반쯤 되면 완전히 히스테리인 톨스토이의 누님이 공장에서 나오는 까닭이었다.

그 누님은 성질이 어찌 괄한지 대문간서부터 들어오는 기색이 난다. 입을 다물고 눈살을 접은 그 얼굴을 보면 일상 마땅치 않은 그리고 세상의 낙을 모르는 사람 같다. 어깨는 축 늘어지고 풀없어 보이면서 게다 걸음만 빠르다. 들

톨스토이(1828~1910)
러시아의 소설가, 사상가. 도스토옙스키와 함께 19세기 러시아 문학을 대표하는 세계적인 작가이다. 문명비평가, 사상가로서도 명성이 높다. 명문 귀족 출신으로 「전쟁과 평화」, 「안나 카레니나」, 「부활」 등의 대표작이 있고, 「참회록」, 「예술이란 무엇인가」 등의 저서가 있다.

기맥
분위기, 기색.

어오면 우선 건넌방 툇마루에다 빈 벤또를 쟁그렁 하고 내다붙인다. 이것은 아우에게 시위도 되거니와 이래야 또 직성도 풀린다.

그리고 그는 눈을 휘둥그렇게 뜨고 사면의 불평을 찾기 시작한다. 마는 아우는 마당도 쓸어 놓고, 부뚜막의 그릇도 치우고, 물독의 뚜껑도 잘 덮어 놓았다. 신발장이라도 잘못 놓여야 트집을 걸 텐데 아주 말쑥하니까 물바가지를 땅으로 동댕이친다. 이렇게 불평을 찾다가 불평이 없어도 또한 불평이었다.

"마당을 쓸면 잘 쓸든지, 그릇에다 흙칠을 온통 해났으니 이게 다 뭐냐?"

끝이 꼬부라진 그 책망, 아우는 속에서 끽소리 없다.

"밥을 얻어먹으면 밥값을 해야지, 늘 부처님같이 방구석에 꽉 앉았기만 하면 고만이냐?"

이것이 하루 몇 번씩 귀아프게 듣는 인사이었다. 눈을 *홉뜨고 서서, 문 닫힌 건넌방을 향하여 퍼붓는 포악이었다. 그런 때이면 야윈 목에가 굵은 핏대가 불끈 솟고 구부정한 허리로 게거품까지 흐른다. 그러나 이건 보통 때의 말이다. 어쩌다 공장에서 뒤를 늦게 본다고 감독에게 쥐어박히거나, 혹은 재봉침에 엄지손톱을 박아서 반쯤 죽어 오는 적도 있다. 그러면 가뜩이나 급한 그 행동이 더 불이야 불이야 한다. 손에 잡히는 대로 그릇을 내던져 깨치며

"왜 내가 이 고생을 해가며 널 먹이니, 응 이놈아?"

헐없이 미친 사람이 된다. 아우는 그래도 귀가 먹은 듯이 잠자코 앉았다. 누님은 혼자 서서 제 몸을 들볶다가 나중에는 울음이 탁 터진다. 공장살이에 받는 설움을 모두 아우의 탓으로 돌린다. 그러면 할일없이 아우는 마당에 내려와서 누님의 어깨를 두 손으로 붙잡고

"누님! 다 내가 잘못했수, 그만두."

하고 달래지 않을 수 없다.

"네가 이놈아! 내 살을 뜯어먹는 거야."

"그래 알았수, 내가 다 잘못했으니 고만둡시다."

"듣기 싫여, 물러나."

하고 벌떡 떠다밀면 땅에 펄썩 주저앉는 아우다. 열적은 듯, 죄송한 듯, 얼굴이 벌게서 털고 일어나는 그 아우를 보면 우습고도 일변 가여웠다.

그러나 더 우스운 것은 마루에서 저녁을 먹을 때의 광경이다. 누님이 밥을 퍼가지고 올라와서는 암말 없이 아우 앞으로 한 그릇을 쭉 밀어 놓는다. 그리고 자기는 자기대로 외면하여 푹푹 퍼먹고 일어선다. 물론 반찬도 각각 먹는 것이다. 아우는 군말 없이 두 다리를 세우고, 눈을 내려깔고는 그 밥을 떠먹는다. 방에 앉아서, 주인마누라는 업신여기는 눈으로 은근히 흘겨 준다.

영애는 톨스토이가 너무 병신스러운 데 골을 낸다. 암만 얻어먹더라도 씩씩하게 대들질 못하고 저런, 저런. 그러나 아키코는 바보가 아니라, 사람이 너무 착해서 그렇다고 우긴다.

하긴 그렇다고 누님이 자기 밥을 얻어먹는 아우가 미워서 그런 것도 아니다. 나뭇잎이 *등긋등긋 날리던 작년 가을이었다. 매일같이 하 들볶으니까 온다간다 말 없이 하루는 아우가 없어졌다. 이틀이 되어도 없고 사흘이 되어도 없고 일주일이 썩 지나도 영 들어오지를 않는다.

누님은 아우를 찾으러 다니기에 눈이 뒤집혔다. 그렇게 착실히 다니던 공장에도 며칠씩 빠지고, 혹은 밥도 굶었다. 나중에는 아우가 한을 품고 죽었나 부다고 집에 들오면 마루에 주저앉아서 통곡이었다. 심지

등긋등긋
드물고 성긴 모양.

어 아키코의 손목을 다 붙잡고

"여보! 내 아우 좀 찾아 주, 미치겠수."

"그렇지만 제가 어딜 간 줄 알아야지요."

"아니 그런 데 놀러 가거든 좀 붙들어 주, 부모 없이 불쌍히 자란 그 놈이."

말끝도 다 못 마치고 이렇게 울던 누님이 아니었던가. 아흐레 만에 야 아우는 남대문 밖 동무 집에서 찾아왔다. 누님은 기뻐서 또 울었다. 그리고 그 담날부터 다시 들볶기 시작하였다.

이 속은 참으로 알 수 없고, *여북해야 아키코는 대문 소리만 좀 다 르면

"얘 영애야! 변덕쟁이 온다. 어서 이리 와."

하고 잇속 없이 신이 오른다.

아키코는 남모르게 톨스토이를 맘에 두었다. 꿈을 꾸어도 늘 *울가 망으로 톨스토이가 나타나곤 한다. 꼭 *발렌티노같이 두 팔을 떡 벌리 고 하는 소리가 오! 저는 당신을 사랑합니다. 이 가슴에 안겨 주 소서. 그러나 생시에는 이놈의 톨스토이가 아키코의 애타는 속 도 모르고 본 둥 만 둥이 아닌가. 손님에게 꼭 답장을 할 필요가 있어서

"선생님! 저 연애 편지 하나만 써주셔요."

아키코가 톨스토이를 찾아가면,

"저 그런 거 못 씁니다."

"소설 쓰시는 이가 그래 연애편지를 못 써요?"

하고 어안이 벙벙해서 한참 쳐다본다. 책상 앞에서 늘 쓰고 있는 것이 소설이란 말은 여러 번이나 들었다. 그래 존경해서 선생님이라고 부르

여북해야
기껏해야.

울가망하다
근심스럽거나 답답하 여 기분이 나지 않다.

**루돌프 발렌티노
(1895~1926)**
이탈리아 출생의 미국 영화배우. 렉스 잉그럼 감독의 「묵시록의 4기 사」에 출연하며 스타 가 되었다. 이후 「춘 희」, 「시크」 등의 주역 을 맡아 라틴계통의 미남배우로 많은 인기 를 얻었다.

고 뒤에서는 톨스토이로 받치는데 그래 연애편지 하나 못 쓴다니 이게 말이 되느냐. 하도 기가 막혀서

"선생님! 연애 해보셨어요?"

하면 무안당한 계집애처럼 그만 얼굴이 벌게진다.

"전 그런 거 모릅니다."

아키코는 톨스토이가 저한테 흥미를 안 갖는 걸 알고 좀 샐쭉하였다. 카페서 구는 여급이라고 넘보는 맥인지 조선말로 부르면 흉해서 아키코로 행세는 하지만 영영 아키콘 줄 아나 보다. 어쩌면 톨스토이가 흉측스럽게 아랫방 버스 걸과 눈이 맞었는지도 모른다. 왜냐면 버스 걸이 나갈 때 그때쯤 해서 톨스토이가 세수를 하러 나오고 하는 것을 보았다. 그리고 옥생각인진 몰라도 버스 걸도 요즘엔 버쩍 모양을 내기에 몸이 달았다.

며칠 전에 버스 걸이 거울과 가위를 손에 들고서 아키코의 방엘 찾아왔다.

"언니! 나 이 머리 좀 잘라 주."

"그건 왜 자를려구 그래 그냥 두지?"

"날마다 머리 빗기가 구찮아서 그래."

하고 좀 거북한 표정을 하더니,

"난 언니 머리가 좋아 몽톡한 게!"

웃음으로 겨우 버무린다.

하 조르므로 아키코도 그 좋은 머리를 아니 자를 수 없다. 가위에 힘을 주어 그 중턱을 툭 끊었다. 버스 걸은 손으로 만져 보더니 *재겹게 기쁜 모양이다. 확 돌아앉아서 납쭉한 주둥이로 해해 웃으며

"언니 머리같이 더 좀 들이 잘라 주어요."

재겹게
자지러지게.

"더 자르믄 못써. 이만하면 좋지 않어?"

*대구 졸랐으나 아키코는 머리를 버려 놀까 봐 더 응칠 않았다. 여기에 성이 바르르 나서 버스 걸은 제 방으로 가서는 제 손으로 더 *몽총히 잘라 버렸다. 그 뜯어 논 머리에다 분을 하얗게 바르고는 아주 좋다고 나다니는 계집애다. 양말 뒤축에 빵구가 좀 나도 제 방 들어갈 제 뒤로 기어든다.

아침에 나갈 제 보면 버스 걸은 커단 책보를 옆에 끼고 아주 버젓하다. 처음에 아키코가 고등과에 다니는 학생인가 한 것도 무리는 아니었다. 왜냐면 그 책보가 고등과에 다니는 책보같이 그렇게 탐스럽고 허울이 좋았다. 그러나 차차 알고 보니까 보지도 않는 헌 잡지를 그렇게 포개고 고 사이에 벤또를 꼭 물려서 싼 책보이었다. 벤또 하나만 차면 공장의 계집애나 버스 걸로 알까 봐서 그 무거운 잡지책들을 힘드는 줄도 모르고 들고 왔다갔다하는 것이 아니냐. 그래 놓고는 저녁에 돌아올 때면 웬 도적놈 같은 무서운 중학생놈이 쫓아오고 한다고 늘 성화다.

"그놈 다리를 꺾어 놓지."

이렇게 딸의 비위를 맞추어 병든 아버지는 이불 속에서 큰소리다. 그리고 아침마다 딸 맘에 떡 들도록 그 책보를 싸는 것도 역시 그의 일이었다. 정성스리 *귀를 내어 문 밖으로 두 손을 내받치며

"애! *일직안이 돌아오너라, 감기 들라."

이런 걸 보면 영애는 또 마음에 *마뜩지 않았다. 딸에게 *구리칙칙히 구는 아버지는 보기가 개만도 못하다 했다. 그래 아키코와 쓸데 적게 주고받고 다툰 일까지 있다.

"그럼 딸의 거 얻어먹구 그렇지도 않어?"

대구
무리하게 자꾸.

몽총히
길이나 부피 따위가
조금 모자라다.

귀를 내다
보따리의 귀퉁이가
반듯하게 보이도록
만들다.

일직안이
일찌거니. 일찌감치.

마뜩하다
마음에 맞다.

구리칙칙히
구리터분히.

"그러니 더 *든적스럽지 뭐냐?"

"든적스럽긴 얻어먹는 게 든적스러, 몸에 병은 있구 그럼 어떡허니? 애두! 너무 *빠장빠장 웃기는구나!"

아키코는 샐쭉 토라지다 고개를 다시 돌리어 웅크라뜨는 소리로

"너 느 아버지가 팔아먹었다지, 그래 네 맘에 좋냐?"

"애두! 절더러 누가 그런 소리 하라나?"

하고 영애는 더 덤비지 못하고 그제서는 눈으로 치마를 걷어 올린다. 이렇게까지 영애는 그 병쟁이가 몹시도 싫었다. 누렇게 말라붙은 그 얼굴을 보고 *김마까라는 병명을 지을 만치 그렇게 밉살스럽다. 왜냐면 어느 날 김마까가 영애의 영업을 방해하였다.

그날은 어쩐 일인지 김마까가 초저녁부터 딸과 싸운 모양이었다. 새로 두 점쯤 해서 영애가 들어오니까 둘이 소군소군하고 싸우는 맥이다. 가뜩이나 엄살을 부리는 데다 더 흉측을 떨며

"어이쿠! 어이쿠! 하나님 맙시사!"

그렇지 않으면

"하나님 날 잡아가지 왜 이리 남겨 두슈!"

아래위칸을 흙벽으로 막았으면 좋을 걸 얇은 *빈지를 드리고 종이로 발랐다. 위칸에서 부시럭 소리만 나도 아래칸까지 고대로 흘러든다. 그 벽에다 머리를 쾅쾅 부딪히며

"어이구! 이놈의 팔자두!"

제깐에는 딸 앞에서 죽는다고 *결기를 날리는 꼴이다. 그러면 딸은 표독스러운 음성으로

"누가 아버지보고 돌아가시랬어요? 괜히 남의 비위를 긁어 놓구 그러시네!"

든적스럽다
보기에 더럽고 치사스러운 태도가 있다.

빠장빠장
무리하게 자꾸 우기거나 조르는 모양.

김마까
김마까(きんまか). '노란 참외'를 뜻하는 일본어. 여기서는 노르스름한 병자의 얼굴을 뜻함.

빈지
널빤지.

결기
못마땅한 것을 참지 못하고 발끈하는 성미.

"늙은이보구 담뱃 끊으라는 게 죽으라는 게지 뭐야!"

"그게 죽으라는 거야요? 남 들으면 정말로 알겠네—"

딸이 좀더 볼멘소리로 쏘아박으니 또 다시

"어이구! 이놈의 팔자두!"

벽에 머리를 부딪치며 어린애같이 깩깩 울고 앉았다. 질긴 귀로도 못 들을 징그러운 그 울음 소리—

가물에 빗방울같이 모처럼 끌고 왔던 영애의 손님이 이마를 접는다. 그리고 아주 말 없고 취한 자리로 비틀비틀 쪽마루로 내걷는다. 되는 대로 구두짝이 끌린다.

"왜 가셔요?"

"요담 또 오지."

"여보셔요! 이 밤중에 어딜 간다구 그러셔요?"

하고 대문간서 그 양복을 잡아챈다마는 허황한 손이 올라와 툭툭 털어 버리고

"요담 또 오지."

그리고 천변을 끼고 비틀거리는 술취한 걸음이다. 영애는 눈에 독이 잔뜩 올라서 한 전등이 둘 셋씩 보인다. 빈방 안에 홀로 누워서 입 속으로 김마까를 악담을 하며 눈물이 핑 돈다.

벌써 한 점 사십오 분. 영애는 디툭디툭 들어오며 살집 좋은 얼굴이 싱글벙글이다. 손에는 통통한 과자봉지. 미닫이를 여니 윗목 구석에 쓸어박은 헌 양말짝, 때 절은 속곳, 보기에 *어수산란하다.

어수산란하다
어수선하고 산란하다.

"벌써 오니? 좀더 있지—"

"애두! 목욕허구 온단다."

"목욕은 혼자 가니?"

하고 좀 뼈질려 한다.

"그래 너 줄라구 과자 사왔어요—"

"그럼 그렇지 우리 영애가!"

요강에서 손을 뽑으며 긴히 달겨든다. 아키코는 오줌을 눌 적마다 요강에 받아서는 이 손을 담그고 한참 있고 저 손을 담그고. 그러나 석 달이나 넘어 그랬건만 손결이 별로 고와진 것 같지 않다. 그 손을 수건에 닦고 나서

"모두 *나마까시만 사왔구나."

우선 하나를 덥썩 물어 뗀다.

"그 손으로 그냥 먹니? 애! 난 싫단다!"

"메 드러워? 저두 오줌을 누면서 그래."

"그래도 먹는 것허구 같으냐?"

하지만 영애는 아키코보다 마음이 훨씬 *눅었다. 더 타내지 않고 그런 양으로 앉아서 같이 집어먹는다. 그의 마음에는 아키코의 생활이 몹시 부러웠다. 여러 손님의 사랑에 고이며 이쁜 얼굴을 자랑하는 아키코. 영애 자신도 꼭 껴안아 주고 싶은 아담스러운 그런 얼굴이다.

"그인 은제 갔니?"

"새벽녘에 내뺐단다. 아주 숫배기야."

"넌 참 좋겠다. 나두 연애 좀 해봤으면!"

"허려무나, 누가 허지 말라니?"

"아니 너 같은 연앤 싫어, 정신으로만 허는 연애 말이지."

하고 어딘가 좀 뒤둥그러진 소리.

"오! 보구만 속태우는 연애 말이지?"

하긴 했으나 아키코는 어쩐지 영애에게 너무 심하게 한 듯싶었다.

나마까시(なまかし)
생과자.

눅다
넉넉하다. 너그럽다.

가뜩이나 제 몸 못난 것을 은근히 슬퍼하는 애를—

"애! 별소리 말아요, 연애두 몇 번 해보면 다 시들해지는 걸 모르니? 난 일상 맘 편히 혼자 지내는 네가 부럽더라!"

하고 슬그머니 한번 문질러 주면,

"메가 부러워? 애두! 괜히 저러지."

영애는 이렇게 부인은 하면서도 *벙싯하고 *짜정 우월감을 느껴 보려 한다. 영애도 한때에는 *주체궂은 살을 말리고자 아편도 먹어 봤다. 남의 말대로 듬뿍 먹었다가 꼬박이 이틀 동안을 일어나도 못하고 고생하던 생각을 하면 시방도 등어리가 선뜩하다. 그러나 영애에게도 어쩌다 *염서가 오는 것은 참 신통한 일이라 안 할 수 없다.

"또 뭐 뒤져 갔니?"

하고 영애는 의심이 나서 제 경대 서랍을 뒤져 본다. 과연 며칠 전 어떤 전문학교 학생에게서 받은 끔찍이 귀한 연애편지가 또 없어졌다. 사내들은 어째서 남의 계집애 세간을 뒤져 가기 좋아하는지 그 심사는 참으로 알 수 없고

"또 집어 갔구나? 이럼 난 모른다!"

영애는 고만 울상이 된다.

"뭐?"

"편지 말이야!"

"무슨 편지를?"

"왜 요전에 받은 그 연애편지 말이야."

"저런! 그 망할 자식이 그건 뭣 하러 집어 가. 난 *통히 보덜 못했는데— 수줍은 척하더니, 아주 숭악한 자식이로군!"

아키코는 가는 눈썹을 더욱이 잰다. 그리고 무색한 듯이 영애의 눈

벙싯하다
입만 약간 크게 벌려 가볍게 한번 웃다.

짜정
정말.

주체궂다
몹시 주체스럽다. 몹시 짐스럽고 귀찮다.

염서(艶書)
연애편지.

통히
도통. 도무지.

치만 한참 바라보더니

"내 톨스토이 보고 하나 써달라마. 그럼 이 담 연애편지 쓸 때 그거 보구 쓰면 고만 아냐!"

하고 곱게 달랜다. 그러나 과연 톨스토이가 하나 써줄는지 그것도 의문이다. 영애가 벌써 전부터 여기를 떠나자고 졸라도 좀좀 하고 망설이고 있는 아키코! 그런 성의를 모르고 톨스토이는 아키코를 보아도 늘 *한양으로 대단치 않게 지나간다. 그렇다고 한때는 버스 걸에게 맘을 두었나 하고 의심을 해봤으나 실상은 그런 것도 아닐 것이다. 낮에 사직원 산으로 올라가면 아키코는 가끔 톨스토이를 만난다. 굵은 소나무 줄기에 등을 비겨 대고 먼하늘만 정신없이 바라보고 섰는 톨스토이다. 아키코가 그 앞을 지나가도 못 본 척하고 들떠보도 않는다. 약이 올라서 속으로 망할 자식 하고 욕도 하여 본다. 그러나 나중 알고 보면 못 본 척이 아니라 사실 눈뜨고 못 보는 것이다. 그렇게 등신같이 한눈을 팔고 섰는 톨스토이다. 이걸 보면 아키코는 여자고보를 중도에 퇴학하던 저의 과거를 연상하고 가엾은 생각이 든다. 누님에게 얻어먹고 저러고 있는 것이 오작 고생이랴. 그리고 학교 때 *수신 선생이 이야기하던 착하고 바보 같다던 그 톨스토이가 과연 저런 건지 하고 객쩍은 조바심도 든다.

아키코는 기침을 캑 하고 그 앞으로 다가선다. 눈을 깜박깜박하며

"선생님! 뭘 그렇게 생각하셔요?"

하고 불쌍한 낯을 하면

"아니오—"

하고 어색한 듯이 어물어물하고 만다.

"그렇게 섰지 마시고 좀 운동을 해보셔요."

한양으로
한결같이.

수신(修身)
지금의 도덕이나 윤리 과목.

하도 딱하여 아키코는 이렇게 권고도 하여 본다.

"오늘은 방을 좀 치워야 하겠소. 여기 내 조카도 지금 오고 했으니까—"

주인마누라는 악이 바짝 올라서 매섭게 쏘아본다. 방에서만 꾸물꾸물 *방패매기를 하고 있는 톨스토이가 여간 밉지 않다.

"아 여보! 방의 세간을 좀 치워 줘요. 그래야 오는 사람이 들어가질 않소?"

"사날만 더 참아 줍쇼. 이번엔 꼭 내겠습니다."

"아니 뭐 사글세를 안 낸대서 그런 게 아니오. 내가 오늘부터 잘 데가 없고 이 방을 꼭 써야 하겠기에 그래서 방을 내달라는 것이지—"

양복바지를 거반 엉덩이에 걸친 뻐드렁니가 이렇게 허리를 쓱 편다. 주인마누라가 툭하면 불러온다던 저 조카라는 놈이 필연 이걸 게다. 혼자 독학으로 *부청에까지 출세를 한 굉장한 사람이라고 늘 입에 침이 말랐다. 그러나 귀 처진 눈은 말고 헤벌어진 입과 양복 입은 체격하고 별로 굉장한 것 같지 않다. 게다 *얼짜가 분수 없이 뻐팅기려고

"참아 주시던 길이니 며칠만 더 참아 주십시오."

이렇게 애걸하면

"아 여보! 당신도 그래 사람이오?"

하고 제법 삿대질까지 할 줄 안다.

"저런 자식두! 못두 생겼다. 저게 아마 경성부 *고스깽인 거지?"

"글쎄 그래도 제법 넥타일 다 잡숫구."

하고 손가락이 들어가 문의 구멍을 좀더 후벼판다마는 아키코는 구렁이(주인마누라)의 속을 뻬얀히 다 안다. 인젠 방세도 싫고 셋방 사람을 다 내쫓으려 한다. 김마까나 아키코는 겁이 나서 차마 못 건드리고 제

일 만만한 톨스토이로부터 우선 몰아내려는 연극이렷다.

"저 구렝이 좀 봐라, 옆에 서서 눈짓을 해가며 자꾸 *씨기지."

"글쎄 자식도 얼간이가 아냐? 즈 아즈멈 시키는 대로 놀구 섰네."

"아쮸, 얼짜가 뼈팅긴다. 지가 우와기를 벗어 놓으면 어쩔 테야 그래? 자식두!"

"톨스토이가 잠자쿠 앉았으니까 약이 올라서 저래, 맞부리는 게 밉살머리궂지? 자식 그저 한 대 앵겨 줬으면."

"내가 한 대 먹이면 저거 *고택골 간다. 그러니깐 아키코한테 감히 못 오지 않어?"

주먹을 이렇게 들어 뵈다가 고만 영애의 턱을 치질렀다. 영애는 고개를 저리 돌리어 또 빼쭉하고

"얘 이럼 난 싫단다!"

"누가 뭐 부러 그랬니, 또 *빼쭉하게?"

하고 아키코도 좀 빼쭉하다가 슬슬 눙치며

"그래 잘못했다. 고만두자 쐭쐭쐭 ―"

영애의 턱을 손등으로 문질러 주고

"쟤! 저것 봐라, 놈은 팔을 걷고 구렁이는 마루를 구르고 야단이다."

"얘 재밌다, 구렁이가 약이 바짝 올랐지?"

"저 자식 보게, 제 맘대로 남의 방엘 막 들어가지 않어?"

아키코가 영애에게 눈을 크게 뜨니까

"뭐 일을 칠 것 같지? 병신이 지랄한다더니 정말인가 봬!"

"저 자식이 남의 세간을 제 맘대로 내놓질 않나? 경을 칠 자식!"

"그건 나무래 뭘 해. 그저 톨스토이가 바보야! 그래도 부처같이 잠자코 앉았지 않아? 세상엔 별 바보두 다 많어이!"

아키코는 그건 들은 체도 안 하고 대뜸 일어선다. 미닫이가 열리자 우람스러운 걸음. 한숨에 안마루로 올라서며 볼멘소리다.

"아니 여보슈! 남의 세간을 그래 맘대로 내놓는 법이 있소?"

"당신이 웬 챙견이오?"

얼짜는 톨스토이의 책상을 들고 나오다 방문턱에 우뚝 멈춘다. 눈을 휘둥그렇게 뜨고 주저주저하는 양이 대담한 아키코에 적이 놀란 모양—

"오늘부터 내가 여기서 자야 할 테니까—그래서—방을 치는데—"

얼짜는 주변성 없는 말로 이렇게 굴다가

"당신 맘대로 방은 치는 거요?"

"그럼 내 방 내 맘대로 치지 누구에게 물어 본단 말이유?"

하고 제법 *을딱딱이긴 했으나 *뒷갈망은 구렁이에게 눈짓을 슬슬 한다.

"그렇지, 내 방 내가 치는 데 누가 뭐 할 턱 있나?"

"당신 맘대룬 안 되우, 그 책상 도루 저리 갖다 놓우. 사글세를 내란 다든지 하는 게 옳지, 등을 밀어 내쫓는 경우가 어딨단 말이오?"

"아니 아키코는 제 거나 낼 생각 하지 웬 걱정이야? 저리 비켜 서!"

구렁이는 문을 막고 섰는 아키코의 팔을 잡아당긴다. *에페는 찍소리 없이 눌러 왔지만 오늘은 얼짜를 잔뜩 믿는 모양이다. 이걸 보고 옆에 섰던 영애가 또 아니꼬워서

"제 거라니? 누구 보구 저야? 이 늙은이가 눈깔이 뼜나?"

하고 그 팔을 뒤로 홱 잡아챈다. 늙은 구렁이와 영애는 몸 중량의 비례가 안 된다. 제 풀에 비틀비틀 돌더니 벽에 가 쿵 하고 쓰러진다. 그러나 눈을 감고 턱이 떨리는 아이고 소리는 엄살이다.

얼짜가 문턱에 책상을 떨구더니 용감히 홱 넘어 나온다. 아키코는 저 자식이 더럽게 *달마찌의 흉내를 내는구나 할 동안도 없이 영애의 뺨이 쩔꺽—

"이년아! 늙은이를 쳐?"

"아 이 자식 보래! 누기 뺨을 때려?"

아키코는 악을 지르자 그 *석대를 뒤로 잡아 낚아친다. 마루 위에 놓였던 다듬잇돌에 걸리어 얼짜는 엉덩방아가 쿵 하고. 자분참 날아드는 숯바구니는 독 오른 영애의 분풀이다.

그러자 또 아랫방 문이 홱 열리고 지팡이가 김마까를 끌고 나온다.

"이 자식이 웬 자식인데 남의 계집애 뺨을 때려? 원 이런 망하다 판이 날 자식이 눈에 아무것두 뵈질 않나. 세상이 망한다 망한다 한대두

을딱딱이다
무서운 말로 협박하여 을러대다.

에페
여편네.

달마찌
1930년대 미국 영화 배우.

석대
혁대.

만 이런 자식은."

김마까는 뜰에서부터 사방이 들으라고 왁짝 떠들며 올라온다. 구렁이한테 늘 쪼여 지내던 원한의 복수로 아키코와 서로 멱살잡이로 섰는 얼짜의 복장을 지팡이로 내지른다.

"이런 염병을 하다 땀통이 끊어질 자식이 있나!"

검불같이
힘없이.

그와 동시에 김마까는 *검불같이 뒤로 벌렁 나자빠졌다. 내댔던 지팡이가 도로 물러 오며 빠짝 마른 허구리를 쳤던 것이다. *개신개신 몸을 일으집으며 김마까는 구시월 서리 맞은 독사가 된다.

개신개신
가냘픈 사람이 힘 없이
움직이는 모양.

"이 자식아! 너는 니 애비두 없니?"

대뜸 지팡이는 날아들어 얼짜의 귓배기를 내리갈긴다. 딱 하고 뼈 닿는 무딘 소리. 얼짜는 고개를 푹 꺾고 귀에 두 손을 들이대자 죽은 듯이 꼼짝 못한다.

아키코도 얼짜에게 뺨 한 대를 얻어맞고 울고 있었다. 이 좋은 기회를 타서 얼짜의 등뒤로 빨간 얼굴이 달려든다. 이걸 권투식으로 *집어셀까 하다 그대로 그 어깻죽지를 뒤로 물고 늘어진다. 아 아 이렇게 외마딧소리로 아가리를 딱딱 벌린다. 그리고 뒤통수로 암팡스리 날아든 것은 영애의 주먹이다.

집어세다
체면없이 마구 먹어대
거나 덮달하다.

톨스토이는 모두가 미안쩍고 따라 제 풀에 지질려서 어쩔 줄을 모른다. 옆에서 눈을 흘기는 영애도 모르고

"놓으세요, 고만 놓으세요, 어떡헙니까?"

하며 아키코의 등을 두 손으로 흔든다. 구렁이도 벌벌 떨어 가며

"이년이 사람을 뜯어먹을 텐가, 안 놓으니 이거 안 놔?"

아키코를 대구 잡아당기며 얼른다. 그러나 잡아당기면 당길수록 얼짜는 소리를 더 지른다. 이러다간 일만 더 크게 벌어질 걸 알고 구렁이

는 간이 고만 *달룽한다. 이 사품에 안방 미닫이는 설주가 부러지고 뒤주 위에 엎었던 대접이 둘이나 떨어져 깨졌다. 잔뜩 믿었던 조카는 저렇게 죽게 되고 이러단 방은커녕 사람을 잡겠다, 생각하고 그는 온몸이 덜덜 떨리었다. 게다 모지게 내려치는 김마까의 지팡이—

구렁이는 부리나케 대문 밖으로 나왔다. 골목길을 내려오며 뒤에 날리는 치맛자락에 바람이 났다.

"사글세를 내랬으면 좋지, 내쫓을려고 하니까 그렇게 분란이 일구 하는 게 아니야?"

"아닙니다. 누가 내쫓을려고 그래요. 세를 내라구 그러니깐 그렇게 아키코란 년이 올라와서 온통 사람을 뜯어먹고 그러는군요!"

"말 마라. 내쫓으려구 헌 걸 아는데 그래, 요전에도 또 한번 그런 일이 있었지?"

순사는 노파의 뒤를 따라오며 나른한 하품을 주먹으로 끈다. 푹하면 와서 *찐대를 붙는 노파의 행세가 여간 귀찮지 않다. 조그맣게 말라붙은 노파의 흰 머리쪽을 바라보며

"올에 몇 살이냐?"

"그년 열아홉이죠. 그런데 그렇게—"

"아니 노파 말이야?"

"네, 제 나요? 왜 쉰일곱이라구 전번에 여쭸지요. 그런데 이 고생을 하는군요."

하고 궁상스레 우는 소리다.

노파는 김마까보다도 톨스토이보다도 누구보다도 아키코가 가장 미웠다. 방세를 받을래도 *중뿔나게 가로맡아서 지랄하기가 일쑤요 또 밤낮 듣기 싫게 창가질이요 게다 세숫물을 버려도 일부러 심청궂게 안

마루 끝으로 홱 끼얹는 아키코. 이년을 이번에는 경을 흠씬 치도록 해야 할 텐데 속이 간질대서 그는 총총걸음을 치다가 돌부리에 채여 고만 나가둥그러진다. 그 바람에 쓰레기통 한 귀에 내뻗은 못에 가서 치맛자락이 찌익 하고 찢어진다.

　"망할 자식 같으니, 씨레기통의 못두 못 박았나!"

하고 흙을 털고 일어나며 역정이 난다. 그 꼴을 보고 순사는 손으로 웃음을 가린다.

　"그 봐! 이젠 다시 오지 마라, 이번엔 할 수 없지만 또다시 오면 그땐 노파를 잡아갈 테야?"

　"네— 다시 갈 리 있겠습니까, 그저 이번에 그 아키코란 년만 흠씬 버릇을 아르켜 주십시오. 늙은이 보구 욕을 않나요 사람 치질 않나요! 그리고 *안죽 핏대도 다 안 마른 년이 서방이 몇인지 수가 없어요—"

　순사는 코대답을 해가며 귓등으로 듣는다. 너무 많이 들어서 인제는 흥미를 놓친 까닭이었다. 갈팡질팡 문지방을 넘다 또 고꾸라지려는 노파를 뒤로 부축하여 눈살을 찌푸린다. 알고 보니 짐작대로 노파 허풍에 또 속은 모양이었다. 살인이 났다고 짓떠들더니 *임장하여 보니까 조용한 집안에 웬 낯선 양복쟁이 하나만 마루 끝에서 천연스레 담배를 피울 뿐이다. 그러고는 장독 사이에서 왔다갔다하며 뭘 주워 먹는 생쥐가 있을 뿐 신발짝 하나 난잡히 놓이지 않았다. 하 어처구니가 없어서

　"어서 죽었어?"

　"어이구 분해! 이것들이 또 저를 *고랑땡을 먹이는군요! 입때까지 저 *마룽에서 치고 차고 깨물고 했답니다."

　노파는 이렇게 주먹으로 복장을 찧으며 원통한 사정을 하소한다. 왜냐면 이것들이 이 기맥을 벌써 눈치채고 제각기 헤어져서 아주 얌전히

안죽
아직.

임장(臨場)하다
현장에 오다.

고랑땡
골탕.

마룽
마루.

박혀 있다. 아키코는 문을 닫고 제 방에서 콧노래를 부르고 지팡이를 들고 날뛰던 김마까는 언제 그랬더냔 듯이 제 방에서 끙 끙 여전한 신음 소리. 이렇게 되면 이번에도 또 자기만 나무라게 될 것을 알고

"어이구 분해! 어이구 분해!"

주먹으로 복장을 연방 들두들기다 조카를 보고

"얘—넌 어떻게 돼서 이렇게 혼자 앉었니?"

"뭘 어떻게 돼요, 되긴?"

하고 눈을 지릅뜨는 그 대답은 썩 퉁명스럽고 *걱세다. 이런 *화중으로 끌고 온 아즈멈이 몹시도 밉고 원망스러운 눈치가 아닌가. 이걸 보면 경은 무던히 치고 난 놈이다.

걱세다
억세고 꿋꿋하며 과단성이 있다.

화중(火中)
불속.

"어이구 분해! 너꺼정 이러니!"

"뭘 분해? 이 망할 것아!"

순사는 소리를 빽 지르고 도로 돌아서려 한다.

"나리! 저걸 보세요. 문 부서진 것하구 대접 깨진 걸 보셔두 알지 않어요?"

"어떤 조카가 죽었어그래?"

"이것이 그렇게 죽도록 경을 치고두 바보가 돼서 이래요!"

"바보면 죽어두 사나?"

하고 순사는 고개를 디밀어 마루께를 살펴보니 딴은 그릇은 깨지고 문은 부서졌다. 능글맞은 노파가 일부러 그런 줄은 아나 그렇다고 책임상 그냥 가기도 어렵다. 퍽도 극성스러운 늙은이라 생각하고

"누가 그랬어그래?"

"저 아키코가 혼자 그랬어요!"

"아키코! *고반까지 같이 가."

고반
파출소.

일제시대의 순사 모습

"네! 그러셔요."

하도 여러 번 겪는 일이라 이제는 아주 익숙하다. 저고리를 갈아 입으며 웃는 얼굴로 내려온다. 그러나 순사를 따라 대문을 나설 적에는 고개를 모로 돌리어 구렁이에게 몹시 눈총을 준다.

순사는 아키코를 데리고 느른한 걸음으로 골목을 꼽든다. 쪽 다리를 건너니 화창한 사직원 마당. 봄이라고 땅의 잔디는 파릇파릇 돋았다. 저 위에선 투덕거리는 빨래 소리. 한옆에선 풋볼을 차느라고 날뛰고 떠들고 법석이다. 뿌웅 하고 음충맞게 내대는 자동차의 사이렌. 남 치마에 연분홍 저고리가 버젓이 활을 들고 나온다. 그리고 키 훌쩍 큰 놈팽이는 돈지갑을 내든다.

"너 왜 또 말썽이냐?"

하고 순사는 고개를 돌리어 아키코를 씽긋이 흘겨본다. 그는 노파가 왜 그렇게 아키코를 못 먹어서 기를 쓰는지 영문을 모른다. 노파의 눈에도 아키코가 좀 귀여울 텐데 그렇게 미울 때에는 아마 아키코가 뭘 좀 먹이질 않아 틀렸는지 모른다. 그렇지 않으면 다른 사람 다 제쳐놓고 아키코만 씹을 리가 없다. 생각하다가

"뭘 말썽이유, 내가?"

"네가 뭐 쥔마누라를 깨물고 사람을 죽이고 그런다며? 그리구 요전에도 카페서 네가 손님을 쳤다는 소문도 들리지 않니?"

하고 눈살을 찝고 웃어 버린다. 얼굴 똑똑한 것이 아주 헐 수 없는 계집애라고 돌릴 수밖에 없다.

"난 그런 거 몰루!"

아키코는 땅에 침을 탁 뱉고 아주 천연스리 대답한다. 그리고 사직원의 문간쯤 와서는

"이 담 또 만납시다."

제멋대로 작별을 남기고 저는 저대로 산 쪽으로 올라온다.

활터길로 올라오다 아키코는 궁금하여 뒤를 한번 돌아본다. 너무 기가 막혀서 벙벙히 바라보고 있다가 다시 주먹으로 나른한 하품을 끄는 순사. 한편에선 날뛰고 자빠지고 쾌활히 공을 찬다. 아키코는 다시 올라가며 저도 남자가 됐더라면 '풋볼'을 차볼 걸 하고 후회가 막급이다. 그리고 산을 한 바퀴 돌아 내려가서는 이번엔 장독대 위에 요강을 버리리라 결심을 한다. 구렁이는 장독대 위에 오줌을 버리면 그것처럼 질색이 없다.

"망할 년! 이 담에 봐라. 내 장독 위에 오줌까지 깔길 테니!"

이렇게 아키코는 몇 번 몇 번 결심을 한다.

『동백꽃』, 삼문사, 1938

땡볕

우람스리 생긴 덕순이는 바른팔로 왼편 소맷자락을 끌어다 콧등의 땀방울을 훑고는 통안 네거리에 와 다리를 딱 멈추었다. 더위에 익어 얼굴은 벌건히 사방을 둘러본다. 중복 허리의 뜨거운 땡볕이라 길 가는 사람은 저편 처마 끝으로만 배앵뱅 돌고 있다. 지면은 번들번들 달아 자동차가 지날 적마다 숨이 탁 막힐 만치 무더운 먼지를 풍겨 놓는 것이다.

덕순이는 아무리 참아 보아도 자기가 길을 물어 좋을 만치 그렇게 여유 있는 얼굴이 보이지 않음을 알자, 소맷자락으로 또 한번 땀을 훑어 본다. 그리고 거북한 표정으로 벙벙히 섰다. 때마침 옆으로 지나는 어린 깍쟁이에게 공손히 손짓을 한다.

"애! 대학병원을 어디루 가니?"

"이리루 곧장 가세요."

덕순이는 어린 깍쟁이가 턱으로 가리킨 대로 그 길을 북으로 접어 들며 다시 내걷기 시작한다. 내딛는 한 발짝마다 무거운 지게는 어깨에 배기고 등줄기에서 쏟아져 내리는 진땀에 궁둥이는 쓰라릴 만치

일제 때 세브란스 병원

물렀다. 속타는 불김을 입으로 불어 가며 허덕지덕 올라오다 엄지손가락으로 코를 힝 풀어 그 옆 전봇대 허리에 쓱 문댈 때에는 그는 어지간히 가슴이 답답하였다. 당장 지게를 벗어던지고 푸른 그늘에 가 나자빠지고 싶은 생각이 굴뚝 같으련만 그걸 못하니 짜증이 안 날 수 없다. 골피를 찌푸리어 *데퉁스리

데퉁스리
되퉁스레.

"빌어먹을 거! 왜 이리 무거!"
하고 내뱉으려 하였으나, 그러나 지게 위에서 무색하여질 아내를 생각하고 꾹 참아 버린다. 제 속으로만 끙끙거리다 겨우

"에이 더웁다!"

하고 자탄이 나올 적에는 더는 갈 수가 없었다.

덕순이는 길가 버들 밑에다 지게를 벗어 놓고는 두 손으로 적삼 섶을 흔들어 땀을 들인다. 바람기 한 점 없는 거리는 그대로 타붙었고 그 위의 모래만 이글이글 달아 간다. 하늘을 쳐다보았으나 좀체로 비맛은 못 볼 듯싶어 *바상바상한 입맛을 다시고 섰을 때 별안간 댕댕 소리와 함께 발등에 물을 뿌리고 물차가 지나가니 그는 비로소 산듯이 정신기가 반짝 난다. 적삼 호주머니에 손을 넣어 곰방대를 꺼내 물고 담배 한 대 붙이려 하였으나 훌쭉한 쌈지에는 어제부터 담배 한 알 없었던 것을 다시 깨닫고 역정스레 도로 집어넣는다.

"꽁무니가 배기지 않어?"

바상바상하다
물기가 없어 뽀송뽀송
하다.

덕순이는 이렇게 아내를 돌아보다

"괜찮어요!"

하고 거진 죽어 가는 상으로 글썽글썽 눈물이 고인 아내가 딱하였다. 두 달 동안이나 햇빛 못 본 얼굴은 누렇게 시들었고, 병약한 몸으로 지게 위에 앉아 *까댁이는 양이 금시라도 꺼질 듯싶은 그 아내였다.

까댁이다
고개를 앞뒤로 가볍게
끄덕이다.

덕순이는 아내를 이윽히 노려보다

"아 울긴 왜 우는 거야?"

하고 눈을 부라렸으나

"병원에 가면 짼대겠지요."

"째긴 아무 거나 덮어놓고 째나? 연구한다니까!"

하고 되도록 아내를 안심시킨다. 그러나 덕순이 생각에는 째든 말든 그건 차치해 놓고 우선 먹어야 산다, 고

"왜 기영이 할아버지의 말씀 못 들었어?"

"병원서 월급을 주구 고쳐 준다는 게 정말인가요?"

"그럼 노인이 설마 거짓말을 헐라구, 그래 시방두 대학병원의 이등 박산가 뭐가 열네 살 된 조선 아이가 어른보다도 더 *부대한 걸 보구 하두 이상한 병이라고 붙잡아 들여서 한 달에 십 원씩 월급을 주고 그뿐인가 먹이구 입히구 이래 가며 지금 연구하구 있대지 않어?"

부대하다
크고 뚱뚱하다.

"그럼 나도 허구헌 날 늘 병원에만 있게 되겠구려?"

"인제 가봐야 알지, 어떻게 되는지."

이렇게 시원스리 받기는 받았으나 덕순이 자신 역 기영 할아버지의 말이 꼭 믿어서 좋을지가 의문이었다. 시골서 올라온 지 얼마 안 되는 그로서는 서울 일이라 혹 알 수 없을 듯싶어 무료 진찰권을 내 온 데 더되지 않았다. 그렇다 하더라도 병이 괴상하면 할수록 혹은 고치기가 어려우면 어려울수록 월급이 많다는 것인데 영문 모를 아내의 이 병은 얼마짜리나 되겠는가, 고 속으로 무척 궁금하였다. 아이가 십 원이라니 이건 한 십오 원쯤 주겠는가, 그렇다면 병 고치니 좋고, 먹으니 좋고, 두루두루 팔자를 고치리라고 속안으로 *육조배판을 늘이고 섰을 때

"여보십쇼! 이 채미 하나 잡쉬 보십쇼."

하고 조만치서 참외를 벌여놓고 앉았는 아이가 시선을 끌어 간다. 길

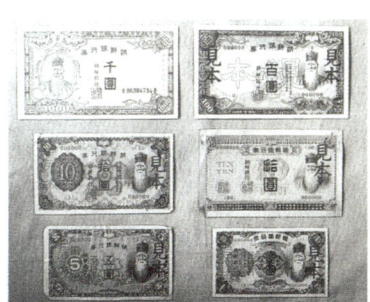

일제시대의 지폐 모습

육조배판
육조(六曹)를 벌여서 차림. 여기서는 한참 횡재를 꿈꾸는 상황을 뜻함.

쯤길쯤하고 싱싱한 놈들이 과연 뜨거운 복중에 하나 벗겨 들고 으썩 깨물어 봄직한 참외였다. 덕순이는 참외를 이놈 저놈 멀거니 물색하여 보다 쌈지에 든 잔돈 사 전을 얼른 생각은 하였으나 다음 순간에 그건 안 될 말이라고 *꺽진 마음으로 시선을 걷어 온다. 사 전에 일 전만 더 보태면 희연 한 봉이 되리라고 어제부터 잔뜩 꼽여 쥐고 오던 그 사 전, 이걸 참외 값으로 녹여서는 사람이 아니다.

"지게를 꼭 붙들어!"

덕순이는 지게를 지고 다시 일어나며 그 십오 원을 생각했던 것이니 그로서는 너무도 벅찬 희망의 보행이었다.

덕순이는 간호부가 지도하여 주는 대로 산부인과 문 밖에서 제 차례가 돌아오기를 기다리고 있었다.

아내는 남편이 업어다 놓은 대로 걸상에 가 번듯이 늘어져 괴로운 숨을 견디지 못한다. 요량 없이 부어오른 아랫배를 한 손으로 치마째 걷어 안고는 매 호흡마다 간댕거리는 야윈 고개로 가쁜 숨을 돌르고 있는 것이다. 게다가 수술실에서 들것으로 담아 내는 환자와, 피고름이 엉긴 쓰레기통을 보는 것은 그로 하여금 해쓱한 얼굴로 이를 떨도록 하기에는 너무도 충분한 풍경이었다.

"너무 그렇게 겁내지 말아, 그래두 다 죽을 사람이 병원엘 와야 살아 나가는 거야!"

덕순이는 아내를 위안하기 위하여 이런 소리도 하는 것이나, 기실 아내 *붑지 않게 저로도 조바심이 적지 않았다. 아내의 이 병이 무슨 병일까, 짜정 기이한 병이라서 월급을 타먹고 있게 될 것인가, 또는 아내의 병을 씻은 듯이 고쳐 줄 수 있겠는가, *겸삼수삼 모두가 궁거웠다.

이 생각 저 생각으로 덕순이는 아내의 상체를 떠받쳐 주고 있다가

꺽지다
꿋꿋하고 억세다.

붑지 않게
못지 않게.

겸삼수삼
겸사겸사.

290 김유정

우연히도 맞은켠 타구 옆댕이에 가 떨어져 있는 권연 꽁댕이에 한눈이 팔린다. 그는 사방을 잠깐 살펴보고 힝하게 가서 집어다가는 곰방대에 피워 물며 제 차례를 기다렸으나 좀체로 불러 주질 않는 것이다.

이렇게 하여 그들은 허무히도 두 시간을 보냈다.

한 점을 십사 분 가량 지났을 때 간호부가 다시 나아와 덕순이 아내의 성명을 외는 것이다.

"네, 여깄습니다."

덕순이는 허둥지둥 아내를 떨쳐업고 진찰실로 들어갔다.

간호부 둘이 달려들어 우선 옷을 벗기고 주무를 제 아내는 놀란 토끼와 같이 조고맣게 되어 떨고 있었다. 코를 찌르는 무더운 약내에 소름이 끼치기도 하려니와 한쪽에 번쩍번쩍 늘려 놓인 기계가 더욱이 마음을 조이게 하는 것이다. 아내가 너무 병신스리 떨므로 옆에 섰는 덕순이까지도 겸연쩍지 않을 수 없었다. 아내의 한 팔을 꼭 붙들어 주고, 집에서 꾸짖듯이 눈을 부르떠

"메가 무섭다구 이래?"

하고는 유리판에서 기계 부딪는 젤그럭 소리에 등줄기가 다 섬찍할 제

"은제부터 배가 이래요?"

간호부가 뚱뚱한 의사의 말을 통변한다.

"자세히는 몰라두!"

덕순이는 이렇게 머리를 긁고는 아마 이토록 부르기는 지난 겨울부턴가 봐요, 처음에는 이게 애가 아닌가 했던 것이 그렇지도 않구요, 애라면 열 달에 날 텐데

"열석 달이나 가는 게 어딨습니까?"

하고는 아차 애니 뭐니 하는 건 괜히 지껄였군, 하였다. 그래 의사가

무에라고 또 입을 열 수 있기 전에 얼른 대미처

"아무두 이 병이 무슨 병인지 모른다구 그래요, 난생 처음 본다구요."
하고 몇 마디 더 얹었다.

덕순이는 자기네들의 팔자를 고칠 수 있고 없고가 이 순간에 달렸음
을 또 한 번 깨닫고 열심히 의사의 입만 쳐다보고 있는 것이다. 마는
금테 안경 쓴 의사는 그리 쉽사리는 입을 열려 하지 않았다. 몇 번을
거듭 주물러 보고, 두드려 보고, 들어 보고, 이러기를 얼마 한 다음 시
답지 않게 저쪽으로 가 대야에 손을 씻어 가며 간호부를 통하여 하는
말이

"이 뱃속에 어린애가 있는데요, 나올려다 *소문이 적어서 그대로
죽었어요. 이걸 그냥 둔다면 앞으로 일주일을 못 갈 것이니 불가불 수
술을 해야 하겠으나 또 그 결과가 반드시 좋다고 단언할 수도 없는 것

이매 배를 가르고 아이를 꺼내다 만일 *사불여의하여 불행을 본다 하
더라도 전혀 관계 없다는 승낙만 있으면 내일이라도 곧 수술을 하겠
어요."
하고 나 어린 간호부는 조금도 거리낌 없는 어조로 줄줄 쏟아 놓다가

"어떻게 하실 테야요?"

"글쎄요!"

덕순이는 이렇게 얼떨떨한 낯으로 다시 한 번 뒤통수를 긁지 않을
수 없었다. 간호부의 말이 무슨 소린지 다는 모른다 하더라도 속대중
으로 저쯤은 알아채었던 것이니 아내의 생명이 위험하다는 그 말이 두
렵기도 하려니와 겨우 아이를 뱄다는 것쯤, 연구거리는 못 되는 병인
양 싶어 우선 낙심하고 마는 것이다. 허나 이왕 버린 노릇이매

"그럼 먹을 것이 없는데요—"

"그건 여기서 입원시키고 먹일 것이니까 염려 마셔요—"

"그런데요 저—"

하고 덕순이는 열적은 낯을 무얼로 가릴지 몰라 주볏주볏

"월급 같은 건 안 주나요?"

"무슨 월급이오?"

"왜 여기서 병을 고치면 월급을 주는 수도 있다지요."

"제 병 고쳐 주는데 무슨 월급을 준단 말이오?"

하고 *맨망스리도 톡 쏘는 바람에 덕순이는 고만 얼굴이 벌게지고 말았다. 팔자를 고치려던 그 계획이 완전히 어그러졌음을 알자, 그의 주린 창자는 척 꺾이며 두꺼운 손으로 이마의 진땀이나 훑어 보는밖에 별 도리가 없는 것이다. 허나 아내의 생명은 어차피 건져야 하겠기로 공손히 허리를 굽실하며

"그럼 낼 데리고 올게 어떻게 해주십시오."

하고 되도록 빌붙어 보았던 것이, 그때까지 끔찍끔찍한 소리에 얼이 빠져서 멀뚱히 누웠던 아내가 별안간 기급을 하여 일어나 *살뚱맞은 목성으로

"나는 죽으면 죽었지 배는 안 째요!"

하고 얼굴이 노랗게 되는 데는 더 할 말이 없었다. 죽이더라도 제 원대로나 죽게 하는 것이 혹은 남편 된 사람의 도릴지도 모른다. 아내의 꼴에 하도 어이가 없어

"죽는 거보담야 수술을 하는 게 좀 낫겠지요!"

*비소를 금치 못하고 섰는 간호부와 의사가 눈에 보이지 않도록, 덕순이는 시선을 외면하여 *뚱싯뚱싯 아내를 업고 나왔다. 지게 위에 올려놓은 다음 엎디어 다시 지고 일어나려니 이게 웬일일까, 아까 오던

맨망스리도
요망스럽게 까불어 진득하지 않은 데가 있어도.

살뚱맞다
언행이 독살스럽고 당돌하다.

비소(誹笑)
비웃음.

뚱싯뚱싯
굼뜨고 거추장스럽게 뒤뚱거리는 모양.

때와는 갑절이나 무거웠다. 덕순이는 얼마 전에 희망이 가득히 차 올라가던 길을 힘 풀린 걸음으로 터덜터덜 내려오고 있었다. 보지는 않아도 지게 위에서 소리를 죽여 훌쩍훌쩍 울고 있는 아내가 눈앞에 환한 것이다. 학식이 많은 의사는 일자무식인 덕순이 내외보다는 더 많이 알 것이니 생명이 한 이레를 못 가리라던 그 말을 어째 볼 도리가 없다. 인제 남은 것은 우중충한 그 냉골에 갖다 다시 눕혀 놓고 죽을 때나 기다리고 있을 따름이었다.

덕순이는 눈 위로 덮는 땀방울을 주먹으로 훔쳐 가며 장차 캄캄하여 올 그 전도를 생각해 본다. 서울을 *장대고 왔던 것이 벌이도 제대로 안 되고 게다가 인젠 아내까지 잃는 것이다. 지에미 붙을! 이놈의 팔자가, 하고 딱한 탄식이 목을 넘어오다 꽉 깨무는 바람에 한숨으로 터져 버린다.

한나절이 되자 더위는 더한층 무서워진다.

덕순이는 통째 짓무를 듯싶은 등어리를 견디지 못하여 먼젓번에 쉬어 가던 나무 그늘에 지게를 벗어 놓는다. 땀을 들여 가며 아내를 가만히 내려보니 그 동안 고생만 시키고 변변히 먹이지도 못하였던 것이 갑자기 후회가 나는 것이다. 이럴 줄 알았더면 동네집 닭이라도 훔쳐다 먹였던 걸, 싶어

"울지 말아, 그것들이 뭘 아나? 제까짓 게—"

하고 소리를 뻑 지르고는

"채미 하나 먹어 볼 테야?"

"채민 싫어요—"

아내는 더위에 속이 탔음인지 한길 건너 저쪽 그늘에서 팔고 있는

장대하다
마음 속으로 잔뜩 기대하다.

얼음냉수를 손으로 가리킨다. 남편이 한 푼 더 보태어 담배를 사려던
그 돈으로 얼음냉수를 한 그릇 사다가 입에 먹여까지 주니 아내도 황
송하여 한숨에 들이켠다. 한 그릇을 다 먹고 나서 하나 더 사다 주랴
물었을 때 이번에 왜떡이 먹구 싶다 하였다. 덕순이는 이것이 마지막
이라는 생각으로 나머지 돈으로 왜떡 세 개를 사다 주고는 그래도 눈
물도 씻을 줄 모르고 그걸 오직오직 깨물고 있는 아내를 이윽히 바라
보고 있었다. 그러나 아내가 무슨 생각을 하였는지 왜떡을 입에 문 채
홀쩍홀쩍 울며

부대
부디.

　　"저 사촌 형님께 쌀 두 되 꿔다 먹은 거 *부대 잊지 말구 갚우."
하고 부탁할 제 이것이 필연 아내의 유언이리라고 깨닫고는
　　"그래 그건 염려 말아!"
　　"그러구 임자 옷은 영근 어머니더러 사정 얘길 하구 좀
빨아 달래우."
하고 이야기를 곧잘 하다가 다시 입을 이그리고 홀쩍
홀쩍 우는 것이다.
　　덕순이는 그 유언이 너무 처량하여 눈에
눈물이 핑 돌아 가지고는 지게를 도로
지고 일어선다. 얼른 갖다 눕히고 죽
이라두 한 그릇 더 얻어다 먹이는 것
이 남편의 도릴 게다.
　　때는 중복 허리의 쇠뿔도 녹이려는
뜨거운 땡볕이었다.
　　덕순이는 빗발같이 내려붓는 얼굴
의 땀을 두 손으로 번갈아 훔쳐 가며 끙

끙 내려올 제, 아내는 지게 위에서 그칠 줄 모르는 그 수많은 유언을
차근차근 남기자, 울자, 하는 것이다.

『동백꽃』, 삼문사, 1938.

형

아버지가 형님에게 칼을 던진 것이 정통을 때렸으면 그 자리에 엎디어질 것을 요행 뜻밖에 몸을 비켜서 땅에 떨어질 제 나는 다르르 떨었다. 이것이 십오성상을 지난 묵은 기억이다. 마는 그 인상은 언제나 나의 가슴에 새로웠다. 내가 슬플 때, 고적할 때, 눈물이 흐를 때, 혹은 내가 자라난 그 가정을 저주할 때, 제일 처음 나의 몸을 쏘아드는 화살이 이것이다. 이제로는 과거의 일이나 열 살이 채 못 된 어린 몸으로 목도하였을 제 나는 그 얼마나 간담을 졸였던가. 말뚝같이 그 옆에 서 있던 나는 이내 울음을 터뜨리고 말았다. 극도의 놀람과 아울러 애원을 표현하기에 나의 재조는 거기에 넘지 못하였던 까닭이다.

부자간의 *고롭지 못한 이 분쟁이 발생하길 아버지의 허물인지 혹은 형님의 죄인지 나는 그것을 모른다. 그리고 알려 하지도 않았다. 한갓 짐작하는 건 형님이 난봉을 부렸고 아버지는 그 비용을 담당하고도 터 보이지 않을 만치 재산을 가졌건만 한 푼도 선심치 않았다. 우리 아버지, 그는 뚝뚝한 수전노였다. 또한 당대에 수십만 원을 이룩한 *금만가였다. 자기의 사후 얼마 못되나 그 재산이 맏아들 손에 탕진될 줄을 그도 대중은 하였으련만 생존시에는 한 푼을 아꼈다. 제가 모은 돈 저 못쓴다는 말이 이걸 이름이리라. 그는 형님의 생활비도 안 댈뿐더러 갈아마실 듯이 미워하였다. 심지어 자기 눈앞에도 보이지 말라는 엄명까지 내렸다. 아들이라곤 그에게 단지 둘이 있을 뿐이었다. 형님과 나 — 허나 나는 차자이고 그의 의사를 받들어 봉양하기에 너무 어렸으니 믿을 곳은 그의 맏아들, 형님이 있을 것이다. 게다 아버지는 애지중지하던 우리 어머니를 잃고는 터져오르는 심화를 *뚝기로 누르며 어린 자식들을 홑손으로 길러오던 바 불행히도 떨치지 못할 신병으로 말미암아 몸져누운 신세였다. 그는 가끔 나를 품에 안고는 에미를 잃은 자

고롭다
괴롭다. 수고롭다.

금만가
재산가.

뚝기
굳게 버티는 기운.

식이라고 눈물을 뿌리다가는 느 형님은 대리를 꺾어놓을 놈이야, 하며
역정을 내고 내고 하였다. 어버이의 권위로 형님을 구박은 하였으나
속으로야 그리 좋을 리 없었다. 이 병이 낫도록 *고수련만 잘하면 회복
후 토지를 얼마 주리라는 언약을 앞두고 나의 팔촌 형을 임시 양자로
데려온 그것만으로도 평온을 잃은 그의 심사를 알기에 족하리라. 친구
들은 그를 대하여 자식을 박대함은 노후의 설움을 사는 것이라고 간곡
히 충고하였으나 그의 태도는 여일 꼿꼿하였다. 다만 그 대답으로는
옆에 앉았는 나의 얼굴을 이윽히 바라보며 고소하는 것이었다. 나는
왜떡 사먹을 돈이나 주려는가 하여 맥모르고 마주 웃어주었으나 좀 영
리하였던들 이 자식은 크면 나의 뒤를 받들어주려니 하는 그의 애소임
을 선뜻 알았으리라.

효자와 불효를 동일시하는 나의 관념의 모순도 이때 생긴 것이었다.
형님이 아버지의 속을 썩였다고 그가 애초부터 *망골은 아니다. 남 따
르지 못할 만치 지극히 효성스러웠다. 아버지에게 토지가 많았다. 여
기저기 사면에 흩어진 전답을 *답품하랴 추수하랴 하려면 그 노력이
적잖이 드는 것이었다. 병에 자유를 잃은 아버지는 모든 수고를 형님
에게 맡기었다. 그리고 형님은 그의 뜻을 받들어 *낙자없이 일을 행하
였다. 물론 이삼백 리씩 걸어가 달포씩이나 고생을 하며 알뜰히 가을
하여온들 보수의 돈 한 푼 여벌로 생기는 건 아니었다. 아버지는 아들
과 마주앉아 추수기를 대조하여 제대로 셈을 따질 만치 엄격하였던 까
닭이다. 형님은 호주의 가무를 대신만 볼 뿐 아니라, 집에 들어서는 환
자를 위하여 몸을 사리지 않았다. 환자의 곁을 떠날 새 없이 시중을 들
었다. 밤에는 이슥토록 침울한 환자의 말벗이 되었고 또는 갖은 성의
로 그를 위로하였다.

고수련
앓는 사람의 시중을 드
는 일.

망골(亡骨)
언행이 난폭하거나 주
책없는 사람을 낮추어
부르는 말.

답품
세금이나 소작료를 거
두기 위해 농사의 작황
을 실제로 조사하는일.

낙자없다
영락없다.

그는 이따금 깜빡 졸다가 *경풍을 하여 고개를 들고는 자기를 책하는 듯이 꼿꼿이 다시 무릎을 꿇었다. 그러나 밤거리에 인적이 끊길 때가 되면 그는 나를 데리고 수물통 움물을 향하여 밖으로 나섰다. 이 우물이 신성하다 하여 맑은 그 물을 떠다가 장독간에 올려놓고 정안수를 드렸다. 곧 아버지의 병환이 하루바삐 씻은 듯 나으시도록 신령에게 비는 것이었다. 그리고 아침에 먼저 눈을 뜨는 것도 역시 형님이었다. 밝기 무섭게 일어나는 길로 배우개장으로 달려갔다. 구미에 딸리는 환자의 성미를 맞추어 야채랑, 과일이랑, 젓갈 혹은 색다른 찬거리를 사들고 들어오는 것이었다. 언젠가 나는 혼이 난 적이 있다. 겨울인데 몹시 추웠다. 아침 일찍이 나는 뒤가 마려워 안방에서 나오려니까 형님

이 그제야 식식거리며 장에서 돌아오는 길이었다. 장놈과 다투었다고 중얼거리며 덜덜 떨더니 얼음이 제그럭거리는 종이 뭉치 하나를 마루에 놓는다. 펴보니 조기만한 이름 모를 생선. 그는 두루마기, 모자를 벗어부치고 물을 떠오라, 칼을 가져오라, 수선을 부리며 손수 밸을 갈라 씻은 다음 석쇠에 올려놔 장을 발라가며 정성스레 구웠다. 누이동생들도 있고 그의 아내도 있건만 느년들이 하면 집어먹기도 쉽고 *데면데면히 하는 고로 환자가 못 자신다는 것이었다. 석쇠 위에서 지글지글 끓으며 구수한 냄새를 풍기는 이름 모를 그 생선이 나의 입맛을 잔뜩 당겼다. 나는 언제나 아버지와 겸상을 하므로 좀 맛깔스러운 음식은 모두 내 것이었다. 그날도 나는 상을 끼고 앉아 아버지도 잡숫기 전에 먼젓번부터 노려두었던 그 생선에 선뜻 젓가락을 박고는 휘저어 놓았다. 그때 옆에서 따로 상을 받고 있던 형님의 죽일 듯이 쏘아보는 눈총을 곁눈으로 느끼고는 나는 멈칫하였다. 그러나 나를 싸주는 아버지가 앞에 있는데야 설마, 이쯤 생각하고는 서름서름 다시 집어들기 시작하였다. 좀 있더니 형님은 물을 쭉 들이키고 나서 그 대접을 상 위에 콱 놓으며 일부러 소리를 된통 낸다. 어른이 계시므로 차마 야단은 못 치고 엄포로 욱기를 보이는 것이었다. 나는 무안도 하고 무섭기도 하여 들었던 생선을 입으로 채 넣지 못하고 얼굴이 벌겋게 멍멍하였다. 이 눈치를 채고 아버지는 껄걸 웃더니 어여 먹어라, 네가 잘 먹고 얼른 커야 내 배가 부르다, 하며 매우 만족한 낯이었다. 물론 내가 막내아들이라 귀엽기도 하였으려나 당신의 팔이 되고 다리가 되는 맏자식의 지극한 효성이 대견하단 웃음이리라.

노는 돈에는 난봉 나기가 *첵경 쉬운 일이다. 형님은 난봉이 났다. 난봉이라면 천한 것도 사랑이라 부르면 좀 고결하다. 그를 위하여 사

데면데면하다
꼼꼼하지 않아 조심스럽지 않다.

첵경
한결.

혼도
정신이 어지러워 쓰
러짐.

랑이라 하여두자. 열여덟, 열아홉 그맘때 그는 지각 없는 사랑에 빠지고 말았다. 장가는 열다섯에 들었으나 부모가 얻어준 아내일뿐더러 그 얼굴이 마음에 안 들었다.

사랑에서 한문을 읽을 적이었다. 낮에는 방에 들어앉아서 아버지의 엄명이라 무서워서라도 공부를 하는 체하고 건성 왱왱거리다간 밤이 깊으면 슬며시 빠져나갔다. 그리고 새벽에 몰래 들어와 자고 하였다. 물론 돈은 평시 어른 주머니에서 조금씩 따끔질해 두었다. 뭉텅이 돈을 만들어 쓰고 쓰고 하는 것이었다.

아버지는 자식에게 도끼날같이 무서운 어른이었다. 이 기미를 눈치채고 아들을 붙잡아 놓고는 벼룻돌, 목침, 단소 할 거 없이 들어서는 거의 *혼도할 만치 두들겨팼다. 겸하여 다시는 출입을 못하게 하고자 그의 의관이며 신발 등을 사랑 다락에 넣고 쇠를 채워버렸다. 그래도 형님의 수단에는 교묘히 그 옷을 꺼내 입고 며칠 동안 밤거리를 다시 돌 수 있었으나 사랑하는 어머니를 잃고 또 얼마 안 되어 아버지마저 병환에 들매 그럴 여유가 없었다. 밖으로는 아버지의 일을 대신 보랴 안으로는 그의 병구완을 하랴 눈코 뜰 새 없이 자식 된 도리를 다하니 문내에 없던 효자라고 칭찬이 자자하였다.

병환은 날을 따라 깊었다. 자리에 든 지 한 돌이 지나고 가랑잎은 또다시 부스스 지니 환자도 간호인도 지리한 슬픔이 안 들 수 없었다. 그러자 하루는 형님이 자리 곁에 공손히 무릎을 꿇으며 아버님, 하고 입을 열었다. 지금의 처는 사람이 미련하고 게다 시부모 섬길 줄 모르는 천치니 친정으로 돌려보내는 게 좋다. 그러니 아버지의 병환을 위해서라도 어차피 다시 장가를 들겠다는 그 필요를 말하였다. 그때 아버지는 정색하여 아들의 낯을 다시 한번 훑어보더니 간단히 안 된다, 하였다. 내가 살아 있는 동안엔 안된다, 하였다. 아버지도 소싯적에는 뭇사랑에 몸을 헤었다마는 당신을 빠땀 풍, 하였으되 널랑은 바람 풍 하라, 하였다.

나중에서야 알았지마는 이때 벌써 형님은 어느 집 처녀와 슬머시 약혼을 해놓고 틈틈이 드나들었다. 아직 총각이라고 속이는 바람에 부자의 자식이렷다 문벌 좋겠다 대뜸 훌꺽 넘은 모양이었다. 그리고 성례를 독촉하니 어른의 승낙도 승낙이려니와 첫대 돈이 없으매 형님은 몸이 달았다. 아버지는 자식을 사랑하였고 당신의 몸같이 부리긴 하였으나 돈에 들어선 아주 맑았다. 가용에 쓰는 일 전 일 푼이라도 당신의 손을 거쳐서야 들고 났고 자식이라고 푼푼한 돈을 맡겨본 법이 없었다.

형님은 여기서 배심을 먹었다. 효성도 돈이 들어야 비로소 빛나는 듯싶다. 이날로부터 나흘 동안이나 형님은 집에서 얼굴을 볼 수 없었다. 똥오줌까지 방에서 가려주던 자식이 옆을 떠나니 환자는 불편하여 가끔 화를 내었고 따라 어린 우리들은 미구에 불상사가 일 것을 *기수채고 은근히 가슴을 *검뜯었다. 닷새째 되던 날 어두울 무렵이었다. 나는 술이 취하여 비틀거리며 대문을 들어서는 형님을 보고는 이상히 놀랐다. 어른 앞에 그런 버릇은 연내에 보지 못한 까닭이었다. 환자는 큰사랑에 있는데 그는 안방으로 들어가서 엣가락뎃가락하며 주정을 부린다. 그런 뒤 집안 식구들을 자기 앞에 모아놓고는 약주 술이 카랑카

기수채다
낌새를 채다.

검뜯다
거머잡고 쥐어뜯다.

랑한 대접에다가 손에 들었던 아편을 타는 것이다. 누이동생들은 기겁을 하여 덤벼들어 그 약을 뺏으려 했으나 무지스러운 그 주먹을 당치 못하여 몇 번씩 얻어맞고는 울며 서서 뻔히 볼 뿐이었다. 술에다 약을 말정히 풀어놓더니 그는 요강을 번쩍 들어 대청으로 던져서 요란히 하며 점잖이 아버지의 함자를 불렀다. 그리고 나는 너 때문에 아까운 청춘을 죽는다, 고 선언을 하고는 훌쩍…… 울었다. 전이면 두말없이 도끼날에 횡사는 면치 못하리라마는 자유를 잃은 환자라 넘봤을뿐더러 그 태도가 어른을 휘어잡을 맥이었다. 그러나 사랑에서도 문갑이 깨지는지 제끄럭 소리와 아울러 이놈 얼찐 죽어라, 는 호령이 폭발하였다. 이 음성이 취한 그에게도 위엄이 아직 남았는지 그는 눈을 둥글둥글 굴리고 있더니 나중에는 동생들을 하나씩 붙잡아가지곤 두들겨주기 비롯하였다. 이년들 느들 죽이고 나서 내가 죽겠다, 고 이를 악물고 치니 울음 소리는 집안을 뒤집었다. 어른이 귀여워하는 딸일 뿐 아니라 언제든 조용하길 원하는 환자에

게 보복 수단으로는 이만한 것이 다시 없으리라. 그리고 이제 생각하면 어른에게 행한 매끝을 우리들이 받았는지도 모른다. 매질에 누이들이 머리가 터지고 옷이 찢기고 하는 서슬에 나는 두려워서 드러누운 아버지에게로 달아가 그 곁을 파고들며 떨고 있었다. 그는 상기하여 약오른 뱀눈이 되고 소리를 내도록 신음하였다. 앙상한 가슴을 벌떡였다. 병마에 시달리는 시름도 컸거늘 그중에 하나같이 믿었던 자식마저 잃고 보니 비장한 그 심사는 이로 헤아릴 수 없을 것이다. 눈물을 머금고 나의 손을 지긋이 잡더니만 당신의 몸을 데려다 안방에 놓아달라고 애원 비슷이 말하였다. 허지만 그러기에 나는 너무 조그맸다. 형님에게 매맞을 생각을 하고 다만 떨 뿐이었다. 그런대로 그날은 무사하였다. 맏아들의 자세로 돈이나 나올까 하여 얼러보았으나 이도 저도 생각과 틀리매 그는 실쭉하여 약사발을 발로 차버리고는 나가버렸다. 그 뒤 풍편에 들으매 그는 빚을 내어 저희끼리 어떻게 결혼이라고 해서는 자그만 집을 얻어 신접살이를 나갔다는 것이었다. 그곳을 누님들은 가끔 찾아갔다. 그리고 병에 들어 울고 계시는 아버님을 생각하여 다시 그 품으로 돌아오라고 간곡히 깨쳐주었다마는 그는 종래 듣지를 않고 도리어 동기를 두들겨 보내고 보내고 하였다.

아버지의 흥미는 우리와 별것이었다. 그는 평소 바둑을 좋아하였다. 밤이면 친구를 조용히 데리고 앉아 몇백 원씩 돈을 걸고는 바둑을 두었다. 그렇지 않을 때에는 밤 출입이 잦았다. 말인즉슨 오입을 즐겼고 그걸로 몸을 망쳤다 한다. 술도 많이 자셨다는데 나는 직접 보질 못한 바 아마 돈을 아껴서이리라. 또는 점이 특출하였다. 옆전 네 닢을 흔들어 떨어뜨려서는 이걸 글로 풀어 앞에 닥쳐올 운명을 판단하는 수완이 능하여 나는 여러 번 신기한 일을 보았다. 그러나 일단 돈 모으는 데

들어서는 몸을 아낌이 없었다. 초작에는 물론이요 돈을 쌓아놓은 뒤에도 비단 하나 몸에 걸칠 줄 몰랐고 하루의 찬가로 몇십 전씩 내놓을 뿐 알짜 돈은 당신이 웅크러쥐고는 혼자 주물렀다. 병에 들어서도 나는 데 없이 파먹기만 하는 건 망조라 하여 조석마다 칠 홉씩이나 잡곡을 섞도록 분부하여 조투성이를 만들었고 혹은 죽을 쑤게 하였다. 그리고 찬이라도 몇 가지 더하면 그는 안 자시고 밥상을 그냥 내보내고 하였다. 이렇게 뼈를 깎아 모은 그 돈으로 말미암아 시집을 보낼 적마다 딸들의 신세를 졸였고, 또 마지막엔 아들까지 잃었다. 이걸 알았는지 몰랐는지 그는 날마다 슬픈 빛으로 울었다. 아들이 가끔 와서 곁으로 돌며 북새를 부리다 갈 적마다 드러누운 채 야윈 주먹을 들어 공중을 내려치며 죽일 놈, 죽인 놈, 하며 외마디소리를 내었다. 따라 심화에 병은 날로 더쳤다. 이러길 반해를 지나니 형님은 자기의 죄를 뉘우쳤는지 하루는 풀이 죽어서왔다. 그리고 대접 하나를 손에서 내놓으며 병환에 신효한 보약이니 갖다드리라 한다. 나는 그걸 받아 환자 앞에 놓으며 그 연유를 전하였다. 환자는 손에 들고 이윽히 보더니만 그놈이 날 먹고 죽으라고 독약을 타왔다 하며 그대로 요강에 쏟아버렸다. 이 말을 듣고 아들은 울며 돌아갔다. 이것이 보약인지 혹은 독약인지 여지껏 나는 모른다. 마는 형님이 환자 때문에 알 밴 자라 몇 마리를 *우정 구하여 정성으로 고아 온 것만은 사실이었다. 며칠 후 그는 죄진 낯으로 또다시 왔다. 부엌으로 들어가더니 부지깽이처럼 굵다란 몽둥이를 몇 자루 다듬어서는 그것을 두 손에 공손히 몰아 쥐고 아버지의 앞으로 갔다. 그러나 그 방에는 차마 못 들어가고 사랑방문 턱에 바싹 붙어서 머뭇거릴 뿐이었다. 결국 그러다 울음이 터졌다. 아버님 이 매로 저를 죽여줍소사, 그리고 저의 죄를 사해주소서, 하며 애걸애걸 빌었다. 답은 없다. 열 번을 하여도 스무 번을 하여도 아무 답이 없었다. 똑같은 소리를 외며 울며 불기를 아마 한 시간쯤이나 하였을 게다. 방에서 비로소 보기싫다. 물러가거라, 고 환자는 거푸지게 한마디로 끊는다. 그러니 형님은 울음으로 섰다가 울음으로 물러갈 밖에 도리가 없었다.

그는 다시 오지 않았다. 자식을 사랑하는 마음이야 뉘라고 없었으랴마는 하는 그 행동이 너무 괘씸하였고 치가 떨렸다. 복받치는 분심과 아울러 한 팔을 잃은 그 슬픔이 이때에 양자를 하게 된 동기가 되었다. 그 양자란 시골서 데려올려온 농부로 *후분에 부자 될 생각에 온갖 고생을 무릅쓰고 약을 달이랴, 오줌똥을 걷으랴, 잔심부름에 달리랴, 본자식 저 이상의 효성으로 환자에게 섬기었다. 물론 그때야 환자가 죽은 다음 그 아들에게 돈 한 푼 변변히 못 받을 것을 꿈에도 생각지는 못하였으리라.

아직건 총각이라고 속여 혼인이랍시고 저희끼리 *부랴사랴 엉둥거리긴 하였으나 생활에 쪼들리니 형님은 뒤가 터질까 하여 애가 탔다. 물론 *시량은 대었으되 아버지의 분부를 받아 입쌀 한 되면 좁쌀 한 되를 섞어서 보냈다. 그뿐으로 동전 한 푼 현금은 *무가내였다. 형님은 그 쌀을 받아서 체로 받쳐 좁쌀은 뽑아버리곤 도로 입쌀을 만들어 팔았다. 그 돈으로 젊은 양주가 먹고 싶은 음식이며 담배, 잔용들에 소비하는 것이었다. 이 소문을 듣고 아버지는 그담부터 다시 보내지 말라고 꾸중하였다. 애비를 반역한 그 자식 괘씸한 품으로 따지면 당장 다리를 꺾어놓을 것이다. 그만이나마 하는 것도 당신이 아니면 어려울진대 항차 그놈이 무슨 호강에 그러랴 싶어서 대로한 모양이었다.

부자간 살육전은 여기서 시작되었다. 밥줄이 끊어진 형님은 틈틈이

후분
늦은 뒤의 운수나 처지.

부랴사랴
매우 부산하고 급하게 서두르는 모양.

시량
땔감과 양식.

무가내
막무가내.

달려와서 나를 꾀었다. 담모텡이로 끌고 가서 내 귀에다 입을 대고는
있다 왜떡을 사줄 테니 아버지 주무시는 머리맡에 가서 가방을 슬며시
열고 저금통장과 도장을 꺼내오라고 소곤거리는 것이었다. 그때 그는
의복이며 신색이 궁기에 끼어 출출하였다. 부자의 자식커녕 굴하방 친
구로도 그 외양이 얼리지 못하였으니 마땅히 자기의 차지 될 그 재산
을 임의로 못하는 그 원한이야 이만저만 아니었으리라. 나는 그의 말
대로 갖다주면 그는 거나하여 나의 머리를 *뚜덕이며 데리고 가서는
왜떡을 사주고 볼일을 다 본 통장과 도장은 도로 내놓으며 두었던 자
리에 다시 몰래 갖다두라 하였다. 그 왜떡이란 기름하고 검누른 바탕
에 누비줄 몇 줄이 줄을 친 것인데 나는 그놈을 퍽 좋아했다. 그 맛에
들려 종말에는 아버지에게 된통 혼이 났다.

  그담으로는 형님은 와서 누이동생들을 *족대기었다. 주먹을 들어
혹은 방망이를 들어 함부로 때려 올려놓고는 찬가로 몇 푼 타두었던
돈을 다급하여 갖고가고 하였다. 그는 원래 불량한 성질이 있었다. 자
기만 얼러달라고 날뛰는 *사품에 우리들은 그 주먹에 여러 번 혹을 달
았다. 양자로 하여 자기에게 마땅히 대물려야 할 그 재산이 귀떨어질
까 어른을 미워하던 중 하물며 시량까지 푼푼치 못하매 그는 독이 바
짝 올랐다. 뜨거운 여름날이나 해 질 임시하여 식식 땀을 흘리며 달려
들었다. 환자는 안방에 드러누워 돌아가지도 않고 뼈만 남은 산송장이
되어 해만 끄니 그를 간호하던 산 사람 따라 늘어질 지경이었다. 서슬
이 시퍼렇게 들어오던 형님은 긴 병에 후달려 맥을 잃고는 마루에들
모여 앉았던 우리 앞에 딱 서더니 도끼눈으로 우리를 하나씩 훑어주고
는 코웃음을 친다. 우리는 또 매 맞을 징조를 보고는 오늘은 누가 먼저
맞나 하여 속을 졸였다. 그는 부나케 부엌으로 들어갔다. 솥뚜껑을 여

뚜덕이다
다소 세게 두드리다.

족대기다
다른 사람을 못견디게
볶아대다.

사품
어떤 동작이나 일이 진
행되는 바람이나 겨를.

는 소리가 나더니 느들만 처먹니, 하는 호령과 함께 젠그렁하고 쇠 부딪는 소리가 굉장하였다. 방에서는 이놈, 하고 비장한 호령. 음울한 분위기에 싸여오던 집안 공기는 일시에 활기를 띠었다. 이 소리에 형님은 기가 나서, 뒤꼍으로 달아나는 셋째누이를 때려보고자 쫓아갔다. 어른에게 대한 모함, 혹은 어른을 속여서라도 넌즛넌즛이 자기에게 양식을 안 댔다는 죄목이었다.

누이는 뒤란을 한 바퀴 돌더니 하릴없이 마루 위로 한숨에 뛰어 올랐다. 방의 문을 열고 어른이 드러누웠으매 제가 설마 여기야, 하는 맥이나 형님은 거침없이 신발로 뛰어올라 그 허구리를 너댓번 차더니 꼬까라트렸다. 그러고는 이년들 혼자 먹어, 이렇게 얼르자 그담 누님을 머리채를 잡고 마루 끝으로 자르르 끌고 와서 댓돌 알로 굴려버리니 자지러지는 울음소리에 귀가 놀랬다. 세상이 눈만 감으면 어른도 칠형세라, 나는 눈이 휘둥그렇게 아버지의 곁으로 피신하였다. 환자는 눈물을 흘리며 묵묵히 누웠다. 우는지 웃는지 분간을 못할 만치 이를 악물어 보이다가는 슬며시 비웃어버리며 주먹으로 고래를 칠 때 나는 영문 모르고 눈물을 청하였다. 수심도 수심 나름이거니와 그의 슬픔은 그나 알리라.

그는 옆에 앉았는 양자의 손을 잡으며 당신을 업어다 마루에 내다놓으라 분부하였다. 양자는 잠자코 머리를 숙일 뿐이다. 만일에 그대로 하면 병만 더칠 뿐 아니라 집안에 살풍경이 일 것을 염려하여서이다. 하지만 환자의 뜻을 거스름이 그의 임무는 아니었다. 재삼 명령이 내릴 적엔 마지못하여 환자를 고이 다루며 마루 위에 업어다 놓으니 환자는 두 다리를 세고 웅크리고 앉아서는 마당에 하회를 기다리고 우두커니 섰는 아들을 쏘아보았다. 이태만에야 비로소 정면으로 대하는 그 아들이다. 그는 기에 넘어 대뜸 이놈, 하다가 몹쓸 병에 *가새질려 턱을 까불며 한참 쿨룩거리더니 나를 잡아먹으랴고, 하고는 기운에 부치어 뒤로 털썩 주저앉고 말았다. 그리고 몸을 전후로 흔들며 시근거린다. 가슴에 맺히도록 한은 컸건만 병으로 인하여 입만 벙긋거리며 할 말을 못하는 그는 매우 괴로운 모양이었다. 그러나 당신 옆에 커다란

식칼이 놓였음을 알자 그는 선뜻 집어 아들을 향하여 힘껏 던졌다. 정배기를 맞았으면 물론 살인을 쳤을 거나 요행히도 칼은 아들의 발끝에서 힘을 잃었다. 이 순간 딸들도 아버지를 앞뒤로 얼싸안고 아버님 저를 죽여줍소사, 애원하며 그 품에 머리들을 박고는 일시에 통곡이 낭자하였다. 마당의 아들은 다만 머리를 숙이고 멍멍히 섰더니 환자 옆에 있는 그 양자를 눈독을 몹시 들이곤 돌아가

버렸다. 허나 며칠 아니면 자기도 부자의 호강을 할 수 있음을 짐작했던들 그리 분할 것도 아니련만 ─

얼마 아니어서 아버지는 돌아갔다. 바로 빗방울이 부슬부슬 내리던 이슥한 밤이었다. 숨을 몬다고 기별하니 형님은 그 부인을 동반하여 쏜살같이 인력거로 달려들었고 문간서부터 울음을 놓더니 어버이의 머리를 얼싸안을 때엔 세상을 모른다. 그는 느껴가며 전날에 지은 죄를 사해받고자, 대구 애원하였다. 환자는 마른 얼굴에 적이 안심한 빛을 띠며 몇 마디 유언을 남기곤 송장이 되었다. 점돈을 놓으면 일상 부자간 공이 맞는 쾌라 영영 잃은 놈으로 쳤더니 당신 앞에 다시 돌아오매 좋이 마음을 놓은 모양이었다. 그리고 형님의 효성이 꽃핀 것도 이때였다. 그는 시급하여 허둥거리다가 단지를 하고자 어금니로 자기의 손가락을 깨물어 뜯었다. 마는 으스러져도 출혈이 시원치 못함에 그제는 다듬잇돌에 그 손가락을 얹어놓고 방망이로 짓이겼다. 이 결과 손가락만 팅팅 부어 며칠을 두고 고생이나 하였을 뿐, 피도 짤끔짤끔하였고 아무 효력도 보지 못하였다. 나는 어떻게 되는 건지 가리를 모르고 송장만 뻔히 바라보고 서서 울다가 가끔 새아주머니를 곁눈 훑었다. 그는 백주에 보도 못하던 시아비의 송장을 주무르고 앉아서 슬피 울고 있더니 형님에게 송장의 다리 팔을 펴라고 명령하는 것이었다. 남편은 거기에 순종하였다.

내가 만일 이때에 나의 청춘과 나의 행복이 아버지의 시체를 따라갈 줄을 미리 알았다면 나는 그를 붙들고 한 달이고 두 달이고 내리 울었으리라. 그러나 나는 사람을 모르는 철부지였다. 설움도 설움이려나 긴치 못한 아버지의 상사가 두고두고 성가시었다. 왜냐면 아침 상식은 형님과 둘이 치르나 저녁 상식은 나 혼자 맡는 것이었다. 혼자서 제복

어구데구
에구데구. 소리를 마구
지르며 우는 모양.

을 입고 대막대를 손에 집고는 맘에 없는 울음이라도 *어구데구하지 않으면 불공죄로 그에게 담박 몽둥이 찜질을 받았다. 그러면 자기는 너무 많은 그 돈을 처치 못하여 밤거리를 휘돌다가 새벽녘에는 새로운 한 계집을 옆에 끼고 술이 만취하여 들어오고 하였다. 천금을 손에 쥐고 가장이 되니 그는 향락이란 향락을 다 누렸다마는 하루는 골피를 찌푸렸다. 철궤에 든 지전 뭉치를 헤아려보기가 불찰, 십 원짜리 다섯 장이 없어졌음을 알았던 것이다.

아침에 그는 상청에서 곡을 하고 나더니 안방으로 들어가 출가하였던 둘째누님을 호출하였다. 그리고 다른 사람은 일절 그 근처에 얼씬도 못하게 영이 내렸다. 방문을 꼭꼭 닫고 한참 중얼거리더니 이건 때리는 게 아니라 필시 죽이는 소리이리라. 애가가. 하고 까부러지는 비명이 들리다간 이번엔 식식거리며 숨을 돌리는 신음, 그리고 다시

애가가다. 그뒤 들어보니 전날 밤 아버지의 삭망에 잡술 제물을 장만하러 간 것이 불행이 이 누님이던 바 혹시나 이 기회에 그 돈을 다른 데로 돌리지나 않았나, 하는 혐의로 그렇게 고문을 당한 것이었다. 처음에는 치마만 남기고 발가벗기어 그 옷을 일일이 뒤져보고 털어보았으나 그 돈이 내닫지 않으매 대뜸 엎어놓고 발길로 차며 때리며 하여 불이 내렸다 한다. 그래도 단서는 얻지 못하였으니 셋째, 넷째, 끝의 누님들은 물론 형수, 하녀, 또는 어린 나에 이르기까지 어찌 그 고문을 면할 수 있었으랴. 끝의 누님은 한 웅큼 빠진 머리칼을 손바닥에 들고는 만져보며 무한 울었다. 그러나 제일 호되게 경을 친 것은 역시 둘째 누님이었다. 허리를 못쓰고 드러누워 느끼며 냉수 한 그릇을 나에게 청할 제 나는 애매한 누님을 주리를 튼 형님이 극히 야속하였다. 실상은 삼촌댁이나 셋째누이나 그들 중에 그 돈을 건넌방 다락 복고개를 뚫고 넣었으리라, 고 생각은 하였다, 마는 나는 입을 다물었다. 만약에 토설을 하는 나절에는 그들은 형님 손에 당장 늘어질 것을 염려하여서이다.

『광업조선』. 1939. 11.

1908년 1월 11일_1세 강원도 춘천시 신동면 증리(실레)에서 김춘식(金春
植, 1873~1917)과 청송 심씨(靑松 沈氏, 1870~1915)의 2남 6녀 중
일곱째, 차남으로 출생. 본관은 청풍(靑風). 김육(金堉, 1580~1658)
의 10대손, 김우명(1619~1675)의 9대손. 아버지 김춘식은 춘천부 남
내이작면 증리 실레마을의 천석을 웃도는 지주였으며 서울의 진골에
도 백여 칸 되는 집을 가지고 춘천과 서울 양쪽에서 생활. 어머니 심
씨의 친정은 지금의 춘천시 신동면 학곡리 두름실. 김유정의 아명은
'멱서리'.

1909년_6세 11월 26일 김유정의 조부 김익찬 사망. 이해 겨울 서울의 종
로구 운니동(당시 진골)에 저택을 마련하고 30여 명의 식솔들을 이끌
고 상경.

1915년_7세 모친 사망.

1916년_8세 서울집 인근에 있는 서당에서 한문을 배우기 시작함. 이후
1919년(11세)까지 4년간 한문을 배움.

1917년_9세 5월 23일 부친 사망. 운니동에서 관철동으로 이사. 이후 형

유근(裕近)이 방탕한 생활로 재산을 탕진하기 시작함.

1920년_12세 서울 재동(齋洞)공립 보통학교 입학.

1921년_13세 재동 보통학교 3학년 월반.

1923년_15세 재동 보통학교 졸업(제 16회)하고 4월 9일 휘문(徽文)고등보통학교 입학. 훗날 소설가가 된 안회남과 같은 반에서 절친하게 지냄. 가세가 기울어 이 해를 전후하여 숭인동, 관훈동, 청진동 등으로 집을 줄여서 나감.

1924년_16세 말더듬이 교정소에 다님.

1926년_18세 휘문고보 4학년으로 진급하지 못하고 낙제함.

1928년_20세 연희전문 중퇴. 형 유근은 가산을 탕진하고 춘천 실레 마을로 내려가고, 유정은 봉익동 삼촌댁에 얹혀 지냄.

1929년_21세 휘문고보 5학년 졸업(제7회, 통산 21회). 박녹주(1904~1979)에게 열렬히 구애하기 시작함. 치질 발병. 거처를 사직동 둘째 누이 댁으로 옮김. 누이 유형은 이혼하고 양복점 직공으로 근무.

1930년_22세 늑막염을 앓기 시작함. 이 시기에 학업을 한 흔적은 없으며, 춘천 실레 마을에서 야학당을 열고 계몽사업에 투신함. 이후 야학의 명칭을 농우회로 개칭함.

 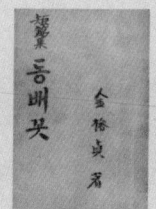 

1931년_23세 실레 마을에 야학당을 열다. 금광(金鑛)을 전전하다.

1932년_24세 실레 마을에 '금병의숙' 을 설립, 문맹퇴치 운동을 전개함. 소설 「심청」 탈고.

1933년_25세 단편 「소낙비」, 「산골 나그네」 탈고. 서울로 올라가 누이 유형 집에서 지냄. 폐결핵이 발병함.

1934년_26세 단편 「만무방」 탈고. 매형이 사직동 집을 처분하여 혜화동 개천가에 셋방을 얻어 누이는 밥장사를 하고, 유정은 창작에 전념함.

1935년_27세 소설 「소낙비」과 「노다지」가 각각 조선일보 신춘문예 현상모집 1등, 조선중앙일보 신춘문예 현상모집 가작으로 당선됨. 소설 「금따는 콩밭」, 「떡」, 「만무방」, 「산골」, 「봄·봄」, 「안해」 등 발표. 수필 「조선의 집시」, 「나와 귀라미」 발표. 누이들의 권고로 16세의 연안 이씨와 결혼했으나, 하루만에 소박당하고 나서 삶에 대해 고민함. '구인회(九人會)' 에 후기 동인으로 가입하여 활동함.

1936년_28세 폐결핵과 치질이 악화됨. 서울 정릉 골짜기의 암자. 신당동에서 셋방살이하는 형수 댁 등을 비롯해 여러 곳을 전전하며 투병. 박봉자에게 열렬히 구애하였으나 거절당함. 김문집(金文輯)이 병고 작가 원조 운동을 벌여 모금을 해줌. 「심청」, 「봄과 따라지」, 「가을」, 「두꺼비」, 「봄밤」, 「이런 음악회」, 「야앵」, 「옥토끼」, 「생의 반려」, 「산골 나

그네」, 「동백꽃」, 「정조」, 「슬픈 이야기」, 등 발표. 수필 「오월의 산골작이」, 「어떠한 부인을 마지할까」, 「신복을 등진 정열」, 「길」, 「밤이 조금만 짤럿드면」 발표. 설문에 대한 답변 「우리의 정조」 발표.

1937년_29세   신병이 더욱 악화되어 경기도 광주군 중부면 상산곡리(현 하남시 상산곡동) 다섯째 누이 유흥의 집으로 거처를 옮김. 경기도 광주 매형 집에서 요양 중 3월 29일 사망. 화장하여 그 재를 한강에 뿌림. 소설 「따라지」, 「땡볕」, 「연기」, 발표. 수필 「문단에 올리는 말슴」, 「강원도 여성」, 「네가 봄이런가」 발표. 안회남에게 마지막 편지를 씀(「필승前」, 3.18). 소설 「정분」(「솟」의 초고), 번역소설 「귀여운 소녀」, 편지 「박태원전」 사후 발간.

1938년   단편집 『동백꽃』(삼문사) 발간.

1939년   소설 「두포전」, 「형」, 「애기」 사후 발표.

가난한 몰락 농민-유랑인의 삶의 애환, 그리고 통념을 넘어서는 그 생존 전략 이야기
- 김유정 소설에 나타난 작가의 시선

서 준 섭 (강원대학교)

1. 불역판 『소낙비(Une averse)』의 성공이 뜻하는 것

몇 년 전 김유정(1908-1937)의 단편 선집 『소낙비』가 불어로 번역되어 프랑스 문학계에서 큰 성공을 거둔 적이 있다. 최미경, 장-노엘 주떼의 공동 번역으로 쥘마(Zulma)출판사(초판:2000, 재판:2005)에서 간행된 이 선집은 프랑스 독자들의 성원으로 곧 재판되었고, 이를 계기로 그곳 주요 일간지에 그의 문학을 소개하는 기사가 실리기도 하였다. 1990년대 이후 한국의 대표적 근, 현대 작가들의 작품이 프랑스에 많이 번역 소개되었지만, 김유정 단편집처럼 큰 성공을 거둔 예는 많지 않다고 한다. 이런 소식은 우리에게 두 가지 점에서 시사적이다. 첫째, 김유정의 소설의 문학적 우수성이 외국에서도 객관적으로 평가되는 계기가 되었다는 점이다. 불역판에는 「소낙비」, 「가을」, 「동백꽃」, 「솥」,

「봄·봄」, 「아내」, 「정조」, 「산골나그네」, 「땡볕」 등 9편의 단편이 수록되었는데, 이것들은 모두 그의 대표작들에 해당된다. 둘째, 김유정 소설이 언어, 시대의 경계를 넘어 보편성을 지니고 있다는 사실이 확인된 점이다. 그의 소설은 대체로 시골 농민들의 가난한 생활을 해학적인 독특한 문체로 그리고 있다.

김유정은 30살의 젊은 나이로 요절한 1930년대 작가이다. 1933년에 발표된 「총각과 맹꽁이」가 그의 첫 작품이다. 1935년 '조선일보' 신춘문예에 단편 「소낙비」가 당선을 계기로 본격적인 작품 활동에 들어간 그는 1937년에 지병인 결핵의 악화로 작고하기까지 짧은 생애를 창작에 전념하여 주옥 같은 단편들을 발표하였다. 창작 기간은 약 5년에 불과하다. 그가 당시 서울의 대표적인 문학단체인 '구인회'의 후기 회원이었다는 사실은 그가 당시 문단에서 매우 능력 있는 작가로 평가되었음을 말해준다. 이태준, 박태원, 이상, 정지용, 김기림 등 당시의 유명 작가들이 그 회원이었다. 병으로 요절한 작가라는 점에서 보면, 그는 '구인회'의 친구였던 소설가 이상과 비슷한 처지의 작가였지만, 이상이 주로 도시적 소재를 가지고 실험적 형식의 소설을 썼음에 비해 김유정은 시골 농민의 생활상을 사실적으로 그리고자 하였다.

그가 창작에 전념하던 몇 년간은, 얼마 남지 않은 생명의 불꽃을 온통 문학 속에서 불태웠던 시간이었다. 주옥같은 작품들을 잇달아 발표하여 곧 문단의 주목받는 작가가 되었으나, 안타깝게도 그는 생전에 자신의 작품집을 보지 못하고 타계하였다. 이상의 작품집이 사후에 간행된 것처럼 그의 단편집 『동백꽃』(1938)은 그가 세상을 떠난 이듬해에야 발간되었다.

2. 몰락 농민의 떠돎, 가난, 삶의 애환 - 「만무방」에서 「가을」까지

김유정의 작품 중에는 도시 생활에서 소재를 취한 작품이 몇 편 있지만, 그에게 문학적 성공을 안겨준 작품들은 주로 그의 고향 강원도 춘천 부근 농촌의 주민들의 생활을 소재로 한 작품들이다. 그의 관심을 끈 주제는 삶의 바닥에서 전전하는 가난한 농민의 생활상에 대한 것이다. 소설에 재현된 농민의 생활이라고 하면 흔히 이광수의 「흙」이나 이기영의 「고향」과 같은 작품을 연상하기 쉽지만, 그가 보여주는 농민의 생활은 이와는 아주 다른 것이다. 그의 작품의 인물들은 어느 정도의 토지를 소유하고 있는 평야 지대의 중농이나 그 이하의 소농이 아니다. 작품의 배경은 작가의 고향인 강원도 산골, 주변에 약간의 토지밖에 없어 경작지가 적은 지역이다. 그의 작품에는 대개 정상적인 일상생활에서부터 벗어난 도둑질, 매음, 도박, 아내 팔기와 같은 비정상적인 사건이 자주 등장한다. 정상적인 생활을 영위할 수 없을 정도로 삶의 극한에 내몰린 극도로 가난한 농민들이 벌이는 생존의 드라마, 그것이 그의 소설이다. 농민으로서 정상적인 삶이 해체된 이후의 고단한 생존의 이야기이다.

예를 들면 「만무방」의 응칠은 빚을 갚지 못해 5년 전에 집과 세간을 그만둔 채 아내와 야반도주해 산골에 들어온 인물이다. 아내, 아들과 함께 객지를 유랑하다가 서로 살기 위해 헤어졌다. 현재 그는 아우 응오가 사는 산골 마을에서 그 아우의 땅을 빌려 소작을 하고 있다. 응오는 성실한 농민이지만 그 역시 가난하다. 아내가 알 수 없는 병으로 오래 누워있으나, 수중에 돈이 없어 병원에 가지 못하고 있다. 가을철 추수를 앞두고 투전판을 기웃거리던 응칠은 자신의 논에서 잘 익은 벼나락을 누군가 훔쳐갔다는 사실을 알게 되는데, 그 도둑을 잡고 보니 뜻밖에도 아우이다―. 어처구니없는 이야기 같지만, 일반적인 통념을 넘어서는 아주 리얼한 작품으로 읽을 수 있다. 각각 생존의 한계에 이른 산골 형제의 생존의 전략은 종종 이렇듯 일반적인 윤리, 도덕의 통념을 넘어선다.

상식과 통념을 넘어서는 이야기는 김유정 소설의 주요한 특성이다. 작품 「금」도 그렇다. 이 소설의 주인공은 몰락하여, 고향인 시골을 떠나 산속의 금광 주변에 정착한 어떤 광부이다. 그는 광부가 되어 금을 캐지만 적은 임금 때문에 가난한 생활에서 헤어나기 어렵다. 큰돈을 마련, 현재의 고달픈 생활에서 벗어나기 위해 그는 일반인의 상상력을 뛰어넘는 일을 감행한다. 갱 속에서 작업하다 어느 날 값나가는 금돌을 캐자, 그것을 갖고 나올 욕심으로 자기의 발을 돌로 쳐서 으깨고 헝겊으로 감싸 그 안에 광석을 숨기고, 부상자로 가장해 철철 피를 흘리며 기진맥진한 상태로 갱을 빠져 나오는 것이다. 회복하기 힘들 정도로 자신의 몸을 자해하는 주인공의 행동은 바보스럽고 끔찍하지만, 그의 처지를 생각해보면 이해되는 작품이다. 이 작중 인물이 보여주는 극한적 행동에는 어떤 맹목성, 섬뜩한 광기 같은 것이 숨겨져 있다. 이 맹목성은 생존의 극한 상황에 처한 주인공의 삶의 맹목성, 삶을 유지하기 위한 '삶 자체의 맹목성'이라고 할 수 있다. 작가는 이 인물의 모든 행동과 그 풍경을 담담하고도 초연한 자리에서 담담한 어조로 들려준다. 그 이야기의 전체 분위기는 비극적이라기보다는 차라리 해학적이다. 사건의 발단과 전개, 귀결이 모두 일반적인 통념과 윤리, 도덕과 논리를 넘어서는 지점에서 전개되지만 이를 이야기하는 어조가 담담하다는 사실은 이 작품의 중요한 특성이다.

작가 김유정은 죽음까지도 무릅쓰는 삶의 극한 지대, 아슬아슬한 삶의 경계에 이르기까지 전락하는 인물에 자주 이끌리고 있다. 노름꾼과 그의 어린 아내 사이에서 벌어지는 이야기를 다룬 「소낙비」의 경우도 삶의 아슬아슬한 경계선을 그린 작품이다. 건달이자 노름꾼인 춘호는 빚을 갚지 못해 강원도 인제에서 야반도주하여 산골 마을에 정착한 가난한 농민이다. 오 원을 주고 누추한 오막살이를 사고 농사를 지어도 희망이 없다. 산나물을 캐고 동네의 허드렛일을 하는 아내와 근근이 살아가고 있다. 노름을 단숨에 큰 돈을 벌 수 있는 유일한 수단으로 생각하는 남편은, 수중에 없는 노름 돈 이 원을 마련해오라고 죄 없는 아내를 구타한다. 결국 아내는, 이미 첩이 있는 동네 부자 남자에게 몸을 팔기 위해, 소낙비 내리는 날 매음의 길을 나선다.

김유정의 소설은 1930년대 농촌 사회의 이면을 주로 다루고 있다. 그래서 그 세계가 낯설게 느껴진다. 농민의 몰락과 유랑, 그들이 처한 가난과 삶의 한계, 그 지점에서 벌어지는 이야기이다. 「동백꽃」과 같은 10대의 연애담이 없지는 않지만, 대개 성인들의 이야기를 주로 다룬다. 작중 인물들의 가족관계도 단촐하다. 「만무방」의 응칠은 단신이고, 그의 아우는 아내와 그, 두 식구이다. 「산골 나그네」의 가족은 노파와 그의 아들뿐이고, 「소낙비」의 가족도 내외뿐이다. 이것은 근대의 핵가족과는 다른 것이다. 일가 친척들과 함께 산 적이 있었지만, 언제부터인가 가세가 기울어 가문의 직계 가족만이 산골에 들어와 살아가게 된 사람들의 이야기라고 보아야 할 것이다. 물론 그의 작품에는 비교적 유복하게 살아가는 아들, 딸을 둔 토착민도 등장한다. 김유정의 소설은 산골의 가난하고 단촐한 농민 가족의 개별적인 생존의 모습을 다룬다.

작품 「산골 나그네」를 보자. 이 단편은 병든 남편을 위해 남의 옷을 훔치는 이야기이다. 산골 외진 곳에 술집을 하는 덕돌과 그 모친이 살고 있는데, 어느 날 젊은 여자가 나그네를 찾아와 묵어갈 것을 청한다. 가난으로 노총각 신세를 못면하는 아들을 생각해 모친은 그녀를 붙잡아 두고 서둘러 둘을 결혼시킨다. 결혼을 하고 신방을 치른 그날 밤 나그네는 잠에 떨어진 덕돌의 새 옷을 훔쳐 도망친다. 그 집으로부터 멀리 떨어진, 산길을 넘어 외진 곳 물방앗간에는 거적을 쓰고 누워있는, 나그네의 '거지 남편'이 있다. 그녀는 황급히 그를 깨워 가져온 새옷을 입히고는 길을 떠난다.

(……) 거지는 호사하였다. 달빛에 번쩍거리는 겹옷을 입고서 지팡이를 끌며 물방앗간을 등졌다. 골골하는 그를 부축하여 계집은 뒤에 따른다. 술집 며느리다.

"옷이 너무 커― 좀 적었으면……"

"잔말 말고 어여 갑시다. 펄쩍……"

계집은 불이나게 그를 재촉한다. 그리고 연해 돌아보길 잊지 않았다.

(……) 개울을 건너 불거져내린 신모롱이를 막 꼽들려 할제다. 멀리 뒤에서 사람 욱이는 소리가 끊일듯 날듯 간신히 들려온다. 바람에 먹히어 말져는 모르겠으나 재없이 덕돌이의 목성임은 넉히 짐작할 수 있다.

이야기의 끝 부분이다. '산골 나그네'는 이 산골 마을을 잠시 머물다 가는 유랑민인 것이다. 이야기의 끝 부분은 짧게 마무리되어, 이 이야기 전체의 원경(遠景)을 이루고 있다.

이야기의 포인트는, 얼핏 보면 나그네가 외딴 집에 찾아들면서 벌어지는 모녀의 법석과 결혼 이야기인 듯 보인다. 이 부분이 작품 속의 근경(近景)을 이루고 있기 때문이다. 작가는 노총각 이야기에 산골 나그네 이야기를 겹쳐 놓음으로써, 이야기를 흥미진진하게 풀어가지만, 이 근경 뒤에 원경을 배치하고, 후자가 전자를 압도하게 하는 식으로 이야기를 구성해 놓고 있다. 누가 주인공인가. '나그네'라고 해야겠으나 실상 등장 인물 모두이다. 작가는 어떤 감정의 개입도 없이 담담하고도 역동적인 필치로 속도감 있게 이 이야기를 그저 펼쳐보일 뿐이다.

덕돌의 입장에서 보면 이 이야기는 아이러니지만, 나그네의 처지에서 보면 그녀의 가짜 결혼은 생존을 위한 전략이라는 의미를 지닌다. 서로 속고 속이는 이야기지만, 노총각은 바라던 결혼식을 치른 셈이고, 나그네는 원하던 '옷'을 얻은 셈이다. 나그네의 절박한 처지는 윤리를 넘어선 지점에 놓여 있다. 서로 속고 속이는 민담 이야기가 그 민담 속의 인물들의 처지와는 상관없이 재미있듯, 이 이야기는 애처로우면서도 재미있게 단숨에 읽힌다.

아내를 파는 노름꾼이 등장하는 「소낙비」 이야기도 기막힌 이야기이지만, 기막히지 않은 이야기처럼 전개된다. 남편 춘호의 꿈은 단순하다. 노름판에서 "삼사십 원만 따서 동리의 빚이나 대충 가리고 옷 한벌 지어 입고" 서울로 가서 "아내는 안잠을 재우고 자기는 노동을 하고" 둘이서 좀 "안락한 생활"을 해보는 것이다. 건달인 그는 지금 노름 밑천 이원이 필요한데 그게 없다. 그래서 그 돈을 당장 구해오라고 착한 아내를 "이년, 저년" 하면서 며칠째 두들겨 패면서 닦달을 하고 있다. 매 맞는 아내는 저항도 없이 순종적이다.

마침내 "니에(네)"라고 답하는데, 그 모습이 참담하다기보다는 유모러스하다. 노름 밑천 장만을 위해 매음길에 나서는 마지막 장면은 이렇게 서술된다.

아내가 꼼지락거리는 것이 보기에 퍽이나 갑갑하였다. 남편은 아내 손에서 얼레빗을 쑥 뽑아들고는 시원스럽게 쭉쭉 내려 빗긴다. 다 빗긴 뒤 옆에 놓인 밥사발의 물을 손바닥에 연신 칠해가며 머리에다 번지르하게 발라 놓았다(……)

"인제 가봐!"

하다가

"바루 곧 와. 응?"

하고 남편은 그 이 원을 고이 받고자 손색없도록 실패 없도록 아내를 모양 내어 보냈다.

군더더기 없는 이 간단한 대화를 보라. 남편은 아내가 무엇을 할지를 묻지도 않고, 알고자 하지도 않는다. 이야기는 거침없이 전개되고 거기에 작가의 자의식의 그림자 같은 것이 조금도 배어 있지 않다. 이야기를 시종 생기있게 군더더기 없이 재빠른 속도로 이끌고 간다는 것은 김유정 소설의 지닌 중요한 미덕이다. 그러나 좀 더 생각해보면 아내를 매음으로 내모는 남편의 행동에는 어떤 악마성, 광기 같은 게 느껴진다. 도박을 위해 아내를 판다는 점에서 그렇다. 가난에서 벗어나고자 갱 안에서 자기의 살을 돌로 내리치는 「금」의 주인공의 행동도 정상을 넘어선다. 이런 광태는 인물이 직면하는 삶의 한계 상황에서 발생하고 있다.

'아내를 파는' 이야기는 「가을」에도 등장한다. 가난한 시골 생활을 거듭하지만 뾰죽한 수를 찾지 못하던 무능한 남편은 생각 끝에 이웃마을 소장사 황거풍에게 아내를 팔기로 하고 황씨와 마주앉자 글을 아는 친구를 불러 '계약서'를 작성한다. 계약서 내용—"매매 계약서/일금 오십원야라, 위 금은 내 아내의 대금으로써 정히 영수합니다(……)". 아내 매매서는 아내의 동의 없이 작성되었지만, 두 부부가 함께 사라졌다는 결말에서 독특한 여운이 남는 작품이다. 아내의 도망은 이 작품이 「소낙비」와 달리 적어도 부부 사이의 윤리의 문제를 건드리면서도 그것을 전적으로 부정하지는 않은 작품으로 보게 한다.

두 작품에 재현된 아내 팔기는 서로 다른 것이지만, 김유정 소설에 아내 팔기 모티프가 반복되고 있다는 사실은 특기할 만하다.

3. 가난한 농민의 욕망, 환상, 윤리를 넘어선 생존 전략 – '들병이', 도박, 일확천금을 찾아서

김유정의 소설은 농촌의 빈궁상을 다루고 있다는 점에서, 유치진의 몇몇 희곡 작품 (「소」, 「버드나무 선 동리 풍경」 등)을 연상시킨다. 하지만, 자세히 보면 거기에 큰 차이가 있다. 유치진의 희곡은 대체로 보아 진보적인 리얼리즘에 속하며, 농민의 몰락을 일제하 당시 사회의 농민층의 몰락, 농촌의 해체라는 시선에서 다루지만, 김유정의 소설은 산골 농민의 개별적인 궁핍상을 어떠한 논평도 없이 사실적으로 이야기할 뿐이다. 김유정은 특정한 세계관을 내세우는 작가라기보다는 근대의 이야기꾼에 가깝다. 합리주의적인 차원에서 볼 때 그의 이야기는 비극에 가깝지만 그렇다 해서 그것을 비극이라 말하기는 어렵다. 작가의 사상, 감정의 개입 없이 작중 인물과의 '미학적 거리두기'를 견지한 채 그저 이런 저런 이야기를 재미있게 들려줄 뿐이다. 이야기를 활기찬 입담(구어체)으로 거침없이 풀어가고 있다는 점에서 그의 소설은 민담, 설화의 전통과 이어져 있다고 볼 수 있다. 기막힌 이야기이되 거기에는 유머, 해학적인 요소가 깃들어 있다.

김유정 소설에 반복적으로 나타나는 모티프는 '가난'이다. 작중 인물들이 보여주는 행동거지 모두는 가난과 불가분의 관계를 이루고 있다. 노총각 신세, 도주, 도둑질, 도박, 매음, 아내 팔기 등이 모두 작중인물이 직면한 가난 때문이다. 이 가난은 작품에서 땅 없음, 돈 없음, 양식 없음으로 나타나며, 이들의 관계는 서로 악순환의 관계를 이루고 있다. 특히 돈은 모든 작품의 중요한 모티프이다. 이 돈 때문에 야반도주하고 돈이 없어 장가를 못 든다. 「산골 나그네」의 덕돌이가 노총각 신세를 면하지 못하는 것도 돈 때문이었다. 돈을 들이지 않고도 결혼이 가능했던 '나그네' 여자는 그에게 더 없는 행운이었다. 이와 비슷한, 가난한 총각의 결혼의 꿈과 그 좌절에 이르는 이야기는 「총각과 맹꽁이」에서 반복되고 있다. 결혼할 길을 모색하던 총각의 산골마을 술집에 어느날 '들병이'가 들어오자 이번에는 그녀에게 장가갈 생각을 한다. 들병이란 술이 든 항아리나 병을 들고 다니며 매음도 하는 유랑 여인이다. 그가 이런 천한 여자를 신부감으로 택한다는 것 자체가 그의 딱한 처지를 말해준다. 그는 자신의 생각을 수단이 좋은 친구에게 말하고, 그 친구는 그 일을 성사시키겠다고 약속한다. 그러나 노총각이 여자에게 말도 못 붙이는 숙맥이라 여자의 환심을 사지 못한데다, 여자에게 눈이 먼 친구는 총각을 따돌리고 혼자서 들병이를 차지한다. 총각은 마음의 상처를 입은 채 아까운 돈만 쓰고 술집을 나서는데, 어디선가 '맹꽁이' 우는 소리만 들려온다. 총각은 맹꽁이, 바보나 다름없다.

　김유정 소설에서 이 '들병이'는 그 비중이 큰 만큼 중요한 의미를 지니는 소재이다. 이 들병이를 소재로 한 작품이 몇 편 더 있다. 「솥」, 「아내」가 그것이다. 「솥」은 '들병이' 여인에 빠진 어리석은 농부의 이야기다. 아내가 있지만 그녀보다 잘생긴 들병이에 빠져, 돈 대신 아내 몰래 집안의 필수품인 세간살이(함지박, 맷돌)를 대가로 내다주고 함께 어울리다 마침내 부엌의 '솥' 까지 때다 주는 지경에 이른다는 이야기이다. 들병이는 농부를 남겨둔 채 어느 날 그 세간과 솥을 짊어진 그녀의 남편과 함께 마을을 떠난다. 이로 보면 들병이의 남편은 제 아내를 팔고 있는 자인데, 이는 객관적 사실에 바탕을 둔 이야기로 판단된다. 그의 소설에 재현되는 들병이는 농민들의 욕망의 대상이라는 의미 외에 두 가지 의미를 더 지니고 있다. 1) 가난한 농민의 등골을 빼먹은 하층 유랑 여성이다. "들병이란 더러운 물건이다. 남의 살림을 망쳐놓고 게다 가난한 농군들의 피를 빨아먹은 여우다." (「솥」) 2) 가난한 살림에서 벗어나 돈을 모을 수 있는, 몰락 농민이 마지막으로 선택할 수 있는 유력한 생활의 수단이다. 두 번째 의미는 작품 「아내」에 잘 구현되고 있다(가난에 쪼들리던 남편(농민)이 그 아내를 들병이로 내보낼 궁리를 하다가 결국 그만둔다는 이야기이다. 그 이유는, 아내를 들병이로 내보내기 위해 '노래, 술, 화장술' 등을 가르쳤더니 동네 건달과 술집에서 노닥이고 있는데, 자기는 그 꼴을 차마 못보겠다는 것이다). 한 가지만 더 지적하자면, 그의 소설에서 '들병이'의 위치는, 거기에 '술병, 노래'가 없지만, '산골 나그네 여인'의 처지와 크게 다를 바 없다는 사실이다. 이 유랑 여인은, 아내를 매음시키는 저 '노름꾼'과 상호 대칭적 관계에 놓여 있다.

'도박'과 '노다지'를 향한 '금점'(금광) 사업은 모두 일확천금의 허황된 꿈, 환상을 부추긴다는 점에서 서로 닮았다. 도박과 금광 사업 모두 큰돈의 꿈을 매개해준다. 김유정 소설에 나오는 '금'을 둘러싼 이야기로는 앞서 언급한 「금」 이외에도, 「노다지」, 「금따는 콩밭」이 있다. 모두 금에 환장한 사람들의 이야기이다. 「노다지」의 주인공은 산 속의 금광을 찾아다니며 금돌을 훔치는 일을 전문으로 하는 2인조 광산 도둑의 이야기이다. 생활을 위해 죽음의 위험을 무릅쓰는 이 둘의 행각은 그 자체가 충격적이다. 서로 생사를 같이했던 2인조는 어느 산 속의 금광에 침입하여 마침내 '노다지'를 발견, 손에 넣지만, 갑자기 갱 속의 돌더미가 무너져 그 아래 깔리는 낙반사고에 직면한다. 또 한 사내는 죽어가는 그 선배 동업자(그는 한때 그의 생명을 구해준 은인이다)의 구원 요청을 외면한 채 홀로 그곳을 빠져나와 도망친다. 일체의 통념을 넘어서 생사를 걸고 나선 금광 도둑들의 치열한 생존 전략을 그 극단에서 이야기하고 있다는 점에서 아주 강렬한 작품이다.

「금따는 콩밭」은 이 일확천금의 주제를 농촌의 일상 속으로 끌어드린 작품이다. 금광업자 수재의 꼬임에 영식은 자신의 콩밭에서 금맥을 찾기 위해 수재와 동업에 나선다. 결국 금맥을 찾지 못한 수재는 금맥을 찾았다고 거짓말을 해 영식을 안심시킨 후 도망친다. 성실한 농부가 금의 유혹에 넘어가는 장면은 이렇게 서술된다.

1) "자네 돈벌이 좀 안하려나. 이 밭에 금이 묻혔네. 금이——"

"뭐?"하니까

바로 이 산 넘어 큰 골에 광산이 있다. 광부를 삼백여명이나 부리는 노다지판인데 매일 소출되는 금이 칠십 냥을 넘는다. 돈으로 치면 칠천원. 그 줄맥이 큰 산허리를 뚫고 이 콩밭으로 뻗어 나왔다는 것이다(……)

그러나 영식이는 귀담아 듣지 않았다. 금점이란 칼 물고 뜀뛰기다. 잘되면 이어니와 못되면 신세만 조진다. 이렇게 전일부터 들은 소리가 있어서이다.

나) 하루에 잘만 캔다면 한해 줄곧 공들인 그 수확보다 훨씬 이익이다. 올봄 보낼 제 비료값 품삯 빚 칠 원 까닭에 나날이 졸리는 이 판이다. 이렇게 지지하게 살고 말 바에는 차라리 가루지나 세루지나 사내자식이 한 번 해볼 것이다.

"낼부터 우리 파보세. 돈만 있으면이야 그까짓 콩은."

결국 돈 문제로 귀착된다. 힘들여 잘 가꾼 콩밭을 스스로 파헤치는 데는, 농사만으로는 돈을 쥐기 힘들다는 뻔한 삶의 논리가 작동하고 있다. 인가 주변의 콩밭에서 금이 나올리 없다는 점에서 금광의 실패는 예견되어 있다. 김유정의 인물에는 지식인이 거의 등장하지 않는다. 단순하게 생각하고 행동하는 바보 같은 인물, 자신의 욕망에 맹목적으로 이끌리는 거침없는 인물, 우직하고 바보스러운 인물이 등장한다. 돈은 이들을 움직이고 조정하는, 숨겨진 욕망의 대상이다.

4. 여성의 수난과 사랑-도시와 시골

산골마을의 가난한 가족은 거의 한결같이 역경에 처해 있지만, 그 가족 중에서 여성의 처지는 남성의 경우보다 한결 딱하다. 농촌에서의 생계가, 주로 남자들의 농사일에 의존하는 있는 데서 비롯되는 남성중심주의적인 생활방식과 사고방식이 농촌을 지배하고 있기 때문이다. 김유정 소설에는 그런 남성중심주의적 사고방식이 크게 작용하고 있는 게 사실이다. 이야기 속에는 봉건적인 남존여비 사상의 잔재, 남성의 여성 학대, 남편의 폭력 같은 것이 그대로 나타나고 있다. 게다가 살림이 워낙 가난하다 보니 남성보다 여성의 처지가 곤경에 직면하는 빈도가 더 높다. 남편을 위해 남의 옷을 훔치고, 남편 노름 밑천 마련을 위해 자신의 정조를 팔고, 본인의 의사와는 상관 없이 남편에 의해 일방적으로 다른 사람에게 팔리기도 하는 게 여성이다. 무능력한 남편에 의해 험한 일에 수모까지 당하는 것이다.

김유정 소설에 재현되는 여성은 편의상 도시와 농촌으로 구분해 살펴볼 수 있다. 김유정 소설에서 도시적 삶을 다룬 작품이 몇 편 있지만, 전체적으로 보면, 그의 문학세계에서 이 도시의 비중은 상대적으로 적은 편이다. 그의 작품에서 도시는 그 자체로 그려지지 않는다. 대개 그 실상이 왜곡되거나 도시 하층민의 시선에 의해 그려진다. 도시는 가난한 농민의 동경의 대상이기도 하지만(「소낙비」), 그의 소설에서 재현되는 도시 생활의 실체는 도시를 떠도는 자의 눈에 비친, 거기서 힘겹게 살아가야 하는 서먹한 생활의 낯선 공간 그것이다. 「따라지」, 「두꺼비」, 「정조」, 「슬픈 이야기」 등의 도시 배경 소설에서 그 점이 잘 드러난다. 「따라지」는 도시 변두리 셋방에서 만난 잡다한 부류의 사람들을 중심으로, 도시 소외계층이 겪는 나날의 삶의 애환을 그린 것이다. 「두꺼비」에 등장하는 '두꺼비'는 화자가 짝사랑하게 된 기생의 오래비를 자칭하는 인물로서, 순진한 화자의 돈을 뜯어내고자 거짓말을 일삼는 인물이다. 그는 「소낙비」 속의 '노름꾼'과 비슷한, 도시의 건달이다. 그는 불쌍한 여자아이들을 '수양딸'로 데려다 기르지만, 그들에게 욕을 보이고 술집에 팔기도 하는 무뢰한이다. 비교적 안정된 삶을 영위하는 「정조」의 집 '주인' 남자도 건달에 가깝다. 그는 착한 아내 몰래 '행랑 어멈'(하녀)과 정을 통하고 그녀에게 돈까지 주어, 착한 아내를 번민과 갈등 속에 빠뜨린다. 도시 여성도 '남편의 폭력'의 희생자로 나타난다. 「슬픈 이야기」에 나오는, 같은 집 옆방에 세들어 사는 전기회사 '감독'이 바로 그 폭력 남편이다. 그는 신여성인 여학생과 결혼하려는 엉뚱한 욕망에 사로잡혀, 그를 위해 평생 헌신한 성실한 아내에게 이유 없이 폭력을 휘두르고 그녀를 내쫓으려 한다.

김유정의 부친은 서울의 집과 시골의 토지를 포함한 거액의 부동산을 소유한, 춘천 지역의 부자였다. 그러나 부친 사망 후 그의 맏아들인 김유정의 형이 유산을 상속하면서 가세가 급격히 기울어 집안이 몰락했다고 한다. 형이 방탕한 생활을 하면서 가산을 탕진했기 때문이다. 김유정의 성장 과정은 그래서 결코 순탄하지 않았다. 그는 서울에서 휘문고보를 졸업한 서울 유학생이지만, 가난으로 인해 도시의 하층민의 처지에 놓였던 누이의 집과 도시의 변두리를 전전하였고, 전문대학에 합격은 했으나 대학에 다닐 수 없는 처지에 있었다. 그의 도시 소설은 바로 그런 작가 자신의 체험의 산물이다. 어머니와 어려서 사별하고 억압적인 형 아래서 성장한 그는 한때 당시의 유명 기생 박록주를 짝사랑한 적이 있다. 「따라지」, 「두꺼비」 등은 자전적인 요소가 많은 작품이다. 「슬픈 이야기」에는 '옆방의 폭력 남편'에 대한 청년의 분노와 의협심이 잘 나타나 있다.

김유정의 고향은 시골이고, 그 자신이 한때 그 고향 마을로 내려와 주민들을 상대로 몸소 야학당(금병의숙)을 연 적이 있다. 그가 쓴 농촌 배경 소설들은 이런 시골 경험과 무관하지 않다. 농촌 배경 소설에 재현되는 시골 여성의 모습이 어떠한지는 이미 살펴본 바와 같다. 가난한 어른들은 생존을 위해 발버둥치지만, 아이들은 자란다. 그리고 자라서 사랑에 빠지고 마침내 결혼을 하는 것이 변함없는 인생사이다. 노총각 이야기와 겹치는 점이 없지 않지만 이 방면의 소설로는 「봄·봄」과 「동백꽃」이 있다. 1) 「봄·봄」 – 집에 들어와 몇 년 동안 농사일을 거들면 자기 딸(점순이)과 결혼시켜주겠다는 말에 지주(봉필)의 데릴사위가 된 화자와, 그의 사랑 점순이의 안타까운 사랑 이야기이다. 봄이면 결혼시켜주겠다는 약속을 어기고 장인은 올봄에도 농사일만 시킨다. 말이 데릴사위지 무보수의 머슴이나 다름없다. 점순이는 '일만 하는 바보'라고 핀잔을 주면서 화자를 은근히 부추겨 결혼을 재촉하는데, 장인은 막무가내, 점순이 키가 아직 다 자라지 않아 결혼하기엔 시기상조라는 핑계만 댄다. 게다가 동네 친구까지 올봄에는 꼭 결혼할 수 있게 장인에게 강하게 항의하라고 화자를 충동질한다. 들판에 봄빛이 출렁이는 어느 날 화자는 장인과 결혼일로 서로 다투다 급기야 서로 엉켜 싸움을 하고 화자는 장인을 땅바닥에 처박고 혼을 내는데, 놀란 점순이는 오히려 제 아버지 역성만 든다—. 이 소설은 봄을 맞는 청춘 남녀의 사랑의 열병을, 화자와 장인 간의 한바탕 소동에 빗대어 다루고 있다. 해학적인 문체를 걷어내면, 지주는 딸을 미끼로 화자의 노동력을 착취하고 있는 셈이지만, 장인의 시선이

아닌 순진한 화자의 시선으로 서술되고 아주 유쾌하고 해학적인 분위기를 띠고 있다. 2)
「동백꽃」- 화자와 점순이의 연애 이야기를 닭싸움에 빗댄 이야기이다. 지주의 딸과 소작
인의 아들의 사랑 싸움이 엉뚱하게도 닭싸움으로 변질되어 있지만, 결말은 화해로 이어
지는 해피엔딩이다.

> "요담부터 또 그래봐라. 내 자꾸 못살게 굴테니!"
> "그래 그래. 인제 안그럴 테야!"
> "닭 죽은 건 염려 말아. 내 안 이를 테니."
> 그리고 뭣에 떠밀렸는지 나의 어깨를 짚은 채 그대로 픽 쓰러진다. 그 바람에 나의
> 몸뚱이도 겹쳐서 쓰러지며 한창 피어 퍼드러진 노란 동백꽃 속으로 폭 파묻혀버렸다.
> 알싸한 그리고 향긋한 그 내음새에 나는 땅이 꺼지는 듯이 온 정신이 아찔하였다.

  산골 남녀의 사랑과 연애담이 엉뚱한 싸움으로 변질되어 있다는 것은 두 작품의 공통
된 특성이다. 두 작품에서 젊은 여성에 대한 남자의 감정 표출은 극도로 억제되어 있거
나, 표출된다 해도 소극적, 우회적인 수준에 머물러 있다. 남녀 간의 사랑이 다소 왜곡되
어 있기도 하다. 그리고 가족내에서 여성의 결혼문제는 본인의 의사보다도 전적으로 아
버지의 의사에 종속되어 있다. 「봄·봄」의 여주인공의 처지가 특히 그렇다. 그렇다 하더
라도 김유정의 소설은 농촌의 젊은 남녀의 사랑을 인생의 과정에서 나타나는 지극히 건
강하고 자연스러운 현상으로서, 삶의 보편적 문제의 일부로서 바라보고 있다. 작가는, 사

랑이란 언제 어디서나 그 모습은 조금씩 달라도, 모두 일종의 열병 같은 것, '하나의 소동'이라고 보고 있다.

자연과 계절의 묘사는 김유정 소설의 이야기 전개에서 중요한 기능을 담당하고 있다. 그 문학적 의미도 크다. 「동백꽃」의 '동백꽃' (생강나무 꽃), 「봄·봄」의 '봄', 「소낙비」의 '여름, 소나기', 「만무방」의 '가을', 「총각과 맹꽁이」의 '맹꽁이', 「산골 나그네」의 '산골의 대자연' 등이 그 단적인 예이다. 자연과 가까이 지낸 그는, 농촌 출신답게 자연을 작품 속에 적극적으로 끌어들이고, 이를 중요한 소설적 장치로 활용하고 있다. 자연과 계절은 그의 이야기에서 큰 비중을 차지한다.

5. 생존의 극한, 광기, 작가의 문학적 시선 –
   작가의 전기적 사실과 관련하여

김유정의 소설 세계는 그의 몇 가지 전기적 사실을 이해할 때 더욱 분명하게 이해될 수 있다. 첫째, 작품에 나타나는 집안이 몰락한 후 그 가족이 겪는 가난의 문제는 그의 전기적 사실과 비유적 관계에 놓여 있다고 볼 수 있다. 김유정은 어려서 유복하게 자랐으나 어머니의 사망(7세 때)과 아버지의 죽음 이후 급격한 가정 환경 변화를 경험하며 성장한 작가이다. 형의 시대에 와서 소문난 부자였던 집안 살림이 회복할 수 없을 정도로 기울었다고 전한다. 그는 생애는 가문의 몰락과 불가피하게 이어져 있다. 서울의 전문대학에 합

격했으나 그만 둔 것도 그 때문이다. 그는 감수성이 가장 예민했던 청년기를 이곳 저곳을 전전하며 지냈다. 게다가 1933년(25세)에 늑막염이 결핵으로 발전하여 죽을 때까지 가난과 병마와 싸우며 소설을 썼다. 「형」, 「따라지」와 같은 자전적 소설에는, 그의 집안의 몰락과 가족 관계, 서울의 누님에게 얹혀살던 시절의 기억 등이 잘 나타나 있다. 그의 소설에 자주 등장하는 가난한 시골 농민 이야기는 그의 고향 마을(춘천 실레)에서 직접 보고 들은 농촌 체험이 크게 작용하고 있는 것으로 판단된다. 그는 한때 고향에 야학당을 열어 마을 농부(주민)의 자녀들을 모아 놓고 직접 글을 가르쳐 준 적도 있다.

둘째, 그의 소설에 나타나는 농민의 몰락과 유랑, 가난에 내몰린 그들의 생존의 극한적 상황 등은 그의 고향에서의 견문뿐만 아니라, 그 자신의 불안정한 유랑 생활, 그가 처했던 밑바닥의 삶의 처지, 직접 겪은 여러 극한적 상황 등과 무관하지 않다고 보아야 할 것이다. 그의 자전적인 작품의 하나는 그 제목이 「따라지」로 되어 있다. '따라지'라는 제목은 결코 행운을 잡을 수 없는 패로서, 투전판의 용어이다.

셋째, 그의 작품에 나타나는 인물 중에는 삶의 밑바닥을 전전하고 있지만, 강인한 신체의 소유자로서 거침없이 행동하면서 극한 상황에서 때때로 광기에 찬 행동을 서슴지 않는 인물들이 있는데, 이는 작가 자신이 거기에 매료된, 그의 분신과 같은 존재라고 할 수 있다(금광을 휘젓고 다니는 2인조 도둑, 농촌과 도시의 건달 등). 김유정은 학창 시절 투포환(投砲丸) 운동 선수로서 몸을 단련한 경력이 있다. 어린 시절 고향 마을의 야학당에서 그로부터 직접 배운 적이 있는 현지 노인의 증언에 의하면, 그가 야학을 운영할 당시 그의 모습은 다부진 체격에 운동 감각도 뛰어났다고 한다. "동네의 개울을 물구나무 선채로 건너갔고", 춘천 시내에서 들어온 몇 명의 건달과 싸움이 벌어졌는데 "혼자서 여러 명의 상대와 맞붙어 상대방을 모두 제압했다"고 한다. 그는 "유도"를 했다는 말을 들었다고 한다. "그렇게 운동 감각이 뛰어나고 건강했던 그가, 뒤에 병으로 죽었다는 사실을 믿을 수 없다"는 것이 그에게 직접 배웠던 마을 노인의 증언이다(이상은 필자의 현지 조사에 의함. 작가의 학창 시절의 사진을 보면 눈빛이 강렬한 건강체를 확인할 수 있다). 그의 소설에 나타나는 강인한 인물, 극한 상황에서도 초연하게 행동하는 듯한 인물은 그 자신의 신체적, 정신적 특질과 비유적 관계에 있다고 보아야 한다. 삶의 극한에 처한 자들의 운명과 그들의 광기 어린 행동은, 건강을 잃기 전 작가 자신의 분신이라 볼 수 있다. 작가로서의 그의 시선은 그들의 운명, 그들의 광기 어린 행동을 따라 움직이고 있다.

김유정은 심약한 지식인 작가가 결코 아니다. 삶과 운명의 극한에 처한 인물들과 그들의 거침없는 행동을 묘사한 작품은, 그들의 눈높이에서 그들의 행동을 따라가면서 자신의 시선을 맞추고자 했던 작가만이 쓸 수 있는 작품이다. 그는 바로 그런 독특한 시선을 지녔던 작가이다. 「노다지」가 그렇고, 「땡볕」이 그렇다(그는 한때 금광에 관심을 기울여 충청도의 금점판에 머문 이력이 있다). 그 중에서 「땡볕」은 그의 작품 중에서도 가장 뛰어난 작품, 그의 문학 전체의 한 정점에 속한다. 특히 죽어가는 아내를 지게에 지고, "쇠뿔도 녹이는 한여름 대낮 땡볕 속에 서 있는" 시골 출신의 가난한 남자(여자의 남편)의 섬뜩하고도 충격적인 장면 속에는, 그가 써온 모든 문학 작품의 내용 전체, 그의 시선의 움직임, 그가 도달한 '문학 정신의 극점'이 고스란히 담겨 있고 또 녹아 있다. '쏟아지는 땡볕'을 온몸으로 감당하고 있는 이 장면은 그가 살아온 한 인간으로서의 삶과 운명의 무게 전체, 자신이 처했던 불우한 삶의 극한, 직면했던 생존의 한계 상황 등을 압축적으로 제시한 것이다. 그 극한 속에서도 초연한 사내의 모습을 보라, 죽어가는 아내가 천연덕스럽게 세상에 남겨놓은 빛청산을 위한 몇 마디 유언을 하는 장면을 보라. 작가의 시선은 거기에 초점을 맞추고 있다. 거기에는 누추하지만 치열하게 살아온 한 가족의 인간적 위엄이 빛 속에 환히 드러나 있다. 이 사내의 모습이야말로 바로 작가 자신의 마지막 정신적 초상이 아닐까.

넷째, 작품에 등장하는 '들병이'는 작가 자신의 고향에서의 직접 체험에 바탕을 둔 것이다. 그가 쓴 산문 「조선의 집시」는 이 들병이를 이해하는 데 결코 빼놓을 수 없는 참고 자료이다. 이 들병이의 유래는 근대 이전 조선 후기로 거슬러 올라갈 수 있다. 해방 직후 서울 남산에도 들병이가 있었다 한다.

김유정의 소설은 근대의 산물이지만, 동시에 한국의 오랜 이야기 문학의 전통에 그 맥을 대고 있는 그런 작품이다. 작품에 재현되는 몰락 농민과 유랑인들을 특정 시대의 특정한 부류라고만 생각해서는 그 실상을 놓치기 쉽다. 농민층의 해체와 몰락, 유랑인은 근대 이전에도 있었다. 그의 소설의 언어가, 지식인이 서적에서 배운 언어가 아닌, 삶의 바닥에서 거칠지만 힘차게 살아가는 세속인들의 입말, 즉 구연체 언어라는 사실은 주목을 요한다. 작품 곳곳에 배어 있는 해학적 어조도 그렇게 볼 필요가 있다. 그는 무엇보다도 판소리를 좋아했던 작가이다. '흥부전'의 가난 이야기는 기막힌 이야기지만 해학적이다. 근대적인 희극 개념으로는 그의 작품에 빈번히 나타나는 유머의 그 묘한 뉘앙스를 온전히 이해하기 어렵다.

김유정은 근대의 이면에 감추어진 유랑 농민, 가난한 시골 사람들, 생존의 극한 상황에 처한 떠돌이들의 삶을 따스한 눈으로 그리고자 한 작가이다. 한계상황에 처한 그들의 독특한 생존의 방식과 종종 윤리, 도덕을 대신하는 그들의 생존 전략을 그만큼 가까이서 깊이 이해하고 있던 작가는 없었다. 그의 문학은 김유정의 독특한 문학적 시선의 산물이며, 그 나름의 보편성을 확보하고 있다. 그의 소설은 이 점에서 재평가되어야 한다.